HEYNE <

James Barclay: Die Chroniken des Raben

Erstes Buch:	Zauberbann
Zweites Buch:	Drachenschwur
Drittes Buch:	Schattenpfad
Viertes Buch:	Himmelsriss

JAMES BARCLAY

Drachenschwur

Die Chroniken des Raben

Zweites Buch

Deutsche Erstausgabe

WILHELM HEYNE VERLAG
MÜNCHEN

Titel der amerikanischen Originalausgabe
DAWNTHIEF (Part 2)
Deutsche Übersetzung von Jürgen Langowski

Umwelthinweis:
Dieses Buch wurde auf
chlor- und säurefreiem Papier gedruckt

Redaktion: Rainer Michael Rahn

www.heyne.de
Printed in Germany 11/04
Karte: Franz Vohwinkel
Titelillustration: Laura Brett
Umschlaggestaltung: Nele Schütz Design, München
Satz: Christine Roithner Verlagsservice, Breitenaich
Druck und Bindung: GGP Media GmbH, Pößneck

ISBN: 3-453-53014-4

Für Tara, die nie den Glauben verlor

Auch wenn ich selbst manchmal verzagte.

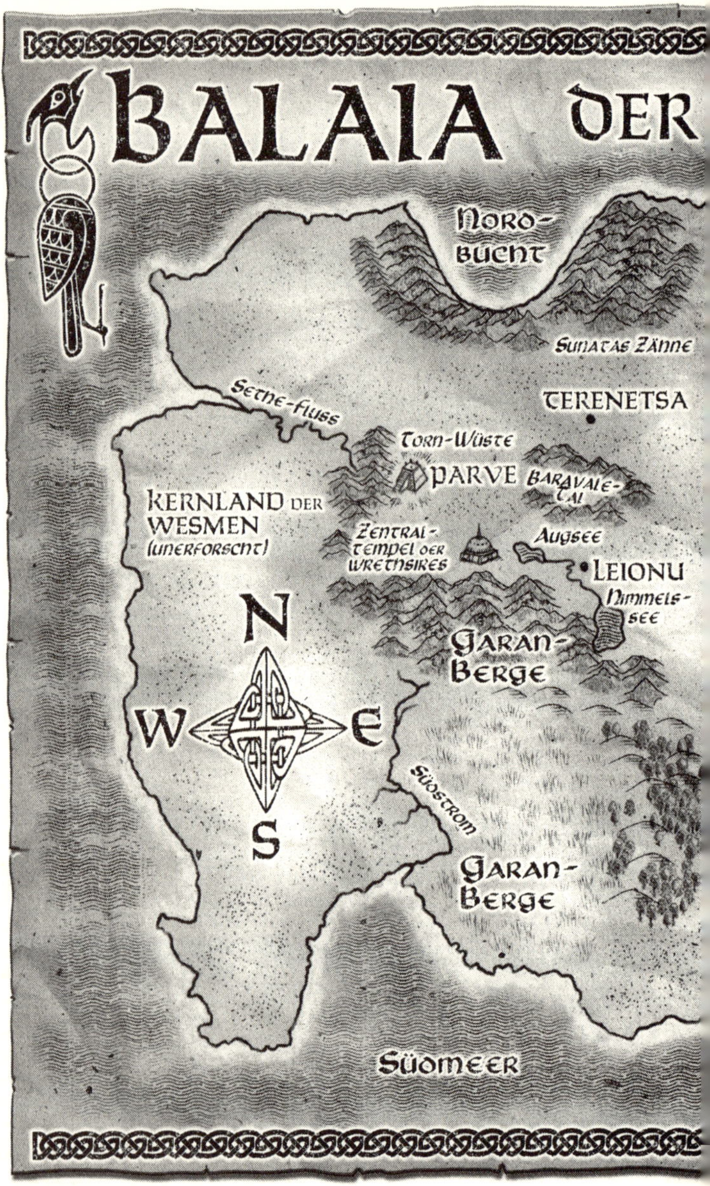
BALAIA DER
NORD-
BUCHT
SUNATAS ZÄNNE
TERENETSA
SETHE-FLUSS
TORN-WÜSTE
PARVE
BARAVALE-
TAL
KERNLAND DER
WESMEN
(UNERFORSCHT)
ZENTRAL-
TEMPEL DER
WRETHSIRES
AUGSEE
LEIONU
HIMMELS-
SEE
N
GARAN-
BERGE
W
E
SÜDSTROM
S
GARAN-
BERGE
SÜDMEER

NORDKONTINENT
Bucht von Triverne
Jaden
Rache
Blutsee
Julatsa
Triverne-Fluss
Berge
Dordover
Havern
Corin
Triverne-See
Burg der Schwarzen Schwingen
Lystern
Xetesk
Understone-Pass
Ebene von Pontois
Understone
Pontois
Denebre
Septerns Haus
Erskan
Hyld
Blackthorne
Yarnauk-Kuppen
Grethern-Wald
Korina
Burg Taranspike
Dornenwald
Gresse
Burrs
Greythorne
Arlen
Orytte
Balan Berge
Blackthorne
Gyernath
Bucht von Arlen
Bucht von Gyernath

Personenverzeichnis

DER RABE	Hirad Coldheart, Barbarenkrieger Ras, Krieger Richmond, Krieger Talan, Krieger Sirendor Larn, Krieger Der Unbekannte Krieger Ilkar, Julatsa-Magier
XETESK *Magisches Kolleg*	Styliann, Herr vom Berge Denser, Seniormagier Selyn, Magier-Spionin Nyer, Densers Mentor Laryon, Meister der Forschung Sol, ein Protektor
DORDOVER *Magisches Kolleg*	Erienne, Hüterin der Magie Alun, Eriennes Gatte Thraun, Krieger Jandyr, Elfen-Bogenschütze Will Begman, Dieb Vuldaroq, Herr des Turms

LYSTERN *Magisches Kolleg*	Heryst, Lordältester Magier Ry Darrick, Armeegeneral
JULATSA *Magisches Kolleg*	Barras, Hauptunterhändler
BARONE, LORDS UND SOLDATEN	Blackthorne, Baron im Süden Gresse, Baron im Südosten Tessaya, Lord der Wesmen Travers, ein Hauptmann

Erstes Kapitel

Ilkars Sinne wurden durch einen starken Geruch wieder zum Leben erweckt, klebrig und mit einem süßlichen Nachgeschmack. Pfeifenrauch.

Er lag im großen Saal auf dem Rücken, und als er die Augen öffnete, sah er zunächst nichts außer der verschwommenen, von hellem Sonnenlicht beschienenen Decke. Einen Moment lang genoss er die Stille, während seine Augen sich anpassten. Erienne hatte ihm das Leben gerettet. Er war müde, ein dumpfer Schmerz kündete von schweren Verletzungen, doch er wusste, dass er nicht mehr in Lebensgefahr schwebte. Es war ein gutes Gefühl.

Er stemmte sich auf die Ellenbogen hoch und bemerkte Denser.

Der Xeteskianer saß auf einem Stuhl, hatte die Beine ausgestreckt und die Füße auf den Tisch gelegt. Soweit Ilkar es sehen konnte, war Densers Gesicht noch von den Spuren der Schläge gezeichnet, doch in die gewohnten schwarzen Gewänder gekleidet und mit der Mütze im Schoß war er schon fast wieder der Alte. Die Pfeife qualmte behaglich in seinem Mund, ein dampfender Krug stand neben ihm auf dem Tisch, und die Katze schlief zusammengerollt auf seinen Beinen.

»Ich hätte mir in meinen wildesten Träumen nicht vorstellen können, jemals erfreut zu sein, einen Xeteskianer zu sehen.«

Denser lachte, und die Bewegung weckte die Katze, die gähnte, sich streckte und auf den Boden sprang. Der Magier nahm die Füße vom Tisch und schlenderte zu Ilkar hinüber.

»Guten Morgen, Ilkar. Doch eigentlich müsste ich dir gleich zweimal einen guten Morgen wünschen.«

»Wie lange habe ich denn geschlafen?«

»Zwei Tage und zwei Nächte.«

»Und was ist mit Hirad?«

Denser lächelte. »Schau selbst.« Er deutete links neben Ilkar und kehrte zum Tisch zurück, wo er die Pfeife weglegte und dafür den Becher zum Mund hob.

Ilkar blickte in die Richtung, in die Denser gedeutet hatte, und war einen kurzen, schrecklichen Moment lang überzeugt, dass Hirad tot war. Doch dann sah er, wie sich der Brustkorb des Barbaren sanft und gleichmäßig hob und senkte. Es war ein wundervoller Anblick. Hirad war wie Ilkar auf ein festes Lager gebettet, der Kopf ruhte auf einem Kissen, und der Körper war bis zur nackten Brust zugedeckt. Der Wulst um die Hüften verriet, dass darunter dicke Verbände angelegt worden waren. Bleich war der Barbar, aber das spielte keine Rolle. Ilkars Herz frohlockte, und die Freudentränen schossen ihm in die Augen. Er wischte sie ab.

»Äh …«, setzte er an.

»Du darfst aufstehen«, erklärte Denser. »Komm und trink einen Becher Kaffee.«

Ilkar nickte und richtete sich langsam auf. Ihm wurde

schwindlig, und er musste innehalten, um nicht das Bewusstsein zu verlieren.

»Alles in Ordnung?«, fragte Denser.

»Geht so«, sagte er. »Aber ich trinke lieber hier im Sitzen.«

Denser schlenderte kichernd zur Tür und spähte in die Küche. »Talan? Hör doch mal mit Schnippeln auf und bring einen Kaffee rüber. Hier ist jemand, mit dem du mal reden solltest.«

Das Klappern des Messers brach ab, dann waren Schritte zu hören, und Talan kam in den Raum geeilt. Er verschüttete beinahe seinen Kaffee, als er sah, wer ihn erwartete.

»Ilkar!« Er drückte dem Elfen den Becher in die Hände. »Du weißt gar nicht, wie gut du aussiehst.«

»Immer mit der Ruhe«, grinste Ilkar. »Vielen Dank für den Kaffee. Wie ist die Lage sonst?«

Talan wurde wieder ernst. »Ich habe Richmonds Totenwache allein gehalten. Er ist im Garten neben den Ställen beerdigt.«

Ilkar nickte und trank einen Schluck Kaffee. »Ich werde ihn vermissen.«

»Ich auch.«

»Und was ist mit ihm?« Er nickte zu Hirad hin.

Talan setzte sich neben ihm aufs Bett. »Ich muss schon sagen, es war wirklich beeindruckend«, sagte er und begann wieder zu strahlen. »Die Frau, diese Erienne … sie schläft jetzt wohl. Denser sagte, sie habe einen Körperspruch gewirkt. Heißt es nicht so?« Ilkar nickte. »Sie hat den ganzen Körper behandelt. Sogar ich konnte es fühlen; es war eine tiefe Wärme, die sich verlagert hat, wenn sie die Hände bewegte, und die in seinen Mund, in seine Ohren und seine Nase eindrang … sie war stundenlang mit ihm beschäftigt.«

Ilkar nickte wieder und schaute zu Denser auf.

»Schau an, ein Körperspruch also?«

»Wie aus dem Lehrbuch. Sie ist wirklich gut, Ilkar. Sehr stark. Thraun sagte mir, sie habe auch den Eiswind eingesetzt.« Denser zog die Augenbrauen hoch, leerte seinen Becher und schlurfte in die Küche, um sich mit frischem Kaffee zu versorgen.

Talan beugte sich vor. »Er genießt meine aufrichtige Bewunderung.«

»Ach?« Ilkars Widerspruchsgeist regte sich, es war ein alter Reflex.

»Erienne musste sich nach dem Körperspruch ausruhen. Dann hat sie ihre Arbeit mit einem weiteren Spruch beendet und Hirad in den Schlaf versetzt. Danach ruhte sie sich noch einmal aus, bevor sie sich um Denser gekümmert hat. Alles in allem hat sie zwei Tage gebraucht. Aber Denser hat die ganze Zeit nur hier gesessen und dich am Leben erhalten und dabei kaum ein Wort gesagt. Hat nur hin und wieder ein wenig gegessen und getrunken.«

»Ich weiß das Opfer, das er bringen musste, durchaus zu schätzen«, sagte Ilkar. Er hatte nicht gewusst, wie sehr Denser sich eingesetzt hatte, und jetzt wehrte er sich instinktiv gegen die Vorstellung, dem Dunklen Magier dankbar sein zu müssen.

»Sie haben ihm den Kiefer gebrochen und die Wangen verletzt, die Nase war zerquetscht, und die meisten Finger und Zehen und ein halbes Dutzend Rippen waren gebrochen. Er muss die ganze Zeit höllische Schmerzen gelitten haben. Du bist ihm etwas schuldig.« Talan schüttelte den Kopf, und Ilkar machte ein betretenes Gesicht. Denser kam wieder herein. Er lächelte, und erst jetzt bemerkte Ilkar die Katze vor seinen Füßen.

»Es ist eine Schuld, deren Begleichung ich niemals einfordern werde«, beruhigte Denser ihn. »Ich musste es einfach tun.«

»Wie auch immer«, erwiderte Ilkar, »mir fehlen die Worte, um meine Dankbarkeit auszudrücken.«

»Du bist am Leben und kannst reden, Julatsaner, und das ist mir Dank genug.« Denser stakste verlegen zur gegenüberliegenden Tür und ging in den Flur hinaus. Die Katze folgte ihm auf dem Fuße.

Später am gleichen Tag nahmen Ilkar und Denser Hirad in die Mitte und halfen ihm auf die Beine. Der Barbar musste starke Schmerzen ertragen, die seinen Körper durchfluteten, während die Muskeln in seinem Bauch unter der Belastung protestierten. Noch eine letzte Warme Heilung, sagte Erienne, und er werde am folgenden Tag fähig sein zu reiten – drei Tage nach dem wütenden Angriff auf die Burg.

Mit gemischten Gefühlen blickte Hirad auf Richmonds Grab hinunter. Das Rabensymbol war in die festgestampfte Erde eingebrannt worden. Er musste an die Unausweichlichkeit des Schicksals denken. Ras, Sirendor, der Unbekannte, Richmond. War der Rabe mit ihnen gestorben? Nur er, Talan und Ilkar waren jetzt noch da, und er fragte sich, ob sie genug waren. Dann erinnerte er sich, dass der Rabe nicht untergehen konnte, solange noch einer der alten Krieger am Leben war. Sie waren immer der Ansicht gewesen, dass der Rabe sich weiterentwickelte, wenn ein Kämpfer starb oder die Gruppe verließ, oder wenn neue Krieger hinzustießen. Es wäre eine Missachtung der Toten, wenn der Rabe auf einmal zu existieren aufhören würde.

Doch wer war nun der Nächste, der sterben musste? Offensichtlich hätte er selbst es sein sollen. Die Berichte über seine Rettung durch die drei Magier hatten seine Meinung über die magische Zunft im Allgemeinen und über Denser im Besonderen stark verändert. Er traute dem Mann immer noch nicht viel weiter, als er spucken konnte, doch er musste andererseits auch dessen Tapferkeit und Entschlossenheit anerkennen. Und er war Denser ebenso dankbar wie Erienne, die ihm allerdings auswich und anscheinend nicht geneigt war, überhaupt ein Wort mit ihm zu wechseln.

Er sah zu ihr hinüber. Wie in fast jeder freien Minute seit der Beerdigung kniete sie auch jetzt am Grab ihrer Kinder. Die Gruft ihres Gatten Alun beachtete sie kaum, sie richtete ihre Aufmerksamkeit ausschließlich auf ihre ermordeten Zwillingssöhne. Er empfand Mitleid mit ihr, doch er wusste auch, dass er es ihr niemals würde vermitteln können, weil sie einfach nicht zuhören wollte.

Und hier, direkt neben ihm, stand der Mann, für den keine Bewunderung zu groß sein konnte. Ilkar war bereit gewesen, sein Leben für ihn zu geben; er hatte sich bewusst dazu entschieden und wäre tatsächlich gestorben, hätte Erienne sie nicht beide geheilt. Loyalität im Kampf konnte Hirad leicht verstehen, doch dies war etwas Größeres. Er hatte einen Kloß im Hals, schluckte schwer und drückte Ilkar herzhaft an sich, während er sich zugleich am Magier festhielt, um nicht vor Schwäche umzufallen.

»Sind wir dann bereit?«

Ilkar nickte. »Wir haben genügend ausgeruhte Pferde, darunter alle, die uns selbst gehören. Die Leichen der Gegner sind beseitigt, und Will hat die Burg vermint. Ich muss schon sagen, er ist ein gerissener Hund.«

»Er versteht sich auf sein Handwerk«, stimmte Talan zu.

Will hatte inzwischen eine Möglichkeit gefunden, Hirads Wunsch zu erfüllen und die Burg erst dann dem Erdboden gleich zu machen, wenn sie selbst schon einen halben Tagesritt entfernt waren.

»Es ist besser, die Feinde werden erst zum Leuchtfeuer gelockt, wenn wir schon nicht mehr da sind«, hatte er erklärt.

Jetzt waren die Küche und der Festsaal, in dem sie so viel Zeit verbracht hatten, für sie nicht mehr zugänglich. Vorhänge, Teppiche und Möbel, Bücher und Balken waren mit Öl präpariert. Mit Öl getränkte Lunten durchzogen die Burg, an strategischen Punkten waren Holzstapel mit Zündern vorbereitet, und dort, wo Will besonders heftige Detonationen auslösen wollte – etwa in den Türmen und in der Eingangshalle –, waren Haufen von trockenem Mehl aufgeschüttet.

Alle außer Hirad und Erienne hatten daran mitgearbeitet. Will war immer wieder durch die Burg patrouilliert und hatte sichergestellt, dass alles den Plänen gemäß ausgeführt wurde, und er hatte langwierige Probeläufe mit vielen verschiedenen Arten von langsam brennenden Zündern durchgeführt. Seil, Öl und Pech wurden in immer neuen Verhältnissen gemischt und angezündet, und die Brenndauer wurde nach Wills Herzschlägen bemessen. Als er endlich zufrieden war, stellte er viele Meter Lunte her, so dick wie sein Daumen, und legte eine Zündschnur oben und eine zweite unten aus.

»Jetzt müssen wir nur noch packen und die Pferde satteln, und morgen früh können wir dann noch die letzten paar Räume mit Zündern versehen. Will und Thraun setzen die Zünder in Brand, und dann sind wir weg.«

»Gut. Denser ist sowieso schon unruhig, weil wir so viel Zeit verloren haben«, sagte Hirad.

»Da ist er nicht der Einzige«, gab Ilkar zurück.

»Wie hat sie eigentlich darauf reagiert, dass wir nach Dordover reiten, um ein Grab ihrer Meister zu plündern?«

Ilkar lächelte. »Das ist eine gute Frage. Ich weiß nicht,

was sie abgesprochen haben, aber ich kann immerhin sagen, dass sie die Sache wichtig genug nimmt, um uns nicht zu hintergehen.« Er hielt inne und dachte nach. »Einzelheiten habe ich nicht erfahren. Sie weiß jedenfalls eine Menge über Dawnthief, und offensichtlich vertraut sie Denser.«

»Und die anderen?«, wollte Hirad wissen.

Ilkar zuckte mit den Achseln. »Sie sind gute Leute, Hirad. Thraun ist der geborene Schwertkämpfer. Erienne ist eine begabte Magierin, mit Jandyr haben wir den Bogenschützen, den wir immer haben wollten, und Will, nun ja, er ist klug und sogar gerissen. Sie bilden eine gute Ergänzung für die Truppe. Talan und ich haben sie auf den Kodex eingeschworen, und da du nicht ansprechbar warst, haben wir sie als Mitglieder des Raben aufgenommen. Ich weiß, dass wir es normalerweise nicht so halten, aber wir hatten nicht genug Zeit, sie gründlicher in Augenschein zu nehmen, und wir müssen sicher sein, dass sie dir ohne Wenn und Aber folgen. Ich bin zuversichtlich, dass sie es tun werden. Talan?«

»Ganz deiner Meinung.« Talan nickte, doch er blickte in weite Fernen. »Nur Will ist womöglich ein unsicherer Kandidat, doch ich glaube, Thraun kann ihn unter Kontrolle halten. Eriennes Kummer macht sie möglicherweise unberechenbar. Auch darauf solltest du achten.«

»Sie haben den Vertrag für den derzeitigen Auftrag unterzeichnet, und sie wissen, worauf sie sich einlassen«, fuhr Ilkar fort. »Denser hat ihnen die ganze grausame Geschichte erzählt, und es fiel ihnen nicht sehr schwer zu akzeptieren. Sie konnten eine Entscheidung treffen, die wir in dieser Weise nicht treffen konnten. Wenn sie überleben, dann sind sie reich, und wenn nicht, dann ist das Geld sowieso nicht mehr wichtig, was?«

Hirad zog die Augenbrauen hoch. »Da hast du wohl Recht.« Er war müde. »Ich glaube, ich schleppe mich mal lieber wieder nach drinnen und lege mich eine Weile hin.«

Die drei Rabenkrieger kehrten langsam in den Innenhof vor dem Haus zurück. An der Tür, die den offenen Toren gegenüberlag, hielt Talan sie auf.

»Hört mal«, sagte er, »es fällt mir nicht leicht, es auszusprechen, aber ich kann nicht weiter mitmachen. Ich verlasse den Raben.«

Ilkar und Hirad verdauten schweigend, was er gesagt hatte.

»Ras und Richmond und ich, wir standen einander sehr nahe«, fuhr er fort. »Es war der Höhepunkt unserer Laufbahn, dem Raben beizutreten und für ihn zu kämpfen. Aber zwei Eckpunkte des Dreiecks sind jetzt dahin, und beim nächsten Mal wird es mich treffen. Das wurde mir bewusst, als ich Richmond gefunden habe … er ist allein gestorben.« Er seufzte und kratzte sich am Kopf. »Es tut mir Leid, ich kann das nicht so richtig erklären. Ich weiß auch nicht … irgendwie habe ich plötzlich die Freude an der Sache verloren. Das Feuer ist erloschen. Richmonds Totenwache hat mir den Rest gegeben. Ich habe wirklich keine Lust, noch ein weiteres Mitglied des Raben zu beerdigen.«

Hirad sagte nichts, er nickte nur. Ilkars Gesicht verdüsterte sich, und seine Augen wurden schmal. Er runzelte die Stirn.

»Versteht ihr das?«, fragte Talan. »Nun sagt doch etwas, ihr zwei.«

»Ja, ich kann das verstehen«, sagte Hirad. »Als ich mit Sirendor allein war und sein totes Gesicht angesehen habe, da war ich auch schon drauf und dran, meine Klinge zu zerbrechen. Ich habe mich entschieden, es nicht zu tun, und ich finde es schade, dass du es nicht genauso sehen kannst.« Hirad wollte sich auf die Treppe setzen, und sofort kam Ilkar und stützte ihn.

»Mehr kannst du dazu nicht sagen?«, wollte der Julatsaner wissen.

Hirad zuckte mit den Achseln. »Was gibt es sonst noch zu sagen? Wenn er nicht mehr mit dem Herzen bei der Sache ist, dann ist er ein Risiko für uns, und wir sind ohne ihn besser dran. Er weiß es, ich weiß es, und du weißt es auch, Ilkar.«

»Unter normalen Umständen schon, aber anscheinend ist deiner Aufmerksamkeit entgangen, dass wir es hier nicht mit irgendeinem beliebigen Auftrag zu tun haben. Ich bin der Ansicht, dass er nach dieser Trennung eine viel größere Gefahr für uns darstellt als in unserer Nähe.«

»Du glaubst doch wohl nicht, dass ich …«, begann Talan.

»Sie kennen dich«, fauchte Ilkar. »Sie wissen, wie du aussiehst und woher du kommst, und sie werden erfahren wollen, was du weißt. Bei den Göttern, Talan, du hast Informationen, für die jeder Diener der Wytchlords sein Leben geben würde. Du weißt nicht nur, wie die Katalysatoren für Dawnthief beschaffen sind, sondern du weißt auch, wo man sie finden kann. Wenn du jetzt einfach weggehst, dann werden wir nie wissen, ob du in Sicherheit bist … oder ob du ihnen schon alles preisgegeben hast.«

»Ich würde lieber sterben, als euch zu verraten.«

»Ja, aber das kannst du nur beschließen, wenn man dir die Wahl dazu lässt.« Ilkar hielt inne, als er sah, wie zornig Talan wurde. »Hör mal, ich stelle nicht deine Loyalität und deinen Glauben in Frage. Ich sage nur, dass es dir vielleicht gar nicht mehr möglich ist, dich für den Tod zu entscheiden. Du bist kein Magier, du kannst nicht einfach dein Herz anhalten.«

Talan nickte langsam. »Trotzdem. Wie sollen sie mich finden, wenn sie nicht einmal wissen, dass ich euch verlassen habe? Wenn sie nicht wissen, wohin ich gegangen bin?«

Ilkar lachte kurz und humorlos. »Es gibt nur einen sicheren Ort für dich, Talan, und das ist der Berg von Xetesk. Irgendwie glaube ich allerdings nicht, dass man dich dort mit offenen Armen empfangen würde.« Ilkar seufzte. »Du musst es dir anders überlegen. Oder wenigstens noch einmal darüber nachdenken.«

»Was glaubst du denn, was ich in den letzten paar Tagen gemacht habe? Gedichte geschrieben?«

»Du kneifst vor dem Kampf um Balaia.«

Talan beugte sich vor und zielte mit dem Finger auf Ilkar. »Ich will dir was sagen, Ilkar. Du brauchst mir wirklich nicht zu erzählen, was ich tun oder lassen soll. Ich weiß, was mein Entschluss bedeutet, und ich fühle mich auch so schon mies genug, ohne dass du es mir unter die Nase reibst.« Talan hob hilflos die Arme. »Ich will, dass ihr mich versteht, ihr müsst ja nicht damit einverstanden sein. Ich verlasse den Raben. Es ist vorbei.« Er marschierte zum Tor.

»Wir können ihn nicht gehen lassen«, sagte Ilkar.

»Wir können ihn aber auch nicht aufhalten«, sagte Hirad.

»Das wird Denser nicht gefallen.«

»Denser wird einsehen, dass er nichts tun kann. Dies ist eine Angelegenheit des Raben.«

»Hirad, ich glaube wirklich ...«

»Es ist eine Angelegenheit des Raben.«

»Ich ... ach, ich geb's auf.« Ilkar marschierte frustriert im Kreis herum. »Habt ihr eigentlich immer noch nicht verstanden, was hier los ist? Das hier ist wichtiger als der Rabe. Es ist wichtiger als alles andere. Wir können es uns nicht leisten, bei dieser Aufgabe zu versagen, und wir brauchen jede Unterstützung, die wir nur bekommen können.«

»Nichts ist wichtiger als der Rabe«, sagte Hirad gelassen. »Der Rabe ist der Grund dafür, dass wir überhaupt hier hineingezogen wurden, und der Rabe ist der Grund dafür, dass wir siegen werden. Und zwar, weil wir immer siegen.«

Ilkar starrte Hirad an, und sein hartes Gesicht entspannte sich nach und nach.

»Darauf gibt es wohl keine Antwort mehr, würde ich sagen.«

»Nein.«

»Blinder Glaube ist etwas Wunderbares.«

»Es ist kein blinder Glaube, mein lieber Elf, es ist eine Tatsache. Nenne mir eine einzige Aufgabe, bei der wir versagt haben.«

»Du weißt, dass ich das nicht kann.«

Hirad zuckte mit den Achseln.

»Ilkar?«, rief Talan.

»Was willst du?«

»Ich brauche deine Augen. Hier drüben.«

Irgendetwas in Talans Stimme ließ Ilkar seine Erwiderung herunterschlucken und zum Tor eilen. Hirad rappelte sich unter Schmerzen auf, stützte sich an der Wand ab, bis der Schwindel abgeklungen war, und folgte dem Magier.

»Was ist los?«, fragte Ilkar, der Talan inzwischen erreicht hatte.

Talan deutete nach vorne. »Da, direkt vor uns. Mir war, als hätte ich eine Bewegung gesehen.«

Ilkar nickte. »Ja. Ein Reiter. Er kommt hierher, und wie es aussieht, in vollem Galopp. Und er ist ein ziemlich großer Kerl.«

»Jandyr! Thraun! Vorderes Tor!«, rief Talan. »Wenn es Ärger gibt, Hirad«, fuhr er fort, als er den Barbaren herbeischlurfen hörte, »dann hältst du dich raus.«

»Leck mich doch.«

»Ich dachte mir schon, dass du das sagen würdest.«

»Warum hast du es dir dann nicht gleich verkniffen?«

»Vielleicht um der alten Zeiten willen?« Er wechselte einen Blick mit Hirad, und die beiden Männer lächelten.

»Du kannst jederzeit zu uns zurückkommen«, sagte Hirad.

»Man kann nie wissen.« Talan blickte wieder zum vorderen Tor hinaus.

Als Jandyr und Thraun zu ihnen stießen, konnten sie Hufschläge hören und den Reiter in der Ferne ausmachen. Ein dunkler Mantel bauschte sich hinter ihm, und er ritt auf einem riesigen Grauen. Als er näher kam, zogen sie ihre Schwerter blank. Ilkar machte sich bereit, einen Spruch zu wirken. Etwa dreißig Schritt vor ihnen zügelte der Mann jedoch sein Pferd und kam im Schritt zum Tor, eine Hand zum friedlichen Gruß erhoben. Er trug eine volle Gesichtsmaske, aber keinen Helm.

»Das ist nahe genug«, knurrte Talan. »Was ist dein Begehr?«

»Ihr könnt die Schwerter wegstecken«, sagte Denser, der sich zur Gruppe am Tor gesellt hatte. »Er ist auf unserer Seite.«

»Ach, wirklich? Und wer ist er?«, fragte Hirad. Ilkar wusste die Antwort bereits.

»Sein Name ist Sol. Er ist ein Protektor. Und wir sollten uns über eines im Klaren sein«, sagte Denser, an Talan gewandt. »Wie ich gerade jemanden ganz richtig sagen hörte, brauchen wir jede Unterstützung, die wir nur bekommen können.«

»Du hättest wenigstens mal erwähnen können, dass du einen Protektor angefordert hast«, sagte Ilkar. Der Nachmittag war von einer gewissen Spannung gekennzeichnet gewesen, und er hatte bis jetzt geschwiegen und es vorgezogen, Hirad im Glauben zu lassen, die Ankunft des Protektors sei Teil eines Plans, der abgesprochen worden war, als der Barbar noch im Koma gelegen hatte. Doch jetzt schlief Hirad und ruhte nach Eriennes letzter Warmer Heilung aus. Die Sonne war schon untergegangen.

Ilkar und Denser saßen in der warmen Abendluft allein auf der Vordertreppe der Burg und redeten miteinander. Wie immer hatte sich der Xeteskianer die Pfeife zwischen die Zähne gesteckt. Seine Katze war nirgends zu sehen.

»Hätte es denn irgendetwas geändert?«

»Es wäre ein Gebot der Höflichkeit gewesen«, erwiderte Ilkar giftig.

»Dann bitte ich um Verzeihung. Allerdings habe ich den Protektor nicht angefordert. Xetesk scheint zu glauben, dass er gebraucht wird, um meine Sicherheit zu gewährleisten.«

»Das kann ich mir lebhaft vorstellen.«

»Warum musst du eigentlich immer alles so negativ sehen?« Denser stopfte seine Pfeife. »Dies hat nichts damit zu tun, dass Dawnthief nach Ansicht meiner Meister letzten Endes nach Xetesk gelangen sollte.« Er zündete die Pfeife an und fabrizierte einen Rauchring. »Es wäre freilich für uns alle leichter, wenn es so einfach wäre.«

»Und wie bist du zu dieser Schlussfolgerung gelangt?«

»Nun, die Dinge werden da draußen in der großen weiten Welt, die wir anscheinend hinter uns gelassen haben, immer komplizierter.«

»Komplizierter.« Ilkar fand diese Formulierung mehr als beunruhigend. Denser hatte einen gefährlichen Hang zur Untertreibung, und seine Worte bedeuteten wahrscheinlich, dass es ausgesprochen übel aussah.

»Ich muss dir etwas sagen. Ich habe einen Bericht über das Treffen am Triverne-See bekommen. Die vier Kollegien sind übereingekommen, eine Armee aufzustellen und den Understone-Pass und die Bucht von Triverne zu verteidigen. Anscheinend wollen sie Blackthorne und Gresse die Verteidigung der Bucht von Gyernath überlassen. Leider haben die anderen Mitglieder der HAK beschlossen, die Warnungen zu ignorieren, und damit ist das Land weitgehend ohne Verteidigung, falls die Wesmen unsere Linien durchbrechen sollten.«

»Das dachte ich mir fast. Wie haben sie denn auf die Neuigkeit reagiert, dass wir Dawnthief suchen?«, fragte Ilkar. Er stellte sich vor, wie die Funken geflogen waren. Denser schwieg sich aus »Nun?« Sein Lächeln verblasste.

»Es gab keine diesbezüglichen Nachrichten. Wir haben es ihnen nicht gesagt.«

»Wie bitte?«

»Die anderen Kollegien haben keine Ahnung, dass wir Dawnthief suchen.« Denser wich Ilkars Blick aus.

Ilkars Ohren zuckten, und er kniff die Augen zu schmalen Schlitzen zusammen. Das Blut rauschte in seinem Kopf. Er stand auf, er konnte nicht mehr neben dem Xeteskianer sitzen.

»Wie dumm von mir anzunehmen, Xetesk könnte eine von den Wytchlords unterstützte Invasion für wichtiger halten als die eigenen Fortschritte.« Ilkar schnaufte schwer. »Weißt du, ich hatte schon zu glauben begonnen, dass sich in Xetesk wirklich etwas verändert hat. Jetzt scheint es allerdings so, als sei Xetesks Hauptziel nicht etwa, unser Land aus dieser Krise zu führen, sondern dafür zu sorgen, dass es die Vorherrschaft erringt, wenn wir Erfolg haben.«

»Diese Haltung teile ich allerdings nicht«, widersprach Denser.

»Nein?«

»Nein!« Denser lief rot an. »Was glaubst du denn, warum ich dir überhaupt etwas erzählt habe?«

»Weil es sowieso herausgekommen wäre, wenn wir nach Dordover gefahren wären. Sie hätten uns wohl kaum am Eingang erwartet und uns den Ring, als Geschenk verpackt, überreicht.«

»Ich kann ja verstehen, dass du wütend bist«, sagte Denser.

»Ich glaube, du verstehst überhaupt nichts«, fauchte Ilkar. »Dein Kolleg erwartet von uns, dass wir in den Kampf ziehen und sterben, aber es geht nicht etwa darum, ganz Balaia zu dienen. Ich will kein Bauer auf dem Spielbrett von Xetesk sein, und auch der Rabe wird da nicht mitmachen.«

»Was willst du dann tun?«, fragte Denser, als das Schweigen anhielt.

»Nun, das ist die entscheidende Frage, was?«, erwiderte Ilkar. »Mir bleibt nichts anderes übrig als weiterzumachen, weil ich glaube, dass Balaia in Gefahr ist. Aber eines will ich dir sagen. Jetzt, da Erienne und ich dich unterstützen, gehört Dawnthief allen Kollegien und nicht nur Xetesk.«

»Du wirst es kaum glauben, aber ich stimme dir zu, und ich kann deine Haltung verstehen«, sagte Denser. »Ich stimme aber auch mit der Haltung von Xetesk überein, und du irrst dich, wenn du glaubst, Xetesk wolle die Vorherrschaft erringen. Wenn wir aber am Triverne-See erklärt hätten, dass wir Dawnthief suchen, dann hätten die sich daraus ergebenden Störungen unserer Ansicht nach das ganze Unternehmen gefährdet, und damit auch ganz Balaia.«

»Wie praktisch«, murmelte Ilkar. »Wenn du das wirklich glaubst, dann hast du zu viel von deiner eigenen Doktrin abbekommen. Wie auch immer, wir müssen jetzt in aller Heimlichkeit nach Dordover gehen, weil deine Meister nicht gelernt haben, wie fruchtbar es sein kann, wenn man zusammenarbeitet. Wir sollten darauf achten, dass keiner von uns verletzt wird.«

Sol kam durchs Tor herein und verschwand im Haus. Ilkar hatte irgendwie den Eindruck, er werde genauestens gemustert, und schauderte innerlich. Der Protektor war ihm nicht geheuer. Wenigstens konnte er sagen, woran es lag. Es war die Maske. Sie war einfach, schlicht und schwarz. Aus Ebenholz geschnitzt, wie Denser sagte. Sie war Sols Gesicht angepasst, sah ihm jedoch nicht sonderlich ähnlich, wie der Xeteskianer weiter erklärte.

Ilkar kam sie vor wie eine Totenmaske, und das war ein recht zutreffender Eindruck. Wieder schauderte er, als er, ohne das Bild bewusst gerufen zu haben, noch einmal die Maske vor seinem inneren Auge sah. Die Protektoren waren im Grunde lebende Tote. Männer, die von Geburt an dem Berg von Xetesk geweiht waren und dorthin zurückgerufen wurden, wenn sie starben. Solange die Seele erhalten blieb, konnte der Körper neu erschaffen werden. Es war eine schreckliche Hinterlassenschaft aus der Vergangenheit, nachdem die Xeteskianer über Jahrhunderte hinweg die Lebenden und Toten für ihre Zwecke missbraucht hatten. Diese Unsitte sollte verboten werden, doch das Dunkle Kolleg weigerte sich, eine seiner mächtigsten Errungenschaften einfach aufzugeben.

Ilkar konnte nur ahnen, was der wieder belebte Körper und die Seele durchmachen mussten. Er würde es niemals erfahren, denn die Protektoren waren durch ein Schweigegelübde gebunden und sprachen nur, wenn ihre Aufgaben es erforderten. Dieses Gelübde zu brechen, so hieß es in der xeteskianischen Überlieferung, sollte »ewigliche Qualen im Berg nach sich ziehen, neben denen die Qualen der gepeinigten Seele in der Hölle als Wohltat, Erbauung und

Beschaulichkeit erscheinen müssen«. Aus derselben Überlieferung ging hervor, dass »niemals mehr das Licht oder eines lebenden Menschen Auge ihr Antlitz erblicken darf. Und sie sollen auch nicht reden, solange nicht das Leben ihrer Gebieter durch Schweigen in Gefahr gerät«.

Einzeln eingesetzt, waren die Protektoren äußerst loyale Leibwächter, da sie wussten, welche Qualen jede Zwietracht nach sich ziehen musste. Der wahre Grund für ihre Erschaffung war jedoch die Tatsache, dass eine Armee von Protektoren synchron und mit derartiger Kraft zu kämpfen vermochte, dass sie nur noch durch reine Magie aufzuhalten war. Und selbst dies war nicht sicher. Die Protektoren wurden bei ihrer Erschaffung mit einer inneren Abwehr gegen die Magie ausgestattet. Sie waren wahrhaft schaurige Gegner.

Sol würde von nun an Densers stummer Schatten sein und den Magier begleiten, wohin er auch ging, und der Schatten, den er warf, war in der Tat ein recht großer. Er war ein beeindruckender Mann. Größer noch als Thraun, vielleicht sogar größer als der Unbekannte. Auf dem Rücken trug er über Kreuz eine doppelschneidige Streitaxt und ein Zweihandschwert. Ilkar stellte sich vor, dass er mit jeder Hand eine dieser Waffen schwingen konnte, und nahm sich vor, nicht in der Nähe zu sein, wenn es dazu kommen sollte. Er wandte sich wieder an Denser.

»Entschuldige, ich war abgelenkt. Jetzt kann ich natürlich viel besser verstehen, warum er hier aufgetaucht ist. Aber du wolltest, glaube ich, etwas sagen?«

Denser entzündete seine Pfeife neu und benutzte dazu wie gewohnt eine Flamme, die auf der Spitze seines rechten Daumens entstand. »Mach dir keine Sorgen, er wird dir nichts tun. Er wurde genauestens über die Beteiligten und über unsere Situation informiert.«

»Von wem? Ich habe nicht gesehen, dass du seit seiner Ankunft mehr als ein Dutzend Worte mit ihm gesprochen hättest.«

»Er war mit meinem Hausgeist unterwegs.«

»Das soll mir reichen. Fahre fort.«

Denser änderte ein wenig seine Sitzposition.

»Nun, unsere Entscheidung, zu diesem Zeitpunkt nicht über Dawnthief zu sprechen, sondern abzuwarten, bis der richtige Augenblick gekommen ist, hat uns ein neues Problem eingebrockt.«

»Warum arbeitet der Rabe eigentlich für Xetesk?«, formulierte Ilkar die Frage, die viele sich stellten.

»Genau. Und das bringt am nächsten Ort, zu dem wir gehen, ein großes Problem mit sich.«

»Dordover.«

Ilkar schürzte die Lippen.

»Wenn du, Hirad oder ich in der Stadt gesehen werden, dann bekommen wir jede Menge Ärger mit dem Kolleg von Dordover. Wir können es uns aber nicht erlauben, uns zu trennen, denn wenn wir es tun, werden uns die Wytchlords im Handumdrehen zertrampeln.«

»Wir müssten aber schon ein beinahe unglaubliches Glück haben, wenn wir nicht entdeckt werden wollen.« Ilkar schüttelte den Kopf und fragte sich, ob die Kollegien irgendwann einmal lange genug mit ihrem Gezanke aufhören würden, um gemeinsam etwas auf die Beine zu stellen. Gern hätte er Denser als Lügner betrachtet, doch er musste davon Abstand nehmen und sich eingestehen, dass der Dunkle Magier in ebenso großer Gefahr schwebte wie der Rabe. Das Verhalten von Xetesk jedoch war verabscheuungswürdig.

»Wir gehen dort überhaupt nicht hinein. Will, Thraun und Jandyr müssen es allein erledigen.«

»Und was ist mit Erienne?« Ilkar fühlte sich nicht recht wohl dabei, den Ring eines Meisters der Magie von unerprobten und mehr oder weniger unbekannten Rekruten rauben zu lassen. Doch er wusste, dass Densers Vorschlag vernünftig war.

»Wir können auf jeden Fall darauf vertrauen, dass sie uns nicht verrät.« Denser zwinkerte ihm zu. »Aber das ist nicht das Problem. Sie ist nicht gerade Dordovers liebste Tochter, und wenn wir sie hineinschicken, nun ja …«

»Das schmeckt mir alles nicht«, sagte Ilkar. »Ich muss nachdenken. Ich will mich mit Hirad besprechen.«

Selyn fuhr aus dem Schlaf auf. Das Geräusch vieler trampelnder Füße hatte sie abrupt geweckt. Es war später Nachmittag, und normalerweise hätte sie noch ein oder zwei Stunden geschlafen, bevor sie die Schattenschwingen gewirkt und die Reise nach Parve fortgesetzt hätte. Sie hatte sich in einem dichten Gebüsch auf halber Höhe einer Klippe versteckt. Von hier aus konnte sie die Straße überblicken, die von der Torn-Wüste nach Terenetsa führte. Sie war noch vier Tagesmärsche von Parve entfernt.

Vorsichtig, um nicht das Blattwerk ringsum zu bewegen, schob sie den Kopf über einen Felsvorsprung und blickte zur Straße hinunter. Wesmen liefen vorbei. Tausende mussten es sein, hin und wieder kam auch ein berittener Schamane. Sie sah fünf Minuten lang zu und versuchte abzuschätzen, wie viele dieser mit Fellen bekleideten Krieger zum Understone-Pass unterwegs waren.

Als die letzten Reiter vorbei waren, kam sie zu dem Schluss, dass sie etwa siebentausend Mann gesehen hatte. Bei dieser Geschwindigkeit mussten sie den Pass in etwa sechs Tagen erreichen.

»Bei den Göttern, jetzt geht es los«, schnaufte sie. Eigentlich hätte sie die nächste Kommunion erst nach ihrer Ankunft in Parve halten sollen, doch sie konnte nicht zulassen, dass die Verteidigung in Understone von so vielen Angreifern überrannt wurde. Wenn sie davon ausging, dass noch mehr Truppen auf den südlicher gelegenen Straßen aus dem Kernland kamen, dann bedeutete dies, dass eine enorme Streitmacht gegen Balaia vorrückte. Sie schüttelte den Kopf, legte sich hin und forschte im Mana nach Styliann.

Zweites Kapitel

Der Tag begann ruhig. Im Morgengrauen überprüften die Reiter ihre Pferde, verstauten ihre Habseligkeiten und versorgten sich mit Proviant. Das Wetter war gut, der Tag versprach nicht zu heiß zu werden, und so herrschten ideale Bedingungen für einen Ritt. Dennoch sollte bald ein Sturm losbrechen.

Als die Pferde gesattelt und die letzten Zünder in der Burg gelegt waren, versammelten sich die Rabenkrieger, alte wie neue, im Innenhof. Talan saß bereits auf seinem Pferd.

»Mit jedem Atemzug bin ich bei euch«, sagte Talan.

»Und?«

»Ich werde dennoch fortgehen.« Er zuckte mit den Achseln.

»Wohin?«

»Das geht dich nichts an, Barbar. Wenig gesagt, wenig gewusst, nie gefunden.«

»Was?«

»So hat es meine Mutter immer ausgedrückt. Gott weiß warum, aber es kommt mir richtig vor.«

Hirad zog die Augenbrauen hoch und gab Talan die Hand. »Du wirst immer zum Raben gehören«, sagte er. »Vergiss das nicht.«

»Bei den Göttern, Hirad, ich …«

»Es ist vorbei, Talan. Nun wünschen wir einander ein langes Leben und viel Glück. Mehr können wir jetzt nicht mehr tun.« Er lächelte. »Wir sehen uns dann in Korina, wenn alles vorbei ist.«

»Kommt ganz darauf an.« Talan wendete sein Pferd und trabte zum Tor. Als er sich den Mauern näherte, trat Sol ihm in den Weg.

»Ich denke, du solltest besser anhalten, Talan«, sagte Denser, der mit der Katze auf dem Arm aus dem Haus kam.

»Was ist los?«, wandte Hirad sich an den Xetesk-Magier.

»Ich dachte nicht, dass er wirklich gehen würde. Ich habe darauf vertraut, dass du ihn umstimmst.«

Hirad wurde es trotz des warmen Morgens kalt.

»Dies ist eine Angelegenheit des Raben. Es ist allein seine Sache«, erklärte er, »und er hat das Recht zu gehen, wenn er will.«

»Nein, es ist nicht allein die Sache des Raben«, widersprach Denser. Seine Stimme war ruhig und kalt. »Wir können nicht das Risiko eingehen, dass er gefangen wird. Er darf nicht gehen.«

»Lass das lieber, Denser«, warnte Ilkar.

Denser ignorierte ihn. »Überdenke deine Entscheidung.«

Talan schüttelte den Kopf. »Nein.«

Auf ein Zeichen seines Gebieters riss Sol die Axt aus dem Rückengeschirr und hielt sie bereit.

»Überlege es dir«, sagte Denser noch einmal.

Erneutes Kopfschütteln.

»Du würdest ihn töten lassen?« Hirads Gesicht lief dunkel an.

Denser zuckte mit den Achseln. »Es ist das, was Sol am besten kann.«

Hirad dachte nicht einmal darüber nach. Er marschierte zu Denser, legte ihm einen Arm um den Hals und setzte ihm die Messerspitze unters Kinn.

»Überlege es dir noch einmal«, knirschte er.

Sol kam mit gemessenen, unerbittlichen Bewegungen herüber.

»Noch ein Schritt, maskierter Mann, und die ganze Angelegenheit endet hier und jetzt.«

Hirads Dolch fügte Denser eine kleine Wunde zu. Sol blieb wie angewurzelt stehen. »Und vergiss deine Sprüche. Du bist nicht schnell genug, um mich aufzuhalten«, sagte Hirad in Densers Ohr. Er blickte zu Talan. »Verschwinde hier.« Talan nickte zum Dank, gab seinem Pferd die Sporen und entfernte sich im Galopp. »Wie ich schon sagte, es ist eine Angelegenheit des Raben.« Er gab Denser frei und schob den Dolch wieder in die Scheide. »Jetzt kannst du mich entweder töten, oder wir machen weiter mit unserer Aufgabe.«

»Es wäre sinnlos, dich zu töten«, sagte Denser. Er rieb sich den Hals.

»Das dachte ich mir. Dann lass uns reiten.«

Ilkar schnaufte vernehmlich, warf Hirad einen langen Blick zu und marschierte zu den Ställen. Thraun und Will verschwanden im Haus. Erienne war noch am Grab ihrer Söhne.

Sol baute sich neben Denser auf, die Katze hockte jetzt auf der Schulter des Protektors. Alle drei starrten Hirad an.

»Was ist los? Überrascht es euch, dass es mir so wichtig ist?« Hirads Zorn war noch nicht ganz verflogen. »Du verstehst uns immer noch nicht, was, Denser? Die paar von uns, die noch am Leben sind. Du bist zwar auf den Kodex eingeschworen, doch solange du dies nicht verstehst, wirst du niemals wirklich zum Raben gehören.«

»Nein«, sagte Denser, »ich verstehe es nicht, und ich gehöre nicht wirklich dazu, obwohl ich mit jedem Tag ein besseres Bild bekomme.« Er hielt inne. »Hättest du mich wirklich getötet?«

»Es ist das, was ich am besten kann.« Hirad lächelte.

»Damit hättest du Dawnthief den Wytchlords überlassen.«

»Ich werde nicht zulassen, dass du diese Behauptung als Druckmittel einsetzt, um uns herumzukommandieren. Du hattest nicht das Recht, Talan aufzuhalten ...«

»Ich hatte sehr wohl das Recht ...«

»Es war eine Angelegenheit des Raben«, fauchte Hirad. »Ich werde mich nicht noch einmal wiederholen. Ich weiß, dass du wichtig bist, und ich weiß, dass wir dich am Leben erhalten müssen. Aber wenn du noch einmal so einen Trick versuchst, dann werde ich das auf jede Weise vereiteln, die ich für richtig halte. Und wenn das bedeutet, dass wir beide sterben und anschließend Balaia untergeht, dann soll es mir recht sein.«

Nach einer Weile nickte Denser. »Aber du verstehst meine Befürchtungen.«

»Natürlich. Ilkar teilt sie ebenfalls. Aber du hättest mit uns darüber reden müssen. Glaubst du wirklich, wir stehen herum und sehen tatenlos zu, wie dein Schatten ein Mitglied des Raben niedermacht?«

Denser schwieg eine Weile, dann holte er tief Luft.

»Im Rückblick, nein. Hör mal, ich habe nicht richtig darüber nachgedacht. Wir haben eine Menge Schwierigkeiten ...«

»Das hat Ilkar mir schon erzählt.«

»... und ich habe es als ein Risiko gesehen, das ich unbedingt vermeiden wollte.« Er hielt inne. »Ich bin in Panik geraten. Es tut mir Leid.«

»Dann wollen wir es vergessen.« Hirad gab Denser die Hand. »Er sollte aber wissen, dass es nichts Persönliches war.« Er richtete den Blick auf Sol. Die Augen starrten aus der Maske heraus zurück und zeigten keinerlei Reaktion.

»Er wird keinen Versuch unternehmen, dir etwas anzutun, solange du nicht mein Leben bedrohst«, sagte Denser.

»Ich glaube, wir wissen beide, wie wir das vermeiden können, nicht wahr?« Hirad drehte sich um, als von der Burg her ein Geräusch zu hören war. Will und Thraun kamen aus dem Gebäude getrabt.

»Die Zünder sind aktiviert«, sagte Will. »Sie werden etwa vier Stunden brennen. Ich hoffe, wir finden einen schönen Hügel, von dem aus wir zuschauen können.«

»Wir werden sehen, ob sich das machen lässt.« Hirad holte tief Luft. »Der Rabe! Aufsitzen und los. Die Sonne zieht nicht unseretwegen langsamer über den Himmel.« Er hielt noch einmal inne und fasste Denser am Arm. »Kümmerst du dich um Erienne?« Dann rannte er zum Pferd. Minuten später war das Knistern und Knacken der brennenden Zünder das einzige Geräusch, das in den Mauern der Burg der Schwarzen Schwingen noch zu hören war.

Der Rabe ritt zehn Minuten auf dem Weg, der von der Burg fortführte, dann ging es querfeldein, einen sanften Hügel hinauf durch den Wald. Das Gelände war nicht schwierig, doch hier und dort lagen Felsblöcke herum, was eine gewisse Vorsicht beim Reiten geboten erscheinen ließ. Bis Dordover waren es drei Tagesritte. Wenn ein Pferd verletzt wurde, kamen sie langsamer voran, und Zeit war etwas, das der Rabe im Moment ganz gewiss nicht im Übermaß zur Verfügung hatte.

Den ersten Halt, viel zu früh für Densers Geschmack, machten sie etwas mehr als drei Stunden von der Burg entfernt am Hang eines Hügels.

Es war kein idealer Aussichtspunkt, denn die Burg war weit entfernt und außerdem durch Bäume halb verborgen, doch es war das Beste, was sie hier finden konnten, und Will war fest entschlossen, an genau dieser Stelle eine Rast einzulegen.

»Stimmt etwas nicht, alter Freund?«, fragte Ilkar.

Hirad wandte den Blick von der Burg ab. »Ich habe mir gerade überlegt, wie lange es her ist, dass ich mir das letzte Mal einen guten Schluck genehmigen konnte, und die Antwort auf diese Frage hat mir überhaupt nicht geschmeckt.«

»Es war in den Ruinen von Septerns Haus, nicht wahr?«

Hirad nickte.

»Travers hatte einen Vorrat eingelagert«, meinte Ilkar.

»Da würde ich lieber den Inhalt meiner eigenen Blase saufen«, erwiderte Hirad.

»Sehr klug. Das wäre ein gutes Antiseptikum, wie Talan einmal gesagt hat.«

Hirad zog die Augenbrauen hoch. »Ich hoffe, er hat Recht damit«, sagte er. »Ich glaube, ich werde ihn vermissen.«

»Ja, ich auch«, stimmte Ilkar zu.

»Bist du überrascht, dass er uns verlassen hat?«

»Überrascht und sehr enttäuscht. Ich dachte wirklich … weißt du, nach vier Jahren …«

»Ja, ich weiß. Und da wir gerade über Enttäuschungen reden, so muss ich sagen, dass ich allmählich das Vertrauen in Wills Versprechungen über dieses große Feuerwerk zu verlieren beginne.« Er wandte sich an Will, der, die Hände in die Hüften gestemmt, ein paar Schritte entfernt stand. »He, Will, besteht die Möglichkeit, dass das große Ereignis tatsächlich noch stattfinden wird?«

Will fuhr empört hoch und warf ihm einen scharfen Blick zu. »Nur Geduld«, sagte er.

»Rauch!«, meldete Jandyr gleich darauf. Er deutete in die Ferne und stand auf.

»Wo?«, fragte Ilkar.

»Vordertür, aus allen Spalten.«

»Hab es«, sagte Ilkar.

»Wo?« Noch während Hirad sich bemühte zu erkennen, was nur für Elfenaugen sichtbar war, explodierte die Vordertür zusammen mit den umgebenden Wänden. Eine gewaltige Feuerlanze stieß in den Hof hinaus, eine Wolke von Schutt und Rauch folgte ihr, und Hirad schauderte, als er sich erinnerte, wie knapp er Sha-Kaan entkommen war.

Ein gedämpftes Explosionsgeräusch war einige Sekunden später zu hören, und nicht lange danach stürzten die beiden Türme gleichzeitig ein. Einer brach in sich selbst zusammen, im zweiten waren die Ladungen eher nach oben gerichtet, und das verzierte spitze Dach stieg auf einer Wolke von pulverisiertem Mauerwerk träge in die Luft. Will stieß einen entzückten Ruf aus. Erienne begann zu weinen. Denser ging zu ihr, nahm sie in die Arme und wischte ihr die feuchten Wangen ab. Sie schaute zu ihm auf und lächelte.

Und dann, als die Burg in Flammen und Rauch unterging, klopfte Hirad Will auf die Schulter und scheuchte die anderen unter Densers besorgten Blicken zu den Pferden zurück.

Understone.

Einst an einer wichtigen Handelsroute zwischen dem Osten und Westen gelegen, war die Stadt in Vergessenheit geraten und verfallen, als der Warenumschlag abebbte, nachdem die Wesmen den Pass in ihre Gewalt gebracht hatten. Jetzt gab es nur noch eine schlecht ausgerüstete Garnison unerfahrener Soldaten. Besoldet wurden sie von der Handelsallianz von Korina, deren hochtrabender Name dem desolaten Zustand dieser Organisation zu viel der Ehre antat.

Fünfundsiebzig Mann, dies war die ganze Verteidigung gegen eine Invasion von Westen. Eine Invasion, zu der es nach Ansicht der HAK ohnehin nicht mehr kommen würde, nachdem es fünf Jahre lang ruhig geblieben war.

Wie sich die Zeiten änderten. Nach Travers' außergewöhnlich tapferer, aber letzten Endes doch zum Scheitern verurteilter Verteidigung des Passes war Understone befestigt und mit einer dreitausend Mann starken Schutztruppe ausgestattet worden. Da der ganze Osten Balaias bedroht schien, waren keine Kosten zu hoch gewesen, wenn man dafür sorgen wollte, dass die Wesmen nicht auf die andere Seite des Passes vordringen konnten. Provisorische Behausungen wurden gebaut, und Händler, Prostituierte, Gaukler und Wirte machten glänzende Geschäfte. Doch der Aufschwung war nicht von Dauer.

Die Wesmen griffen nicht wieder an. Nach fünf Jahren schien es so, als sei ihr Ehrgeiz erschöpft, nachdem Tessaya den Pass eingenommen hatte und Wegzölle erheben konnte.

Die Frage, warum sie den Pass überhaupt erobert hatten, musste vorerst unbeantwortet bleiben. In den Jahren vor den Schlachten, die mit Travers' Niederlage endeten, hatte ein instabiler Frieden geherrscht. Vom reicheren

Osten aus hatte man Handelsrouten in den Westen eröffnet, neue Märkte erschlossen und neue Gewerbe entwickelt. Doch jetzt, neun Jahre nach dem Fall des Passes, war die Situation unglücklicherweise völlig klar. Die Wesmen hatten den Pass eingenommen, um die Rückkehr der Wytchlords vorzubereiten.

Die Stadt Understone war nicht mehr als vierhundert Schritt von dem dreißig Fuß breiten und fünfundzwanzig Fuß hohen Torbogen entfernt, der den Eingang zum Understone-Pass bildete. Zu beiden Seiten ragten Berge auf, davor erstreckten sich nach Norden, Osten und Süden Hügel und Buschwerk, so weit das Auge reichte. Es war ein eintöniger und doch wundervoller Anblick. Die schäbigen Häuser waren auf den benachbarten Anhöhen verstreut oder drängten sich in den besseren Lagen der wenigen ebenen Bereiche abseits der Hauptstraße.

Noch trostloser war es hier, wenn es regnete, was recht häufig geschah. Dann trieb der Wind Wolken über die Berge, die ihre Last auf die armen Bewohner drunten entluden.

Überschwemmungen, Schlammlawinen und Verfall – all dies hatte Narben in der Stadt hinterlassen. Die Abwehrmaßnahmen gegen den Regen bestanden aus einem Netz von Abflussgräben. Sie hatten bislang recht gut funktioniert, doch da sie zusehends verschlammten, gab es wieder Überschwemmungen. Die Hauptstraße war knöcheltief mit einem zähen, klebrigen Morast bedeckt, dessen Gestank in Schwaden aufstieg, sobald die Sonne ihn berührte.

Die unangekündigte Ankunft von mehr als fünfhundert Männern und Elfen von den vier Kollegien versetzte die kleine Garnison in Panik. Einige wollten sich den berittenen Streitkräften entgegenstellen, doch die meisten verschwanden einfach in den Häusern oder rannten weg und riefen nach dem befehlshabenden Offizier. Bis dieser sich in einem alten Gasthof vom Tisch erhoben hatte und durch den Matsch stapfte, während er sich noch die Tunika über dem aufgedunsenen Bauch zuknöpfte, waren nur noch zwölf Soldaten anwesend. Es war erbärmlich.

Der Garnisonskommandant schaute an General Ry Darrick vorbei auf die lange Reihe Berittener, die fast bis zum Stadtrand die Hauptstraße in Anspruch nahmen. Dann wanderte sein Blick zu den Männern, die standhaft geblieben waren. Er nickte dankbar und wandte sich an Darrick, der sich im Sattel vorgebeugt hatte und dem Kommandanten nicht einmal die Ehre erwies, aus dem Sattel zu steigen.

»Auf diese Weise würdest du dich also denen stellen, die unser Land erobern wollen«, sagte Darrick.

Der Kommandant lächelte. »Nein«, gab er zurück. »Denn diejenigen, die unser Land erobern wollen, müssten nicht einmal ihren Schritt verzögern, um eine so kleine Garnison niederzumachen. Mit wem habe ich die Ehre?«

»Ich bin Darrick, General in der Kavallerie von Lystern. Und du bist vermutlich Kerus, der Kommandant der Garnison, die an den Toren der Hölle Wache hält.«

Kerus runzelte die Stirn, da er nicht wusste, wie er Darricks Worte und die Truppen, die hinter ihm Aufstellung genommen hatten, zu deuten hatte. Er beschloss, dass der Rest der Unterhaltung besser vertraulich stattfinden sollte, und lief durch den Schlamm zu Darricks walnussbraunem Pferd.

»General Darrick, ich habe hier fünfundsiebzig Mann, von denen keiner älter ist als neunzehn Jahre. Sie wurden hergeschickt, um in der Gegend vor dem Pass zu patrouillieren und alle Räuber abzufangen, die einen Überfall versuchen sollten. Man erwartet nicht von uns, dass wir eine Invasionsarmee abwehren, weil eine solche Armee niemals durch den Pass kommen wird. Und jetzt muss ich Euch fragen, was Ihr hier in Understone zu suchen habt.«

»Vorbereitungen treffen, um die Invasionsarmee abzuwehren, die deiner Ansicht nach nicht kommen wird. Zwei Tagesmärsche hinter mir folgen weitere fünftausend Mann.«

»Vielleicht sollten wir uns besser in meinen Gemächern unterhalten«, schlug Kerus vor.

»Das sollten wir vielleicht tun.«

Drittes Kapitel

Es war Spätnachmittag. Will hatte den Holzofen in Gang gebracht, und ein Topf Wasser blubberte darauf. Kein Lichtschein drang nach draußen.

»Ehrlich gesagt, bin ich erstaunt«, meinte Denser. »Uns ist keine Menschenseele begegnet. Wie wahrscheinlich ist so etwas eigentlich?«

Er, Ilkar und Hirad hatten sich ein paar Schritte entfernt, um sich zu besprechen. Jandyr und Thraun kümmerten sich um die Pferde, Erienne hatte sich bereits schlafen gelegt.

»Er ist ein guter Fährtenleser, das muss ich ihm lassen«, sagte Hirad.

»Gut? Die Gegend ist gar nicht mal so dünn besiedelt, doch wir haben nichts und niemanden gesehen oder gehört. Es ist eine außerordentliche Leistung.«

»Nicht nur das, die meiste Zeit haben wir nicht einmal ihn selbst gehört«, stimmte Ilkar zu.

»Also gut, damit ist die Sitzung des Thraun-Bewunderungskomitees geschlossen«, sagte Hirad. »Was wissen wir über Dordover?«

Denser bedeutete Ilkar mit einer Geste, dem Barbaren zu antworten.

»Es ist die größte der Kolleg-Städte. Sie ist enger mit Xetesk verbunden als Julatsa und hat sich gelegentlich auch mit Densers Leuten verbündet, obschon sie heute kaum noch ein Wort miteinander reden. Doch selbst wenn sie noch freundschaftlichen Kontakt hätten, würde unsere Aufgabe nicht leichter. Ihr müsst wissen, dass die Kollegien ihre Überlieferungen eifersüchtiger hüten als alles andere, was sie besitzen. Wir sind drauf und dran, einen Teil von Dordovers Überlieferung zu stehlen.«

»Der Meisterring wird also beschützt.«

»Ja, aber nicht von Menschen, sondern von Sprüchen«, entgegnete Ilkar. »Das ist unser Problem. Schutzzauber, Alarmsignale, Fallen, und alles ist verschlüsselt. Wenn ein Unbefugter in ihren Bannkreis gerät, werden sie aktiv.«

»Und wie wollen wir dann vorgehen?«, fragte Hirad.

»Leider gibt es niemanden außer Erienne, der uns hier weiterhelfen kann«, sagte Denser.

»Warum leider?«

»Weil wir sie nicht bitten sollten, sich an einem solchen Diebstahl unmittelbar zu beteiligen. Sie ist jetzt schon innerlich zerrissen, nachdem sie ihre Söhne verloren hat. Ich frage mich, ob dies nicht zu viel für sie wird.«

»Ich weiß«, sagte Hirad. »Aber wenn sie uns einfach sagt, was wir …«

»Du verstehst das nicht«, widersprach Denser. »Sie muss reingehen.«

»Dann reden wir also darüber, Will und Thraun mit einer Frau loszuschicken, die vor Kummer nicht mehr ein und aus weiß und die sogar hier ausgebildet wurde. Und sie soll einen Ring stehlen, der in ihren Überzeugungen eine zentrale Rolle spielt.«

»Das ist eine präzise Beschreibung des Sachverhalts«, bestätigte Denser.

»Weiß man in Dordover denn, dass sie kommt?«, fragte Hirad.

»Ja, natürlich«, antwortete Denser. »Nur eines noch. Niemand darf getötet werden. Das könnte Erienne nicht ertragen.«

»Darf ich ihnen nicht einmal die Hände abhacken?«

»Es tut mir Leid, Hirad.«

»Wir wollen nur hoffen, dass es vor dem Morgengrauen nicht uns allen schrecklich Leid tut.« Er entfernte sich und rief Thraun, dann drehte er sich noch einmal um. »Wie hat denn der Plan ausgesehen, bevor wir Erienne getroffen haben?«

Ilkar und Denser wechselten einen Blick, die Katze hob den Kopf.

»Es ist möglich, schwache Geister über eine gewisse Entfernung zu steuern«, antwortete Denser.

»Glaube mir, du willst die Einzelheiten gar nicht wissen«, ergänzte Ilkar.

Hirad nickte und ging zum Ofen hinüber.

Styliann stellte sein Glas mit einem lauten Knall auf den Tisch. Seine Augen funkelten wütend, und das Gesicht lief im Lampenlicht seines Arbeitszimmers puterrot an.

»Die Protektoren unterstehen meinem unmittelbaren Befehl. Niemand darf ohne meine vorherige Zustimmung einem Protektor einen Einsatzbefehl erteilen. Nicht einmal Ihr.«

»Aber die Situation, mein Lord …«, stammelte Nyer.

»Die Situation hätte mit mir erörtert werden müssen«, gab Styliann zurück. »Ich mag es nicht, wenn meine Autorität auf diese Weise in Frage gestellt wird. Und außerdem gefällt es mir nicht, dass ausgerechnet dieser Protektor ausgewählt wurde.«

»Sol ist ein äußerst fähiger Mitarbeiter.«

»Ihr wisst ganz genau, was ich meine«, fauchte Styliann. »Ihr werdet ihn auf der Stelle zurückrufen.«

Nyer schlug die Augen nieder und nickte. »Selbstverständlich, mein Lord, wenn dies Euer Wunsch ist.«

»Verdammt, Nyer, ich weiß es auch nicht«, sagte Styliann. Er schenkte dem älteren Mann ein. »Was ist nur in Euch gefahren? Ihr habt doch sonst solche Dinge immer mit mir besprochen. Immer.«

»Ihr wart bei der Konferenz am Triverne-See, und ich hatte den Eindruck, dass eine schnelle Entscheidung getroffen werden musste.«

Styliann dachte darüber nach und nickte schließlich. »Nun gut. Dann lasst den Protektor dort bleiben. Wenigstens bis nach dem Einsatz in Dordover. Aber informiert mich ständig über die Fortschritte. Ich will einen erschöpfenden Bericht über alle Mitteilungen, und ich würde nur ungern einen Wahrspruch einsetzen, um mich zu vergewissern, dass Ihr mir auch tatsächlich alles gesagt habt.«

Nyer fuhr zurück, als habe man ihm eine Ohrfeige versetzt, doch er schaffte es zu lächeln. »Das hatte ich wohl verdient«, sagte er. »Ist Selyn wohlauf?«

»Wenn man bedenkt, dass sie beinahe der Invasionsarmee der Wesmen in die Arme gelaufen wäre, die nach Understone unterwegs ist, ja.« Styliann nagte nervös an der Unterlippe.

»Sie wird es schon schaffen.«

»Danke für die Aufmunterung.« Der Herr vom Berge betätigte die Schelle neben dem Kamin. »Ich muss ruhen. Bitte agiert nicht noch einmal hinter meinem Rücken.« Sein Gesicht verriet nicht, was er dachte. Nyer ging hinaus, als die Tür von einem Diener geöffnet wurde, und Styliann seufzte. So etwas hätte er nicht von Nyer erwartet. Nein, wirklich nicht.

Nach einem kurzen Wortwechsel mit Denser gab Erienne dem Magier die Hand und verließ noch vor Sonnenuntergang zusammen mit Thraun und Will das Lager. Im Gegensatz zu Xetesk war Dordover keine befestigte Stadt, und so konnten die drei unter den desinteressierten Blicken der Wächter zwei Stunden später durchs Westtor reiten.

»Ich könnte es nicht ertragen, in mein Haus zurückzukehren«, sagte Erienne, als sie im stillen Gasthof in der Nähe des Kollegs, wo sie passende Zimmer gefunden hatten, in der Schankstube saßen.

»Ich verstehe«, sagte Thraun. »Wenn dies hier vorbei ist, können wir mal einen Blick auf dein Haus werfen.«

Erienne nickte dankbar. Wieder drohten ihr die Tränen in die Augen zu schießen, die dunkle Ringe hatten und tief in den Höhlen saßen. »So viele Erinnerungen, so viel Glück. Und jetzt …« Sie schüttelte den Kopf, starrte den Tisch an, schob sich das Haar hinter die Ohren zurück.

»Wir werden dir helfen«, versprach Will. »Wir werden immer für dich da sein.«

Erienne drückte Wills Arm, atmete durch und fasste sich. »Jetzt hört mir zu«, sagte sie. »Dordover ist zwar viel leichter zugänglich als beispielsweise Xetesk, doch das Kolleg hat in Bezug auf Besucher strenge Regeln aufgestellt. Nach Einbruch der Dunkelheit dürft ihr euch nicht mehr auf dem Gelände aufhalten, also lasst euch von mir führen und haltet nach Möglichkeit den Mund.«

»Wird man dich erkennen?«, fragte Thraun.

»In der Nähe des Kollegs ganz sicher. Schließlich habe ich viele Jahre hier gelebt.«

Essen und Trinken wurden serviert.

»Lasst uns essen«, sagte Erienne. »Danach müssen wir zum Kolleg gehen. Nach Einbruch der Dunkelheit wird man uns nicht mehr einlassen.«

Das Kolleg bestand aus einer Gruppe von etwa zehn Gebäuden, die in einem lockeren Kreis rings um den so genannten Turm errichtet worden waren. Will wies sofort darauf hin, dass der Turm nicht unbedingt nach dem aussah, was der Name vermuten ließ.

Die drei näherten sich dem einzigen Tor in der Mauer des Kollegs, und der Turm, in Wahrheit ein vierstöckiges Wohngebäude mit zwei Flügeln, lag nun direkt vor ihnen.

»Es gab früher mal einen Turm, als das Kolleg noch ein Zentrum war, in dem herausragende Magie praktiziert wurde«, erklärte Erienne. »So hielt man es eben vor vierhundert Jahren, aber meiner Ansicht nach war das völlig unpraktisch. Als das Kolleg wuchs, wurde der Turm abgerissen, um Platz für das Haus zu schaffen. Nur in Xetesk gibt es heute noch Türme. Sie haben sieben, die das hierarchische Denken des Kollegs widerspiegeln.« Sie konnte sich den höhnischen Unterton nicht ganz verkneifen. »Die anderen Kollegien sind mit der Zeit gegangen.«

»Welchen Sinn hatte es denn überhaupt, einen Turm zu bauen?«, wollte Thraun wissen.

»Die Türme waren Symbole der Macht und Autorität.« Erienne zuckte mit den Achseln. »Phallussymbole für die Männer, deren Mana-Fähigkeiten nicht so groß waren, wie ihr Ego es gern gehabt hatte. Eigentlich ziemlich armselig.«

Am Tor wurden sie von einem einsamen Wächter aufgehalten, der nach kurzem Überlegen die Magierin wieder erkannte.

»Erienne«, sagte er freundlich. »Du warst ja ein paar Jahre nicht mehr hier.«

»Irgendwann müssen wir alle mal aus dem heimischen Nest entfliehen, Geran, aber es ist schön, dich wieder zu sehen.« Der Wächter lächelte, dann musterte er Will und Thraun. »Freunde meines Mannes«, sagte Erienne. »Ich hatte leider etwas Ärger.« Ihre Stimme klang belegt, und sie verzichtete auf weitere Erklärungen.

»Und jetzt bist du hier, weil du Hilfe suchst.«

»So könnte man es ausdrücken.«

Geran trat zur Seite. »Du kennst ja die Besucherregelungen«, sagte er.

Erienne nickte und ging an ihm vorbei. »Ich sehe zu, dass sie sich benehmen.«

»Wie geht es eigentlich Alun?«, fragte Geran.

Erienne zuckte zusammen, doch sie ging weiter, ohne sich umzudrehen. Thraun beugte sich zu Geran vor.

»Das ist das Problem. Er ist tot. Und die Jungen ebenfalls.«

Geran sah ihn entsetzt an. »Das tut mir …«

»Schon gut. Lass es auf sich beruhen.«

Der Turm war etwa zweihundert Schritt vom Tor entfernt. Links vom Tor waren in einer Reihe gedrungener Hütten die Lehrsäle untergebracht, rechts stand ein langer, verrammelter Bau, schwarz und mit Eisen gesichert.

»Dort werden die Fernzauber geübt und die neuen Sprüche getestet. Dazu braucht man ein stabiles Gebäude.« Erienne blieb kurz stehen und sah hinüber. »Wusstet ihr, dass in allen Kollegien ungefähr jeder fünfzigste Magier bei Versuchen in den langen Hallen und Testräumen stirbt? Nein, natürlich wusstet ihr das nicht. Ihr dachtet, wir wachen einfach eines Morgens auf und sind fähig, Sprüche zu wirken. Die Gefahren, denen wir bei Ausbildung und Forschung ausgesetzt sind, werden nie richtig gewürdigt. Ihr glaubt, es sei eine Gabe, doch für uns ist es ein Ruf, dem wir unbedingt

Folge leisten müssen. Wir spazieren nicht freiwillig hier herein, sondern sie finden uns und bringen uns her.«

»Immer mit der Ruhe, Erienne.« Erschrocken über ihren Ausbruch legte Thraun ihr eine Hand auf die Schulter. Sie schüttelte die Hand ab und ging weiter.

»Hinter dem Turm gibt es einen weiteren Ort, den man fürchten muss. Das Mana-Bad. Dort lernen die Magier, das Mana aufzunehmen, zu verstärken und zu steuern. Nebenan ist die Krankenstation, wo diejenigen, die sich dem Mana zu früh und zu schnell geöffnet haben, sabbernd und stammelnd liegen, bis der Tod sie holt. Glücklicherweise dauert dies nie sehr lange.«

Sie marschierte eine kurze Treppe hinauf, überquerte ein gepflastertes Relief und trommelte an die wuchtige Eichentür in der Vorderfront des Turms. Der linke Türflügel schwang lautlos auf, und ein Mann trat heraus. Er war der älteste Mensch, den sie je gesehen hatte. Weißes Haar wallte über die Schultern, der Mund war hinter einem grauscheckigen Bart verborgen. Sein Körper war vor Alter gebeugt, und er hielt sich mit zwei Stöcken aufrecht, doch die Augen waren von einem klaren Blau und blitzten im faltigen, vom Alter tief gefurchten Gesicht. Stärke strahlte aus den Augen. Erienne verneigte sich vor ihm.

»Meister des Turms, ich bin Erienne. Ich suche Wissen in der Bibliothek.«

Er betrachtete sie einen Augenblick und nickte schließlich.

»So sei es«, sagte er mit heiserer, leiser Stimme. »Und deine Begleiter?« Er machte eine unbestimmte Geste mit einem Stock.

»Sie beschützen mich.«

»Sie können die Vorhalle betreten, aber weiter dürfen sie nicht hinein.«

»Ich weiß, Meister des Turms.« Erienne rang die Hände.

»Du bist ungeduldig, Erienne Malanvai. Das war schon immer deine größte Schwäche.« Er kicherte. »Gehe hinein und suche dein Wissen. Du warst schon viel zu lange nicht mehr in der Bibliothek. Vielleicht schenkt das Alter dir endlich die nötige Weisheit.« Er trat einen Schritt auf Thraun und Will zu und musterte sie im schwächer werdenden Nachmittagslicht. Bei dem Dieb war es kaum mehr als ein flüchtiger Blick, doch Thrauns Gesicht wurde eine ganze Weile angestarrt, und das Stirnrunzeln ließ die ohnehin schon tiefen Falten noch tiefer werden.

»Hmm«, machte er schließlich. »Erlaube dir keine Übertretungen. Die Strafen folgen auf dem Fuße und sind streng.« Er schlurfte in den Turm zurück und ließ die Tür offen stehen, damit sie eintreten konnten.

Erienne ging wieder zu ihren Gefährten hinunter. »Was hatte das zu bedeuten?«

»Ich muss wohl ein beängstigendes Gesicht haben«, sagte Thraun lächelnd, doch es klang nicht sonderlich überzeugend.

»Das Gleiche könnten wir auch dich fragen«, meinte Will.

»Meinst du den Meister des Turms? Tu einfach, was er gesagt hat. Er führt das Haus für die Meister der Überlieferung. Niemand wagt es, sich ihm zu widersetzen, und es macht mir Sorgen, dass du ihm unangenehm aufgefallen bist.«

Thraun zuckte mit den Achseln. »Und was nun?«, fragte er.

»Ich gehe in die Bibliothek und schlage nach, mit welcher Art von Verteidigung Arteches Ring geschützt wird. Die schwere Tür, die ihr gleich rechts neben der Bibliothek sehen werdet, führt zu der Gruft. Seht euch das Schloss genau an, aber ich würde dringend davon abraten, den Türgriff zu berühren.«

Sie drehte sich auf dem Absatz um und ging in den Turm. Drinnen wandte sie sich nach links und öffnete eine mit Holz vertäfelte Tür. Sie blieb noch einmal stehen und wandte sich an ihre Begleiter. »Lasst euch … Geht es euch nicht gut?«

Thraun und Will waren nur einen Schritt weit in den Raum eingedrungen, dann waren sie abrupt stehen geblieben. Beide Männer waren bleich und hatten die Augen aufgerissen – weniger wegen des schwachen Lichts im Innern.

Will spürte eine Last, die sich wie eine bleierne Wolke über seinen Körper legte. Bedrückend und klebrig fühlte es sich an, er konnte kaum atmen, ihm wurde kalt ums Herz, der Atem stockte in seiner Kehle. Seine Augen irrten durch die Halle. Direkt vor ihm führte eine Steintreppe nach oben und verlor sich in der Dunkelheit. Rechts war eine einzelne, mit Eisenbändern verstärkte Tür zu sehen.

Erienne stand bereits vor der Bibliothek. Das schwache Licht kam von Laternen, die hoch an den Wänden aufgehängt waren. Aus allen Fächern der Vertäfelung starrten Porträts herab – durchdringend, forschend, mahnend. Die Steinfliesen waren mit einem dunklen Teppich bedeckt. Der ganze Raum roch nach gewaltiger Macht.

»Wollt ihr vielleicht lieber draußen warten?«, fragte Erienne.

Thraun schüttelte schwach den Kopf. »Nein, es geht schon.« Will hatte sich weit genug gefangen, um empört in die Runde zu schauen. »Was ist das hier?«

»Mana«, sagte Erienne nur. »Das Vermächtnis einer langen Zeit. Meister der Überlieferung und Magier. Die Lebenden in den Räumen über uns und die Toten unten. Du wirst es nie wirklich verstehen, aber du kannst es fühlen, nicht wahr? Ein Druck, der auf dir lastet, doch für mich ist es die reinste Form der Lebensenergie. Ich komme hier zu Kräften, während du dich bedrückt fühlst.« Beinahe hätte sie gelächelt. »Es wird nicht lange dauern.« Sie drehte sich um und verschwand in der Bibliothek. Hinter ihr fiel die Tür zu.

Das Licht in der Vorhalle verblasste jetzt schnell, und dafür flammten die Laternen an den Wänden auf. Will ließ sich vor der Bibliothek auf einen Stuhl sinken, Thraun schloss die Vordertür.

»Ich frage mich, was sie damit meint, dass es nicht lange dauert«, meinte er.

»Hmm.« Thraun lehnte sich auf der anderen Seite des Eingangs zur Bibliothek an den Türrahmen. »Ich weiß es nicht. Aber wie lange auch immer, es wird uns hier drinnen vorkommen wie eine Ewigkeit.«

»Dann sollten wir uns besser nützlich machen. Lass uns das Schloss untersuchen.«

Denser schlief schlecht. In seinen Träumen versuchte sich der Hausgeist aus einem Käfig zu befreien, der zu stark war, um aufgebrochen zu werden. Seine Katzengestalt wechselte zu seiner wahren Form, seine Klauen kratzten, die Krallen blitzten, die Zähne wurden gebleckt, ein Heulen war zu hören … Denser erwachte benommen. Er schickte seine Gedanken durch die Finsternis und war erleichtert, als er die ruhigen, machtvollen Impulse seines Hausgeistes spürte. Er bat ihn, vorsichtig zu sein.

In den Straßen außerhalb des Kollegs von Dordover zog sich eine schwarze Katze noch tiefer in die Schatten zurück. Sie ließ das Tor und den einsamen Wächter, der rauchend auf seinem Posten saß, keinen Moment aus den Augen.

»Man muss sehen, dass ihr wieder geht.« Eriennes Suche war kurz gewesen, und nun stand sie wieder mit Will und Thraun in der Vorhalle. Die beiden hatten, wie es ihnen schien, eine unermesslich lange Zeit warten müssen. Kein Laut war in der Zwischenzeit im Turm zu hören gewesen.

»Und dann?«, fragte Will.

»Ihr wartet, bis es ganz dunkel ist, und dann kommt ihr zurück. Ich bleibe hier und werde noch weitere Nachforschungen anstellen.«

»Ist das Tor nach Einbruch der Dunkelheit stark bewacht?«

»Nicht stärker als am Tage. Wie auch immer, ich schlage vor, dass ihr hinter dem langen Testgebäude über die Mauer steigt.«

»Ist die Mauer denn nicht mit Sprüchen gesichert?« Thraun trat unruhig von einem Bein aufs andere. Irgendetwas stimmte nicht, doch er konnte nicht recht den Finger darauf legen.

»Nein.« Erienne zuckte mit den Achseln. »Wer würde schon in ein Kolleg einbrechen?«

»Ja, wer wohl?« Will grinste verschlagen.

»Eure Probleme beginnen, wenn ihr versucht, wieder hier hereinzukommen.«

»Warum sollen wir überhaupt weggehen?«

»Ihr dürft euch nach Einbruch der Dunkelheit nicht mehr im Kolleg aufhalten. Man würde euch töten, wenn man euch findet. Ich werde in der Bibliothek sein.«

Will nickte und ging als Erster hinaus. Erleichtert schnaufte er in der frischen Luft, als er nach draußen trat. So schnell, wie sie gekommen war, wich die Last von seinen Schultern. Er sah sich zur Tür um, die sich hinter ihnen schloss. Dann eilte er mit Thraun den Weg hinunter, an der Wache vorbei und auf die Straße.

Erienne blieb, die Hand schon zum Griff ausgestreckt, wie angewurzelt vor der Tür der Bibliothek stehen, als sie hinter sich eine Bewegung hörte.

»Erienne, Erienne«, sagte der Meister des Turms. »Gerade du solltest doch wissen, dass die Wände des Turmes Ohren haben.«

Im Schatten vor dem Tor des Kollegs spitzte die Katze die Ohren, und ihre Nackenhaare sträubten sich. Sie wechselte die Position und sah sich um, doch da war nichts. Aus dem Nichts kam eine Hand, packte ihren Hals und drückte sie auf den Boden. Sie konnte die Mana-Gestalt fühlen, die den Umriss einer Hand nachahmte, und wurde fast ohnmächtig vor Angst.

»Wage es nicht, dich zu verändern, Kleine. Deine Knochen brechen leicht unter meinen Fingern.«

Die Katze wurde vor ein dunkles Gesicht gehoben. Das lange schwarze Haar des Mannes war hinter dem Kopf zusammengebunden, und die schmalen braunen Augen schienen sich in den Schädel der Katze zu bohren. Wieder sprach der Mann.

»Ich konnte dich schon von drinnen riechen«, höhnte er und verstärkte den Griff der Mana-Hand ein wenig. »Dann wollen wir mal sehen, ob wir nicht deinen Meister aus seinem Versteck locken können.« Ein Sack, getränkt von Mana, wurde der Katze über den Kopf gezogen.

Densers Schmerzensschrei durchbrach den Frieden ihres Verstecks im Wald. Hirad fuhr abrupt aus seinem Schlummer hoch, dann sprang er auf die Füße, die Hand bereits an den Schwertgriff gelegt. Er lief das kleine Stück zum gepeinigten Magier und bemerkte im Laufen Sol, der in der Nähe stand und, sofern seine Maske überhaupt etwas verriet, den Magier ohne innere Anteilnahme beobachtete. Denser hockte vornübergebeugt auf den Knien, er hatte die Hände an die Schläfen gepresst, und sein Gesicht berührte fast das verwesende Laub. Ein dunkler Blutfaden rann aus einem Nasenloch.

»Denser?« Er konnte keine Verletzung sehen und keinen Grund für den plötzlichen Aufschrei des Magiers erkennen. Das machte ihm Angst. Ilkar und Jandyr standen inzwischen links und rechts neben ihm. Ilkar ging an ihm vorbei, kniete sich neben den Xeteskianer und legte ihm einen Arm um die Schultern.

»Kannst du sprechen?«

Denser gurgelte und stöhnte nur, und ein Schaudern lief durch seinen ganzen Körper. Er keuchte und ließ sich von Ilkar auf die Beine ziehen. Selbst in der Dämmerung konnten sie sehen, dass seine Augen blutunterlaufen tief im kreidebleichen Gesicht saßen. Er schien um Jahre gealtert, und als er endlich wieder den Mund öffnete, um etwas zu sagen, verkrampften sich seine Kaumuskeln. Blut rann aus seinem Mund.

»Sie haben ihn geschnappt.« Er hatte Schleim im Mund und konnte kaum sprechen. »Sie haben ihn geschnappt, um mich zu erwischen.«

»Was?« Hirad verstand es nicht. »Wen haben sie geschnappt?«

»Den Hausgeist«, erklärte Ilkar. »Ein dordovanischer Magier muss ihn erwischt haben.«

»Warum ein Magier?«

»Weil niemand sonst die Macht hätte, ihn unter Kontrolle zu halten.« Ilkar kratzte sich am Kinn. »Bei den Göttern, das ist ernst.«

»Ich muss da hin«, sagte Denser. Er wollte aufstehen.

»Kommt überhaupt nicht in Frage, Denser.« Ilkar hielt

ihn unten. »Sie werden dich töten.« Die Magier starrten einander an.

»Sie werden ihn festhalten, bis er stirbt. Was wird dann? Was wird dann?« Denser blickte verzweifelt in die Runde, und wieder zitterte er.

Ilkar schüttelte den Kopf. »Ich weiß es auch nicht … oh, nein!«

»Was ist?« Hirad, der gerade sein Schwert wieder in die Scheide stecken wollte, hielt mitten in der Bewegung inne.

»Thraun, Will und Erienne. Das Kolleg rechnet mit irgendetwas, nicht wahr? Und sie sitzen wie auf dem Präsentierteller mittendrin. Was glaubst du, welche Chance sie jetzt noch haben?«

»Aber sie können doch auf keinen Fall mit der Katze in Verbindung gebracht werden, oder?«, wandte Jandyr ein.

»Das spielt keine Rolle«, erwiderte Ilkar. »Im Kolleg wird der Alarmzustand ausgerufen, sobald die Gefangennahme der Katze bekannt wird. Sie werden glauben, die Xeteskianer trieben sich hier herum, und niemand wird mehr hinein- oder herauskommen. Glaube mir.«

Hirad schob die Klinge ganz in die Scheide.

»Oh, wie schön. Densers Gehirn wird zerbröselt, wenn seine Katze stirbt, und wir verlieren die Hälfte unserer Leute, ohne den Ring zu bekommen.« Er entfernte sich einige Schritte, fluchte halblaut und versetzte einem Baum einen Tritt. »Hat irgendjemand irgendwelche guten Ideen, oder können wir uns jetzt einfach den Wytchlords ergeben?«

»Ich muss ihn befreien«, sagte Denser. »Ich kann ihn nicht da drin lassen. Das versteht ihr nicht.«

»Es gibt nur einen, der jetzt überhaupt noch herausfinden kann, was da drinnen vor sich geht, und das bin ich«, sagte Jandyr. »Ich werde mein Pferd satteln und mich umsehen.«

»Danke«, sagte Ilkar. Dann richtete er die Aufmerksamkeit wieder auf Denser. »Vergiss nicht, warum wir alle hier sind, und vergiss auch nicht die Menschen, die bisher schon gestorben sind. Wenn du jetzt einfach nach Dordover hineinrennst, dann begehst du Selbstmord, und alles, was wir bisher erreicht haben, wird zerstört.«

Er hielt inne und blickte zu Sol empor. Die Augen des Protektors waren hinter der dunklen Maske verborgen, doch Ilkar wusste, dass der Kämpfer das Geschehen aufmerksam beobachtete.

»Ich sehe, du hast es begriffen. Es liegt jetzt bei dir, dafür zu sorgen, dass er hier bleibt.« Er drückte Densers Schulter. »Es tut mir Leid. Ich weiß, wie tief eure Bindung ist. Es tut mir Leid, dass du solche Schmerzen erleiden musst und dass du noch mehr Schmerzen wirst leiden müssen. Aber Dawnthief ist wichtiger als jeder Einzelne von uns, das hast du selbst gesagt. Du kannst mich doch hören, oder?«

Denser nickte und lehnte sich hilflos gegen Ilkar. Er schaute auf und sah den Julatsaner an. Seine Augen schwammen vor Tränen.

Viertes Kapitel

Will und Thraun konnten es beobachten. Sie wussten ganz genau, dass es nicht einfach nur ein Mann war, der eine streunende Katze schnappte, doch sie begriffen nicht, was es zu bedeuten hatte. Vor dem Kolleg, nahe der Mauer am langen Testraum im Schatten verborgen, kamen sie rasch zu einer Entscheidung.

»Wir haben versprochen, dass wir zurückkommen«, sagte Thraun. »Vielleicht steckt sie in Schwierigkeiten.«

»Du hast Recht, aber können wir ihr da drinnen wirklich helfen?« Will deutete mit dem Daumen zum Kolleg.

»Das wollen wir doch hoffen. Und wir haben immer noch einen Trumpf im Ärmel.«

»Hmm.« Will beäugte Thraun und runzelte die Stirn. »Das mag ja sein, aber es gefällt mir einfach nicht, wie der alte Mann dich angestarrt hat. Es war, als wüsste er irgendetwas über dich. Es stimmt zwar, dass es keine Möglichkeit gibt, Erienne mit der Katze in Verbindung zu bringen, weil der Hausgeist ein Wesen aus Xetesk ist, aber trotzdem …« Er ließ den Satz unvollendet und zuckte ratlos mit den Achseln.

»Ich weiß«, erwiderte Thraun. Er schaute zum Himmel hinauf. »Wir sollten hineingehen. Ich komme nicht gern zu spät.«

Die Mauer war zwar glatt, stellte aber kein großes Hindernis dar. Will war in wenigen Sekunden hinüber, und sie war niedrig genug, dass Thraun hochspringen und die obere Kante packen konnte. Eine Minute später standen sie hinter dem langen Testraum.

Das Gebäude war öde und finster. Die Wände waren kaum höher als Thraun, das Dach ragte an beiden Seiten weit nach unten und reichte fast bis zum Boden. Da es mit Eisen verkleidet war, musste es äußerst widerstandsfähig und schwer sein. Will zuckte zusammen, als er die Außenmauer berührte. Sie war warm. Doch da war noch mehr – eine Aura, die dem ähnlich war, was sie im Turm gespürt hatten, doch irgendwie unkontrolliert. Gefährlich.

»Können wir nicht weitergehen?« Sein Unbehagen nahm noch zu, als das Metall knackte.

»Das wäre mir ein Vergnügen.« Thraun lief, gegen neugierige Blicke abgeschirmt, an der Längsseite des Gebäudes entlang in Richtung Turm. Seine scharfen, klaren Augen sahen jeden Zweig und jedes trockene Blatt. Hinter ihm konzentrierte sich Will nach langen Jahren der Übung ausschließlich darauf, seine Füße genau in die Abdrücke zu setzen, die Thraun hinterließ. Er konnte die Fährte in der Dunkelheit gerade eben erkennen.

Die beiden Männer bewegten sich wie Geister durchs Kolleg. So leise, dass jemand, der zwei Schritt entfernt war, sie nicht bemerkt hätte, wenn er ihnen den Rücken zugewandt hätte. Sie blieben an der Ecke des langen Testraumes stehen und betrachteten den Turm. Hinter drei Fenstern brannte Licht, und neben der Haupttür hingen Laternen. Das Erdgeschoss war völlig dunkel, doch zwischen ihnen und dem tieferen Schatten lagen dreißig Schritt offenes Gelände.

»Irgendwelche Vorschläge?«

»Ich hätte eine Idee«, meinte Thraun.

Erienne legte den bewusstlosen Meister des Turms ganz hinten in eine Ecke der geräumigen Bibliothek und vergewisserte sich, dass er es so bequem wie möglich hatte.

Sie hatte schnell und entschlossen gehandelt. Ihr rechter Haken hatte ihn direkt unterm Kinn getroffen. Er war zusammengebrochen, sie hatte ihn aufgefangen und den Bewusstlosen durch die Bibliothek geschleppt. Sie keuchte, weil sie die Anstrengung nicht gewohnt war. Nachdem die Tür geschlossen war, wirkte sie einen leichten Schlafzauber, der ihn die ganze Nacht ausschalten sollte.

Danach erst wurde ihr bewusst, was sie getan hatte, und sie ließ die Schultern hängen. Sie zog sich einen Schreibtischstuhl heran und ließ sich darauf fallen, schlug die Hände vors Gesicht und stemmte die Ellenbogen auf den Tisch. Tränen brannten in ihren Augen.

Es war schlimm, dass der Meister des Turms ihre Unterhaltung mit Thraun und Will gehört hatte. Sein Verdacht allein hätte schon ausgereicht, um sie aus dem Kolleg zu verstoßen. Doch dass sie ihn geschlagen und dann mit einem Spruch außer Gefecht gesetzt hatte … man würde ihr Gehirn in Stücke reißen. Ihre einzige Hoffnung bestand jetzt darin, der Gefangennahme zu entgehen und darauf zu hoffen, dass die Begleitumstände ihrer Vergehen die spätere Strafe mildern mochten. Wie auch immer, sie konnte sich nie wieder in Dordover und im Kolleg blicken lassen.

Nachdem sie sich ein paar Minuten lang gesammelt hatte, kniete sie sich neben den Meister des Turms und strich ihm eine Haarsträhne aus dem Gesicht.

»Es tut mir Leid. Aber im Grunde bist du einfach nur ein alter, alter Mann. Bitte verzeih mir.« Sie erhob sich. »Es ist kein Verrat. Ich versuche, uns alle zu retten.« Der Meister des Turms lag still, das regelmäßige Heben und Senken des Brustkorbs war das einzige Anzeichen, dass er überhaupt noch lebte.

Erienne zog den schweren Vorhang ein Stück zur Seite und runzelte überrascht die Stirn. Inzwischen war es draußen völlig dunkel geworden. Ihr war nicht bewusst gewesen, dass sie so viel Zeit in der Bibliothek vertrödelt hatte, und es gab eine Frage, die noch nicht beantwortet war. Sie eilte zu einem Regal und zog einen dicken Band heraus. Sie blätterte die Seiten durch und suchte nach den Informationen, die sie brauchte.

Denser drehte das Abzeichen des Kommandanten vom Understone-Pass, das er Travers abgenommen hatte, hin und her. Im schwachen Licht konnte er nicht mehr viel erkennen, und so verstärkte er sein Sehvermögen mit einem Spruch.

Das Abzeichen war schlicht, doch seine Bedeutung für das Überleben Balaias war unermesslich. Es bestand aus einer Legierung von Gold und Stahl, war ungefähr drei Viertel so groß wie seine Handfläche und mit einem eingravierten Blättermuster eingefasst. In der Mitte zeigte eine feine Gravur den südlichen Eingang des Passes, auf der Rückseite waren die Namen der früheren Kommandanten festgehalten.

Es war das erste Mal, dass Denser das Abzeichen genau untersuchte, und er hätte es eigentlich faszinierend finden müssen, zumal es nun eine so wichtige Rolle spielte. Doch während er es abwesend in den Händen hin und her drehte, wanderten seine Gedanken immer wieder zu seinem

Hausgeist. Er hatte den Kontakt zu dem Wesen verloren, und die Einsamkeit und die Ungewissheit, was dessen Schicksal anging, waren nur ein Vorspiel für die Qualen des Todes. Er glaubte, schon die Furcht des Wesens spüren zu können, den Zorn und die Einsamkeit, und das verzweifelte Heulen, das zu hören sein würde, wenn es verschied. So weit durfte es nicht kommen.

Sol stand in der Nähe, reglos wie eine Statue. Eine mühsam beherrschte Stärke strahlte von ihm aus. Wie gewohnt beobachtete er unermüdlich die Umgebung und übersah nichts, das sich als Bedrohung erweisen konnte. Doch jetzt war alles anders, und seine Augen waren nicht imstande, Densers Gedanken zu lesen.

»Sol«, sagte Denser leise. Der Protektor drehte den Kopf herum. »Fang es auf.« Er warf ihm das Abzeichen mit der Kette hinüber, und Sol fing es mit einer behandschuhten Hand auf. »Pass gut darauf auf.«

Der Krieger betrachtete jetzt, was er aufgefangen hatte, und riss die Augen auf. Sein Blick wanderte zu Denser zurück, doch der Magier hatte den Spruch bereits gewirkt.

»Du weißt, dass ich nicht anders kann.« Schwingen, gesponnen aus der tiefsten Nacht, erschienen auf Densers Rücken. Mit einem einzigen Flügelschlag erhob er sich in die Luft und wandte sich nach Dordover.

»Nein!« Sols Schrei ließ die Vögel aus den Bäumen fliehen und riss Hirad zum zweiten Mal aus dem Schlummer. Im ersten Augenblick war Hirad verwirrt, denn es war das erste Wort, das Sol überhaupt gesprochen hatte. Er rannte zum Protektor, und als er sah, wohin dieser blickte, hob auch er den Kopf und konnte gerade eben noch die Gestalt vor dem Sternenzelt ausmachen.

»Was, zum Teufel …«

»Schattenschwingen.« Ilkar stand auf einmal neben ihm.

»Ist das etwa Denser?« Hirad deutete zum dunklen Fleck am Himmel.

»Ich fürchte, ja«, sagte Ilkar.

»Also, das ist doch wirklich die Höhe.« Hirad schmiss sein Schwert wütend auf den Boden, und seine Wangen glühten vor Wut. Er ballte die Hände zu Fäusten. »Er droht, Talan umzubringen, weil seine Heldentaten durch irgendeine eingebildete Gefahr bedroht würden, und jetzt fliegt er einfach los und will in Dordover Selbstmord begehen, nur weil irgendjemand sein verdammtes Katzenvieh geklaut hat!« Er wies mit der Hand in die Richtung, in die Denser geflogen war, und schnaufte laut. »Ich meine, was denkt er denn, was wir jetzt tun?«

»Nichts.« Sol warf das Abzeichen mit der Kette Ilkar zu, der es mühelos auffing. »Bleibt hier.«

»Redest du mit mir oder mit deinem Hund, maskierter Mann?« Hirad richtete sich auf. Seine Klinge lag noch im Laub auf dem Boden.

»Hirad ...«, sagte Ilkar.

Sol schätzte rasch die Lage ein, und Hirad glaubte beinahe, er könne den Protektor die Stirn runzeln sehen.

»Bleibt bitte hier«, sagte er, dann drehte er sich um und rannte zu seinem Pferd. Hirad wollte ihm folgen und bückte sich, um sein Schwert aufzuheben.

»Nicht, Hirad.«

»Was?«

»Ich glaube, er hat Recht. Wir sollten besser hier bleiben.«

»Du stimmst mit einem Xeteskianer überein?«

Ilkar grinste. »Ich weiß, dass es ungewöhnlich ist, aber ich bin mit ihm einer Meinung.«

»Warum? Die letzten Entscheidungen, die sie getroffen haben, waren nicht eben vernünftig.« Er deutete noch einmal in die Richtung von Dordover, wohin Denser verschwunden war.

»Wenn sie alle sterben, muss jemand weitermachen, der die ganze Geschichte kennt.«

»Aber ohne diesen fliegenden Trottel weiß doch niemand, wie der Spruch gewirkt werden muss, oder?« Hirad steckte sein Schwert wieder in die Scheide.

»Es stimmt, er ist im Augenblick die einzige Chance, die wir haben, doch wenn keiner mehr da ist, der in Xetesk Bericht erstatten kann, dann haben wir überhaupt keine Chance mehr.« Ilkar zuckte mit den Achseln.

»Also sollen wir einfach hier herumsitzen und warten?« Hirad war es nicht gewohnt, von einem bevorstehenden Kampf einfach ausgeschlossen zu werden.

»Nein. Wir brechen das Lager ab und halten uns bereit, uns möglichst rasch in Marsch zu setzen. Ich glaube, wir werden so oder so nicht mehr lange hier bleiben.«

»Wie werden wir es erfahren, wenn er stirbt?«

»Glaube mir, wir werden es erfahren. Ganz sicher.«

Als die Tür der Bibliothek geöffnet wurde, hätte Erienne beinahe das Buch fallen lassen wie ein ertapptes Kind. Ihr Herz pochte heftig in der Brust, dann setzte es einen Schlag aus, als Will und Thraun hereinkamen und die Tür hinter sich schlossen.

»Bei den Göttern, habt ihr mir einen Schreck eingejagt! Wie habt ihr …« Sie deutete nach draußen.

»Indem wir den Anschein erweckt haben, wir gehörten hierher«, sagte Will. »Du glaubst gar nicht, wie gut das funktioniert.«

»Ja, aber hier drinnen?« Erienne verstand es nicht.

»Ich muss zugeben, dass der Weg durchs Kolleg eine harte Probe war, aber was man sieht, das glaubt man.«

Thraun lächelte. »Wir hatten allerdings Glück, dass wir deinem Freund, dem Meister vom Turm, nicht über den Weg gelaufen sind. Ich dachte schon, wir müssten ihn niederschlagen.«

»Da bin ich euch zuvorgekommen.« Erienne informierte sie über die Ereignisse der letzten Stunde.

»Eine Sache noch«, sagte Will. »Irgendjemand hat Densers Katze geschnappt.«

»Dieser Idiot!«, spuckte Erienne. Sie knallte die flache Hand auf den Tisch. »Ich habe ihm doch gleich gesagt, dass sie einen Hausgeist leicht aufspüren können. Die Überheblichkeit dieses Mannes kennt keine Grenzen.« Sie schnaufte schwer, doch ihre Augen verrieten, was sie dachte. »Die Schmerzen, die er jetzt sicher hat ... der arme Mann, es muss schrecklich sein.« Sie hielt inne. »Kommt, wir haben jetzt Wichtigeres zu tun, als uns darüber Sorgen zu machen. Alles in allem würde ich sagen, dass wir mehr Glück hatten, als wir verdient haben. Ich habe bereits meinen guten Ruf verloren, als ich mich auf diese lächerlichen Albernheiten eingelassen habe, aber ich will nicht auch noch mein Leben verlieren.«

»Dann nehme ich an, wir können uns den Ring einfach schnappen?«, fragte Will.

»Ich bin nicht sicher«, räumte Erienne ein. »Da unten ist ein Schutz, den ich nicht kenne.«

»Und?«

»Solange ich die Mana-Form nicht begreife, weiß ich nicht, was er tut oder ob ich ihn aufheben kann. Um das herauszufinden, muss ich in seiner Nähe sein.« Sie ging zur Tür. »Lasst uns gehen.«

Thraun nickte, und sie tappten leise zum Eingang der Gruft.

»Will?«, fragte Erienne.

»Das ist ein normales Schloss mit einem Riegel auf jeder Seite. Schwer, aber primitiv gemacht«, flüsterte er. »Ich müsste nur wissen, ob es durch einen Spruch oder durch normale Fallen geschützt ist.«

»Weder noch«, sagte Erienne.

»Gut.« Will bückte sich und machte sich ans Werk. Er schob eine Metallstange in der Größe seines kleinen Fingers ins Schloss und stocherte eine Weile darin herum. »Sehr primitiv.« Er zog den Stab zurück und wühlte in seiner Gürteltasche, bis er ein flaches Stück Metall gefunden hatte. Es war so breit wie drei Finger, und am Ende war ein Bart angeschweißt, der über den Stab geschoben werden konnte, bis er mit einem Klicken einrastete. Er schob den behelfsmäßigen Schlüssel ins Schloss, verkantete ihn ein wenig und zog ihn hin und her. Nicht lange danach lächelte er und drehte den Schlüssel herum. Auf der anderen Seite der Tür glitt der Riegel mit einem Klicken nach oben.

»Willst du zuerst rein?«, fragte er Erienne.

»Ich glaube, ja.« Sie trat an Will vorbei, der sein Werkzeug verstaute, und öffnete die Tür. Drinnen war das Gewicht des Mana schwerer den je. Sie hielt kurz inne und holte Luft. Außerdem war es stockdunkel.

»Hier drinnen ist eine Menge statisches Mana, damit die Schutzsprüche intakt bleiben. Ich kann mich an den Spuren orientieren. Was ist mit euch beiden?«

»Ich folge ihm, mach dir deshalb keine Sorgen«, sagte Will.

»Kein Licht?«, wollte Thraun wissen.

»Nicht, bevor wir nicht die ersten Stufen hinter uns haben. Ungefähr auf halber Höhe der Treppe gibt es einen lichtempfindlichen Spruch, der bei Einbruch der Dämmerung aktiviert wird und einen Alarm auslöst.« Sie stieg vorsichtig die Treppe hinunter. Thraun und Will folgten ihr, nachdem Will die Tür geschlossen und wieder zugesperrt hatte.

Für Will war die Dunkelheit undurchdringlich, und die mit Mana geladene Atmosphäre versetzte ihn in Angst und Schrecken. Die Luft roch modrig und abgestanden. Er hakte die Finger seiner rechten Hand in Thrauns Gürtel und ließ die linke Hand über die Wand streichen, während er sich von seinem Freund führen ließ.

So stark war seine Konzentration, dass er es kaum hörte, als Erienne darauf hinwies, dass sie den ersten Schutzspruch passierten. Doch irgendwie drang es zu ihm durch, und er war sicher, es auch fühlen zu können. Das Mana ringsum war irgendwie mächtiger, und es trieb ihm die Furcht wie einen Dolch ins Herz. Nervös suchte sein Blick im Dunklen nach irgendetwas, auf das er sich heften konnte. Er stolperte.

»Immer mit der Ruhe, Will«, sagte Thraun. Auch seine Stimme klang in der Aura von Macht, die sie umgab, belegt. »Es sind noch etwa ein Dutzend Stufen, dann sind wir unten.«

»Das macht mir keinen Spaß.«

»Mir auch nicht. Geh es einfach ruhig an und steig hinunter.«

Nachdem sie die dreißig Stufen hinter sich gebracht hatten, folgten sie im schmalen Gang einer scharfen Biegung nach rechts. Erienne ließ sie dort anhalten, bevor sie mit der Anrufung begann. Will lehnte sich gegen die Tür. Er fand das Holz und Eisen im Rücken beruhigend, während irgendwo links von ihm Erienne ihre Sprüche murmelte.

»Gib Licht«, sagte sie schließlich, und es wurde langsam hell. Das Licht kam aus einer Kugel, die wuchs, bis sie ungefähr die Größe von Wills Kopf hatte. Es war für ihn in diesem Moment das Schönste, was er je gesehen hatte.

Dann sah er die Grabkammer. Es war ein langer, schmaler und kalter Raum, der sich weiter erstreckte, als Eriennes Lichtkugel reichte. In drei Reihen übereinander waren links und rechts auf Absätzen steinerne Sarkophage gelagert. Hier drückte das Mana schwer wie noch nie. Die kurze Erleichterung, als das Licht die Kammer erhellte, wich schlagartig diesem Eindruck von ungeheurer Macht. Unwillkürlich wich er zur Tür zurück. Er keuchte und sah sich Hilfe suchend zu Thraun um, doch auch der große Mann litt, und die gebeugten Schultern sprachen eine deutliche Sprache.

»Erienne …«, begann Will. Er errötete. Seine Beine zitterten vor Anstrengung, so schwer war es allein schon, den Körper aufrecht zu halten.

Die Dordovan-Magierin nickte. »Es tut mir Leid, Will, ich wusste selbst nicht, dass es so stark ist. Lass dir ein Weilchen Zeit, dann ist es besser zu ertragen. Wir müssen noch ein Stück laufen.«

Will schnitt eine Grimasse und löste sich von der Tür. Mit aller Kraft konzentrierte er sich auf den dunklen Bereich der Grabkammer, der vor ihnen lag.

»Es existiert nur im Bewusstsein«, sagte er sich.

»Nein, ganz so ist das nicht«, widersprach Erienne. »Das Mana ist eine Kraft, die die Natur kontrolliert und sich ihr anpasst. Es ist eine physische Kraft, und wie du gerade bemerkst, ist es in hoher Konzentration auch körperlich spürbar. Manche Menschen ziehen es an, und diejenigen, die es aufnehmen und formen können, sind Magier wie ich.«

»Danke für die Hilfe und die Belehrung«, murmelte Will.

»Vergiss nicht, dass es in diesem Zustand harmlos ist. Es sind die Magier, die es formen und instabil und gefährlich machen. Lasst uns gehen.« Sie schritt an der Reihe der Gräber entlang. Meister der Überlieferung und Lords der Magier, einige schon vor Jahrhunderten verstorben. Die Lichtkugel begleitete sie und schwebte ein Stückchen rechts über ihrem Kopf in der Luft.

Will und Thraun folgten ihr, so rasch sie konnten, mit gebeugten Köpfen, als trügen sie schwere Lasten.

Jandyr stürmte in die Stallungen des Gasthofs und suchte den Verschlag, in dem sein Pferd stand.

Ein rascher Wortwechsel mit dem Stalljungen, ein paar Münzen, die den Besitzer wechselten, und Jandyr hatte alle Informationen, die er brauchte, und dazu einen Hafersack für sein Pferd.

Er löste Bogen und Köcher von den Riemen am Sattel, lief in den Abend hinaus und folgte der Wegbeschreibung, die er bekommen hatte. Freilich hatte er noch keine Ahnung, was er tun sollte, wenn er an seinem Ziel eintraf. Irgendetwas würde sich schon ergeben, so lief es jedenfalls normalerweise.

Für Denser war das Mana, das um das Kolleg von Dordovan strömte, ein Leitstrahl aus weichem, orangefarbenem Licht, das die Lichter der Stadt überdeckte. Die Schattenschwingen flappten langsam und trugen ihn stetig und rasch seinem Ziel entgegen. Mit einer Hand hielt er seine Kappe auf dem Kopf fest, mit der anderen hinderte er das Schwert daran, gegen sein Bein zu prallen. Im Fahrtwind hatte er die Augen halb geschlossen.

Alle Gedanken an Dawnthief und an die Rettung Balaias waren aus seinem Kopf verschwunden. Irgendwo im Kolleg war sein Hausgeist, ein unersetzlicher Bestandteil seines Seelenlebens und seines Bewusstseins. Niemand durfte ihm diesen Teil wegnehmen. Er schickte einen beruhigenden, tröstenden Gedanken aus und hoffte, dieser könne den Mana-Käfig durchdringen, in dem der Hausgeist festgehalten wurde.

Über dem Kolleg und dem zentralen Bauwerk, dem Turm, kam er langsam herunter. Der Turm war in Wirklichkeit ein hässliches, gedrungenes Haus, das den Namen nicht verdiente, den man sonst nur den mächtigen Gebäuden der großen Magier gab. Doch in Dordover wusste man nicht um die bündelnden Kräfte, die ein Turm seinem Bewohner schenken konnte, wie man auch viele andere Dinge nicht recht verstand. Beispielsweise die Reaktionen, die der Diebstahl eines Hausgeistes bei seinem xeteskianischen Besitzer auslösen musste.

Ungefähr fünfzig Fuß über dem höchsten Punkt kreiste Denser um den Turm. Er wusste, dass derjenige, der seinen Hausgeist gefangen hielt, auf ihn wartete und seine Gegenwart spüren konnte, ohne jedoch zu sehen, wo er sich tatsächlich befand. Die Erfahrung lehrte, dass die Menschen selten nach oben schauten, wenn sie andere Menschen suchten. Denser war im Vorteil.

Lautlos ließ er sich zum Dach des Turms sinken und schwebte ein paar Fuß über dem Schieferdach. Immer wieder sandte er den Suchimpuls aus. Er bewegte sich langsam über das gesamte Dach und hoffte auf eine Antwort, auf irgendeinen Hinweis, in welche Richtung er sich wenden sollte. Er war nahe, das konnte er spüren, doch eine falsche Bewegung wäre jetzt verhängnisvoll.

Der Hausgeist hörte abrupt auf, sich gegen seinen Mana-Käfig zu wehren, und legte den Kopf schief. Er packte die Stangen mit den Händen und beugte sich vor. Ein Grinsen erschien im unbehaarten Gesicht.

Der Magier zuckte unwillkürlich zusammen, als er es sah, doch er schaffte es, trotz seiner Abscheu zu lächeln.

»Ausgezeichnet. Dann darf ich annehmen, dass er gekommen ist«, sagte er.

»Ja«, antwortete der Dämon mit einer Stimme, die klang wie Schritte auf feuchtem Kies. »Und du gehörst mir.«

»Das glaube ich nicht«, erwiderte der Magier. Er drehte den Stuhl zur Tür herum. Sein gehässiges Grinsen kaschierte die Anstrengung, die es ihn kostete, den Spott des Geschöpfs im Käfig zu überhören.

»Bleibt da hinter der Ecke zurück, ich stehe vor dem nächsten Wachzauber.«

Eriennes Warnung brachte Will wieder zu sich. Er schaute auf, an Thrauns Rücken vorbei zu Erienne, die mitten in einer Gangkreuzung stand. Die Kugel leuchtete über ihrem Kopf, und hinter ihr verlor sich ein Gang in der Dunkelheit. Links und rechts waren nun keine Simse mit Särgen mehr, sondern nackte Wände. Der Gang war schmaler geworden.

»Wo sind wir?«, fragte er.

»Vor Arteches Gruft«, erwiderte Erienne. Sie deutete nach rechts. »Die Tür dort ist der Eingang. Sie ist geschützt. Niemand außer den gegenwärtigen Angehörigen des Rats der Meister der Überlieferung darf dort hinein. Sie sind vom Schutzspruch ausgenommen.«

»Kannst du ihn umgehen?«

»In gewisser Weise. Um es genauer zu sagen, ich kann ihn verschieben.«

»Warum machst du dann …«, begann Will.

»Für einen Dordovan-Magier ist dies nicht mehr als eine Abschreckung, aber selbst wenn man die Struktur kennt, ist es nicht ungefährlich, das Gebilde zu verschieben. Leute wie ihr, gewöhnliche Menschen, hätten keine Chance. Ich könnte das, was von euch danach übrig ist, in der hohlen Hand halten.«

»Hübsch«, murmelte Thraun. »Aber was genau ist es eigentlich?«

»Im Grunde ist es eine Mana-Blase, welche die Tür bedeckt. In ihrem Innern befindet sich der Spruch, der wie eine Falle aufgebaut ist. Wenn du vorsichtig bist, kannst du die Blase verschieben. Wenn nicht, dann platzt sie ... Ich rufe euch, sobald ich fertig bin. Aber tretet leise auf.«

»Viel Glück«, sagte Thraun.

»Danke«, sagte sie und verschwand hinter der Ecke.

Vor der Sperre stellte sie ihre Augen um und stimmte sich auf das Mana-Spektrum ein. Es war genau, wie sie es beschrieben hatte, eine Mana-Blase, die sich bis etwa fünf Fuß vor die Tür erstreckte und an allen vier Seiten verankert war. Sie war leicht orange gefärbt. Das statische Mana, das sie speiste, besaß nicht das helle Strahlen des gebündelten Mana. Drinnen pulsierte blau, kalt und tödlich die Falle.

Sie streckte die Hände aus und drückte sachte gegen die Blase. Sie gab nach wie ein voller Wasserschlauch. Das war ein gutes Zeichen. Diese Nachgiebigkeit ließ ihr ein wenig Spielraum für Fehler, wie es bei einem straff gespannten Schutz nicht der Fall gewesen wäre. Offenbar war diese Schutzvorrichtung schon seit längerer Zeit nicht mehr überholt worden.

Erienne ließ die Hände sinken und konzentrierte sich. Sie erzeugte eine Mana-Form, mit der sie den Schutz vollständig umhüllen konnte. Sie arbeitete sich vom Zentrum nach außen vor und musste kaum auf die Reserven ihres eigenen Körpers zurückgreifen, weil die Gruft ihr fast alle Energie lieferte, die sie brauchte. Die Hülle wuchs, blähte sich auf und nahm eine Form an. Zuerst war es ein Kreis, dann folgte sie dem Umriss des Wachzaubers und ahmte dessen Getalt in allen Einzelheiten nach. Im Gegensatz zum eingesperrten Zauber war ihre Hülle jedoch völlig starr.

Es dauerte etwa fünf Minuten, und die ganze Zeit über war Erienne nervös, weil sie fürchtete, entdeckt zu werden. Sie legte die Hülle über den Wachzauber, schmiegte sie straff darum und spürte einen geistigen Ruck, als der Wachzauber ihre Blase akzeptierte und sich mit ihr verband. Sie suchte nach Schwachpunkten, doch es gab keine. Dann lockerte sie die starre Außenhülle ein wenig und drückte mit ihrem Bewusstsein gegen die linke Seite.

Der Schutzzauber glitt langsam zurück und gab zuerst den Türgriff frei, dann die Türfläche, bis die Hälfte der Tür außerhalb seines Einflussbereichs lag. Zufrieden mit ihrem Werk zog sie sich mit ihrer Hülle zurück und rief Will und Thraun zu sich.

»Will, dort ist das Schloss, das geknackt werden muss«, sagte sie, als die beiden auftauchten. »Versucht auf keinen Fall, hinter mich zu treten. Bewegt euch ausschließlich vor mir. Habt ihr das verstanden?«

»Ja«, sagten die beiden Männer.

Das Schloss war so leicht zu knacken, dass Will sich beinahe beleidigt fühlte. Auf Eriennes Nicken hin drehte er den Griff herum und stieß die Tür auf.

»Geh nach drinnen und halte dich links. Lehne dich an die Wand, dort bist du sicher. Du auch, Thraun. Ich muss den Schutzzauber wieder vorlegen.«

Die beiden Männer gingen nach drinnen. Im schwachen Licht von Eriennes Lichtkugel konnten sie einen dunklen Umriss in der Mitte des Raumes erkennen, lang gestreckt und niedrig. Das Licht wurde heller, als Erienne nach drinnen kam und die Tür hinter sich schloss. Die Kugel beleuchtete eine schlichte Grabkammer mit einer etwa acht Fuß hohen Decke.

Der dunkle Umriss entpuppte sich als ein einzelner steinerner Sarkophag. Er war flach, breit und, abgesehen von einer Inschrift an einem Ende, frei von Verzierungen. Oben darauf lagen in einem Glaskasten ein Schwert, ein dunkelblaues und orangefarbenes Gewand und ein kostbarer Ring. Die Atmosphäre war in der Grabkammer etwas leichter zu ertragen, und Will atmete tief und dankbar durch. Wieder sah er sich um. Die Wände waren fugenlos glatt, sie waren durch die einzige Tür hereingekommen.

»Ist es das?« Will war nicht sonderlich beeindruckt.

»Was hast du erwartet?«, gab Erienne zurück. Sie trat vor den Sarg und betrachtete stirnrunzelnd den Ring.

»Etwas mehr Pracht vielleicht, um ehrlich zu sein.«

»Ein Meister der Überlieferung mag im Leben prunkvoll sein, doch im Tod braucht er nichts als Mana, um sich zu kleiden. Ach, du meine Güte.« Sie umrundete den Glaskasten, die Hände tief in die Taschen ihrer Gewänder geschoben.

»Was ist los?«, fragte Will.

»Der Schutzzauber, der den Ring umgibt. Ich … warte.« Sie amtete tief durch und betrachtete noch einmal die außergewöhnliche Mana-Gestalt. Sie war klein, nicht größer als ein menschlicher Schädel, doch sie zeichnete sich durch zwei Eigenschaften aus. Sie hatte drei rotierende farbige Bänder – orange, blau und dunkelgrün –, und die Gestalt hatte eine Spitze, sodass sie in etwa die Form eines übergroßen Streitkolbens bekam.

Erienne hatte noch nie von so etwas gehört oder gelesen, und als sie die mit Mana abgeschirmten Hände hob, veränderten und verdunkelten sich die Farben des Schutzes und drohten, ihren Schild zu durchbrechen. Sie zog sich mit kribbelnden Fingern zurück.

»Will, du solltest die Tür lieber wieder absperren«, sagte sie. »Es kann eine Weile dauern.«

»Wo liegt das Problem?«, fragte Thraun.

Erienne lächelte nachsichtig. »Ich glaube, das würdest du nicht verstehen.«

»Versuch's doch.«

»Also gut. Die Form des Schutzzaubers und seine Bauweise ist nicht rein dordovanischen Ursprungs. Er enthält Überlieferungen von mindestens einem anderen Kolleg, die ich nicht kenne. Hilft dir das?«

»Nein, eigentlich nicht«, erwiderte Thraun. »Hast du eine Ahnung, wie der Schutz ausgelöst wird?«

»Vermutlich dadurch, dass jemand die Struktur stört, nehme ich an«, sagte Erienne ein wenig schnippisch.

»Ich müsste das genauer wissen. Was kann die Struktur stören?«

»Ich kann dir nicht folgen.«

»Erkläre mir noch einmal, wie ein Schutzzauber funktioniert«, sagte Thraun.

»Warum?«

»Sei bitte so nett«, beharrte er.

»Ein Schutzzauber ist eine Gestalt aus statischem Mana, die aufgebaut wird, um ein Objekt zu beschützen«, zitierte Erienne. »Die Gestalt wird so konstruiert, dass derjenige, der den Spruch wirkt, jedes Objekt oder Wesen, sei es lebend oder unbelebt, einschließen oder ausschließen kann. Und was jetzt?« Ihre Stimme klang ein wenig gereizt.

»Glaubst du, dass du dich der Mana-Gestalt anpassen und sie aufheben kannst?«, fragte Thraun.

Erienne nagte an der Unterlippe und zuckte schließlich

mit den Achseln. »Nein«, sagte sie schließlich. »Nicht ohne uns alle einer beträchtlichen Gefahr auszusetzen.«

»In diesem Fall möchte ich dir vorschlagen, dich darauf zu konzentrieren, ob es Ausnahmen gibt, die vom Schutzzauber nicht erfasst werden«, sagte Thraun leise.

Erienne starrte Thraun an, als habe er ihr eine Ohrfeige versetzt; ihr Mund war ein Stück geöffnet, die Augen weit aufgerissen. Ihr Gesicht lief rot an. »Was soll das? Hältst du dich auf einmal für eine Art Fachmann für Schutzsprüche? Nein, ich sage dir, was du bist. Du bist ein wandelnder Muskelprotz, der besser nicht über Dinge reden sollte, von denen er nichts versteht. Wie kannst du es nur wagen, mich zu belehren?«

»Ich habe lediglich einen Vorschlag gemacht. Ein einfaches Nein hätte völlig ausgereicht.« Thrauns Stimme blieb scheinbar ruhig und gelassen, doch man hörte heraus, dass er kurz davor stand, die Geduld zu verlieren.

Will, der den Wortwechsel von der Tür aus verfolgt hatte, kam herbei und wollte die Gemüter wieder beruhigen. Ihm war nur zu gut bewusst, in welch gefährlicher Situation sie sich befanden.

»Hast du denn eine andere Idee, da du dich der Form des Schutzspruchs offenbar nicht anpassen kannst?«, fragte er.

»Ich könnte mit einer einzigen Handbewegung alledem ein Ende setzen, wie wäre es damit?«, sagte sie kalt und hob eine Hand.

»Ich dachte an vernünftige Vorschläge. Es ist doch sinnlos, wenn wir jetzt alles verlieren.«

»Dir mag es so vorkommen, aber du hast wahrscheinlich vergessen, dass ich bereits alles verloren habe.« Eriennes Hand näherte sich dem Ring, und sie lächelte höhnisch. »Schaut euch nur an. Der große Thraun und der kluge kleine Will. Ich habe die Macht zu entscheiden, ob ihr lebt oder sterbt. Wie einfach es doch ist, ein Leben auszulöschen.« Auf einmal schossen ihr die Tränen in die Augen.

Will und Thraun wechselten einen Blick, Thraun nickte.

»Erienne, du weißt, wie sehr uns dein Verlust bekümmert«, sagte Will. Er trat zu ihr. »Wir haben deine Kinder geliebt, und wir haben deinen Mann Alun geliebt, und niemand kann dir zurückgeben, was du durch ihren Tod verloren hast. Aber im Augenblick brauchen wir deine Hilfe. Wir brauchen diesen Ring, und wir haben nicht mehr viel Zeit, bevor wir entdeckt werden.« Er legte ihr eine Hand auf den Arm, damit sie sich zu ihm umdrehte. »Bitte, Erienne. Es ist noch genug Zeit zum Weinen, wenn wir aus dieser Gruft wieder heraus sind.«

Erienne starrte Will an, die Tränen liefen über ihre Wangen. Sie schüttelte seine Hand ab und wischte sich das Gesicht trocken.

»Die Antwort auf deine Frage, Thraun, lautet folgendermaßen: Bei den meisten dordovanischen Schutzsprüchen werden Menschen ausgeschlossen, weil der Schutz auf menschliche Gehirnaktivitäten anspricht. Auch unbelebte Objekte, die in die Sphäre eindringen, lösen den Alarm aus.« Ihre Stimme bebte, doch sie war anscheinend wieder bei sich. »Nicht, dass es uns irgendwie hilft, dies zu wissen.«

»Aber ganz im Gegenteil, es bedeutet, dass deine Arbeit getan ist«, erwiderte Thraun.

»Mal abgesehen davon, dass wir jetzt nur noch ein Tier finden und ausbilden müssen, damit es uns den Ring holt.« Das Feuer brannte wieder in Eriennes Augen. »Es ist dir vielleicht entgangen, aber es gibt hier sowieso keine Tiere.«

»Das entspricht nicht ganz den Tatsachen«, gab Thraun zurück.

»Was meinst du damit?«

»Thraun …« Will hatte begriffen, worauf Thraun hinauswollte. Er kam herüber und baute sich dicht vor dem großen Mann auf. »Du behältst auch dann noch einen großen Teil deines Verstandes. Ich denke, das unterscheidet dich von einem Tier«, zischte er.

»Wir haben jedenfalls keine Zeit, etwas anderes zu versuchen«, erwiderte Thraun gleichmütig. »Und Erienne kann den Schutz nicht aufheben. Es ist unsere einzige Chance.«

»Könntet ihr zwei bitte aufhören, in Rätseln zu sprechen? Was redet ihr da?«

»Bist du sicher?«, fragte Will. Thraun nickte. »Dann erkläre du es ihr.«

»Ja, es wäre wirklich schön, wenn es mir jemand erklären könnte«, sagte Erienne. Sie war jetzt sichtlich gereizt.

Thraun holte tief Luft. »Es ist recht einfach.« Er zuckte mit den Achseln. »Ich bin ein Gestaltwandler.«

Der Hausgeist schnatterte in seinem Käfig wie ein Affe. Er hüpfte auf den Pfoten hin und her und faltete die Flügel auf, so weit es die Gitterstäbe zuließen; er zischte, spuckte und verhöhnte den Magier.

»Du bist dem Tode nahe, Dordovaner, du bist dem Tode nahe.«

Der Magier blieb so ruhig, wie es eben möglich war, und ließ die Tür keinen Moment aus den Augen. Die ausgewählte Mana-Form war beinahe vollendet und konnte blitzschnell vervollständigt werden.

Das spöttische Keckern hörte auf.

»Jetzt«, zischte der Hausgeist. Er drehte sich um und bedeckte den Kopf mit den Schwingen, was der Magier jedoch nicht bemerkte. Vielleicht wäre er gewarnt gewesen, wenn er es gesehen hätte. Vielleicht.

Das Fenster hinter ihm zersprang, Glas und Holzsplitter flogen nach drinnen. Herein kam Denser auf flatternden Schattenschwingen und landete mit den Füßen voran mitten im Raum.

Der Magier, erschrocken nach der unerwarteten Explosion in seinem Rücken, hatte sich erst halb erhoben und umgedreht, als Densers Faust schon seinen Kiefer traf. Er taumelte zurück, seine Konzentration war gestört, der Spruch war verloren, und er konnte sich gegen den nächsten Schlag auf seine Nase und den Stiefeltritt in seinen Bauch nicht wehren. Er brach auf dem Boden zusammen und rutschte zu der Tür, durch die Denser hätte eintreten sollen.

Der Xeteskianer baute sich über ihm auf, zog ihn auf die Füße und starrte ihn mit dunklen, hasserfüllten Augen an.

»Hilfe wird kommen, du kannst uns nicht alle besiegen«, sagte der Dordovaner.

Denser lachte ihn aus. »Zu spät für dich.« Ein Kopfstoß ließ die Lippen des Dordovaners aufplatzen und sein Blut spritzen. Denser zerrte ihn zum Mana-Käfig.

»Du wirst ihn nie aufbekommen«, verkündete der Dordovaner trotzig. »Und ich werde lieber sterben, als dir zu helfen, dieses Biest zu befreien.«

»So ein Dummkopf bist du.« Denser sprach jetzt leise und zog den anderen Mann dicht an sich heran. »So unendlich blind. Eine Magie, ein Magier.« Er ließ den Mann los und öffnete den Verschluss. Der Mana-Käfig löste sich auf, und die geballte Wut raste heraus.

Fünftes Kapitel

Jandyr starrte durch das Tor zum Haus, das teilweise hinter Bäumen und anderen Gebäuden verborgen war. Im Kolleg von Dordovan schien alles ruhig zu sein. Auf der Straße davor war nicht viel Betrieb, und der Wächter am Tor schien sich kaum um ihn zu kümmern.

Er wusste nicht recht weiter. Um diese Stunde ließ man ihn nicht mehr ins Kolleg ein, doch er fasste die Ruhe als Anzeichen dafür auf, dass nach der Gefangennahme der Katze nichts weiter passiert war. Also konnte er nur abwarten und sehen, was sich ergab.

Vom Stadtzentrum her hörte er Rufe. Dann näherte sich Hufgetrappel.

Ein kurzer, stechender Kopfschmerz ließ Erienne taumeln. Sie presste sich die Hände an die Schläfen und sank auf die Knie, weil sie einen Moment lang das Gleichgewicht verlor. Sie fühlte sich benommen und schloss die Augen. Sie hörte, wie Will ihr zu Hilfe eilte.

»Bei den Göttern, das hat wehgetan«, stotterte sie und schüttelte den Kopf, als das Kreischen im Kopf nachließ.

Allmählich wurde sie ruhiger und erforschte die Mana-Spuren, die kreuz und quer durch den Turm liefen, um die Störung zu finden. Der Ausgangspunkt der Unruhe befand sich im höchsten Stockwerk des Turms, und als sie ihn gefunden hatte, keuchte sie unwillkürlich.

»Da ist ein Xeteskianer im Turm«, knirschte sie, fassungslos angesichts der Tollkühnheit.

»Denser?«, fragte Will.

»Wer sonst?« Sie richtete sich mühsam auf. »Er dürfte inzwischen alle Magier im Gebäude aufgeweckt haben.« Sie wandte sich an Thraun. »Was du auch vorhast, mach schnell. Wir haben keine Zeit mehr.« Thrauns Enthüllung über seine wahre Natur hatte Erienne schockiert, beantwortete zugleich aber auch viele offene Fragen. Wie sonst sollte es ihm möglich sein, im Dunklen wie ein Elf zu sehen? Wie sonst konnte er Spuren lesen und sich so leise bewegen wie ein Tier auf der Jagd? Sie wusste nicht recht, ob sie Furcht, Faszination oder Abscheu empfinden oder einfach nur über ihn staunen sollte.

Thraun begann sofort, sich auszuziehen.

»Hör zu, Erienne, die Umwandlung geschieht rasch, doch die meisten Menschen finden sie entsetzlich. Du kannst gern wegschauen, wenn du willst. Ich werde nicht beleidigt sein, weil ich es überhaupt nicht bemerken werde. Will, nimm meine Sachen mit, ich werde keine Zeit mehr haben, mich zurückzuverwandeln, wenn wir hier fertig sind.«

Will nickte. »Hoffentlich weißt du, was du da tust. Viel Glück.«

Als er nackt war, legte Thraun sich auf den Steinboden, dessen Kälte ihn erschauern ließ. Er legte sich auf die Seite, die Beine halb angezogen und die Arme gerade ausgestreckt. Dann schloss er die Augen und verlangsamte seinen

Atem, während er sich mit dem Teil seines Bewusstseins verband, den er fürchtete und liebte, verachtete und pries.

Im Nu veränderten sich seine Gedanken. Sein Bewusstsein war mit Träumen vom Rudel erfüllt, von der Freude an der Jagd und der Schönheit des Tötens. Er witterte Blut und roch die unzähligen Düfte des Waldes. Er träumte von schneller Bewegung, und die Muskeln seiner Glieder schwollen an. Knochen verlagerten sich und Pfoten bildeten sich. Er träumte von der Macht seines Gesichts, und die Kieferknochen wurden länger, die Reißzähne wuchsen, die Zunge verflachte sich, die Nase verwandelte sich. Er träumte, die Geräusche der ganzen Welt zu hören, und die Ohren wuchsen aus dem Schädeldach. Er träumte von Kraft, und sein Brustkorb wurde rund, die Lungen wurden weit, das Herz schlug schneller.

Er spürte den Himmel über sich, erinnerte sich an die Beute unter den Pfoten und hörte seine Brüder, die ihn riefen. Er wusste, dass er wieder daheim war, doch tief in seinem Innern hallte der Ruf: »Vergiss es nicht.«

Er kam rasch auf die Beine, ein tiefes Knurren entstand in seiner Brust, die Kraft erfüllte seine neu geformten Muskeln. Er sah die Freund-Frau zurückweichen und den Mann-Rudelbruder eine Hand heben, zum Zeichen, dass alles in Ordnung sei. Er richtete die Aufmerksamkeit auf den Deckel der Gruft.

Erienne hatte sich immer eingebildet, sie könne alles mit objektivem Blick betrachten. Die Schrecken, die sie während ihrer Ausbildung gesehen hatte, hatten sie in der Tat gegenüber den meisten Dingen unempfindlich gemacht. Thrauns Verwandlung aber war etwas, für das sie trotz all ihrer Erfahrung keine Vergleichsmaßstäbe besaß. Er hatte Recht, die Verwandlung ging rasch vor sich, doch sie würde nie vergessen, was sie sah. Jetzt stand er vor ihr, mit einer Schulterhöhe von etwa vier Fuß, die mächtigen Kiefer leicht geöffnet, und starrte sie mit gelblich schimmernden Augen an. Sein Fell war hellbraun mit grauen Flecken, am Hals befand sich ein rein weißer Streifen. Will winkte, und daraufhin sprang Thraun auf Arteches Gruft, lief durch den Schutzzauber und nahm den Ring mit der Zunge auf. Dann sprang er wieder herunter. Er ließ den Ring vor seine Füßen fallen und sah Will fragend an.

Erienne war erleichtert. Hätte Thraun den Schutzzauber ausgelöst, dann wären sie auf der Stelle vernichtet worden. Die Gelassenheit, mit der Will den Blick des Wolfs erwiderte, hatte augenblicklich ihre Nerven beruhigt. Sie streckte die Hand aus, und Thraun schnüffelte daran.

»Du solltest jetzt schnell den Schutz da draußen noch einmal verschieben«, sagte Will. »Ich habe meinen Schlüssel im Schloss gelassen, du musst ihn nur halb herumdrehen.« Er pfiff, um Thrauns Aufmerksamkeit zu erregen. »Wenn wir aufbrechen, müssen wir rennen. Du kannst dich später im Wald wieder verwandeln. Es wird gefährlich werden. Folge mir.« Er bückte sich halb und streckte eine Hand nach dem Ring aus. Thraun knurrte und stellte eine Pfote darauf. »Na gut, dann behalte du ihn.«

»Wie viel von deinen Worten hat er verstanden?«, fragte Erienne. Sie hatte bereits die Tür geöffnet und sah sich über die Schulter zu Will um, der mit den Achseln zuckte.

»Das ist schwer zu sagen. Ich glaube, dass er das meiste versteht, und es gibt gewiss einige einzelne Worte, die er erkennen kann. Leider kann er sich nicht merken, wie das Verstehen vor sich geht, er weiß nur, dass es klappt.«

Thraun nahm die Pfote vom Ring und hob ihn wieder mit der Zunge auf. Es wurde gefährlich, hatte sein Rudelbruder gesagt. Er musste rennen. Sie wollten in den Wald. Die Rufe der Brüder hallten wider in seinen Ohren.

Glücklicherweise war es leicht, den Wachzauber noch einmal zu verschieben. Die Konstruktion der Mana-Form brachte es mit sich, dass die Blase nicht von innen zerstört werden konnte. Doch da der Zauber im Innern, die Falle, immer noch ausgelöst werden konnte, musste Erienne die magische Vorrichtung noch einmal zur Seite schieben. Es war binnen Sekunden erledigt.

»Wird er uns folgen?«

»Ja«, sagte Will. »Aber vergiss nicht, dass er völlig unabhängig ist. Er wird auf niemanden hören, nicht einmal auf mich, und das macht ihn gefährlich.«

»Gefährlich für uns?«

»Nein, denn er weiß, dass wir Freunde sind. Aber im Grunde ist er jetzt ein wildes Tier, und er wird wie ein wildes Tier reagieren.«

»Nun gut.« Erienne machte sich auf den Weg, die Kugel über ihrem Kopf beleuchtete den Gang.

»Lass uns gehen, Thraun«, sagte Will laut. Er folgte Erienne und hörte, wie sich sein Freund hinter ihm in Bewegung setzte. Die weichen Pfoten tappten leise auf dem Boden.

Der Dämon stürzte sich auf den Magier und trieb dem Mann die Klauen in die Schultern. Alle Überheblichkeit und Tapferkeit waren verschwunden. Der Mann stammelte und winselte und schlug, am Boden liegend, wild um sich, doch er konnte das Wesen nicht treffen, das sabbernd über seinem Gesicht hing.

»Töte ihn«, sagte Denser.

»Nein!«, heulte der Magier. »Bitte!«

Der Dämon legte ihm die Hand auf den Mund. »Deine Seele gehört mir«, sagte er. Er bog den Rücken durch, breitete die Arme weit aus, ballte die Hände zu Fäusten und schlug sie von beiden Seiten gegen den Kopf des Magiers. Dessen Schädel zersprang wie ein Tontopf zwischen Steinen, und das Gehirn spritzte dem entzückten Hausgeist ins Gesicht. Er nährte sich, labte sich an Hirn und Blut, während Denser zuschaute, leidenschaftslos, aber keineswegs unerfreut.

Dann wurde ihm bewusst, dass Menschen sich dem Raum näherten. Viele eilige Schritte waren zu hören, Stimmen wurden lauter.

»Genug«, sagte Denser. Der Hausgeist schaute enttäuscht auf. »Wir bekommen Gesellschaft.« Denser bereitete neue Schattenschwingen vor. Seine Mana-Reserven schrumpften bedenklich.

»Verscheuche die Leute und suche Erienne. Sie muss unten sein. Bringe sie zum Tor und sorge dafür, dass ihr nichts geschieht. Ich wache über dich.«

Der Hausgeist lächelte, Blut tröpfelte vom Kinn. »Du wirst immer über mich wachen?«, fragte er.

»Bis zum Tag, an dem meine Seele aus dieser Welt scheidet«, erwiderte Denser. Er drehte sich um und flog durchs zerstörte Fenster hinaus, erhob sich in den Nachthimmel und verstärkte seine Sehkraft, um das Haus und die Umgebung besser wahrnehmen zu können.

Zufrieden und gesättigt wandte sich der Hausgeist zur Tür. Er wollte die anderen die Tür öffnen lassen und schwebte ein paar Fuß über der Leiche des Magiers. Mit untergeschlagenen Beinen schien er in der Luft zu sitzen, die Flügel flappten langsam.

Krachend flog die Tür auf, und mehr als ein halbes Dutzend Menschen stürzte herein. Wächter mit blitzenden Schwertern, Magier mit Händen, die bereits erhoben waren, um einen Spruch zu wirken. Sie blieben wie angewurzelt stehen, als sie ihren Bruder sahen, der Kopf eine unförmige Masse von Gehirn, Blut und Knochensplittern. Einen Moment später sahen sie den Hausgeist. Er lachte kalt, entzückt über den Tod und die Vernichtung, die er verbreitet hatte. Dann fuhr er mit ausgestreckten Klauen zwischen sie und brüllte fröhlich, als sie sich duckten, flohen und erschrocken und verängstigt kreischten.

Schließlich betrachtete er sein Werk, die blutigen, verwirrten und ungläubigen Gesichter, machte einen Überschlag in der Luft und fuhr die Haupttreppe hinunter. Sein Lachen hallte zwischen den Porträts, die überall an den Wänden hingen.

Jandyr trat auf die Straße hinaus, als Sol sein Pferd durch die protestierenden Dordovaner trieb. Der Protektor ignorierte sie, zügelte vor dem Elf das Pferd und stieg ab.

»Geh zum Gasthof«, sagte er. »Bring die anderen Pferde her.« Er gab Jandyr die Zügel. »Du bist schneller mit dem Pferd«, sagte er. Die Worte wurden bedächtig ausgesprochen, als sei er das Sprechen nicht gewöhnt. »Bitte«, fügte er noch hinzu, bevor er zu den Toren rannte. Seine Hände waren jetzt frei, doch die Waffen blieben vorerst noch auf seinem Rücken.

»Was ist denn los?«, rief Jandyr ihm hinterher.

»Ärger.«

Jandyr zuckte mit den Achseln, stieg auf und ritt eilig zu den Stallungen des Gasthofs zurück.

Erienne rannte mit voller Geschwindigkeit zur Treppe. Durchs Mana spürte sie, wie das Leben eines Magiers gewaltsam beendet wurde, und der Zorn über Densers Eingreifen fegte die ohnehin schon schwindenden Gedanken an Vorsicht endgültig aus ihrem Bewusstsein.

»Der Schutzzauber, Erienne!«, rief Will. Er litt noch unter dem Gewicht des Mana und war ein ganzes Stück zurückgefallen.

»Darüber brauchen wir uns jetzt keine Sorgen mehr zu machen, denn für Aufsehen hat der Idiot längst gesorgt.«

»Wer denn?«

»Du weißt genau, wen ich meine.« Ihre Stimme klang enttäuscht, doch innerlich empfand sie Mitgefühl. Ihre Lichtkugel löste den Schutzzauber aus und setzte eine Sirene in Gang, die durch den Turm hallte und Wills Ohren fast zerspringen ließ. Thraun, der hinter ihm war, kläffte erschrocken und rannte schnell an ihm vorbei, sprang die Treppe hoch und überholte Erienne, als diese die Tür öffnete.

Die Halle war leer, doch als der Alarm verhallte, waren aus allen Richtungen zornige Stimmen und Bewegungen zu hören. Thraun rannte zur Vordertür und kratzte hilflos an den Griffen. Erienne war nur ein paar Schritte hinter ihm. Beide konnten den herabstoßenden Hausgeist nicht mehr sehen, doch Will, der als Letzter die Gruft verließ, wurde mit einem Anblick konfrontiert, der schlimmer war als seine schlimmsten Albträume.

Er hatte sich umgesehen, ob Feinde in der Nähe waren, und bemerkte, dass Erienne bereits die Vordertür öffnete, als sein Blickfeld vom blutverschmierten Gesicht des Dämons ausgefüllt wurde. Der Schädel pulsierte und wellte sich, das Geschöpf lachte schrill und hob eine Klaue, um zuzuschlagen, doch dann erkannte es Will. Es beugte sich vor und sagte:

»Komm schon, komm. Hinaus. Hinaus zum Tor.«

Will öffnete den Mund und kreischte.

Denser konnte alles verfolgen. Als Jandyr zum Stadtzentrum ritt, trat Sol auf den Wächter zu und brachte ihn mit einem einzigen Schlag zu Fall. Er rannte zum Kolleg, das inzwischen in heller Aufregung war.

Gefolgt von einem riesigen Wolf stürzte Erienne aus dem Turm heraus, doch bevor Denser sich überlegt hatte, wie er das Tier davon abhalten konnte, sie einzuholen und zu töten, machte es wieder kehrt und verschwand im Turm.

Erienne strauchelte und drehte sich halb um sich selbst, während sie zum Tor rannte. Sie taumelte.

»Nein, nein!«, zischte Denser. Er flog zum Weg hinunter. Von überall kamen jetzt Magier, Wächter und Schüler herbei und schützten Erienne durch das Chaos, das sie veranstalteten. Einer half ihr sogar auf die Füße. Denser schoss zu Sol hinunter.

»Bring sie hinaus!«, rief er dem Protektor zu. Er wurde erkannt, zornige Rufe erhoben sich, und andere Rufe versuchten, Ordnung ins Chaos zu bringen. »Und finde meinen Gefährten. Ich muss Jandyr helfen.« Sol nickte, und Denser flog in den Himmel hinauf, um den Elf zu suchen, der auf Sols schnellem Pferd ritt.

Erienne lächelte den Magier an, der ihr aufgeholfen hatte, und rannte zum Turm zurück.

»Was ist los?«, fragte der Magier, der ihr folgte.

»Da ist ein Xeteskianer im Kolleg.« Sie rannte ins Haus und blieb abrupt stehen, als sie sah, was sich drinnen abspielte.

Thraun und ein Wesen, bei dem es sich um Densers Hausgeist handeln musste, umkreisten einander mitten in der Halle, von vier ungläubig staunenden Magiern umgeben. Das geflügelte Wesen schoss nach links, nach rechts, hoch und hinunter, während Thraun mit den Krallen nach ihm hieb und schnappte. Er hatte bereits einen tiefen Schnitt auf der Nase abbekommen. Will war nirgends zu sehen.

Eriennes einziger Gedanke, als sie die beiden rief, war, dass sie schlimm verletzt werden könnte. Doch es war keine Zeit, etwas anderes zu versuchen. Sie rannte hinüber, bis sie vor Thraun stand, der wütend knurrte, als sein Ziel verdeckt wurde. Sie kehrte ihm den Rücken und schauderte, als der Hausgeist vor ihrem Gesicht heruntersank. Thraun setzte hinter ihr zum Sprung an.

»Nein, Thraun!«, befahl sie mit einem Blick über die Schulter. »Freund.« Es war das einzige Wort, von dem sie sicher war, dass er es verstehen würde. Etwas Unpassenderes konnte es kaum geben.

»Und du hörst sofort auf«, fauchte sie den Dämon an. Er grinste und kicherte und sah an ihr vorbei zum Wolf.

»Lass ihn in Ruhe, es ist Thraun«, warnte sie.

Der Dämon wich sofort zurück, das Grinsen verwandelte sich in einen Ausdruck der Überraschung. »Gestaltwandler …«, sagte er und atmete zischend aus.

»Ja, und jetzt mach, dass du hier herauskommst und deinen Meister findest, und wage es nie mehr, das Gelände dieses Kollegs zu besudeln.«

»Ja, Herrin«, sagte der Hausgeist und schoss zur Tür hinaus.

Erienne drehte sich um und sah sich den vier Magiern gegenüber, die den Bann des fassungslosen Staunens inzwischen halbwegs überwunden hatten.

»Du kennst diese … diese Dinger?«, fragte einer. Sie hatten die Mana-Spuren gelesen und sie als Dordovanerin identifiziert.

»Ich bin ihnen schon einmal begegnet«, sagte Erienne unwirsch. »Und in Zukunft werdet ihr hier nicht mehr belästigt werden, dafür werde ich persönlich sorgen. Aber jetzt entschuldigt mich, ich habe es eilig.« Sie wandte sich um. Will kauerte zitternd neben dem Eingang zur Gruft. »Will? Was, zum …«

Eine Hand wurde auf ihren Arm gelegt. »Du solltest

wohl besser mitkommen. Du hast gerade mit einem xeteskianischen Hausgeist gesprochen. Er hat dich Herrin genannt.« Der Mann, der sie am Arm festhielt, war in mittleren Jahren. Sein ergrauendes Haar war schütter und dünn, doch die dunklen, schwermütigen Augen verrieten seine Stärke, als er sie anschaute. Erienne kannte ihn nicht.

»Ja, und wie du sehen kannst, habe ich ihm befohlen, das Kolleg zu verlassen. Und jetzt würde ich gern meinem Freund helfen.« Ihr Herz schlug wieder schneller. Sie musste noch etwas Zeit herausschinden.

»Ein gewöhnlicher Bürger nach Einbruch der Dunkelheit im Turm«, sagte er, zugleich geringschätzig und drohend.

»Darauf kommt es jetzt nicht an. Er braucht Hilfe. Schau ihn dir nur an«, drängte Erienne. Sie warf einen Blick zu Will, der sich nicht gerührt hatte. Was war ihm nur zugestoßen?

Der Magier machte sich nicht die Mühe, ihrem Blick zu folgen. »Dir muss bewusst sein, dass es ganz so einfach nicht ist.«

»Lass meinen Arm los.«

»Nein.« Der Griff verstärkte sich, und die anderen Magier kamen näher.

Erienne warf nervös den Kopf herum und verfluchte insgeheim Densers Starrsinn, der den Hausgeist geschickt hatte, um über sie zu wachen. Thraun stieß ein tiefes Knurren aus und näherte sich ihr. Die Magier sahen sich erschrocken um.

»Lass mich los«, sagte sie. »Bitte, ich kann ihn nicht kontrollieren.«

»Wir schaffen sie alle beide«, verkündete ein anderer Magier. »Ihr wisst, was zu tun ist.«

»Bei den Göttern«, sagte Erienne, die instinktiv erfasste, welchen Spruch sie wirken wollten. »Thraun, lauf weg!«

Der Wolf hörte nicht auf sie. Der Rudelbruder war verletzt, und die Frau wurde bedroht. Er beseitigte die Quelle der Bedrohung.

Der erschrockene Schrei des Magiers brach abrupt ab. Thrauns Kiefer packten seinen Hals und zogen ihn zu Boden. Erienne stolperte, als die Hand von ihrem Arm gerissen wurde. Einen Augenblick lang herrschte Verwirrung in der Halle.

Erienne rief Thraun zu, den Magier nicht zu töten.

In diesem Augenblick brach Sol durch die Haupttür herein, und die Magier flohen erschrocken. Einen erlegte der Protektor im Laufen mit einem Schlag in den Nacken. Da ihre Konzentration durchbrochen war, flohen die Magier in die Bibliothek und knallten die Tür hinter sich zu.

»Thraun, lass ihn!«, rief Erienne. Sie eilte zum Wolf und rechnete damit, nichts als Blut zu sehen, doch Thraun drehte den Kopf, und sie konnte unter seinen Pfoten den verängstigten Magier sehen, der einige Druckstellen am Hals hatte, ansonsten aber recht lebendig wirkte.

Sol schlug ihn bewusstlos, und Erienne konzentrierte sich wieder auf Will.

Der kleine Mann hatte sich zusammengerollt und wiegte sich leicht hin und her. Er schwieg, doch Krämpfe liefen durch seinen Körper, und der Atem drang zischend und abgerissen durch die zusammengebissenen Zähne.

»Will?« Erienne berührte ihn am Arm, doch er zuckte heftig zusammen. »Wir müssen gehen.«

Thraun tappte herbei, stieß ihn mit der Schnauze an und leckte über sein Gesicht. Es kam keine Reaktion, doch eine Bewegung im Mana ließ Erienne auffahren.

»Sie wirken einen Spruch«, rief sie. Sie zerrte an Wills Ärmel. »Komm schon! Steh auf!« Er rührte sich nicht, doch jetzt war Sol neben ihr. Er bückte sich und nahm Will auf die Arme.

»Lauft«, sagte er. Sie rannten.

Jandyr galoppierte in den Hof vor den Ställen und fragte sich, wie er in der kurzen Zeit, die ihm blieb, vier Pferde satteln und zum Kolleg bringen sollte, doch er stellte fest, dass Denser schon vor ihm dort eingetroffen war. Der Magier scheuchte den Stallburschen, dem die Furcht nur zu deutlich im Gesicht stand, mit scharfen Befehlen durch die Gegend. Denser hatte etwas, das wie gefaltete Schwingen aussah, auf dem Rücken.

»Das wird aber auch Zeit«, sagte er.

Jandyr antwortete nicht. Er stieg ab und rannte zum Stallburschen. »Welches ist das Nächste?«, fragte er.

Der Bursche deutete auf Thrauns Pferd. »D-das Zaumzeug und der Sattel sind auf der linken Seite, erster Haken«, sagte er. Und dann stammelte er: »Er kam einfach aus der Luft angeflogen. Er ist geflogen. Er kann doch nicht …«

»Schon gut, mein Junge.« Jandyr kam mit Sattel und Zaumzeug wieder heraus. »Er wird dir nichts tun.« Er warf Denser einen kurzen Blick zu. Die verdammte Katze schob den Kopf aus dem Mantel hervor, und Jandyr hätte schwören können, dass sie grinste.

Der Magier zog einen Riemen fest und hakte ihn ein. »Du übernimmst die Führung, ich bleibe über dir«, sagte er. »Ich sorge dafür, dass die anderen Pferde dir folgen, also mach dir ihretwegen keine Gedanken.«

»Wie du willst«, sagte Jandyr.

»Beeil dich.«

»Halt die Klappe.«

Erienne hatte keine Ahnung, welcher Spruch in der Bibliothek gewirkt wurde, doch sie war sicher, dass es sich um irgendeine Art von Falle handelte. Als sie die Treppe zum Weg hinunter rannte, hörte sie hinter sich die Tür zufallen. Es krachte und zischte. Der Spruch der Gefangennahme also. Sie hatten Glück gehabt.

Sol lief an der Spitze, er hatte sich Will wie einen Sack über die Schulter geworfen. Thraun trabte leichtfüßig neben Erienne, die so schnell wie möglich rannte. Auf dem Gelände des Kollegs herrschte immer noch ein großes Durcheinander, doch viel zu viele Menschen wurden auf sie aufmerksam, dafür sorgte schon Thraun.

Dennoch glaubte Erienne, sie könnten ohne Probleme die Tore erreichen. Doch ihr Herz sank, als sie eine Stimme rufen hörte: »Haltet sie auf.«

Jandyr hätte sich gern mit einer Entschuldigung verabschiedet, aber für Höflichkeiten hatte er keine Zeit. So hielt er nur kurz inne, um dem Burschen ein paar Münzen zuzuwerfen, bevor er auf sein Pferd stieg, ihm die Hacken in die Flanken trat und in die Straßen von Dordover hinausritt. Etwa hundert Fuß über ihm flog Denser, und hinter ihm folgten vier reiterlose Pferde.

Die Straßen waren um diese frühe Abendstunde noch recht belebt, viele Menschen waren noch unterwegs.

Jandyr stieß immer wieder Warnrufe aus. Ihm war bewusst, dass er eine Menge unwillkommener Aufmerksamkeit auf sich lenkte, während er zum Kolleg galoppierte. Die meisten Menschen wichen bereitwillig aus, doch hin und wieder, das wusste er, bekam der eine oder andere einen Tritt ab oder wurde gar von den Pferden niedergetrampelt.

Als Jandyr das Stadtzentrum hinter sich gelassen hatte

und sich einem parkähnlichen Wohnviertel näherte, stieß Denser abrupt zu ihm herab.

»Ärger voraus«, brüllte er, um das Hufgetrappel zu übertönen. »Nimm die nächste links, dann weiter zu einem großen Lagerhaus, dort wieder rechts. Reite weiter, ich hole dich dann ein.« Er verschwand im Himmel.

Jandyr hatte nicht das Bedürfnis herauszufinden, welcher Art der drohende Ärger war, und bog wie empfohlen nach links ab. Die anderen Pferde folgten, allerdings mit einem gewissen Zögern. Densers Einfluss auf sie ließ mit wachsender Entfernung nach.

Zwei Dinge retteten Erienne, als sie schnell in die relative Sicherheit der Straßen außerhalb des Kollegs rannte. Es war einmal das Widerstreben der anderen Magier, einen offensiven Spruch zu wirken, wenn viele Unschuldige im Weg waren, und zum zweiten die Gefahr, die von Sol und Thraun ausging. Der Protektor hatte sich Will über eine Schulter gelegt und mit der anderen Hand die Streitaxt aus der Scheide gerissen. Er bahnte sich rücksichtslos und mit lautem Brüllen einen Weg zu den Toren, und Thrauns Heulen sorgte dafür, dass die Klingen der Verfolger auf Abstand blieben.

So stürzten sie durch das Tor hinaus und hinein in das Durcheinander, das in Dordover immer mehr um sich griff.

Denser flog eilig zum Kolleg. Das Mana, das als orangefarbenes Leuchten über dem Gebäude stand, erleichterte ihm die Orientierung. Er suchte Erienne und den Gestaltwandler.

Denser hatte gesehen, dass zwischen ihnen und den Pferden eine Abteilung von Stadtwächtern in Position gegangen war. Weitere würden folgen. Im Norden sammelte sich die Wache des Kollegs, einige waren bereits beritten. Und dort, blindlings über die Hauptstraße laufend und von mindestens zehn Leuten aus dem Kolleg verfolgt, waren Erienne, Sol und der Wolf. Dann bemerkte Denser auch Will, der wie ein nasser Sack auf Sols linker Schulter hing. Der Protektor hatte einen mächtigen Arm um seine Hüften gelegt. Sie liefen in die Falle.

Jandyr bog am Lagerhaus ab und ritt im Galopp weiter. Mit seinen Elfenaugen konnte er die Dunkelheit der Nacht und die tiefen Schatten durchdringen. Die vier Pferde hinter ihm wurden allerdings unruhig. Denser hatte sich zu weit entfernt. Noch ein paar Schritte, und Jandyr musste anhalten, um die Pferde voneinander zu lösen und mit seinem Sattel zu verbinden. Inmitten des Durcheinanders von Flanken und Beinen nestelte er hektisch an Zaumzeug und Zügeln herum und rief Befehle, die nicht immer befolgt wurden.

Er verknotete immer zwei Zügel und legte sie mit einer Schlinge hinten über seinen Sattel. Als er gerade wieder aufgesessen war, hielt ihn eine Stimme auf.

»Willst du die Pferde verkaufen? Es sind gewiss zu viele für einen einzigen Mann – Verzeihung, für einen einzigen Elf.«

Denser ließ sich neben Sols Schulter sinken.

»Ihr lauft in eine Falle. Biegt rechts ab und folgt mir.« Der Magier führte die Fliehenden durch Seitengassen. Er stieg höher, um sich zu orientieren und nach Jandyr zu sehen, und bemerkte, dass dieser vor einem Ring von Fackeln zurückwich.

»Verdammt auch.« Sein Bewusstsein verschmolz mit dem Hausgeist. »Folge meinen Blicken und führe Sol zu mir.« Der Dämon verließ den Mantel und flog los.

Es waren fünf, einer für jedes Pferd, bemerkte Jandyr. Drei hatten Fackeln, alle trugen Schwerter. Er hatte den bereits gespannten Bogen aus den Riemen gerissen, der Köcher war schon auf die Schulter geschnallt. Mit einem eingelegten Pfeil wich er zurück und hielt die Pferde hinter sich. Er musste auf Zeit spielen. Die Frage war freilich, wie viel Zeit ihm überhaupt blieb.

»Entferne dich von den Pferden«, befahl einer der Männer. Die Fackeln beleuchteten grobe Gesichter. Die Männer drangen weiter vor.

»Das kann ich nicht.«

»Dann müssen wir dich leider töten.«

»Einer von euch ist noch vor mir dran. Wer will es sein?« Jandyr zog den Bogen herum und bedrohte sie alle. »Du da?«, sagte er, und zielte auf einen, in dessen Augen er Unsicherheit erkannte. »Noch ein Schritt, und du bist ein toter Mann.«

Der Mann blieb stehen, doch die anderen kamen näher und wurden schneller, je näher sie kamen.

»Auf diese Weise kannst du uns nicht alle aufhalten.«

Jandyr blickte kurz zum Himmel und sah Denser herabstoßen wie einen Adler, der seine Beute gefunden hat. Er lächelte.

»Das ist auch nicht nötig.«

Denser rammte mit angezogenen Knien den Kopf eines Mannes, sodass dieser gegen einen anderen prallte. Beide stürzten schwer zu Boden. Jandyr ließ den Pfeil fliegen und traf einen weiteren Mann in die Brust. Er legte einen neuen Pfeil ein, spannte den Bogen und zielte auf die beiden, die noch standen.

»Wenn ihr wegrennen wollt, dann tut es jetzt.« Eine weitere Einladung brauchten sie nicht.

Denser achtete nicht weiter auf die beiden Männer, die

er umgeworfen hatte, und löste die Zügel der Pferde voneinander. Da seine Schattenschwingen verbraucht waren, stieg er auf ein Pferd. Jandyr nahm sich einen Moment Zeit, den Pfeil aus dem Toten zu ziehen.

»Los, komm schon.« Denser trieb sein Pferd an, die anderen folgten gehorsam. Jandyr schwang sich in den Sattel, und die Jagd ging weiter.

Erienne fühlte sich, als könnten jeden Moment ihre Lungen explodieren. Ihr Herz hämmerte wild in der Brust, die Beine waren schwer wie Baumstämme, und es pochte in ihrem Kopf. Sie hielt die anderen auf, das wusste sie, und die Verfolger kamen näher. Ein Pfeil verfehlte sie um wenige Handspannen und sauste durch die Straße, wo ein Unschuldiger ähnliches Glück hatte wie sie. Laute Verwünschungen drangen an ihre Ohren, während sie keuchend rannte.

Thraun trabte leichtfüßig neben ihr, ein halbes Dutzend Schritte vor ihr lief Sol. Der Hausgeist stand auf seiner rechten Schulter, eine Hand zeigte den richtigen Weg an, während die andere um den Kopf des Kriegers gelegt war. Der Anblick allein bahnte ihnen schon einen Weg.

Sie liefen jetzt eine breite Straße hinauf, näherten sich dem Zentrum von Dordover und rannten dann mitten über den großen Marktplatz, vorbei am alten Kornspeicher, in dem jetzt das Hauptquartier der Stadtwache untergebracht war. Die Straßen um das Kolleg waren nach Einbruch der Dunkelheit ruhig, doch Dordover selbst war auch am Abend noch eine belebte Stadt. Stadtwächter waren auf Streife und überwachten die Scharen der Theaterbesucher, die Imbissbuden und die Gassen, in denen Dirnen ihre Dienste anboten und wo der Dolch ebenso als Zahlungsmittel galt wie die Münze.

Gerade als sie einen Warnruf ausstoßen wollte, bog Sol nach rechts ab und entfernte sich durch eine schmale Gasse von der Hauptstraße. Hier war es ruhiger, über dieser Gegend lag die stumme Drohung eines nächtlichen, menschenleeren Industriegebiets. Straßenräuber versteckten sich im Schatten, und jede Ecke war eine Falle für den Unvorsichtigen. Ohne Lampe und tief im Schatten laufend stolperte Erienne mehrmals, doch sie blieb auf den Füßen. Hinter ihr heulte Thraun. Der Laut hallte zwischen den Mauern wider und stieg zum Himmel empor wie ein Schrei aus der Hölle. Erienne fragte sich, wer sie verfolgte und ob das Heulen die Verfolger aufhalten mochte. Sie selbst hätte ganz gewiss gezögert.

Sie folgte Sol um mehrere Ecken, bis sie wieder eine breitere Straße erreichten. Zu beiden Seiten erhoben sich hohe Gebäude mit glatten Mauern. Hier waren die Schatten schwärzer als die Nacht. Thraun war nun wieder neben ihr, und hinter ihr hörte sie die Meute der Verfolger. In die Rufe mischte sich das unverkennbare Geräusch von Hufen auf Stein und Matsch.

Dann konnte sie sehen, wie sie durch die Schatten näher kamen und vor ihnen die Pferde zügelten. Sol stürmte weiter, der Hausgeist nahm wieder die Gestalt einer Katze an. Jetzt erst erkannte Erienne, dass es sich bei den beiden Reitern um Denser und Jandyr handelte. Sie taumelte hinüber.

»Bist du verletzt?«, fragte Denser.

»Frag nicht«, keuchte sie. »Sie sind nahe, wir müssen uns beeilen.«

Wie um ihre Worte zu unterstreichen, stürmten etwa zwanzig Männer in die Gasse. Pfeile surrten und prallten von den Wänden ab, und die Dordovaner spannten die Bogen neu. Sol warf Will auf ein Pferd, riss Erienne hoch und setzte sie in ihren Sattel. Dann stieg er selbst auf, zog sein Pferd scharf herum und galoppierte davon. Wiehernd und mit klappernden Hufen folgten ihm die anderen Pferde; die Reiter hatten die Köpfe eingezogen und kauerten dicht an den Pferderücken.

Thraun jedoch machte kehrt und stellte sich dem Feind.

Sol führte sie zum Lagerhaus zurück und nach links wieder auf die Hauptstraße. Denser war dicht hinter ihm, gefolgt von Erienne, deren Kräfte schwanden. Sie konnte sich vor Erschöpfung kaum noch im Sattel halten. Neben ihr ritt Jandyr, der Thrauns reiterloses Pferd führte.

Pfeile zischten über seinen Kopf hinweg zu den Pferden, als Thraun die erste Reihe der Verfolger erreichte. Er sprang über einen Mann hinweg und packte den Hals eines zweiten. Ein Ruck mit dem Kopf, und er hatte dem Opfer die Kehle herausgerissen. Sein Schrei ging in einem Gurgeln unter. Zehn Sekunden Wüten mit Zähnen und Krallen, und Thraun hatte die fassungslosen Verfolger zerstreut. Einige waren weggerannt, einige waren zurückgewichen. Andere lagen reglos am Boden, und ein oder zwei würden sich nie mehr erheben.

Nachdem sein Werk getan war, ließ er von ihnen ab und streckte sich. Jetzt kam der lange Lauf in den Wald. Er heulte vor Freude, als er sich auf den Weg machte.

Sechstes Kapitel

»Ist es nicht aufregend, zum Raben zu gehören?« Hirad lehnte sich an den Baumstamm und streckte die Beine aus.

»Geht es dir jetzt besser damit?«, fragte Ilkar.

»Nein, ich fühle mich schrecklich überflüssig.«

»So ist das aber nicht.«

»Du weißt schon, was ich meine.«

Das Lager war abgebaut. Alle Gerätschaften waren verstaut und an den Sätteln festgezurrt. Drei Pferde, darunter das von Denser, waren ein paar Schritte entfernt angebunden.

Hirad lächelte, als er sich an die drängenden Worte seines Freundes erinnerte, während sie das Lager aufgelöst hatten. Jetzt saßen sie schon seit einer Stunde an Bäume gelehnt untätig herum. Eigentlich sollte er sich besorgt fragen, was in Dordover vor sich ging, doch abgesehen von seinem hartnäckigen Zorn auf Denser war er aus irgendeinem Grund seltsamerweise völlig ruhig. Vielleicht lag es daran, dass keiner der anderen ursprünglich zum Raben gehört hatte, sodass ihm deren Schicksal egal war. Teilweise traf dies zwar zu, doch das war nicht alles. Einigen Neuen, vor allem Thraun und Jandyr, vertraute er sehr. Fast so sehr, wie er dem Unbekannten und Sirendor vertraut hatte. Fast.

Die Trauer legte sich über ihn wie die tiefste Nacht, und Erinnerungen schossen ihm durch den Kopf. Bilder von Tod und Verlust verdrängten die Erinnerungen an die gute alte Zeit, die nun so vergänglich schien. Ras war gestorben, während sie rings um ihn kämpften. Richmond wollte einen Mann verteidigen, den er nicht einmal kannte, und musste mit seinem Leben bezahlen. Der Unbekannte, dessen Blut die Erde vor der Scheune benetzte … Sirendor, dessen Leben verging, während Hirad nur hilflos zuschauen konnte. Trotz all seiner großen Worte war er unfähig gewesen, sie zu beschützen, und jetzt war auch Talan fort, vertrieben von der Furcht und dem Wissen, dass sein Tod unausweichlich war, wenn er blieb.

Hirad wischte sich die Augen trocken und sah zu Ilkar hinüber. Die Götter mochten ihm beistehen, wenn er auch noch Ilkar verlor, seine einzige Verbindung zu dem alten Raben früherer Zeiten, den er geliebt und für den er gelebt hatte.

Sein Herz raste, und sein Atem wurde flach. Es war alles außer Kontrolle geraten. Dort in Dordover wurde gerade über das Schicksal des neuen Raben und vielleicht von ganz Balaia entschieden, und er stand am Rand. Eine Randfigur, die nichts tun konnte, außer die Pferde zu satteln und das Lager abzubauen. Vielleicht hatten sie damals – erst wenige Wochen war es her und schien dennoch zu einem ganz anderen Leben zu gehören – mit den Witzen über sein Alter Recht gehabt. Nein, es war kein Witz. Er war vom Anführer zum Geführten degradiert worden, und er hatte es nicht einmal bemerkt. Denser. Es war allein Densers Schuld. Er wollte ganz sicher nicht Denser die Befehlsgewalt über den Raben überlassen. Nicht nach allem, was der Mann angerichtet hatte.

Er hob eine zitternde Hand, um sich die Nase zu schnäuzen, und holte langsam und tief Luft. Wieder schaute er zu Ilkar und hoffte, man könne ihm seine Ängste nicht ansehen. Doch Ilkar blickte nicht in seine Richtung. Der Elf hielt den Kopf schief und legte, während Hirad ihn beobachtete, ein Ohr auf den Boden. Er schirmte es auf beiden Seiten mit den Händen ab, um besser hören zu können, und zuckte zusammen.

Hirad war schon halb aufgestanden, als Ilkar ihm mitteilte, was er vernommen hatte.

»Da kommt jemand.«

»Lass uns hoffen, dass sie es sind.«

»Tja, ich werde hier jedenfalls nicht herumstehen und mich überrumpeln lassen.« Sie rannten zu den Pferden, doch sie hatten noch nicht einmal die halbe Entfernung geschafft, als hinter ihnen ein grelles Licht aufflammte und eine Morgendämmerung zum falschen Zeitpunkt entstand. Die Nacht wurde vertrieben, und alle Gegenstände bekamen scharfe Schlagschatten. Einen Moment danach hörten sie eine Explosion und ein Geräusch wie von fließendem Wasser.

Die Pferde bockten und zerrten an den Leinen. Hirad packte das Zaumzeug seines Pferdes, wich gerade noch einem ausschlagenden Vorderhuf aus und sah ein wild verdrehtes Auge vor sich.

»Diese Geräusche gefallen mir überhaupt nicht«, rief er, während er vergeblich versuchte, sein Pferd zu bändigen und den Zügel zu lösen.

»Mach schnell«, keuchte Ilkar. »Wir müssen reiten.« Sein Pferd war ruhiger, und Densers Pferd, das nach dem Lichtblitz heftig zusammengezuckt war, wirkte wieder völlig entspannt.

»Auf dem hier?« Hirad bekam den Zügel frei, und sein Pferd wieherte und stampfte unruhig. »Wir reiten ja schon, wir reiten ja schon!« Er bekam einen Fuß in den Steigbügel des bockenden, schnaubenden Tiers, das durchzugehen drohte, bevor er überhaupt im Sattel saß. »So beruhige dich doch, verdammt!« Er schwang sich auf den Rücken des Pferdes und schaffte es, das verschreckte Tier halbwegs zur Ruhe zu bringen. Als er es wendete, kam aus der Richtung des Blitzes ein Wolf auf die Lichtung und verschwand auf der anderen Seite im Wald. Sein Pferd bäumte sich wieder auf, er konnte es nicht halten.

Auf einmal brach Denser aus dem Wald ins Freie.

»Los, los!«, rief er und rannte dem Wolf hinterher. Erienne galoppierte heran; sie hielt sich einen Arm vor das Gesicht, um es vor den Zweigen zu schützen. Hinter ihr kamen Jandyr und ein reiterloses Pferd, dann folgte Sol, der den leblosen Will quer über den Sattel gelegt hatte. Keiner von ihnen hielt auch nur eine Sekunde inne.

Hirad kämpfte weiter mit seinem Pferd, das stampfte und trat und im Kreis lief, weil es zu verschreckt war, um sich für eine Richtung zu entscheiden. Als es dann endlich langsamer wurde und zitternd stehen blieb, bevor es endgültig durchging, sah Hirad ins Licht und erkannte, woher das Rauschen kam. Feuer. Es fraß sich in seine Richtung und verschlang Bäume, Büsche und das Gras schneller, als ein Mann rennen konnte.

»Oh, guter Gott!« Er zerrte an den Zügeln und stieß seinem Pferd die Hacken in die Seiten. Es reagierte sofort. Ins Feuer zu rennen, bedeutete den sicheren Tod. Dort, wo der Wolf verschwunden war, hatten sie wenigstens noch eine Chance.

Als er in den Wald galoppierte, musste Hirad ständig an den Wolf denken. Wenn sie ihn nicht jagten, dann gab es nur einen Grund dafür, dass sie ihm folgten, und dieser Grund drehte Hirad den Magen um.

Ilkar schob sich neben Erienne, als sie ein paar hundert Schritt jenseits der Lichtung den Wald wieder verließen. Er hatte Hirad aus den Augen verloren, und die anderen Pferde, die in der Nähe sein mussten, konnte er kaum noch hören, so laut toste die Feuerkugel. Er hatte keinen Zweifel, dass es eine Art Feuerkugel war, doch ihm war nicht klar, wie die Magier es geschafft hatten, einen so mächtigen, starken Zauber zu wirken.

»Wann wird sie ausbrennen?«, rief er Erienne zu.

»Der Wald speist sie mit Brennstoff, aber sie wird nicht weit über den Waldrand hinausgreifen.«

»Woher weißt du das?«

»Mana-Sammlung. Der Spruch wurde von mehreren Magiern gewirkt. Ich wusste, dass sie daran gearbeitet haben, aber ich wusste nicht, dass sie es auch mit der Feuerkugel tun können. Es ist anstrengend, und diejenigen, die den Spruch gewirkt haben, dürften jetzt sehr erschöpft sein.«

»Warum rennen wir dann weg?«, fragte Ilkar.

Erienne ließ ihr Pferd langsamer laufen, da sie sehen konnte, dass Denser, der ein Stück vor ihnen war, zur gleichen Schlussfolgerung gekommen war. Fünfzig Schritt weiter war die hastige Flucht vorbei, und die Pferde wurden gezügelt, damit die Reiter sehen konnten, wie die Feuerkugel sich am Waldrand erschöpfte.

»Wo ist er?«, flüsterte Ilkar. »Wo ist er?« Die gelbe Blüte der Feuerkugel schwoll noch einmal an, als sie sich in ihre Richtung fraß. Darüber verdeckte eine dicke Rauchwolke den Nachthimmel und die Sterne. Auf dem Gras vor dem Wald wurden die Schatten rasch länger, während das

Feuer einen gut siebzig Schritt breiten Abschnitt des Waldes verzehrte. Mit lautem Zischen brach es aus den Bäumen heraus und verpuffte im Freien. Und als die letzte Flamme sich orange färbte und verschwand, sah Ilkar eine einzelne Gestalt auf einem Pferd als schwarze Silhouette herankommen, die sich in vollem Galopp in ihre Richtung wandte.

Der Elf atmete hörbar aus; er hatte nicht bemerkt, dass er unwillkürlich den Atem angehalten hatte, und grinste. Dann schaute er an der Reihe der Pferde entlang, bemerkte Densers Blick und nickte. Denser zog die Augenbrauen hoch.

»Den wird man so schnell nicht wieder los, was?«, sagte er.

»Nein«, stimmte Ilkar zu. Sein Gesicht wurde hart. »Also gut, Erienne, was können wir jetzt erwarten?«

»Die Magier, die diesen Spruch gewirkt haben, sind erschöpft, aber es könnte noch andere geben. Unter den Verfolgern waren gewiss auch einige Soldaten. Zweifellos kommen sie hinter den Flammen.«

»Und sie sind sicher nicht sehr weit dahinter«, sagte Jandyr. »Schaut!« Ilkar sah in die angegebene Richtung. Sieben oder acht Leute kamen aus dem Wald gerannt, und über den Bäumen kreisten zwei Magier.

»Verdammt«, sagte Ilkar. »Können wir vor ihnen weglaufen?« Erienne zuckte mit den Achseln. Hirad ritt zu ihr hinüber. Sein Gesicht war rot vor Anstrengung, und sein Pferd zitterte am ganzen Leib.

»Zu nahe«, sagte er. »Sie sind schon zu nahe.«

»Es ist noch nicht vorbei. Da sind zehn, mit denen wir uns befassen müssen«, sagte Ilkar.

Hirad drehte sich um und starrte hinter sich. Im Zwielicht der Sterne und des noch im Wald brennenden Feuers musste er blinzeln. Er sprang vom Pferd. »Dann erledigen wir sie hier an Ort und Stelle.«

»Da sind zwei Magier in der Luft«, warnte Ilkar.

Hirad zuckte mit den Achseln. »Dann schirme uns ab. Keiner kann das so gut wie du.« Er sah sich nach links und rechts um. Alle bis auf Sol saßen noch im Sattel. Bei den Göttern, er musste sie ausbilden. Der Rabe, wie er früher war, wäre längst in Kampfposition gewesen. Nur, dass alle anderen tot waren. Sol schritt bereits vorwärts und zog im Gehen das Schwert. Wenigstens einer, der wusste, was zu tun war.

»Jandyr, links neben Sol. Ich übernehme die rechte Seite. Wo ist Thraun?«

»Wir haben keine Zeit für Erklärungen, aber …«

»Bei den lebenden Göttern, er ist ein Gestaltwandler«, sagte Hirad. Er schob diese Einsicht vorerst beiseite. »Wir können das mit drei Schwertern erledigen. Wie viele sind da drüben?«

»Acht Schwerter, zwei Magier.« Ilkar bereitete den Schild vor. »Kennt einer von euch den harten Schild?«

»Ich kann jetzt keinen Spruch wirken«, sagte Denser. Er zog sein Schwert.

»Gut. Die magischen Angriffe kann ich allein abwehren. Denser, steck dein Schwert weg und entferne dich mit den Pferden. Schicke Thraun her, wenn du ihn siehst.« Ilkar erwiderte einen Augenblick lang den Blick des Xeteskianers, der nach kurzem Überlegen sein Schwert in die Scheide steckte, seinem Pferd pfiff und sich zurückzog.

Dreißig Schritt, und sie kamen näher. Hirad spürte einen zweifachen Ruck, als der magische und der harte Schild gehoben wurden. Jandyr ließ einen Pfeil fliegen und schaltete einen Mann aus. Er wollte einen zweiten folgen lassen, doch sie kamen zu schnell näher. Die feindlichen Magier landeten und wirkten einen Spruch, der jedoch am Schild abprallte und in orangefarbenem Glühen wirkungslos verpuffte.

Hirad atmete tief durch und stieß einen Schrei aus, um seinen Kopf zu klären. Genau wie früher in den alten Tagen, nur dass es noch gar nicht so lange her war. Die Feinde teilten sich und wollten sie in die Zange nehmen. Er warf einen Blick zu Sol. Der Maskierte starrte nach vorne und nahm die Szene in sich auf, seine Konzentration war so tief, dass man sie fast körperlich spüren konnte. Genau wie … Hirad hörte ein Geräusch und starrte den Boden vor Sol an. Der Protektor tippte mit der Schwertspitze rhythmisch auf den Boden. Hirad hätte fast sein Schwert fallen lassen. Im letzten Moment gehorchten die Muskeln ihm wieder, und er fing es auf. Genau wie in den alten Tagen.

»Unbekannter!«, rief er. Sol drehte sich um, und in seinen Augen flackerte unübersehbar das Erkennen.

»Kämpfe«, sagte Sol, und in seiner Stimme schwang der Kummer mit.

»Aber …«, wollte Hirad sagen.

»Kämpfe«, sagte Sol noch einmal. Unverhofft griff Thraun die linke Flanke des Gegners an, und die Schlacht begann.

Nichts konnte Hirad aufhalten. Niemand durfte sich ihm in den Weg stellen, und beinahe empfand er sogar Mitleid mit den armen dordovanischen Soldaten, die systematisch niedergemacht wurden. Sein Herz war voller Freude, seine Gedanken waren verwirrt, aber sein Kämpferinstinkt war ungebrochen.

Als der erste Mann, von Thrauns Kiefern gepackt, zu Boden ging, gaben die Feinde ihre Strategie auf. Hirad zerschlug einem den Schädel, während der große Mann neben ihm zwei weitere abschlachtete, ohne überhaupt einen Fuß zu rühren. Da Hirad spüren konnte, dass Jandyr seine Position hielt, konnte er einen Ausfallschritt machen und einem weiteren Gegner den Bauch aufschlitzen. Er parierte den Schlag eines zweiten Angreifers, wich aus und zerschnitt dem Mann aus der Drehung die Achillessehnen. Die beiden übrigen Gegner machten kehrt und flohen, dicht gefolgt von den Magiern.

»Schild ist unten«, meldete Ilkar. Er starrte Sol an. »Kommt schon, lass uns hier verschwinden.«

»Machst du Witze?«, gab Hirad freudestrahlend zurück. Er wischte die blutige Klinge an einem seiner Opfer ab und steckte sie in die Scheide. »Ilkar, er ist es! Ich weiß nicht wie, und es ist mir auch egal, aber er ist es!«

»Bitte, Hirad«, flehte Ilkar. »Es ist nicht der richtige Augenblick.«

»Was meinst du damit?« Das Lächeln wich aus Hirads Gesicht.

»Sei so gut und hör auf mich. Wir müssen zuerst einmal von hier verschwinden, dann können wir reden.« Ilkar ging zu Denser hinüber. Der Elf konnte das Gesicht des Xeteskianers sehen und wusste sofort, dass dieser nichts über Sols frühere Identität wusste.

»Warte mal.« Hirad zupfte Ilkar am Ärmel. »Hat das etwas damit zu tun, dass er jetzt ein Protektor ist?«

Ilkar blieb stehen und sah ihn an. »So ist es.« Er hob eine Hand, um Hirads nächste Bemerkung im Keim zu ersticken. »Und Denser hat keine Ahnung. Er hatte keinen Einfluss auf diese Wahl. Bitte, lass uns gehen.« Wieder setzte er sich in Bewegung, und Hirad blieb zurück und hob hilflos die Arme. Thraun kam zu ihnen getrabt.

»Und was ist mit dem da?«, fragte Hirad. »Wie sollen wir mit ihm umgehen?«

»Er wird dir nichts tun«, erklärte Jandyr. »Bitte lass ihn in Ruhe.«

»Du kannst doch nicht …«, begann Hirad. Sol marschierte an ihm vorbei. »Unbekannter, bitte!« Sol reagierte nicht. »Könnte mir mal jemand erklären, was hier los ist?«, rief Hirad.

»Später«, versprach Ilkar.

»Jetzt gleich.«

»Nein, Hirad. Wir können hier nicht bleiben. Die Dordovaner werden wieder kommen. Wir müssen ein Versteck finden.« Ilkar zielte mit dem Finger auf Denser. »Es mag ja nicht deine Entscheidung gewesen sein, aber hast du eine Vorstellung, was Xetesk da gerade angerichtet hat? Ich kann einfach nicht glauben, dass sie so dumm sind.« Er schüttelte den Kopf.

»Ich auch nicht«, räumte Denser ein. Hirad sah, wie er zu Sol blickte, die Augen schloss und sich mit der Hand über das Gesicht strich. »Ich auch nicht.«

Hirad beherrschte sich eine halbe Stunde, während sie die Richtung zu den Blackthorne-Bergen einschlugen und so schnell wie möglich von Dordover fortritten.

Als er es nicht mehr aushalten konnte, scheuchte er sie vom Weg herunter zwischen niedrige Hügel. Unter einem Felsüberhang, versteckt vor Blicken vom Weg, hielt er an.

Er sah schweigend zu, wie Sol dem inzwischen zu Bewusstsein gekommenen Will vom Pferd half. Der Dieb setzte sich, sah niemanden an, redete nicht und starrte ins Leere. Jandyr hockte sich zu ihm und versuchte, mit ihm zu sprechen, doch es kam keine Reaktion. Sol entfernte sich einige Schritte, setzte sich allein hin und streichelte den Hausgeist. Erienne ging zu Denser, Thraun trottete ins Unterholz und verschwand in der Dunkelheit.

»Eines nach dem anderen«, sagte Hirad. »Zuerst der Unbekannte.«

»Ist er es wirklich?«, fragte Denser. Er stopfte seine Pfeife und baute sich zwischen Ilkar und Hirad auf.

»Sollten wir das nicht besser dich fragen?« meinte Ilkar.

»Ich weiß es nicht.«

»Er ist es. Sage mir, wie er es sein kann und warum er nicht tot ist; und sage mir, warum es ein Problem gibt, da ihr zwei offenbar meint, es gäbe eins.« Hirad blickte wieder zu Sol. »Bei den Göttern, ich weiß nicht, warum es ein Problem geben sollte. Die Tatsache, dass der Unbekannte wieder da ist, könnte uns einen entscheidenden Vorteil verschaffen.« Er lächelte kurz. »Nun?«

Denser holte tief Luft. »Na gut, dann kann ich es dir auch erklären. Ich wusste, dass der Unbekannte ein Protektor war. In der Nacht, nachdem wir ihn begraben hatten, hielt ich Wache. Ich hörte, wie die Dämonen seine Seele geholt haben.«

»Und du hast es nicht für nötig gehalten, es uns zu sagen?« Ilkar war wie vor den Kopf geschlagen.

»Was hätte das schon geändert?«, fauchte Denser. »Ihr wart ohnehin schon in einer denkbar schlechten Verfassung. Ich hätte nur eure Erinnerungen an ihn besudelt, wenn ich behauptet hätte, er sei ein gebürtiger Xeteskianer, der seine Abstammung verleugnet hat. Und außerdem, hättest du es mir überhaupt geglaubt?«

»Nein, wahrscheinlich nicht«, räumte Hirad nach einer Weile ein. »Aber wenn du gewusst hast …«

»Ich hätte mir in meinen wildesten Träumen nicht ausgemalt, dass ausgerechnet er abgeordnet wird. Wenn ich auch nur die leiseste Ahnung gehabt hätte, dann hätte ich ihn niemals akzeptiert.«

»Er ist dir wohl nicht gut genug, was?«

»Hirad!«, warnte Ilkar.

»Aber das spielt jetzt sowieso keine Rolle mehr, oder?«

Hirad entfernte sich einen Schritt und deutete auf Sol. »Komm, wir nehmen ihm diese lächerliche Maske ab, und dann ist alles wie früher.« Schweigen. »Was?«

»Hirad, wir können ihm die Maske nicht abnehmen«, sagte Denser.

»Nun, dann nehme ich sie ihm eben selbst ab.«

»Nein!«, rief Denser erschrocken. Er beruhigte sich sofort wieder. »Nein. Du verstehst das nicht. Wenn die Maske abgenommen wird, dann ist er vernichtet. Für alle Ewigkeit.« Er kaute nervös auf der unangezündeten Pfeife herum, schließlich nahm er sie aus dem Mund. »Wenn du meinst, das Bewusstsein des Unbekannten stecke in Sols Körper, dann glaube ich dir. Aber du musst begreifen, dass er nicht länger der Unbekannte Krieger ist. Er hat sich verändert. Er ist ein Protektor, und sein Name ist Sol. Ich kann nichts dagegen tun.«

»Doch, du kannst. Du kannst ihn wieder zurückverwandeln.« Hirads Gesicht war wie Stein.

»Das kann er nicht, Hirad«, schaltete Ilkar sich ein. »Sol ist nicht der Unbekannte. Nicht mehr.«

»Nicht? Er hat mich erkannt, Ilkar. Hast du es nicht bemerkt?«

»Wie bitte?« Ilkar beugte sich vor.

»Er hat mich erkannt. Ich habe ihn gerufen, und er hat mich erkannt.« Hirad schüttelte den Kopf. »Er hat vor dem Kampf mit der Klinge auf den Boden getippt. Niemand sonst tut das.« Hirads Stimme wurde schrill vor Verzweiflung. »Er ist es. Es kann niemand anders sein.«

Ilkar wandte sich an Denser. »Hast du vielleicht eine Erklärung dafür? Ich dachte, dass alle Erinnerungen an frühere Leben ausgelöscht werden.« Denser starrte zu Boden. »Sage mir, dass es so ist«, verlangte der Elf. »Sage es mir.«

Denser schaute auf und erwiderte seinen Blick, seine Augen wurden feucht. Er schüttelte den Kopf.

»Oh, nein«, keuchte Ilkar. Er wich einen Schritt zurück und drehte sich zu Sol – zum Unbekannten Krieger – um, der dort vor ihm saß und ihn durch seine Maske anschaute. Er konnte die Verzweiflung des Mannes fast schmecken. »Bei den Göttern, Unbekannter. Es tut mir so Leid.«

»Ilkar, bitte.« Hirad legte ihm eine Hand auf die Schulter.

»Er kann sich an alles erinnern«, sagte Ilkar. »Siehst du es nicht? Er kann sich an den Raben erinnern, an den Krähenhorst, an alle unsere Kämpfe, an all die Jahre. Sein ganzes Leben! Und er darf nicht darüber sprechen und es nicht zugeben. Niemals.«

»Was redest du da?«

»Er ist ein Leibeigener, Hirad. Seine Seele wird vom Berg von Xetesk festgehalten. Wenn er aus der Reihe tanzt, werden sie dafür sorgen, dass ihm das, was er jetzt gerade durchmacht, vorkommt wie eine Raben-Party. Er wird eine Ewigkeit lang sterben.«

Hirad ließ auf sich wirken, was Ilkar ihm erklärt hatte. Er ging langsam zum Unbekannten, hockte sich vor ihm nieder und sah ihm tief in die Augen. Und dort sah er das Leben voller Schmerzen und Einsamkeit, das nun vor ihm lag. Er konnte alles sehen, doch der Zugang war versperrt. Verdeckt hinter einer Maske, die ihm die Xeteskianer angelegt hatten.

»Ich hole dich da raus, Unbekannter.« Hirad stand auf und marschierte zu Denser zurück. Er konnte nicht sehen, dass der maskierte Mann hinter ihm den Kopf schüttelte.

»Mal abgesehen davon, dass er der Unbekannte ist«, fauchte Ilkar. »Du hast gewusst, was er allein schon deshalb durchmachen muss, weil er ein Protektor ist.«

»Ich weiß! Ich kann aber eine dreitausend Jahre alte Tradition nicht so einfach aufheben. Glaubst du wirklich, ich habe das gewollt?« Denser deutete zum Unbekannten und sah Hirad und Ilkar fragend an. »Ich kann euch nicht einmal annähernd erklären, wie Leid es mir tut. Bitte versteht doch, dass ich das nicht wollte.«

»Ich kann deine Entschuldigungen allmählich nicht mehr hören, Denser.« Hirad trat drohend näher. »Alles Übel, das dem Raben widerfahren ist, ist nur deinetwegen geschehen. Ich meine damit nicht nur meine Freunde, die deinetwegen sterben mussten. Ich meine die vielen Gelegenheiten, als du …« Er stach mit dem Finger auf Densers Brust ein. »Du hättest uns beinahe alle umgebracht. Dieses ganze Durcheinander ist deine Schuld, und ich habe genug davon. Wenn du dem Unbekannten nicht hilfst, dann bin ich nicht länger auf deiner Seite. Hast du das verstanden?«

Denser nahm die Pfeife aus dem Mund. »Ich verstehe ja, wie schwer das für dich ist, aber ich kann wirklich nicht …«

»Es gibt kein Aber, Denser!« Hirad gab Denser einen Stoß. Der Magier taumelte zurück, doch er blieb auf den Füßen. »Am Dimensionsriss hast du alles aufs Spiel gesetzt, nur weil du neugierig warst. Du wolltest Talan töten, weil er weggehen wollte, du hättest ihn beinahe vom Unbekannten umbringen lassen. Bei Sha-Kaan hast du, ohne mit der Wimper zu zucken, mein Leben aufs Spiel gesetzt, und jetzt hast du das Leben von vier Leuten aufs Spiel gesetzt, weil deine kostbare Katze in Schwierigkeiten war. Ganz zu schweigen von meinem und Ilkars Leben, als du so eilig fliehen musstest.«

»Ich glaube, du bist da nicht ganz fair.«

»Ich bin nicht ganz fair? Es liegt doch nur an deinen Fehlern, an deiner Eile und an deiner verdammten Arroganz, dass wir so tief in Schwierigkeiten stecken. Ich habe dir gleich gesagt, dass du es dem Raben überlassen solltest, aber du musstest es ja auf deine Weise machen. Ich habe dir gesagt, dass wir überleben, weil wir ein Team sind, aber du hast nicht auf mich gehört. Und jetzt«, Hirad näherte sich ihm, bis seine Nase dicht vor Densers Nase verharrte, »und jetzt kommt schon wieder so eine Frechheit. Er da.« Er deutete hinter sich zum Unbekannten. »Du sagst uns, dass du ihn in der Hölle lassen musst, und trotzdem erwartest du, dass wir weiter mit dir reiten?«

»Ich kann nichts daran ändern.« Denser zuckte mit den Achseln.

Hirad rastete endgültig aus, packte ihn am Kragen und hob ihn beinahe von den Füßen. »Ich sage dir, was du ändern kannst, Xetesk-Mann. Du kannst mit deinen Meistern Kommunion halten, und du kannst ihnen sagen, dass es aus und vorbei ist, wenn sie meinen Freund nicht aus dieser Leibeigenschaft entlassen. Kein Dawnthief, kein Sieg. Ich nehme doch an, du kannst ihnen das sagen?«

»Lass mich los, Hirad.«

»Ich nehme doch an, du kannst ihnen das sagen?«, wiederholte Hirad. Er fauchte, dass Denser die Speicheltropfen ins Gesicht flogen.

Hirad blickte zu Sol hinüber, und sofort wich seine Wut dem Kummer. »Bitte. Versuche es.« Er sprach jetzt leise und flehend und suchte Densers Blick, verzweifelt und bittend. Er ließ den Dunklen Magier los. »Er ist mein Freund. Du musst etwas tun.«

Denser wollte ihm sagen, dass dieser Mann nicht sein alter Freund war. Dass der Mann namens Sol eine xeteskianische Kampfmaschine war, ein Geschöpf mit natürlicher magischer Verteidigung und einer Kraft, die durch alle Protektoren verstärkt wurde, die in den Katakomben von Xetesk ruhten. Ein Wesen, das keinen anderen Gedanken kannte, als seinen Meister zu verteidigen. Ein Mann, der weitgehend frei von Emotionen und Furcht war. Ein Mann, dessen Fähigkeiten im Kampf verstärkt wurden, wenn noch weitere Protektoren in der Nähe waren. Ein Mann, der nicht länger der Unbekannte Krieger war.

Doch er nickte nur. Er konnte nichts weiter tun. Und er musste herausfinden, warum Nyer unter den hunderten Protektoren, die es im Kolleg gab, ausgerechnet diesen hier ausgewählt hatte, und warum Styliann die Wahl gebilligt hatte. Da stimmte etwas nicht, und Nyer musste erfahren, wie stark die Gefühle waren, die den Raben zusammenhielten.

»Ich werde am Morgen Kommunion halten, sobald ich wieder bei Kräften bin«, sagte er.

Hirad nickte dankbar. »Ich meine es ernst«, sagte der Barbar. »Ich kann nicht mit ihm zusammen weitermachen, solange er ein Protektor ist. Ich weiß, dass Balaia in Gefahr ist, doch ich bin nicht bereit, alles zu verraten, was ich bisher in meinem Leben für wichtig gehalten habe.«

Es war wirklich erstaunlich, und zugleich war es auch erschreckend.

Selyn hatte Parve schon einmal besucht, es musste etwa zehn Jahre her sein. Es war eine für jeden Magier-Spion obligatorische Pilgerschaft gewesen, teils eine Orientierung und teils eine Einweihung. Damals war die Stadt verlassen und zerstört gewesen. Der Staub von Jahrhunderten wehte durch einsame Ruinen, der Wind heulte auf den offenen Plätzen, wo einst die großen Gebäude gestanden hatten. Damals war ihr der Marsch durch die Torn-Wüste leicht gefallen. Einfach nur eine Wanderung über die rissige Erde, zwischen Dornenbüschen und scharfkantigen Steinen, in eine öde Ruinenstadt.

Die Magier von Xetesk und die Protektoren hatten dreihundert Jahre zuvor gewiss ganze Arbeit geleistet. In Parve war systematisch jedes einzelne Gebäude zerlegt worden. Alles, was eine religiöse oder magische Bedeutung hatte, war verschüttet worden. Straßen wurden aufgerissen, kleine Häuser dem Erdboden gleichgemacht, und die großen Marktplätze wurden umgepflügt. Alles nur, weil Xetesk jeden, der auf die Idee kommen mochte, sich gegen die Kollegien zu stellen, eindringlich warnen wollte, dass die Macht der Magier unvergleichlich war.

In einem Umkreis von sieben Meilen um das Zentrum von Parve sollte nie mehr etwas wachsen, das irgendeinen Wert hatte. Das konzentrierte Mana und – den Legenden nach – auch der Zorn, der über Parve hereingebrochen war, verpesteten die Luft und die Erde, erstickten jede Vegetation und trieben alle Tiere in die umliegenden Hügel und Wälder.

Als die Bäume verfaulten und umstürzten, die Feldfrüchte verdorrten und starben und die Wurzeln sich tief in die Erde zurückzogen und schliefen, wurde die Torn-Wüste geboren und legte ein stummes Zeugnis ab von der entsetzlichen Macht der offensiven Magie.

Selyn schob die tristen Erinnerungen beiseite, als sie sich der Wüste näherte. Rasch wurde ihr klar, dass es einen übermenschlichen Tarnzauber gebraucht hätte, um Parve über eine so große freie Fläche hinweg zu erreichen. Als der Nachmittag in die trübe Abenddämmerung überging, brannten hunderte von Lichtern und Feuern in der Stadt der Wytchlords, und rings um die Stadt gab es Zeltlager, in denen reges Treiben herrschte. Die Torn-Wüste war voller Wesmen.

Ihr Aussichtspunkt befand sich am Saum des Waldes, der im Osten die Torn-Wüste begrenzte. Rechts von ihr, keine zweihundert Schritt entfernt, war am Beginn des Hauptweges, der von Osten nach Westen durch den lichten Wald verlief, ein Wachtposten eingerichtet. Etwa fünfzehn Männer standen oder saßen um ein Lagerfeuer herum und sahen der Kolonne von Wesmen zu, die aus der Wüste in Richtung Understone-Pass marschierte.

Ihre Entscheidung war sehr einfach. Entweder musste sie die Kommunion hier und jetzt halten und die ganze Nacht draußen vor der Stadt verbringen, um sich zu erholen, oder sie musste in der Abenddämmerung weiterziehen, damit sie im Schutze der Nacht leichter nach Parve eindringen konnte.

Sie wusste, dass sie eigentlich Bericht erstatten sollte, dass die Kontaktaufnahme eigentlich schon überfällig war, doch hier draußen war die Gefahr der Gefangennahme größer als im Westen von Parve, wenn sie sich auf dem Dach eines Nebengebäudes versteckte. Falls sie aber gefangen wurde, bevor sie eine Gelegenheit bekam, diesen unglaublichen Anblick vor ihr zu schildern, dann würde Xetesk wichtige Informationen nicht bekommen.

Sie brauchte nicht lange, um sich zu entscheiden. Lächelnd und den Blick auf das Ziel ihrer Reise gerichtet, wartete sie, bis es völlig dunkel war. Dann überprüfte sie ihre Tarnung und huschte aus der relativen Sicherheit des Waldes in die Torn-Wüste hinaus.

»Wie enttäuschend«, sagte Nyer, nachdem Denser ihm erklärt hatte, dass Sols frühere Identität ans Licht gekommen war. »Damit ist klar, dass die Unterdrückung der Erinnerung nicht vollkommen ist.«

»Warum habt Ihr ausgerechnet ihn geschickt, Meister?«

»Es bestand die Notwendigkeit herauszufinden, ob latentes Wissen die Leistungsfähigkeit beeinflusst.«

Denser hielt inne, seine Gedanken rasten. Er spürte Nyers Gegenwart in seinem Bewusstsein und wollte ruhig bleiben, musste aber feststellen, dass es ihm nicht gelang.

»Ihr habt uns für ein Experiment benutzt?« Er feuerte den Gedanken zornig ab und wusste, dass er Unmut hervorrufen würde. »Ist Euch klar, was Ihr damit angerichtet habt?«

»Beruhigt Euch, Denser«, mahnte Nyer. »Niemandem wurde irgendein Schaden zugefügt. Wir werden den Protektor einfach zurückrufen.«

»Dazu ist es zu spät. Der Rabe verlangt, dass Ihr Sol aus der Leibeigenschaft entlasst.«

»Wirklich?« Nyers Antwort klang belustigt. »Das ist eine interessante Gruppe. Und wie genau sieht die Strafe aus, wenn wir ihrer Bitte nicht Folge leisten?«

»Sie haben gedroht, die Suche aufzugeben.«

»Werden sie ihre Drohung wahr machen?«

»Ich habe keinen Zweifel daran«, sagte Denser. »Danach würde mich wohl nur noch die dordovanische Magierin Erienne unterstützen.«

»Ihr wisst, dass die Freilassung eines Protektors nach wie vor eine lediglich theoretische Möglichkeit ist?«

»Ja.« Denser schickte ein Gefühl der Gereiztheit zurück. »Aber der Versuch muss unternommen werden, wenn wir bei der Suche nach Dawnthief Fortschritte machen wollen.«

»Bringt Euren Protektor und Eure Freunde her. Aber seid vorsichtig. Im Kolleg wird Verrat geplant von einigen, die Dawnthief für sich selbst haben wollen. Ich will tun, was ich kann, um Sol freizugeben. Vertraut niemandem.«

Ilkar sah Denser an, der reglos im Gras lag, als die Morgendämmerung den Nachthimmel aufbrach. Er hatte gelegentlich eine Bewegung in seinem Gesicht gesehen, als die Kommunion im Gange war, doch man konnte nicht erkennen, wie die Sache verlief.

Hirad trat neben ihn. »Bereit?«, sagte er. Ilkar nickte. Der Unbekannte stand mit verschränkten Armen in der Nähe, das Gesicht wie gewohnt hinter der Maske verborgen. »Werden sie zur Vernunft kommen?«

Ilkar schnaubte. »Vernunft ist nicht unbedingt ein Wort, das man oft hört, wenn es um Xetesk-Meister geht. Wir können nur das Beste hoffen.«

Denser riss die Augen auf. Er atmete ein, schauderte und kam mühsam auf die Beine. Er sah Ilkar und Hirad an.

»Nun?«, drängte Hirad.

Denser schloss die Augen und seufzte. Ein leichtes Lächeln spielte um seine Lippen. Er breitete die Arme weit aus.

»Wir sollten besser die Pferde satteln«, sagte er und schwankte ein wenig dabei.

»Wohin reiten wir?«, fragte Ilkar.

»Nach Xetesk.«

Siebtes Kapitel

Es war, so musste Ilkar einsehen, als der Rabe zur Stadt des Dunklen Kollegs ritt, der einzig gangbare Weg, um eine Lösung zu finden. Wider alle Vernunft hatte er gehofft, die Meister wären imstande, Denser aus der Ferne die notwendigen Anweisungen zu geben.

Denser war verständlicherweise glücklich und zufrieden. Es war immer angenehm, nach Hause zum eigenen Kolleg zu reisen. Es war, als kehre man in die offenen Arme der Familie zurück. Doch als er sah, wie der Dunkle Magier vor ihm ritt und entspannt mit Erienne schwatzte, keimte in Ilkar der Gedanke, dass die Reise zum Kolleg nicht der einzige Grund für Densers gute Laune war.

Es war kein weiter Weg bis nach Xetesk, denn die Kollegien waren nicht weit voneinander entfernt. Als sie aufgebrochen waren, hatten zwei Tagesritte vor ihnen gelegen, jetzt blieb nur noch ein halber Tag, bis sie die befestigte Stadt erreichten, und so viel musste noch geklärt werden.

Die Hetzjagd der Dordovaner war endlich abgeblasen worden. Denser hatte nach einer weiteren Kommunion bestätigt, dass am Triverne-See ein Treffen aller vier Kollegien anberaumt worden war. Das Geheimnis von Dawnthief sollte bald ans Licht kommen.

Doch an den Toren von Xetesk gab es Ärger. Eine Menge Ärger.

Will hatte sich kurzerhand geweigert, die Stadt zu betreten, und er wollte keinesfalls neben Denser und dem Hausgeist reiten. Er zitterte immer noch leicht, und seine Nerven hatten sich nicht erholt. Immer noch suchten ihn Albträume heim, die ihn freilich nicht ganz so sehr plagten wie die grauen Stellen im Haar.

Und Hirad erst. Hirad wollte nicht, dass die beiden Katalysatoren in die Stadt gelangten, doch er hatte noch nicht mit Denser darüber gesprochen. Seiner Ansicht nach brauchten sie ein Unterpfand für die Verhandlungen, und Ilkar stimmte ihm zu.

Denser selbst war ungewöhnlich kurz angebunden. Er brütete über etwas, das er während der Kommunion erfahren hatte.

Ilkar hatte große Angst. Er hatte Xetesk noch nie besucht – was für einen Julatsaner nicht weiter verwunderlich war –, doch er wusste, dass er hineinmusste. Das Gleiche galt für Erienne. Was Jandyr und Thraun dachten – Letzterer inzwischen wieder in menschlicher Gestalt, aber sehr müde –, konnte er nur raten. Wahrscheinlich waren sie verwirrt. Und gewiss wünschten sie, sie wären dem Raben nie begegnet. Nur Erienne lächelte, und aus irgendeinem Grund – er wusste nicht recht warum – machte ihm dies Sorgen. Die meiste Zeit ritten sie schweigend und hielten sich auf den Hauptstraßen, da sie nicht mehr verfolgt wurden, doch sie blieben vorsichtig.

Hirad, der lange Zeit schweigend geritten war, den Unbekannten angestarrt und Denser böse Blicke zugeworfen hatte, ließ sich schließlich herab, mit dem Dunklen Magier zu reden. Ilkar trieb sein Pferd nach vorn, um das Gespräch zu verfolgen.

»... dich noch nicht ganz abgeschrieben, Denser. Ich will nur wissen, wo du stehst.«

»Ich bin nicht sicher, ob ich dir folgen kann.«

»Ich meine damit, ob du dich auf die Seite des Raben oder auf die deiner Meister stellst.«

Denser dachte eine Weile darüber nach. »Wenn du mich das vor einer Woche gefragt hättest, dann hätte ich mich auf der Stelle für Xetesk entschieden. So habe ich empfunden, als wir uns getroffen haben. Aber jetzt kann ich keine klare Antwort mehr geben. Warte – lass mich erklären, bevor du etwas sagst.

Ich glaube, dass Balaia vor einer Katastrophe steht, wenn wir Dawnthief nicht in die Hände bekommen und benutzen, um die Wytchlords zu vernichten. In dieser Hinsicht stimme ich mit meinem Meister darin überein, dass der beste Weg zum Erfolg über den Raben führte und immer noch führt.

Doch was Sol angeht, so haben sie mich in die Irre geführt; sie haben auch dein Vertrauen und deine Überzeugungen verletzt und damit die Erfolgsaussichten erheblich beeinträchtigt. Das kann ich ihnen nicht verzeihen, denn es war eine bewusste Entscheidung, ausgerechnet Sol zu schicken, und ich bin nicht sicher, ob ich ihnen abkaufen kann, dass wir tatsächlich nur versehentlich die Opfer eines Experiments geworden sind.«

»Was willst du damit sagen?«

»Ich will damit sagen, dass irgendjemand womöglich sehr daran interessiert ist, dass ich ... dass wir scheitern.«

»Aber ...« Hirad verstand gar nichts mehr. »Aber wenn wir scheitern ...«

»Nicht alle in Xetesk sind davon überzeugt, dass wir der

Bedrohung durch die Wytchlords mit einem Spruch begegnen müssen, aber alle wollen, dass Dawnthief gefunden wird. Auf dem Berg ist ein Machtkampf im Gange, und wer Dawnthief besitzt, kann ihn für sich entscheiden. Ilkar wird dir sicher gern erklären, dass die meisten Entscheidungen in Xetesk von politischen Intrigen gefärbt sind.«

»Also gut.« Hirad versuchte, es zu durchdenken. Er rieb sich mit Daumen und Zeigefinger die Nase. »Wer hat dich denn nun geschickt?«

»Mein Meister Nyer.«

»Nun, das wäre doch schon einmal ein Anfang, oder?«

»Allerdings«, stimmte Denser zu. »Ich spreche in der Kommunion mit ihm, und er hat mich auch vor möglichen Gefahren in der Stadt gewarnt.«

»Wo ist dann das Problem? Wird er dich nicht beschützen?«

»Es ist möglich, dass er es versucht. Andererseits war er derjenige, der Sol zu uns geschickt hat. Schau mal, ich glaube, wir sollten lieber anhalten und reden, bevor wir weiterreiten.«

Hirad nickte. Sie ritten ein Stück vom Weg ab, und Will brachte den Ofen in Gang.

»Xetesk ist anders als Dordover«, erklärte Denser, als er einen Becher Kaffee in der Hand hatte.

»Das will ich doch hoffen, verdammt noch mal«, murmelte Thraun.

Denser ignorierte den Zwischenruf. »Meine Gegenwart ist keineswegs eine Garantie für eure Sicherheit. In gewissen Kreisen wird dies sogar Schwierigkeiten auf den Plan rufen. Dawnthief und die Wytchlords haben zu einem tiefen Zerwürfnis geführt. Wir müssen eine starke Position haben, wenn wir erfolgreich verhandeln wollen. Hier ist mein Vorschlag. Ich muss mit Sol zum Berg gehen, und damit wir eine möglichst faire Behandlung bekommen, sollten Ilkar und Erienne mich begleiten. Als Gruppe mit Magiern von drei Kollegien und als Abgesandte, die offiziell in Xetesk vorsprechen, sollten wir unangreifbar sein. Was ist mit euch beiden?«

»Ich möchte an keinem anderen Ort sein«, sagte Erienne lächelnd. Er erwiderte das Lächeln.

»Einverstanden.« Ilkar war nicht begeistert, als er seine Befürchtungen bestätigt sah.

»Und was die anderen angeht, so ist die gute Nachricht, dass ihr euch meiner Ansicht nach von Xetesk fernhalten solltet«, sagte Denser.

»Die schlechte Nachricht ist allerdings, dass wir die Katalysatoren bewachen müssen«, ergänzte Hirad. Denser nickte. »Gut. Ich habe mich schon gefragt, wann du zur Vernunft kommen würdest.«

»Ich auch«, murmelte Ilkar.

»Tja, jeder kann sich mal irren, was, Ilkar?«, meinte Denser nur.

»Wenn du es so ausdrücken möchtest«, gab Ilkar ebenso kühl zurück.

»Weißt du, ich dachte wirklich, wir kämen allmählich zu einem beiderseitigen Verständnis.« Denser seufzte.

»Bei den Gelegenheiten, bei denen wir zusammenarbeiten mussten, waren wir erfolgreich«, gab Ilkar vorsichtig zurück.

Denser schüttelte den Kopf und schürzte die Lippen. »Was mich verletzt, ist, dass wir wirklich zusammen gelitten haben. Bedeuten diese vielen Stunden bei den Schwarzen Schwingen denn überhaupt nichts? Oder unsere Kämpfe, um Hirad am Leben zu erhalten? Was sonst hätte ich tun können, um zu beweisen, dass ich anders bin als dein Bild von mir?«

»Hole den Unbekannten lebendig da heraus. Wirklich lebendig. Dann glaube ich dir. Bis dahin kann ich nicht vergessen, wo du ausgebildet wurdest und was das über unzählige Jahrhunderte bedeutet hat.«

»Julatsa!« Denser hob hilflos beide Arme, stand auf und entfernte sich. Er kippte den Rest seines Kaffees weg. »Ihr wollt vorankommen, indem ihr mit beiden Füßen in der Vergangenheit bleibt. Weißt du was? Hier bist du derjenige, der einen starren Geist und ein kaltes Herz hat. Ich habe nichts zu verbergen, Ilkar, und ich achte dich und mag dich trotz deiner Zugehörigkeit zu deinem Kolleg. Ich glaube, ich habe es verdient, von dir genauso behandelt zu werden. Sollen wir fragen, was die anderen denken?«

Ilkar schwieg und starrte nur mit unbewegtem Gesicht zurück.

»Das ist ja wirklich eine faszinierende Debatte«, sagte Thraun. »Aber nun sagt mir, wird die Konferenz am Triverne-See ähnlich verlaufen? Wenn sie genauso verläuft, dann sollten wir besser sofort die Schwerter ziehen, denn dann werdet ihr noch miteinander zanken, wenn die Wytchlords schon herankommen und eure kostbaren Städte einnehmen.«

Denser und Ilkar schauten ihn an, als hätte er ihnen ins Essen gespuckt.

»Sie wird nicht sehr anders verlaufen, das kann ich dir garantieren«, sagte Erienne, bevor einer der anderen reagieren konnte. »Es wird nichts dabei herauskommen, und überhaupt, ich wüsste gern, was man eigentlich mit diesem Treffen erreichen wollte.«

»Liegt das nicht auf der Hand?« Denser runzelte die Stirn.

»Nein, ich verstehe es nicht«, erwiderte Erienne. »Wenn Xetesk wirklich innerlich so gespalten ist, wie du es sagst, dann wird die Botschaft, die aus Xetesk überbracht wird, verworren klingen und für noch mehr Verwirrung sorgen.«

»Nein.« Denser schüttelte den Kopf. »Die Botschaft wird nicht verworren sein. Der Herr vom Berge überbringt sie persönlich. Die Gesandten der anderen Kollegien haben bereits eingeräumt, dass eine Bedrohung existiert, und Dawnthief ist die einzige Lösung.«

»Ich hoffe, du hast Recht«, sagte sie.

»Ich auch. Die vier Kollegien müssen unbedingt weiter zusammenarbeiten, denn sonst ist unsere Streitmacht zu schwach, und die Wesmen werden uns an der Ostküste des Kontinents ins Meer treiben.«

»Ist er nicht hinreißend?«, sagte Hirad.

»Um nun auf den Grund dafür, dass wir angehalten haben, zu sprechen zu kommen«, warf Jandyr ein. »Welches Risiko besteht denn außerhalb von Xetesk?«

»Um ehrlich zu sein, ich bin nicht sicher«, sagte Denser. »Ich war eine Weile fort, und ich weiß nicht, wie stark jetzt diejenigen sind, die Dawnthief für sich selbst haben wollen. Wie viele es auch sind, sie können euch auf jeden Fall gefährlich werden, wenn sie herausfinden, wo ihr seid.«

»Und ihr lasst uns ohne jeden magischen Schutz zurück«, sagte Hirad.

»Aber nicht ohne Kontaktmöglichkeit«, erwiderte Denser. »Der Hausgeist wird die meiste Zeit bei euch sein.«

»Du machst Witze«, sagte Jandyr. Er saß neben Will, der Denser stumm und fassungslos anstarrte.

»Ich …«, wollte Denser sagen, dann bemerkte er Wills Gesichtsausdruck. Er seufzte. »Es ist die einzige Möglichkeit, auf alle Eventualitäten vorbereitet zu sein.«

»Wie kannst du nach dem, was er mir angetan hat, so etwas vorschlagen?« Es war das erste Mal, dass Will an diesem Tag überhaupt das Wort ergriff.

»Was geschehen ist, tut mir Leid, Will«, sagte Denser. »Aber eigentlich hat er dir ja gar nichts getan.«

»Nennst du das hier gar nichts?«, rief Will. Er deutete auf sein ergrauendes Haar. »Und das hier?« Er hob mit gespreizten Fingern die Hand. Sie zitterte. »Das ist nicht *gar nichts*. Wenn ich so zittrig bin, dann bin ich zu nichts mehr nütze. Dein verdammtes Geschöpf hat mich ruiniert.«

Denser betrachtete Will einige Augenblicke lang.

»Ich verstehe deine Ängste, aber das wird vorübergehen. Rede mit Erienne, begreife seine Natur. Er wird dir nichts tun.«

»Wenn du hier bist, dann ist er vermutlich unter Kontrolle. Aber wenn du weg bist – ich habe ja gesehen, was dann passiert.« Will zog die Beine an und schlang die Arme um die Knie.

»Er wird dir nichts tun«, wiederholte Denser.

»Wenn wir mal annehmen, dass das stimmt«, sagte Jandyr, nachdem alle eine Weile geschwiegen hatten, »dann stellt sich eine neue Frage. Ich weiß, dass er sich mit dir austauschen kann, aber wie soll er das mit uns machen?«

»Jemand muss bereit sein, ihn zu sehen, wie er ist«, sagte Denser. »Aus welchem Grund auch immer, er scheint Hirad als akzeptable Gesellschaft zu betrachten.«

Ilkar kicherte.

»Das beruht nicht unbedingt auf Gegenseitigkeit«, knurrte Hirad.

»Bist du einverstanden?«, fragte Denser.

Hirad zuckte mit den Achseln.

»Lass lieber die Finger davon«, warnte Will.

»Da bleibt mir ja wohl kaum etwas anderes übrig, oder?«

»Gut«, sagte Denser. »Komm mit. Ich muss euch vorstellen.«

»Noch etwas.« Thraun hielt sie auf. »Wo sollen wir uns verstecken?«

»Ich kenne einen Ort«, sagte Denser.

Die Dunkelheit schützte sie, und mit ihren scharfen Augen konnte sie die Fallen rechtzeitig erkennen. So schlich Selyn zur einst toten Stadt, die anscheinend als Sitz der Wytchlords zu neuem Leben erblüht war.

Als die Nacht sich über die Torn-Wüste senkte, war die wahre Stärke der lagernden Truppen nicht mehr zu ermessen, doch die Feuer der Wesmen, das Lachen, Reden, Rufen und die Raufereien, die bellenden Hunde und das flappende Segeltuch, all das erinnerte sie ständig an ihre prekäre Situation.

Die Wesmen machten sich offenbar marschbereit. Bevor das Tageslicht endgültig verblasste, hatte sie die Zahlen geschätzt, so gut sie konnte. Sie nahm an, dass die Zelte in dieser Dichte rund um ganz Parve standen, multiplizierte sie mit der Zahl von Kriegern, die höchstwahrscheinlich in jedem Zelt saßen, und addierte die Wesmen, die sie zwei Tage zuvor aus der Torn-Wüste hatte abmarschieren sehen. Zwanzigtausend. Und das war vermutlich noch zurückhaltend geschätzt. Es konnten auch fünfundzwanzigtausend sein. Sie schauderte. Sie nahm an, dass die Wesmen insgesamt mehr als achtzigtausend Mann zählten, und es war klar, dass sie sich in den Dienst der Wytchlords gestellt hatten.

Es war nur noch eine Frage der Zeit, bis die Wytchlords sich aktiv in die bevorstehende Invasion einschalteten. Bald würden die Kollegien die ersten Ausläufer der Woge zu spüren bekommen, die schließlich ganz Balaia dem Erdboden gleich machen sollte. Die Frage nach dem Zeitpunkt war ein Aspekt, der unbedingt und möglichst schnell geklärt werden musste.

Selyn hockte sich hinter einen großen, mit Flechten überzogenen Felsblock. Sie hatte etwas mehr als die halbe Distanz bis zu den ersten Gebäuden von Parve hinter sich gebracht, doch ihr stieg jetzt schon der Geruch der Furcht in die Nase.

Niedrige, dunkle Wolken zogen über ihr dahin. Die Umgebung wurde von unzähligen Feuern erhellt, aber keines brannte so hell wie die sechs Leuchtfeuer rings um die Spitze der Pyramide, in der die Überreste der sechs Wytchlords aufgebahrt waren.

Jetzt trat die Narrheit der früheren Herren von Xetesk ganz und gar zutage. Die Pyramide war von Xetesk errichtet und mit xeteskianischer Magie versiegelt worden. Sie war als Warnung an jeden gedacht, der es wagte, die Macht des Dunklen Kollegs herauszufordern. Jetzt aber, da der Mana-Käfig leer war, diente das Bauwerk als Kristallisationspunkt für die wachsende Macht der Wytchlords und als Sammelpunkt für deren Anhänger und Krieger. Selyn schüttelte den Kopf. Überzogenes Selbstvertrauen und maßlose Arroganz. Der jetzige Herr vom Berge besaß diese Charakterzüge gewiss nicht, doch er musste nun darunter leiden, dass seine Vorgänger sie im Übermaß besessen hatten.

Sie sah sich links und rechts neben dem Felsblock um. Eine Gruppe von sieben Zelten, innen und außen beleuchtet, stand direkt vor ihr, kaum dreihundert Schritt entfernt und rings um ein großes Lagerfeuer errichtet. Wesmen standen, saßen, hockten oder lagen im Licht der Flammen, und die Schatten von breiten Schultern, mächtigen Körpern und bulligen Köpfen zeichneten sich im Feuerschein ab.

Links von ihr war ein ähnliches Lager, in dem allerdings ein Schamane saß. Sie konnte es nicht riskieren, sich dort in der Nähe blicken zu lassen. Rechts verloren sich die Zelte in der Dunkelheit. Es waren tausende, und die Aktivitäten erzeugten eine ruhelose Spannung.

Sie blickte nach Parve hinüber, schätzte ihre Möglichkeiten ein und stellte fest, dass sie keine hatte. Ihr größtes Problem war die Tatsache, dass der Tarnzauber über eine so große Distanz ihre Mana-Reserven viel zu stark beanspruchen würde. Wahrscheinlich hatte sie danach nicht einmal mehr genug Kraft für eine Kommunion. Da aber die Feinde auf dem Weg, den sie gehen wollte, derart weit verstreut lagerten, war dies ein Risiko, das sie einfach eingehen musste.

Sie sammelte sich, formte die einfache Mana-Gestalt, sprach das Befehlswort und lief los.

Hirad betrachtete die Katze, die zusammengerollt in seinem Schoß schlief. Ihr Atem ging flach und schnell. Augen und Mund waren geschlossen, und das schwarze Fell ließ die Konturen ihres Körpers verschwimmen. Hirad schauderte. Wie anders war das Wesen, das Denser ihm gezeigt hatte. Obwohl er darauf vorbereitet gewesen war, hatte er Mühe gehabt, den Blick nicht abzuwenden, als sich die Augen des Dämons aus dem pulsierenden Schädel heraus auf ihn richteten. Und so sehr er sich auch beherrschte, er war zusammengezuckt, als das Wesen eine Krallenhand auf seinen Arm gelegt und seinen Namen ausgesprochen hatte.

Wills Entsetzen war also gut zu verstehen. Nach der Wanderung durch die dordovanische Gruft ohnehin schon halb von Sinnen vor Angst, hatte er dieses Biest in all seiner schrecklichen Pracht gesehen. So ein Anblick wäre für die meisten Menschen zu viel gewesen.

Es war nicht nur der Anblick allein. An den Anblick hätte man sich noch gewöhnen können, so schrecklich er auch war. Da war noch etwas anderes. In seiner Dämonenform besaß der Hausgeist eine Aura von Verachtung, als halte er nur aus einer Laune heraus still und könne jederzeit ausbrechen und alle möglichen entsetzlichen Dinge tun.

Eine Tür wurde geöffnet, und Hirad wurde aus seinen Gedanken gerissen. Jandyr kam herein.

»Was sagst du dazu?«, fragte Hirad.

»Zu diesem Haus?«

»Ja.« Denser hatte sie etwa drei Wegstunden außerhalb von Xetesk auf einem Bauernhof untergebracht, dann war er mit Ilkar, Erienne und Sol direkt in die Kolleg-Stadt geritten. Der Hof bewirtschaftete einige Hektar Land und lieferte Fleisch und Getreide in die benachbarten Dörfer.

Das Wohnhaus stand ein Stück abseits der Scheunen und Nebengebäude, doch das ganze Anwesen befand sich im Zentrum des urbaren Landes. Ringsum gab es sanfte Hügel, über die man gut sechshundert Schritt weit blicken konnte, bis eine Baumgruppe oder ein etwas höherer Hügel die Sicht versperrte.

Denser und Evanson, der Bauer, waren offensichtlich befreundet. Hirad hätte sich lieber für eine Scheune entschieden, doch der Bauer bestand darauf, dass sie im Haus wohnen sollten.

»Es ist ganz einfach bequemer, aber noch wichtiger ist, dass ihr dort nicht von meinen Arbeitern gesehen werdet. Sie sind alle aus dem nächsten Dorf, und sie würden ganz sicher nicht den Mund halten, wenn sie euch sehen.« Evanson war ein Mann in mittleren Jahren, sein Gesicht war rotbraun und runzlig nach vielen Jahren Arbeit in Wind und Wetter. Er hatte riesige Hände und breite Schultern, die das locker sitzende Hemd gut füllten. Unter der Stirn funkelten wache Augen, und der Mund lächelte oft. Er hatte vieles an sich, das Hirad an den Wirt Tomas im Krähenhorst erinnerte.

So hatten sie zugestimmt, im Haus zu wohnen, und es war gewiss eine Wahl, die ihrer Bequemlichkeit entgegenkam. In dem zwei Stockwerke hohen Gebäude gab es genügend Betten, damit jeder ein wenig Abgeschiedenheit genießen konnte. Auf dem Herd in der Küche standen stets Töpfe mit heißem Wasser und Essen bereit, und nachdem sie ausgeruht und sich entspannt hatten, entdeckten sie, wie müde sie eigentlich waren. So spielte sich nicht viel ab außer leichtem Schnarchen und hin und wieder einer Runde Kartenspiel.

»Mir fallen mehrere Dinge ein«, sagte Jandyr. »Das Haus ist leicht zu verteidigen. Wir haben gute Sicht und eine lange Vorwarnzeit, und die Betten wurden direkt vom Himmel geschickt.«

Hirad lehnte sich lächelnd zurück und legte die Arme hinter den Kopf. »So sehe ich das auch. Was machen die anderen?«

»Will schläft, Thraun liest eins von Evansons Büchern. Der Mann hat eine ganz ordentliche Bibliothek.«

»Erzähle mir etwas über Thraun«, sagte Hirad.

Gestaltwandler waren für ihn bisher nur Sagengestalten gewesen. Bis jetzt. Nun hatte er mit eigenen Augen einen gesehen, und er wusste nicht recht, ob er Angst haben, Abscheu empfinden oder staunen sollte.

Jandyr nickte. »Er gibt sich große Mühe, es zu verbergen.«

»Wie ist es denn dazu gekommen?«, wollte Hirad wissen.

»Es ist ein Überbleibsel der alten dordovanischen Magieforschung. Thraun stammt von Magiern ab, die versucht haben, ihre Kraft, Beweglichkeit, ihr Auge, ihr Ohr und was auch immer zu verbessern, indem sie sich mit verschiedenen Tieren verbanden. Thrauns Vorfahren ging es um Stärke und Schnelligkeit, daher die Wolfsgestalt.«

»Aber …«

»Ich weiß schon, was du sagen willst«, fuhr Jandyr fort. »Das Problem war, dass sie nicht recht verstanden haben, was sie taten. Statt zu verstärken, was sie bereits besaßen, ersetzten sie es durch etwas anderes. Manche lebten fortan nur noch in der Gestalt der Tiere, mit denen sie sich verbunden hatten. Andere stellten fest, dass sie es steuern konnten, und gaben das Wissen über Generationen weiter.«

»Warum redet er nicht darüber?« Hirad hatte die Vorzüge der Wolfsgestalt, die Kraft und die Schnelligkeit, durchaus erkannt.

»Es hat mit den Vorurteilen der Leute zu tun«, erklärte Jandyr. »Viele Menschen glauben, alle Gestaltwandler seien entsetzliche Geschöpfe, die getötet werden müssen. Deshalb hat er Angst zuzugeben, was er ist.« Jandyr stand auf. »Hör mal, du musst begreifen, dass Thraun ein Mann wie jeder andere ist. Doch er hat noch eine andere Seite, die er lieber nicht hätte. Du musst ihn nicht fürchten, du solltest ihn eher bedauern. Behandle ihn einfach wie einen Mann. Mehr will er nicht.«

»Ich verstehe«, sagte Hirad.

»Ich glaube, keiner von uns kann es wirklich verstehen«, sagte Jandyr.

Denser öffnete die Tür, als er das leise Klopfen hörte. Ihm drohte keine Gefahr. Da Sol den Gang bewachte, der zu ihren Gemächern führte, waren sie in Sicherheit. Er wusste ohnehin, wer es war.

So stand sie nun vor ihm, und der erste Gedanke, der ihm kam, da sie all den Schmutz von der Reise abgewaschen hatte und ein weiches, locker fallendes Kleid trug, war der gleiche wie bei ihrer ersten Begegnung. Sie war eine sehr attraktive Frau.

Seine Lenden regten sich plötzlich, und er unterdrückte

ein Lächeln. Er fragte sich, ob sie es in seinem Gesicht lesen konnte. Ja, er wollte es genießen. Er zog die Tür weit auf.

Erienne schwebte lächelnd herein. »Heute Abend werde ich ein Kind empfangen.« Ihr Gesicht war von ihm abgewandt, ihre Stimme verriet keine Regung.

Er kicherte. »Ist das wirklich alles, was du willst?«

»Wir haben einen Handel abgeschlossen. Dies ist die Gegenleistung, die ich verlange. Was sonst könnte es noch geben?« Doch ihr Lächeln verriet ihm ihre wahren Gedanken.

Denser schloss die Tür und trat zu ihr, sein Blick wanderte im flackernden Feuerschein über den Schatten ihres Körpers unter dem weißen Kleid.

»Es könnte doch sein, dass dir die Gegenleistung eine gewisse Freude bereitet«, sagte er. Seine Augen funkelten, die Pupillen waren geweitet.

»Deshalb habe ich den Handel nicht abgeschlossen«, gab sie rasch zurück. »Aber die Dinge, nun ja, sie haben sich eben entwickelt.« Denser bemerkte, dass ihre Wangen ein wenig Farbe bekamen.

Er stand jetzt dicht vor ihr. Sie wich ihm nicht aus.

»Ich habe mich dazu entschieden, weil ich deine Fähigkeiten als Magier schätze.«

»Und meine Macht«, fügte Denser hinzu.

Endlich sah sie ihn voll an. »Das ist der wichtigste Grund dafür, dass ich dich und nicht Ilkar gewählt habe.«

»Ilkar? Er ist …«

»Er sieht auf jeden Fall besser aus als du.« Sie lächelte wieder.

Denser baute sich vor ihr auf. »Aber Ilkar ist ein Elf!«

»Ja, und Julatsaner ist er auch. Zwei weitere Gründe dafür, dass ich deinen Samen bevorzuge.« Das Lächeln wurde breiter, und ihr Gesicht wurde weicher und schöner.

»Nun ja, ich fühle mich geschmeichelt, dass mein Kolleg für dich so attraktiv ist«, sagte Denser.

»Man könnte wohl eher sagen, dass du Glück gehabt hast, sonst stünde ich jetzt vor Ilkar.«

»An mangelndem Selbstbewusstsein leidest du garantiert nicht, was?« Er legte ihr eine Hand auf die Wange und streichelte sie, als sie sich hineinschmiegte.

»Es überdeckt die Leere«, flüsterte sie. Sie fuhr mit einer Hand durch sein Haar und kraulte ihn im Nacken.

»Tut es immer noch weh?«, fragte Denser.

»Wie ein Messer, das mir im Herzen umgedreht wird.«

»Ich will das heute Nacht ändern.« Seine Stimme war kaum noch vernehmbar, als er ganz dicht vor ihrem Ohr die Worte hauchte. »Heute können wir dich heilen.«

Sie nahm sein Gesicht in beide Hände, sah ihm tief in die Augen und suchte nach Lügen. Sie fand keine und spürte, wie die Tränen in ihr emporstiegen.

»Was ist denn los?«, fragte Denser.

»Nichts.« Sie küsste ihn zärtlich, und er spielte mit der Zunge an ihren Lippen. Ihre Hände wanderten hinter seinen Kopf, er umarmte sie, und sie schmiegten sich aneinander.

Der Kuss wurde leidenschaftlicher, die Zungen trafen sich, erforschten die Münder, ihre Köpfe bewegten sich, ihr Atem wurde schneller. Hände suchten. Er spürte ihre Fingerspitzen im Nacken, wo sie die Haut massierten und drückten, bevor sie nach vorn zur Brust wanderten, um die Hemdknöpfe zu öffnen.

Sie trug ein einfaches weißes Kleid, das an der Schulter von einer Spange gehalten wurde. Er fand den Verschluss und mühte sich einen Moment damit ab, ehe er sich öffnete. Sie keuchte unwillkürlich, als ihr Kleid geräuschlos zu Boden fiel. Darunter war sie nackt. Denser war erregt. Er führte sie zum Bett und legte sie darauf, er hockte sich, auf Hände und Knie gestützt, über sie und betrachtete ihr Gesicht und die Brüste, die sich rasch hoben und senkten.

Er legte eine Hand auf eine Brust und spürte, wie die Brustwarze hart wurde.

»Du wolltest wohl keine Zeit verschwenden«, meinte er.

»Nein, das war und ist nicht meine Absicht.« Sie langte nach seinem Gürtel, und während sie ihm die Hosen über die Hüften streifte, zog Denser sich das Hemd aus. Zusammen warfen sie die Hosen auf den Stapel der abgelegten Kleidung.

Sie nahm sein Glied in eine Hand. Denser blickte nach unten zum Haar zwischen ihren Beinen, das so dunkel war, wie ihre Haut bleich war. Sie spreizte die Beine, und er reagierte, indem er seine Knie zwischen die Beine setzte und sich über sie beugte. Sein Mund liebkoste eine Brust, als er in sie eindrang, und dann bewegte er sich in ihr, und das Tosen des Mana trug ihn fort.

Blaue Lichtbalken zersprangen vor seinen Augen, als er tief in sie eindrang. Die Lichtsplitter verstreuten sich flackernd und erstarben, absorbiert vom warmen, orangefarbenen Pulsieren, das Erienne umgab. Sie fühlte sich weich an, doch er bemerkte es kaum, als mit jedem sanften Stoß das Mana immer dunklere Fäden um ihn spann und sich mit den dordovanischen Fäden verband und vermischte. Der Anblick war so schön, dass es ihm den Atem verschlug, und als Erienne sich zu bewegen begann, passte er sich ihrem Rhythmus an.

»Hör nicht auf«, flüsterte sie, und er bewegte sich schneller.

Für Erienne war das Verschmelzen des Mana ein Wunder. Sie spürte seine Hand auf ihrer Brust, seine Lippen auf ihrem Hals und seine Bewegungen in ihrem Leib, selbstbewusst und sinnlich. Sie hielt sich zurück und schob ihren Orgasmus hinaus, während sie beobachtete, wie sich ihre Mana-Ströme vereinigten, bis die Farben nicht mehr voneinander zu trennen waren, und eine sanft pulsierende, violette Hülle entstand.

Jetzt waren die Bedingungen ideal. Densers Stöße wurden drängender, die Geschwindigkeit nahm zu, sie spürte ihn tief in sich, ihre Beine und ihr Rücken kribbelten und zuckten vor Lust.

Sie fasste seine Hoden mit einer Hand, und sein Atem zischte plötzlich an ihrer Schulter. Sie bewegte sich im Takt mit ihm, schnell, aber kontrolliert, und näherte sich dem Orgasmus.

Denser stöhnte, als der Höhepunkt nahte. Sein Penis wurde noch härter, sie genoss entzückt die Berührung, und in einer Explosion von Mana-Licht kamen sie gemeinsam zum Höhepunkt. Die Hülle zerplatzte und ließ einen Schauer von Tropfen in allen Farben des Regenbogens über sie niedergehen. Erienne stieß einen verzückten und triumphierenden Schrei aus. Denser stieß noch einmal hart zu, dann hörten seine Bewegungen auf, und er blieb liegen, immer noch tief in ihr.

Sie legte eine Hand auf ihren Unterbauch und forschte mit ihrem Mana, um den Samen lebendig und warm zu halten und ihm die Keimzellen der Macht einzugeben, die ihr Kind besitzen sollte.

Denser hob den Kopf und schaute sie an. Erienne lächelte, nahm sein Gesicht in beide Hände und küsste ihn.

»Jetzt sollten wir schlafen«, sagte sie. »Und beim nächsten Mal können wir uns aufs reine Vergnügen konzentrieren.«

Achtes Kapitel

Während ihres schnellen Vorstoßes nach Parve dankte Selyn den Göttern dafür, dass die Wesmen ihre Lager in einer so ungewöhnlichen Anordnung aufgeschlagen hatten. Aus der Ferne hatte es ausgesehen, als gebe es kein Durchkommen, doch in Wirklichkeit waren die Zelte im Halbkreis um große Feuer aufgestellt. Dazwischen fand sie reichlich Platz, um dem Licht, den Menschen und den Hunden auszuweichen.

Der Tarnzauber, den sie benutzte, machte sie zwar völlig unsichtbar, doch Geräusch und Geruch ließen sich nicht unterdrücken, und Selyns größte Sorge war, dass die reinrassigen Destrana-Kriegshunde, die von den Stämmen der Wesmen gern eingesetzt wurden, sie bemerken konnten. Die Augen der Menschen täuschten die anderen Sinne, doch darauf konnte sie bei den Destranas nicht bauen.

Nur in tiefstem Schatten hielt sie an, sonst rannte, lief, kroch oder trabte Selyn, wie es die Umstände jeweils erlaubten, immer mit einem Auge auf dem Boden, ob dort nicht ein abgebrochener Zweig oder ein loser Stein im Weg läge. Ihr Herz frohlockte. Dies war die Aufgabe, für die sie so lange trainiert hatte. Tief ins Gebiet des Feindes eindringen, große Gefahren eingehen, einen gefährlichen Gegner ausforschen. Selyn strich durch die Lager wie der Wind durchs Unterholz.

Wo die Feuer die Umgebung gut ausleuchteten, ging Selyn etwas langsamer, um die Lager genauer zu inspizieren. Alle waren auf die gleiche Weise gebaut. Vor einem lodernden Holzfeuer stand das stolze Banner des jeweiligen Stammes, über dem Feuer hingen dampfende Kochkessel.

Zwischen sechs und zehn Gemeinschaftszelte waren in strenger Ordnung rings um ein Feuer aufgebaut, und hier und dort waren Gruppen von kleineren Zelten zu sehen, in denen höhere Offiziere und wahrscheinlich auch die Schamanen wohnten. Letzteren wich Selyn besonders weit aus.

Überall waren Wesmen zu sehen. Die meisten lümmelten in der Nähe des Feuers herum, als es am Abend kühler wurde. Laternen beleuchteten die meisten Zelte, und hier und dort war auch das Schreien und Stöhnen von Frauen zu hören – einige Laute klangen freudig, andere nicht.

Wächter, Streifen und Aussichtsposten gab es nicht. Die Wesmen besaßen ein überhebliches Selbstvertrauen, sie wussten die Macht von Parve auf ihrer Seite und suhlten sich in der Sicherheit. Sicher waren sie in der Tat, doch eine Magier-Spionin konnte die Schatten, den Lärm und die aufs Lager selbst beschränkte Aufmerksamkeit nutzen, um vorsichtig und wohlbehalten vorbeizuschleichen.

Die Außenbezirke der Stadt, wo die Hand der Wytchlords und ihrer Anhänger noch nicht eingegriffen hatte, waren ruhig. Hier diente noch das Vermächtnis der Vergangenheit, die zerbrochenen Steine und das gesplitterte Holz, als Erinnerung an die Wunden, die in früheren Zeiten geschlagen worden waren.

Für Selyn war der Stadtrand jedoch ein krasser und erschreckender Kontrast zu dem, was weiter drinnen lag. Die Stadt wurde wieder aufgebaut. Selyn schlich durch den Schutt bis zu einem Bereich, wo niedrige Lagerhäuser standen. Die lang gestreckten, flachen Bauten aus Schiefer und Stein hatten Schornsteine, die jedoch alle kalt waren. In der Nähe des Hauptplatzes standen höhere Gebäude und legten ein Zeugnis davon ab, mit welcher Entschlossenheit die Wesmen und die Jünger der Wytchlords in wenigen Monaten ein verbranntes Gebiet in eine Stadt mit einem pulsierenden Herzen verwandelt hatten.

Selyn lief ein paar Straßen weit hinein, ehe sie an der Außenmauer eines Lagerhauses hinaufkletterte und sich mitten auf dem Dach zur Ruhe legte. Der Tarnzauber war längst verbraucht, und ihr Puls wollte nicht langsamer werden. Der nächste Schritt war nun, die Pyramide zu erreichen. Da ihr Mana erschöpft war, blieb ihr nur noch die Dunkelheit als Schutz.

Die Dämmerung kam, und Schatten legten sich auf den Berg. Die kleinen, schwachen Lichtflecken der Fenster strahlten heller, und die Geräusche des Tages verklangen. Denser, Erienne und Ilkar saßen mit Laryon, einem engen Vertrauten Stylianns, am Tisch. Er hatte sie vor der Tür von Nyers Gemächern, der Densers Mentor war, abgefangen und in seine eigenen Räume dirigiert, wo er die Gäste zunächst über Nyers jüngste Differenzen mit dem Herrn vom Berge informierte. Nyer hatte sich nach dem Zerwürfnis mit einer Splittergruppe von Magiern zusammengetan, und so blieb es Laryon allein überlassen, einen gefahrlosen Weg zu finden, um den Unbekannten aus der Leibeigenschaft zu entlassen.

Sol selbst hielt schweigend an der Tür des Arbeitszimmers Wache, und Denser schob seine Befürchtungen hinsichtlich Nyers Absichten vorerst beiseite und beschränkte sich ausschließlich darauf, die Suche nach Dawnthief voranzutreiben. Auf ein Nicken von Laryon füllte Denser ihre Gläser mit Wein.

»Das Risiko ist groß«, sagte der Xetesk-Meister. Er lehnte sich zurück, und das Licht der Lampe spielte im kurz geschnittenen grauen Haar und betonte die Knollennase und den kleinen Mund.

»Aber es ist möglich«, entgegnete Ilkar.

»Technisch gesehen ist es möglich«, bestätigte Laryon vorsichtig. »Aber Ihr müsst den Prozess verstehen, durch den ein Protektor erschaffen wird.«

»Ich glaube, ich verstehe ihn nur zu gut«, sagte Ilkar schroff.

»Nein«, erwiderte Denser. »Du verstehst es nicht. Und ich möchte darum bitten, dass wir moralische Fragen außen vor lassen. Was du gleich hören wirst, ist nicht angenehm, aber denke bitte daran, dass wir alle versuchen, Sol zu helfen.«

»Wirklich?« Ilkar kicherte humorlos. »Das würde ich gern glauben, aber ich denke, es geht vor allem darum, Hirad daran zu hindern, mit Dawnthief einfach wegzurennen.«

»Er würde nicht weit kommen«, sagte Laryon geringschätzig.

»Wollen wir wetten?«

»Können wir das nicht mal lassen?« Densers Geduld wurde auf eine harte Probe gestellt. »Ilkar, das ist nicht sehr produktiv, und Euch, Meister Laryon, würde ich empfehlen, eine solche Wette nicht zu riskieren. Ihr habt keine Vorstellung davon, wozu sie fähig sind.«

Laryon wollte etwas sagen, doch er besann sich und beschränkte sich auf ein vernehmliches Schnaufen.

»Ein Protektor«, sagte er, »ist ein eigenständig handlungsfähiger Wiederauferstandener mit einem Körper, der aus Erinnerungen der Seele reinkarniert ist. Der entscheidende Punkt bei den Erinnerungen der Seele ist, dass sie viel präziser sind als die Erinnerungen des Gehirns. Wenn das Ritual binnen zwölf Stunden nach dem Tod durchgeführt wird, dann ist die Wiederherstellung der geistigen Fähigkeiten und des Körpers vollständig.«

»Ich höre hier zwischen den Zeilen einen Vorbehalt heraus.« Ilkar blickte kopfschüttelnd zum Unbekannten.

»Korrekt. Die Seele tritt nicht wieder in den Körper ein.«

»Was?« Erienne fuhr auf.

»Aber wie ...«, sagte Ilkar.

»Was als einzige Möglichkeit, die Leibeigenschaft herzustellen, begonnen hat, wurde eine perfekte Methode der Kontrolle«, sagte Laryon. »Als der Spruch noch im Entstehen begriffen war, konnten wir das Leben nur dadurch erhalten, dass wir Körper und Seele mit der Dämonenkette verbanden – dieser Spruch eint das Massenbewusstsein, wenn viele Dämonen gleichzeitig beschworen werden. Es funktioniert hervorragend. Da die Dämonen unter unserem Befehl stehen, können wir sie genau das tun lassen, was wir wollen. Normalerweise bleibt zwischen Körper und Seele ein Kanal offen.«

»Normalerweise«, murmelte Ilkar, der allmählich das entsetzliche Gesamtbild zu erkennen begann.

»Ja«, sagte Denser. »Und die Meister können die Dämonen anweisen, dem Körper oder der Seele alles mögliche anzutun. Sie können ihnen sogar völlig freie Bahn lassen, und dort beginnt die ewige Hölle. Jetzt kannst du auch erkennen, warum ich es nicht selbst tun konnte.«

»Es ist barbarisch«, sagte Ilkar.

»Noch schlimmer«, stimmte Laryon zu.

»Wo sind nun die Seelen?«, fragte Erienne.

»Sie werden hier im Berg in Stasis gehalten. Sie sind alle zusammen, und dies verleiht den Protektoren ihre Kräfte. Der Gedankenaustausch über die Handlung und die Handlung selbst geschehen im gleichen Augenblick. Eine Armee von Protektoren ist unüberwindlich.« Laryon zog die Augenbrauen hoch.

»Und wie sieht nun die Prozedur aus, um den Unbekannten freizugeben?« Ilkar deutete auf Sol, der wie eine Statue an der Tür stand.

»Ilkar«, sagte Laryon gemessen, »ich habe Euch etwas über die Erschaffung eines Protektors erzählt, damit Ihr versteht, welche Risiken damit verbunden sind, oder damit Ihr wenigstens um die Risiken wisst, die uns bekannt sind. Ihr müsst begreifen, dass das, was Denser und ich versuchen werden, bisher noch nie versucht worden ist. Ich will alles in meiner Macht Stehende tun, um Sol am Leben zu erhalten, aber ich kann nichts garantieren.«

»Es wäre doch sehr bequem, wenn er dabei stirbt, nicht wahr?«

»Keineswegs. Was hätte ich schon dadurch zu gewinnen?«

»Die Kontinuität der Protektoren«, sagte Ilkar. »Ihr hättet den Kollegien bewiesen, dass Ihr es versucht habt und gescheitert seid, und Ihr könntet Euch auf Euer altes Argument zurückziehen, dass irgendein Leben immer noch besser sei als gar keines. Nach dem, was ich gerade gehört habe, würde ich persönlich allerdings bezweifeln, ob das Dasein eines Protektors überhaupt die Bezeichnung ›Leben‹ verdient.«

»Ich verstehe Euren Zynismus«, sagte Laryon. »Auch wenn Ihr es vielleicht nicht glauben werdet, ich stimme Euch zu. Es gibt eine wachsende Fraktion auf dem Berg, die verlangt, gewisse überkommene und geschmacklose Praktiken zu reformieren. Denser gehört zu dieser Fraktion, und ich bin wahrscheinlich der Unterstützer mit dem höchsten Rang. Ich will, dass diese Angelegenheit erfolgreich verläuft – als Reformer und als Forschungsmagier. Und deshalb wird Denser mir helfen. Ihm werdet Ihr doch hoffentlich vertrauen?«

»So weit ich einem Xeteskianer überhaupt vertrauen kann.«

Laryon lächelte. »Mehr kann ich Euch leider nicht anbieten.«

»Dann muss es reichen. Aber ich will Euch warnen. Wenn der Unbekannte stirbt, und Ihr könnt seinen Tod nicht in Begriffen erklären, die Hirad verstehen kann, dann wird das Ergebnis das Gleiche sein, als hättet Ihr gar nicht erst zu helfen versucht.«

»Danke, Ilkar.« Denser seufzte. »Möchte noch jemand Wein?« Er schenkte nach.

»Könnt Ihr mir eine Abschätzung der Risiken geben?«, sagte Erienne.

»Eine wirkliche Abschätzung nicht«, erwiderte Laryon, »aber ich kann versuchen, es zu beschreiben. Zuerst einmal ist die Wiedereinsetzung einer Seele bisher nur eine theoretische technische Möglichkeit, und auch dies kann nur durch die Kommunikation über die Dämonenkette geschehen. Wir wissen nicht, ob dabei irgendwelche Schäden angerichtet werden. Wir haben auch keine Ahnung, ob die Seele überhaupt zurückkehren wird oder welche Schäden die dauerhafte Unterdrückung des früheren Bewusstseins verursacht hat. Wir können nur raten, welchen Erschütterungen das ganze System ausgesetzt ist, wenn die Dämonenkette zerbrochen wird und der Körper wieder frei ist. Vergesst nicht, dass er tot war.«

Ilkar blickte zum Unbekannten. Der Krieger beobachtete sie. Oder vielleicht hörte auch die Dämonenkette durch ihn zu und beobachtete aufmerksam, was geschah. Wie immer verrieten die Augen hinter der Maske nicht, was er dachte.

»Eine Rückkehr in den Tod wäre dem, was er jetzt hat, sicher vorzuziehen«, sagte Ilkar.

»Ich würde dem zustimmen«, meinte Laryon. »Denser? Wir müssen uns vorbereiten. Zuerst aber müssen wir herausfinden, wie es um unseren Freund Nyer steht. Denser, könntet Ihr bitte Kontakt mit Eurem Hausgeist aufnehmen?«

Denser nickte und schloss die Augen.

Plötzlich regte sich die Katze auf Hirads Schoß und weckte ihn aus dem Schlummer. Er richtete sich im Sessel auf und sah aus dem Fenster. Es war Spätnachmittag, und die Sonne verlor allmählich an Kraft. Eine frische Brise kühlte die Felder. Hirad konnte in der Ferne einen Knecht mit einem Pflug sehen, und Arbeitsgeräusche drangen aus Scheunen und Nebengebäuden.

Er sah die Katze an und erschrak, als er dem Dämon in die Augen sah.

»Lass das sein!«, fauchte Hirad. Der Hausgeist lächelte und kicherte. Es war ein hohles Geräusch, das nichts mit Humor zu tun hatte. »Was ist denn los?«

»Sie kommen. Wir müssen bereit sein, bald von hier aufzubrechen.«

»Denser?«

Der Hausgeist schüttelte den Kopf, »Diejenigen, die Dawnthief haben wollen. Wir müssen bereit sein.«

Styliann sammelte seine Gedanken und blickte in der feindseligen Versammlung in die Runde. Da die Wesmen sich bereits der Bucht von Gyernath näherten und nicht mehr weit vom Understone-Pass entfernt waren, konnte er es sich nicht leisten, die Unterstützung der anderen Kollegien zu verlieren. Er war zwar empört über das Benehmen von Nyers Magier Denser, doch mindestens genauso zornig war er über das Verhalten der dordovanischen Magierin, die den ganzen Ärger ausgelöst hatte.

»Die unglücklichen Ereignisse …« Vuldaroq schnaubte. Styliann starrte ihn an, bevor er fortfuhr, und verkniff sich die Entgegnung, die ihm auf der Zunge lag. »Die unglücklichen Ereignisse in Dordover vor einigen Tagen haben uns gezwungen, euch etwas zu offenbaren, das wir eigentlich noch eine Weile als Geheimnis hüten wollten.«

»Ihr misstraut uns?«, fragte Heryst ohne boshaften Unterton.

»Ich hatte das Gefühl, dass gewisse zu erwartende Reaktionen zu einem zu frühen Zeitpunkt ganz Balaia in Gefahr gebracht hätten«, sagte Styliann.

»Und deshalb, so meint Ihr, soll ich akzeptieren, dass Eure Plünderung meiner Krypta gerechtfertigt gewesen war?« Die Stimme war leise, aber voller Hass. Styliann legte einen Moment die Stirn in Furchen, ehe er antwortete. Er sah dem Dordovaner in die Augen, während er seine Erwiderung formulierte.

»Die Antwort auf Eure Frage muss ›ja‹ lauten, aber erlaubt mir, diese Antwort zu erläutern. Unter anderen Begleitumständen als gerade diesen hätten wir uns zweifellos anders verhalten.

Es trifft auch zu, dass wir, bevor wir die Aktionen autorisierten, langwierige Überlegungen über die möglichen Konsequenzen angestellt haben, die sich unserer Ansicht nach ergeben konnten. Wir bedauern sehr, dass unsere Aktionen auf diese Weise von Euch entdeckt wurden.

Auch trifft zu, dass wir glaubten, es sei unklug und könne nur Zwietracht schüren, wenn wir Euch über unsere Aktionen unterrichteten.«

Vuldaroq nickte langsam. Sein Gesicht war puterrot, er biss die Zähne zusammen und lehnte sich zurück, bis sein Gesicht teilweise im Ohrensessel verborgen war.

»Langwierige Überlegungen«, sagte er. »Großes Bedauern.« Sein Gesicht kam wieder nach vorn ins Licht. »Einer meiner Magier ist gestorben.« Er ließ den Satz wie ein Damoklesschwert über dem Tisch schweben.

»Hmm.« Styliann lehnte sich zurück. Er trank einen Schluck Wasser und las die Notizen, die seine Assistenten ihm zugesteckt hatten. »Sagt mir, Vuldaroq, warum ist er gestorben?«

»Weil er versucht hat, die Plünderung unserer Gruft zu verhindern.«

»Hat er das wirklich getan? Ich sehe das ein wenig anders. Vielleicht könntet Ihr dieser Versammlung erklären, wie Euer Magier auf die Idee kam, er könne dies erreichen, indem er einen Hausgeist entführt und einsperrt, um einen Köder für die Falle zu bekommen, in der er dessen Herrn fangen wollte?«

»Ich bin kein Kind, das bei einem Streich ertappt wurde«, fauchte Vuldaroq, »also behandelt mich auch nicht so. Unser Magier wurde von Eurem verdammten Hausgeist ermordet, das wollen wir nicht vergessen.«

»Nun gut, ich will gern einräumen, dass dies das Endergebnis war. Aber ich denke, wir sind es Barras und Heryst schuldig, ihnen einen vollständigen Überblick über die Ereignisse zu geben, die zu diesem unglücklichen Ende geführt haben. Ich würde es nicht gern sehen, wenn sie aufgrund eines Missverständnisses nicht mehr bereit wären, die Allianz zu unterstützen.«

»Was gibt es da schon misszuverstehen?«, sagte Vuldaroq geringschätzig. »Bei einem Mord gibt es nichts misszuverstehen.«

Styliann Augen blitzten; er wollte sich erheben, doch ein Adjutant legte beschwichtigend eine Hand auf seinen Arm, und er entspannte sich wieder.

»Allerdings fürchte ich«, sagte Styliann vorsichtig, »unsere Kollegen könnten vielleicht nicht erkennen, dass der Hausgeist außerhalb der Mauern Eures Kollegs gefangen wurde …«

»Er war aber in der Stadt«, knurrte Vuldaroq.

»Ist das ein Verbrechen?«, fragte Styliann zurück.

»Er war Teil eines …«

»Ist es ein Verbrechen?«, wiederholte Styliann mit erhobener Stimme.

Vuldaroq starrte finster zurück. »Nein, das ist kein Verbrechen.«

»Danke für diese Klarstellung. Außerdem wäre ich zutiefst betrübt, wenn wir es versäumten, unseren Kollegen zu erklären, dass der Hausgeist lediglich als Beobachter ausgesandt war, dass sein Herr Denser sich währenddessen ein gutes Stück von Dordover entfernt im Wald aufgehalten hat und niemals die Stadt betreten hätte, wäre nicht sein Hausgeist entführt worden. Ich erwarte wirklich nicht, dass unser Diebstahl gutgeheißen wird, aber ich hoffe doch, dass alle die Notwendigkeit verstehen und wissen, dass wir geplant haben, den Ring leise, friedlich und ohne Einsatz von Magiern aus einem anderen Kolleg als Dordover selbst an uns zu bringen. Zu Gewalttaten kam es nur durch das Eingreifen eines einzelnen Magiers, der die unvermeidlichen Konsequenzen erleiden musste, nachdem er einen Hausgeist gefangen genommen hatte.«

Am Tisch wurden hektisch Notizen gekritzelt. Die Delegierten steckten die Köpfe zusammen und tuschelten, während Styliann ihnen zuschaute.

»Widersprecht Ihr Stylianns Beschreibung der Ereignisse?«, fragte Barras nach der Beratung.

»Der Hausgeist wurde außerhalb der Kolleg-Mauern gefasst«, räumte Vuldaroq ein. »Aber vergesst nicht, dass zu diesem Zeitpunkt bereits zwei unautorisierte Individuen in unser Gelände eingedrungen waren.«

»Ich fürchte, Eure Zeitangaben entsprechen nicht ganz den Tatsachen.« Stylianns Lächeln war mit Verachtung gewürzt. »Die beiden Mitglieder des Raben, die Ihr hier ansprecht, wurden von ihrer Position außerhalb der Mauern aus Zeugen der Entführung.«

»Während sie planten, illegal dort einzudringen.«

»Ihre Taten stehen nicht zur Debatte«, durchbrach Heryst mit sanfter Stimme das Schweigen. »Die Handlungen Eures Kollegs dagegen schon.«

»Wir sind hier die Opfer!« Vuldaroq sprang auf und schlug mit beiden Fäusten auf den Tisch.

»Sofern es um den Diebstahl des Rings geht, zweifellos.« Heryst zuckte mit den Achseln. »Allerdings stützt Ihr Eure Einwände gegen die Aktionen von Xetesk auf den Tod eines Magiers. Dieser Magier hat jedoch außerhalb der Kollegmauern einen Hausgeist entführt.« Er beugte sich vor, und man sah, dass ein kleines Lächeln um seine Lippen spielte. »Das erste Verbrechen des Abends wurde von Dordover begangen.«

»Und was wollt Ihr damit sagen?« Vuldaroq wischte sich den Schweiß aus dem geröteten Gesicht und von der Stirn und ließ ein wenig die Schultern hängen.

»Ich will damit sagen, dass wir es hier mit zwei verschiedenen Vorgängen zu tun haben, die Ihr miteinander in Verbindung gebracht hat. Einen Vorfall hat Styliann gestanden, und er hat seine Gründe genannt. Der zweite, so bedauerlich er auch war, wurde anscheinend von einem Dordovaner ausgelöst, der einen Xeteskianer und seinen Hausgeist ins Kolleg brachte, wo sie sonst nicht gewesen wären, und dies zog unausweichliche Konsequenzen nach sich.«

»Unausweichlich? Seit wann ist Mord unausweichlich?«

»Genug!« Styliann erhob sich wieder. »Ihr wisst genau, wie eng das Band zwischen einem Xetesk-Magier und seinem Hausgeist ist, und auch Euer dummer Student muss dies gewusst haben. Vielleicht wäre es ihm unter anderen Bedingungen sogar gelungen, beide gefangen zu nehmen, auch wenn ich mir nicht vorstellen kann, warum er den Wunsch haben sollte, so etwas zu tun. Sein Unglück war allerdings, dass er den Hausgeist eines außerordentlich begabten Mannes gestohlen hat. Denser war gezwungen, seinen Hausgeist zu befreien, und dadurch wurde dem Leben Eures Mannes ein Ende gesetzt. Ich habe wenig Mitgefühl für ihn.

Nun denn, es handelt sich also um zwei verschiedene Vorgänge, wie Heryst bereits dargelegt hat. Reden wir über den Diebstahl. Ich habe erklärt, warum wir ihn durchgeführt haben und warum wir heimlich vorgegangen sind. Vuldaroq hat soeben demonstriert, dass unsere Geheimhaltung absolut gerechtfertigt war. Wir gehen einer Katastrophe entgegen, wenn wir nicht zusammenarbeiten. Ich brauche Eure Unterstützung, und ich muss sicher sein, dass Ihr wie ich der Meinung seid, dass Dawnthief die einzige Möglichkeit darstellt, die Gefahr erfolgreich zu bekämpfen.«

»Ich stimme Euch zu«, sagte Barras. »Andererseits fühle ich mich persönlich brüskiert, da Ihr mir so wichtige Informationen vorenthalten habt.«

»Ich verstehe.« Styliann kratzte sich am Ohr. »Nun gut, lasst es mich so ausdrücken. Nehmen wir einen Augenblick an, ich hätte schon beim letzten Treffen offen über Dawnthief gesprochen, und wir, die Delegierten der vier Kollegien, hätten uns an den Rat von Dordovan gewandt und um Arteches Ring gebeten. Was wäre das Ergebnis gewesen? Vuldaroq?«

»Ihr wisst ganz genau, was dabei herausgekommen wäre«, murmelte Vuldaroq.

»Ja, ich weiß es. Sie hätten sich zunächst geweigert.« Styliann hob beide Arme. »Dann, nachdem genügend Druck ausgeübt worden wäre, hätten sie zugestimmt, den Ring herauszugeben, aber sie hätten verlangt, dass ein Senior-Magier anwesend sein müsse, falls Dawnthief benutzt wird, und der Magier müsse außerdem an der weiteren Suche beteiligt werden. Wie lange hätte es wohl gedauert, bis eine Einigung erzielt worden wäre? Ein Monat? Zwei Monate? Meine Herren, ich war der Ansicht, dass wir nicht so viel Zeit hatten, und das Vorrücken der Invasionstruppen der Wesmen zeigt, dass ich Recht hatte.

Ich entschuldige mich dafür, dass ich Euch in Bezug auf unsere Überlegungen, wie man die Wytchlords vernichten kann, keinen reinen Wein eingeschenkt habe, aber wir sind jetzt weit genug fortgeschritten, um realistische Erfolgschancen zu haben. Ihr wisst alle, dass Eure Räte die Suche nach dem Spruch verzögert hätten, was sich möglicherweise als verhängnisvoll erwiesen hätte. Und Ihr wisst auch, dass der Rabe im Augenblick Vertreter von drei Kollegien zu seinen Mitgliedern zählt, und das ist, wenn Heryst seinen Segen geben will, eine beschlussfähige Zahl.« Heryst neigte den Kopf. »Gut. Jetzt müssen wir nur noch den Vorstoß des Raben nach Westen unterstützen.«

»Wie könnte man dies tun?«, fragte Heryst.

»Wir müssen den Understone-Pass einnehmen«, sagte Styliann.

»Styliann«, höhnte Vuldaroq, »in diesem Pass sitzen achttausend Wesmen. Wie sollen wir dieses Wunder vollbringen?«

Styliann lächelte.

Denser wandte sich an Ilkar und Erienne, sobald er seine Nachricht gesendet hatte. »Ich habe alles getan, was ich tun konnte. Er wird sie vom Hof aus Richtung Triverne-See führen und dann zu mir zurückkehren.«

»Werden sie es schaffen?«, fragte Ilkar, dem nicht wohl bei dem Gedanken war, dass der Rabe ohne magischen Schutz reisen sollte.

Denser nickte. »Und auch du wirst es schaffen, wenn du sofort aufbrichst. Einer von Laryons Protektoren wird dich zur Stadtgrenze begleiten. Wenn du die Nacht über reitest, wirst du im Morgengrauen dort sein. Ich stoße zu euch, sobald ich kann.«

»Wo steckt nun eigentlich Nyer?« Ilkar blickte unsicher den Gang entlang. Irgendwie rechnete er damit, der Meister könne aus dem Nichts auftauchen und sie angreifen.

»Er ist auf dem Weg zum Bauernhof.« Denser nagte an seiner Unterlippe. »Ich kann nicht glauben, dass er mich hintergangen hat.«

»Denser!«, rief Laryon aus der Zauberkammer.

»Ich muss gehen.« Er küsste Erienne und nahm sie einen Augenblick in die Arme. »Sei vorsichtig.«

»Ich werde mich bemühen.« Lächelnd streichelte sie sein Gesicht.

»Mach es ja richtig, Denser«, sagte Ilkar.

»Wenn es möglich ist, werde ich sogar vor euch am Triverne-See sein, und der Unbekannte wird mich begleiten.«

»Das wäre wirklich beeindruckend.«

»Dann werde ich mich darum kümmern, dass es klappt.«

Denser streckte eine Hand aus. Ilkar zögerte einen Moment, ehe er einschlug.

»Denser!«, rief Laryon noch einmal, drängender als zuvor.

Denser zog die Augenbrauen hoch, trat in die Zauberkammer und schloss hinter sich die Tür. Ilkar und Erienne hörten, wie massive Bolzen vorgelegt wurden. Niemand sonst sollte hineinkommen.

»Lass uns aufbrechen«, sagte Ilkar. Erienne warf einen letzten Blick zur Tür, bevor sie sich zum Ausgang wandte und der erdrückenden Atmosphäre des xeteskianischen Mana entfloh.

In der gepanzerten Zauberkammer, tief unter dem Berg, blinzelte der Unbekannte/Sol im Kerzenschein. Denser und Laryon bereiteten am Fußende der Platte, auf die er gebettet war, ihre Sprüche vor. Beide trugen die dunkle Tunika und Bundhose ihren Zunft.

»Ich brauche von Euch einen Mana-Kanal, der die Dämonenkette unter Kontrolle hält, bis die Seele zurückgekehrt ist.« Laryon flocht die Finger ineinander. »Sie werden Euch Widerstand leisten, und sobald die Seele sich bewegt, werden sie auszubrechen versuchen. Habt Ihr verstanden?«

Denser nickte.

»Dann lasst uns beginnen. Ich will unbedingt dafür sorgen, dass der Rabe in Sicherheit ist.«

Laryon trat vor Sols Kopf, legte dem Protektor die Hände über die Augen und murmelte ein kurzes Gebet. Sols Körper entspannte sich, er schloss die Augen, und sein Kopf kippte zur Seite. Er atmete nicht mehr.

»Wir haben nicht viel Zeit. Denser, bereitet den Mana-Kanal vor. Haltet ihn bereit, bis die Kette sichtbar wird. Ihr werdet instinktiv erkennen, was Ihr tun müsst. Vertraut mir.«

Denser atmete tief durch und baute die Mana-Form für den Kanal auf. Er stimmte sich auf das Mana-Spektrum ein und sah, dass Sol in ein dunkelblaues Licht gehüllt war – das statische Mana, das von der Dämonenkette übermittelt wurde.

Im Grunde war die Form recht einfach. Sie war röhrenförmig und hatte eine Spirale am Ende, die sich von ihm entfernte. Die Schwierigkeit bestand darin, beide Enden offen und stabil zu halten, damit sie die Dämonenkette aufnehmen und sichern konnte.

Links von Denser regte sich das Mana, die Konturen wurden schärfer, und die Farben wurden stärker. Laryon wirkte einen Spruch.

Fast sofort begann das Strahlen, das Sol einhüllte, zu wabern, und passte sich der Form an, die Laryon erschuf. Das Mana schimmerte und funkelte und gerann zu etwas, das Denser zunächst nicht erkennen konnte. Doch nach und nach wurde die Form klar. Das Mana bildete einen Kegel, verließ Sols Körper und beruhigte sich wieder. Ein Ende steckte noch mitten in seinem Rumpf, das andere drang durch die Platte bis in den Boden der Kammer. Die Energiebahnen liefen an seinem ganzen Körper entlang, und auf einmal war die Dämonenkette da. Gesichter, Gliedmaßen, Körper, Münder, Finger, Haare. Alles quoll aus dem Kegel. Stimmen zischten, Wesen wanden sich, doch das Ganze blieb in einer einzigen, chaotischen Form miteinander verbunden.

Eine Gestalt hatte Hände, die einem anderen in die Brust griffen. Ein Kopf war mit dem Fuß eines Dritten verschmolzen. Alle möglichen Kombinationen gab es, und alle waren lebendig; sie waren in jeder Hinsicht einander sehr ähnlich, und sie waren sehr, sehr zornig.

Aus der Mitte der Kette heraus starrte ein Wesen Denser geradewegs in die Augen und kreischte seinen Hass heraus. Denser erwiderte ungerührt den Blick.

Er betrachtete das Wesen, das etwa so groß war wie ein Neugeborenes. Es hatte lange, dürre Arme, stämmige und verwachsene Beinchen und ein Gesicht voller Bosheit. Blauer Geifer rann aus dem lippenlosen Mund, die Zunge leckte über die Wangen, die Zähne rissen Löcher in seine eigene Haut. Die Augen, riesig und geschlitzt, waren dunkel und böse, und die Ohren waren hoch über dem garstigen Schädel zu einer Turmfrisur verwachsen.

»Es ist Zeit, Denser«, sagte Laryon. Seine Stimme war leise vor Anstrengung.

»Einhüllen«, befahl Denser sofort, und sein Mana-Kanal stieß vor zur Dämonenkette und dämpfte die Wutschreie, als der Kanal sich blitzschnell auf ganzer Länge öffnete und sich sofort wieder um die Kette schloss.

»Ausgezeichnet«, sagte Laryon.

Denser spürte, wie Laryon die Kontrolle über die Dämonenkette abgab. Die Geschöpfe richteten ihre Aufmerksamkeit nun auf den Kanal, der sie festhielt, und kämpften mit Füßen, Fäusten, Reißzähnen und Gedanken dagegen an.

»Sie können nicht durchbrechen. Haltet Eure Konzentration aufrecht. Sie sind nicht stark genug«, erklärte Laryon. »Achtet auf meine Stimme. Jetzt wird es schwierig. Lasst den Kanal erst los, wenn ich es sage.«

Laryon atmete tief durch und bereitete den Weg für die Seele des Unbekannten vor.

Neuntes Kapitel

Der Hausgeist landete auf Hirads rechter Schulter. Der Barbar zuckte unwillkürlich zusammen und schnitt eine Grimasse.

»Wie haben sie uns gefunden?«, fragte er.

»Jemand hat uns verraten. Ein mächtiger Mann.« Wut und Überraschung waren herauszuhören. »Ihr müsst zum Triverne-See aufbrechen. Evanson wird euch führen.«

»Ich laufe nicht weg«, sagte Hirad bockig.

Der Hausgeist ignorierte die Antwort. »Ich werde sie ablenken, während ihr flieht.«

»Warum bleiben wir nicht einfach hier und schalten sie aus?«

Der Hausgeist starrte ihn an. »Du verstehst nicht. Sie sind zu mächtig für dich. Und für mich auch. Sie werden mich töten.«

Hirad fuhr hoch und runzelte die Stirn.

»Viel Glück, Rabenmann. Gib auf meinen Herrn Acht.« Der Hausgeist flog durchs offene Fenster in den Nachthimmel hinaus.

Der Unbekannte bäumte sich auf, als seine Seele über die Dämonenkette in seinen Körper raste. Laryon lächelte, doch er war völlig unvorbereitet auf diese heftige Reaktion. Er hatte diese Möglichkeit nicht vorhergesehen. Die rückkehrende Seele zerstörte die Verankerung der Dämonenkette im Wesen des Unbekannten, und das Ergebnis war eine heftige Gegenreaktion.

Mit triumphierendem Heulen riss die Kette vom Körper des Unbekannten ab und schlug nach den beiden Magiern. Laryon wurde an der Schläfe getroffen und prallte gegen die Wand. Er sackte stöhnend zu Boden, aus dem Mund rann ein Blutfaden.

Der jüngere und schnellere Denser duckte sich rasch. Er spürte, wie das Mana über seinen Kopf hinwegsauste, und fühlte einen Zug im Haar, als die Dämonen körperliche Gestalt annahmen.

Er war jetzt auf sich allein gestellt und bemühte sich, das Ende des Mana-Kanals zu schließen, doch als er sah, wie das Ende der Kette das Mana zu zerfetzen drohte, wusste er, dass es vergebens war.

Als die Kette sich dann wie eine Schlange aufbäumte, um noch einmal zuzustoßen, spürte Denser etwas, das er noch nie in dieser Form empfunden hatte. Er hatte Angst. Angst, weil er nicht die Macht gehabt hatte, die Dämonenkette davon abzuhalten, körperliche Gestalt anzunehmen, und Angst, weil er sie nicht davon abhalten konnte, ihn zu töten. Doch vor allem hatte er Angst, weil er nicht wusste, was man in so einem Fall tun musste, und diese Bildungslücke sollte sich nun als tödlich erweisen.

Die Kette wand sich, Densers Mana-Kanal wurde zerfetzt, und die Dämonen brüllten ihm ihren Hass in die Ohren. Sie verhießen ihm den Tod. Sie versprachen ihm ewige Qualen und lachten über seine Schwäche.

Die Kette schlug nach ihm und verfehlte ihn knapp, weil er im letzten Moment zur Seite sprang. Er landete schwer neben dem reglosen Laryon. Der Magier lebte noch. Denser schüttelte ihn heftig.

»Helft mir!«, rief er. Laryon stöhnte. »Helft mir!«, rief Denser. Aus dem Augenwinkel sah er die Kette mit irrwitziger Geschwindigkeit erneut ausholen und geräuschvoll knapp am Kopf des Unbekannten vorbeizischen. Der Krieger lag langsam atmend auf der Platte und wusste nicht, was um ihn geschah.

Laryon sagte etwas, das Denser nicht verstehen konnte.

»Was?«

»Lischp«, sagte Laryon.

»Das verstehe ich nicht.«

Laryon schlug die Augen auf und schaute an Denser vorbei, dann packte er den Kopf des Magiers mit beiden Händen und zog sein Ohr nahe an seinen Mund. »Lichtspiegel«, flüsterte er, bevor er Densers Kopf fest an die Brust presste. Über Denser fuhr die Dämonenkette in Laryons Gesicht, und sein Schmerzensschrei brach abrupt ab. Seine Hände sanken kraftlos zu Boden.

Denser sah hinter sich. Die Dämonenkette zuckte, immer noch mit dem Boden der Kammer verbunden. Das Gelächter hallte von den Wänden wider, der Triumph schien vollkommen.

Denser kam mühsam auf die Beine und hielt noch einmal kurz inne, um nach Laryon zu schauen. Er schauderte. Der Meister schien äußerlich unverletzt und hatte im Tod die Augen geöffnet. Durch sie konnte Denser in seine Seele sehen. Doch die Seele war nicht mehr da.

Er drehte sich wieder zur Dämonenkette um und bildete die Mana-Form für den Lichtspiegel. Es war eine einfache, rechteckige Struktur, die er in wenigen Sekunden aufgebaut hatte. Die Kette spannte sich wieder und drehte sich um sich selbst wie Papier im Wirbelwind. Dann verharrte sie, bereit zum Zuschlagen, und Denser hörte die wilden Wutschreie in seinen Ohren hämmern.

Als sie zuschlagen wollte, wirkte er den Spruch. Ein dünner, horizontaler Lichtstrahl von etwa acht Fuß Breite durchschnitt dicht über dem Fußboden den von Kerzen erhellten Raum. Die Kette peitschte nach vorn, und Denser riss abrupt die Hände hoch. Der Lichtspiegel kippte in die Senkrechte, als wäre eine Jalousie vor einem Fenster hochgezogen worden, um die Sonne einzulassen.

Strahlendes Licht durchflutete den Raum. Der Spruch sammelte das Kerzenlicht und warf es hundertfach verstärkt zurück. Die Dämonenkette kreischte erschrocken und wollte sich zurückziehen, doch ihr blaues Mana-Licht fiel dem Spiegel zum Opfer.

Denser schirmte die Augen ab, als das Licht mit zunehmender Geschwindigkeit aus den heulenden Dämonen gesogen wurde. Immer heftiger und schneller strömte das Licht in den Spiegel, und die Mana-Kreaturen heulten, als ihnen die Lebenskraft entzogen wurde. Dann waren sie verschwunden, und es wurde still. Nur das Echo der Gewalttaten und ein sanfter blauer Schein blieben im Mana-Spektrum zurück.

Denser wechselte zum normalen Licht und sah, dass der Unbekannte sich aufgesetzt hatte.

Sie ließen das Licht im Bauernhaus brennen. Hirad gefiel es nicht, aber es war sinnvoll. Der Triverne-See war der einzige Zufluchtsort für den Raben und – vielleicht noch wichtiger – für die beiden Katalysatoren, die er besaß. Da dort am See alle vier Kollegien stark vertreten waren, sollte es keine Bedrohung geben. Dennoch fühlte er sich unbehaglich. Er brauchte Ilkar. Ilkar hätte die richten Worte gekannt, um ihnen die Reise und die Ankunft zu erleichtern. Ohne ihn und sein Wissen fühlte Hirad sich verloren.

Angeführt von dem verwirrten, aber gehorsamen Evanson spornten sie die Pferde an und ritten nach Norden in die zunehmende Dunkelheit hinein. Hirad suchte den Himmel nach dem Hausgeist ab. Er konnte ihn nicht sehen, wusste genau, dass er ihn nicht zu sehen bekommen würde, und verspürte ein leichtes Bedauern. Der Dämon war kein Wesen, das man irgendwie ins Herz schließen konnte, aber man konnte ihn respektieren. Im Gegensatz zu Ilkar konnte er den Hausgeist nicht als etwas prinzipiell Böses sehen, und die Behauptung des Wesens, es werde sterben, während es für Ablenkung sorgte, beschrieb ein Opfer, für das man Hochachtung empfinden musste.

Wahrscheinlich wusste es auch Denser, und das Wissen, dass der Magier aufrichtig entschlossen war, Dawnthief einzusetzen, um Balaia zu retten, ließ in Hirad Schuldgefühle keimen, weil er überhaupt einmal daran gezweifelt hatte. Er trat seinem Pferd die Hacken in die Flanken und schloss zu Evanson auf. Er fragte sich, wie man sie wohl am See empfangen würde.

Sie hatten ihn nicht gespürt, und er grinste. Sie ritten über offenes Gelände, noch eine gute Stunde vom Bauernhaus entfernt und abseits der Wege. Zwölf waren es, die in Dreiergruppen ritten, jeweils ein Magier und zwei Protektoren. Sie hielten die Formation und waren auf Angriffe am Boden gefasst, doch sie waren gegenüber allem, was aus der Luft kam, völlig schutzlos. Er kreiste hoch im dunkelnden Himmel und sandte durchs Mana einen Warnruf zu seinem Herrn, als er ein Ziel auswählte, dessen Vernichtung einen möglichst großen Schaden anrichten sollte.

Da war er, und der Anblick jagte einen heißen Angstschauer durch seinen Körper. Nyer, der Xetesk-Meister. Der Mann, mit dem sein Meister so lange Kommunion gehalten hatte. Ein Verräter, dem Tode geweiht.

Er flog höher; der stumme Tod schwebte über dem nichts ahnenden Opfer.

Er stieß hinab und unterdrückte den Drang, kreischend zu lachen und entzückt zu gurgeln. Er hatte den Blick auf Nyers Kopf gerichtet, legte die Flügel an und schoss durch die Luft. Schließlich spreizte er sie wieder, um den Sturz abzufangen, brachte die Füße mit den Krallen nach vorn und stach sie tief in den ungeschützten Hals des Meisters.

Nyer grunzte und kippte vom Pferd; hilflos rollte er in den Schmutz. Die Protektoren stießen Warnrufe aus, doch es war zu spät. Als sie anhielten, herumfuhren und näher kamen, bog der Hausgeist seinen Rücken durch, hieb Nyer die Fäuste auf den Kopf und zerschmetterte seinen Schädel.

Jetzt lachte er und drehte sich nach seiner nächsten Beute um. Mit einem Flügelschlag war er wieder in der Luft und schoss an einem überraschten Protektor vorbei, der ziellos mit dem Schwert herumfuchtelte.

Vor Erregung schnatternd, hob sich der Hausgeist wieder in die Lüfte und suchte den Boden ab, wo die drei übrigen Magier angehalten hatten und Sprüche vorbereiteten, um ihn vom Himmel zu holen. Doch er wusste, dass er in Sicherheit war. Sein Meister hatte seinen Ruf beantwortet, er war bereit und kam. Eine Wärme breitete sich in seinem Herzen aus, das mit erneuerter Kraft schlug. Er machte vor Freude einen Überschlag in der Luft.

Der Spruch traf sein linkes Bein und versengte seinen Schwanz.

Schmerz.

Denser raste durch die Luft; den Schattenschwingen hatte er die Form für hohe Geschwindigkeit gegeben. Er schrie gequält, als die Verletzung seines Hausgeistes wie ein Donnerschlag durch seinen Kopf fuhr. Mühsam behielt er die Konzentration bei und flog weiter, während Tränen über seine Wangen rannen und seinen Blick verschwimmen ließen.

Er sah sich über die linke Schulter um. Der Unbekannte war dicht hinter ihm, und Denser hatte noch genug Kraft, um die Art und Weise zu bewundern, in der er sich mit der Benutzung der Schattenschwingen abgefunden hatte. Jeder Protektor besaß die Fähigkeit, Mana zu halten, das ihm eingegeben wurde, doch dieser Mann war kein Protektor mehr. Die Probleme würden vermutlich beginnen, wenn er innehielt und Zeit zum Nachdenken hatte.

»Was ist denn los?«, rief der Unbekannte.

»Sie haben ihn getroffen, die Hunde. Sie haben ihn verletzt.« Denser holte tief Luft und spannte seine Flügel noch mehr, um die Geschwindigkeit zu erhöhen. Der Unbekannte folgte seinem Beispiel, ohne genau zu verstehen, was er da eigentlich tat.

Der Hausgeist war geschwächt. Die Schmerzen trieben ihm die Tränen in die Augen, und er hielt sich mühsam in der Luft, während das Feuer seinen Schwanz und sein Bein zerfraß. Sein Meister kam, doch er konnte die Richtung nicht feststellen, und die dunkle Wolke, die ihm das Bewusstsein zu stehlen drohte, trieb jeden klaren Gedanken aus seinem Kopf. Er kreiste weiter und bemerkte irgendwie, dass ein Magier unter ihm einen weiteren Spruch vorbereitete. Jetzt weinte er, denn er wusste, dass der Tod nahe war.

»Meister«, keuchte er. »Komm her und räche mich.«

Der Spruch traf ihn an der Kehle. Der Hausgeist verglühte und stürzte zur Erde.

Nichts hätte Denser darauf vorbereiten können. Es war, als würden ihm Nadeln durch die Augen getrieben, als zerquetsche man sein Gehirn mit einem Stein. Das letzte gequälte Flüstern seines Hausgeistes und sein Tod zerstörten seine Mana-Reserven und raubten ihm das Bewusstsein. Die Schattenschwingen verschwanden, und er stürzte vom Himmel.

Der Unbekannte sah es kommen, er sah, wie Denser den Kopf zurückriss und sich die Hände vor das Gesicht schlug, als wollte er sich den Schädel zerfetzen. Er sah die Flügel flattern, ein helles Blitzen vor dem dunklen Himmel, dann waren sie verschwunden. Er war bereits langsamer geworden und tauchte sofort hinunter, als Denser zu stürzen begann, schoss an ihm vorbei, legte sich in die Kurve, drehte um und fing ihn beim zweiten Versuch etwa fünfzehn Fuß über dem Boden ab.

Den bewusstlosen Dunklen Magier in den Armen tragend, schwebte er auf der Stelle und gewann langsam wieder an Höhe. Das Gesicht des Magiers war bleich in der Dämmerung und vor Schmerzen verzerrt. Der Unbekannte musste ihn beschützen. Er runzelte die Stirn, als er sich erinnerte, dass er einmal Hass empfunden hatte. Doch das schien lange her zu sein. Andere Erinnerungen drangen langsam durch den Morast seines kürzlich umgeformten Bewusstseins in den Vordergrund, doch er schob sie zur Seite und konzentrierte sich auf die Schattenschwingen.

Und er war zornig. Er empfand Zorn über diejenigen, die Denser verletzt hatten. Wut auf Xetesk, weil man ihn als Protektor eingefangen und ihm den Tod gestohlen hatte. Doch auch das Bedürfnis, Rache zu üben, musste beiseite geschoben werden. Er musste jetzt den Raben wieder zusammenbringen. Er flog zum Triverne-See.

Selyn dachte über den besten Weg zur Pyramide nach. Die übliche professionelle Gelassenheit wurde von einem kalten Schauder durchbrochen, als sie die letzte halbe Meile abzuschätzen versuchte. Es war nicht so, dass sie sich Sorgen machte, ob sie es überhaupt lebend schaffen konnte. Nein, da war noch etwas anderes. Parve war getränkt mit einer Atmosphäre von Macht, Kraft, Furcht und Erwartung. Es war, als spürten selbst die Steine der wieder aufgebauten Stadt der Wytchlords, dass bald etwas geschehen musste.

Xetesk war schon seit Monaten insgeheim über die Bedrohung durch die Wesmen im Bilde. Die Flucht der Wytchlords hatte Xetesk veranlasst, offene und verdeckte Aktionen einzuleiten. Jetzt war sie hier, um die letzte Frage zu beantworten. Und die Frage lautete nicht mehr »ob«, sondern nur noch »wann«.

Das Gebäude, auf dem sie in der letzten Stunde ausgeruht hatte, war ringsum von Straßen umgeben. An der Längsseite standen Schornsteine. Sie kauerte hinter dem mittleren, verharrte reglos und bewegte vorsichtig den Kopf hin und her, um ihre Position zu bestimmen.

Hinter ihr verlor sich die Torn-Wüste in der nächtlichen Dunkelheit. Vom Lärm der Lager war hier in der Stadt nichts mehr zu hören. Rechts standen niedrige Gebäude, allesamt unbeleuchtet, und etwa hundert Schritt dahinter waren Ruinen zu erkennen. Doch vor allem erregte das, was links vor ihr lag, ihr Interesse.

Eine Querstraße weiter führte eine der vier Hauptstraßen bis zum zentralen Platz von Parve und zur Pyramide, die ihn beherrschte. Die breite Straße verlief etwa eine halbe Meile weit geradeaus, bis sie in den Platz mündete. Wenn Selyns Informationen zutrafen, dann führte ein versiegelter, mit mächtigen Zaubern geschützter Tunnel in die

Pyramide. Ringsum präsentierten Skulpturen verschiedene Kriegsszenen. Doch es war lange her, dass ein Xeteskianer das letzte Mal die Ruinen von Parve betreten hatte, und die Götter allein mochten wissen, was sich inzwischen verändert hatte. Sie musste herausfinden, ob der Tunnel offen war. Wenn er es war, dann blieb nicht mehr viel Zeit.

In der Stadt war es ruhig. Sie konnte einige Gestalten sehen, die sich vor ihr in den Straßen bewegten, doch verglichen mit dem Betrieb in Xetesk zur Dämmerung – von Korina oder Gyernath ganz zu schweigen – war dies überhaupt nichts. Es sollte ihr leicht möglich sein, den Tunnel zu erreichen, doch irgendeine innere Stimme mahnte sie zur Vorsicht. So blieb sie, wo sie war, und beobachtete.

Drei Stunden später, als stockdunkle Nacht herrschte, wurde sie dafür belohnt, dass sie auf ihre Instinkte gehört hatte. Am Rande ihres Gesichtsfeldes sah sie eine Bewegung auf dem Platz, wo ihrer Ansicht nach der Tunneleingang sein musste. Dunkle Gestalten bewegten sich vor den Feuern auf der freien Fläche, und auch wenn sie aus dieser Entfernung nicht viel erkennen konnte, kam es ihr vor, als liefen Wellen über den ganzen Platz. Es lag sicher nur am schlechten Licht.

Die dunklen Gestalten teilten sich in vier Gruppen und verließen den Platz in Richtung der Torn-Wüste. Es waren Reiter, und einige von ihnen kamen so nahe an ihrem Versteck vorbei, dass Selyn sie erkennen konnte. Schamanen.

Somit konnte man als bewiesen betrachten, was bisher nur eine Mutmaßung gewesen war. Die Wytchlords kontrollieren die Wesmen unmittelbar über die Schamanen, und sie besaßen gewiss eine starke Magie. Als die Reiter die Stadt verlassen hatten, setzte sie sich in Bewegung.

Sie sprang an der Rückseite hinunter, drückte sich in die Schatten und stieß vorsichtig, aber rasch bis zum Hauptplatz vor. Parve war in einem strikten Schachbrettmuster angelegt, was auch Ortsfremden die Orientierung sehr leicht machte. Andererseits wurde es dadurch viel schwerer, sich zu verstecken. Selyn sah sich immer wieder nach Öffnungen, Seitengassen und tiefen Schatten um, während sie sich vorarbeitete, und prägte sich alles ein, was ihr bei einer etwaigen Flucht nützlich sein könnte.

Abseits der Hauptstraßen war die Stadt dunkel und verlassen, aber seltsam sicher. Es gab keine Patrouillen, deren Schritte auf dem neuen Pflaster hallten, keine zwielichtigen Gestalten, die umherhuschten und dem unvorsichtigen Reisenden oder dem verirrten Trinker auflauerten. Es war still, und es fehlte etwas … Atmosphäre. Dann fiel es ihr auf, und sie blieb stehen und atmete noch einmal tief ein.

Es war nicht die Stille, die sie hatte innehalten lassen. Da war noch etwas anderes. Eine Aura, die sich über die Stadt gelegt hatte wie eine Decke. Parve ruhte und schlief. Doch die Stadt wartete auf das Erwachen.

Selyn ging schnell weiter und eilte über eine breite, mit großen Steinen gepflasterte Straße, bis sie sich zwei Querstraßen vom Platz und der Pyramide entfernt wieder im Schatten verstecken konnte. Sie zog sich tief in einen Hauseingang zurück und wartete, bis ihr Atem langsamer ging und ihr Herzschlag sich beruhigt hatte. Man hatte sie entdeckt, und sie wurde verfolgt. Sie hatte nichts gehört oder gesehen, doch ihr Instinkt sagte ihr alles, was sie wissen musste.

Der Mann kam langsam und vorsichtig um die Ecke, seine Schritte waren kaum zu hören. Selyn wartete völlig reglos und überlegte, ob sie besser zuschlagen oder weglaufen sollte. Von ihrer Position aus, im Schatten verborgen, konnte sie sehen, wie er an der gegenüberliegenden Mauer entlanglief. Ihr Herz sank. Es war ein Schamane, und wenn er seine Sinne beisammen hatte, dann konnte er sie aufspüren. Ihre Atemzüge wurden kürzer, als sie ihre Handgelenkbolzen mit den Lederriemen aktivierte, die über beide Handflächen liefen und mit Schlaufen an den Mittelfingern befestigt waren. Jetzt reichte es aus, die Hand rasch nach oben abzuknicken, um die Bolzen abzufeuern.

Der Schamane ging weiter an der Mauer entlang, strich mit der Hand leicht über die Ziegelsteine und verschwand aus ihrem Gesichtsfeld. Stille herrschte wieder in der Straße. Selyn wartete gespannt. Fünf Minuten. Zehn. Als ihr Gehör sich umgestellt hatte, nahm sie den Lärm der Menschen vor den Feuern auf dem Platz wahr, das ferne Trappeln von Hufen auf Stein, eine Tür, die geschlossen wurde. Fünfzehn Minuten.

Dann stand er vor ihr, und der Gestank seiner Pelze stach ihr in die Nase. Sein dunkles Gesicht und die kalten Augen waren dicht vor ihr. Er streckte den Arm aus.

»Glaubst du wirklich, ich könnte dich nicht riechen, Xeteskianerin?« Er sprach mit schwerem Akzent, die Worte passierten nur mühsam seine Kehle.

Selyn sagte nichts. Sie schlug mit der rechten Hand seinen Arm weg, knallte ihm den linken Handballen ins Auge und zog die Hand hoch. Der Bolzen traf sein Ziel. Er starb auf der Stelle und ging wie ein nasser Sack zu Boden.

»Verdammt auch«, keuchte sie. Sie rollte ihn auf den Rücken und barg den Bolzen, den sie an seinem Fellumhang abwischte. Sie hatte Mühe mit dem schweren Körper, als sie ihn in die Schatten des Eingangs zerrte. Was hatte er so weit abseits der anderen und zu Fuß getan? Jetzt musste sie sich beeilen. Es würde nicht lange dauern, bis der Schamane vermisst wurde.

Weniger als fünf Minuten später erreichte sie den Platz

und hatte Mühe, bei dem Anblick, der sich ihren Augen bot, ruhig zu bleiben. Der Platz war etwas mehr als eine Viertelmeile breit und mit weißem Stein gepflastert. Von Osten her führte ein mit schimmerndem Quarz ausgelegter Weg zur Pyramide. Das Grabmal der Wytchlords ragte mindestens zweihundert Fuß hoch in den Nachthimmel empor. Abgesehen von der Treppe, die zu den sechs Wachfeuern auf der Spitze führten, war das Bauwerk fugenlos glatt. Es war ein atemberaubender Anblick und den ärgsten Feinden, die Balaia je gehabt hatte, durchaus angemessen.

Diese Feinde hatten sich nun erneut erhoben. Selyn betrachtete die erstaunliche Architektur, doch zugleich starrte sie fassungslos über das Heer der Jünger, die reglos und schweigsam vor dem offenen Eingang des Tunnels knieten.

Auf dem Platz vor der Pyramide drängten sich die mit dunklen Kapuzenmänteln bekleideten Jünger und starrten in die von Laternen eingerahmte schwarze Öffnung. Sie warteten, weiter nichts. Selyn spürte die Atmosphäre wie einen körperlichen Druck, der auf ihren Schultern lastete. Die Luft war zum Schneiden dick und knisterte vor Erwartung. Doch am stärksten war das Gefühl des anstürmenden Bösen, das sie beinahe auf der Zunge schmecken konnte. Über der Pyramide brauten sich die Wolken zu einer undurchdringlichen schwarzen Masse zusammen. Selyn schauderte. Das einzige Geräusch, das sie außer ihrem eigenen pochenden Herzen hören konnte, war der Atem der Jünger, langsam und bewusst gesteuert, als gehöre diese Übung zu irgendeiner Zeremonie, die jeden Augenblick beginnen sollte.

Mehr brauchte sie nicht zu sehen. Das Wiedererwachen musste in wenigen Tagen, vielleicht sogar schon in Stunden geschehen. Sie kehrte zu ihrem Dach zurück und begann die Kommunion mit Styliann.

»Faszinierend«, sagte Styliann, während er den Unbekannten umkreiste. »Ein Protektor ohne Maske.«

Der Unbekannte und Denser standen im Zelt, aus dem die Utensilien der Konferenz bereits entfernt worden waren. Die Tische und Stühle waren fort, zum Transport verpackt, und die Delegationen planten bereits den Aufbruch in die relative Sicherheit ihrer eigenen Städte. Es würde keine weiteren Konferenzen am See mehr geben, bevor nicht der Krieg beendet war. An Stelle der Möbel hatte man einen groben Tisch und Bänke ohne Lehnen aufgestellt. Auf einem Feuer kochte ein Topf Wasser.

Hinter ihnen am Tisch saßen Ilkar und Erienne, die gerade erst eingetroffen waren. Der Julatsaner hatte aus seiner Freude, den Unbekannten zu sehen, und aus seiner Bewunderung für Denser keinen Hehl gemacht. Barras hatte ihn beruhigt, doch Ilkar lächelte immer noch breit, und die Brote auf dem Tisch blieben unbeachtet. Erienne war sofort zu Denser geeilt, um ihn zu trösten und seine Schmerzen ein wenig zu lindern, doch er hatte ihre Gegenwart kaum wahrgenommen. Die Ältesten der Kollegs standen in der Nähe und waren wider Willen beeindruckt über die Leistung, die Laryon mit seinem Leben bezahlt hatte.

Der Unbekannte starrte auf Styliann hinab. Vor seinem mächtigen Körper wirkte sogar der xeteskianische Herr vom Berg eher unbeeindruckend. Der große Krieger hatte die Axt abgelegt, die Sol benutzt hatte, und wieder das Zweihandschwert genommen, das sein Markenzeichen war.

»Ich bin kein Protektor«, sagte er. »Ich bin auch kein Ergebnis eines Experiments, das von Euch oder irgendeinem Magier erforscht werden könnte. Wenn Ihr mit mir reden wollt, dann stellt Euch vor mich und seht mich an.«

Styliann beendete seine Wanderung. »Entschuldigt, Unbekannter.« Er lächelte. »Aber Ihr seid ein Meilenstein der magischen Forschung und ein wichtiger Schritt vorwärts für Xetesk.«

»Ich bin ein Toter, der wieder lebt«, konterte der Unbekannte. »Ich hätte den Tod vorgezogen, doch Xetesk hat sich anders entschieden. Dies war das letzte Mal, dass Ihr über mein Schicksal entschieden habt.«

»Das klingt ein wenig undankbar. Immerhin haben wir Euch Euer Leben zurückgegeben.«

Die Hände des Unbekannten schossen vor, packten Styliann Kehle und drehten seinen Kopf, bis ihre Blicke sich begegneten.

»Nein. Ihr habt mir meinen Tod gestohlen.« Stylianns Hände bewegten sich. »Lasst das bleiben. Ihr seid nicht schnell genug. Aber versucht es nur, wenn Ihr meint.« Die Hände des Unbekannten spannten sich, Styliann würgte und machte eine beschwichtigende Geste. »Ich hatte den Zeitpunkt meines Todes gewählt. Nicht viele Männer bekommen diese Chance. Ihr habt mir dieses Privileg genommen.«

»Ihr lebt aber«, keuchte Styliann.

»Ich könnte jederzeit meine eigene Leiche besichtigen.«

»Denser, bitte.« Styliann umklammerte einen Arm des Unbekannten.

Denser schien erst jetzt zu bemerken, was da vor sich ging. Er betrachtete die anderen Delegierten und die xeteskianischen Schwertkämpfer, die sich bereithielten. Auch Ilkar beobachtete Styliann wie gebannt.

»Unbekannter, bitte lass ihn los.«

Der Unbekannte ließ los und wandte sich an Denser. »Entschuldige«, sagte er.

Denser zuckte mit den Achseln. Styliann winkte seinen Männern, sich zurückzuhalten, doch er starrte den Unbekannten böse an.

»Ich werde nicht Euer Ausstellungsstück sein«, sagte der Unbekannte. »Ich gehöre zum Raben.«

»Denser, lasst uns reden. Draußen.« Styliann verließ steifbeinig das Zelt.

Denser seufzte, folgte ihm und drückte den Arm des Unbekannten, als er ging. Draußen bemerkte er, dass Vuldaroq breit lächelte.

Styliann entfernte sich nur einige Schritte vom Zelt, ehe er seine Assistenten fortscheuchte.

»Erzählt mir über Euren Zustand.«

Denser rieb sich die tief liegenden, roten und von dunklen Ringen umgebenen Augen.

»Ich kann meine Mana-Reserven nicht richtig aufbauen, meine Konzentration ist zu schwach für komplizierte Sprüche, und ich kann meinen Blick nicht aufs Mana-Spektrum richten.« Es war das, was Styliann hören wollte, doch es verriet nichts über Densers wahre Verfassung.

Das Gefühl von Verlust durchdrang ihn bis ins Knochenmark; sein ganzer Körper war eiskalt. Sein Bewusstsein war zugleich voller Bilder und völlig emotionslos. Der Teil seines Bewusstseins, der mit dem Hausgeist so lange verbunden gewesen war, fehlte auf einmal, und Denser stellte sich vor, er habe über dem rechten Auge ein schmerzendes Loch. Nur wenn er die Hand darauf legte, fühlte er, dass der Schmerz im Innern war und sich nicht lindern ließ.

Der Verlust der Stimme und des Pulsierens schmerzte mehr als die Qualen, die er beim Tod des Hausgeistes empfunden hatte. Seine Stimme hatte ihm Ruhe und Trost geschenkt, doch das Pulsieren hatte er als selbstverständlich betrachtet. Als etwas, das zu ihm selbst gehörte. Jetzt war das Pulsieren fort, weil ein Teil von ihm gestorben war.

»Ihr werdet bald wieder über Eure Fähigkeiten verfügen können. Ihr braucht nur etwas Ruhe. Und was den Kummer angeht, so wird dieser bleiben, fürchte ich.« Styliann sah ihn nicht unfreundlich an. »Es tut mir Leid, dass es geschehen ist, aber ich begreife nicht ganz, warum er Nyers Gruppe angegriffen hat. Was aber nicht heißen soll, dass ich über den Tod des Verräters unglücklich bin.«

»Er war der Ansicht, er müsse Nyer ablenken. Er dachte, sie seien schon zu nahe.« Denser zuckte mit den Achseln. »Vielleicht hätten sie sonst den Raben geschnappt, bevor er hier eingetroffen wäre.« Er schüttelte den Kopf. »Ich weiß es nicht. Ich glaube nicht, dass es unbedingt nötig war. Möglicherweise dachte er, er müsse seinen Wert unter Beweis stellen.«

»Seinen Wert?« Styliann runzelte die Stirn. »Er war ein Hausgeist. Er hatte keine Vorstellung vom Wert eines Gefährten.«

»Hattet Ihr schon einmal einen Hausgeist?«, fragte Denser. Styliann schüttelte den Kopf. »Dann könnt Ihr auch nicht wissen, welche Vorstellungen sie haben. Ich habe es gefühlt, ich weiß es.«

Styliann nagte nachdenklich an seiner Unterlippe. Er blickte zum Morgenhimmel hinauf und betrachtete die leichte Wolkendecke. »Zeigt mir die Katalysatoren«, sagte er schließlich.

»Ich habe sie nicht.«

»Wo sind dann ...«

»Der Rabe hat sie. Ich konnte sie ja nicht nach Xetesk mitnehmen.«

Styliann schnaufte schwer. »Nein, es war wohl besser so.«

Eine kurze Unruhe in einem anderen Teil des Lagers unterbrach ihr Gespräch. Zuerst war sich näherndes Hufgetrappel zu hören, dann bogen der Rabe und Evanson um ein Gebüsch. Sie zügelten dicht vor dem Zelt ihre Pferde und stiegen ab. Hirad schritt sofort erwartungsvoll zu Denser. Doch die Frage, die er stellen wollte, blieb ihm im Hals stecken, als er Densers Augen sah. Er neigte respektvoll den Kopf und fasste dicht unter der Schulter den rechten Arm des Magiers.

»Ich verstehe deinen Kummer«, sagte er.

»Und ich verstehe deinen Zorn«, erwiderte Denser. Er hielt inne und brachte ein schwaches Lächeln zustande. »Er ist drinnen.«

Der Unbekannte saß an einem primitiven Tisch auf der Bank und redete mit Ilkar und Erienne, als Hirad den Vorhang zur Seite zog und hereinkam. Ein Kloß bildete sich in seinem Hals, als er den großen Mann einen Moment lang beobachtete, bis er sicher war, dass seine Stimme ihm wieder gehorchen wollte.

Die Mimik, die energischen Bewegungen, wenn er die Hände gebrauchte, die Art und Weise, wie er sich über den Schädel und den Hinterkopf bis zum Nacken strich, als wollte er eine Falte glätten. Alles war da. Wo vorher Sol gewesen war, saß jetzt der Unbekannte. Keine Maske, keine emotionslosen Augen, keine doppelschneidige Axt.

»Bei allen Göttern, du bist es wirklich.« Seine Stimme brach, und eine Träne schimmerte in seinem Auge. Er wischte sie fort, als er ganz ins Zelt trat. Der Unbekannte kam um den Tisch herum, und die beiden Männer umarmten sich. Hirad klopfte dem großen Krieger auf den Rücken. »Wie fühlst du dich?«

Der Unbekannte wich einen Schritt zurück. »Das weiß ich nicht«, sagte er. »Ich weiß aber, dass ich es bin.« Er zuckte mit den Achseln. »Ich wusste es ja schon vorher … du hast mich erkannt. Als ich noch Sol war. Aber ich konnte nicht mit dir sprechen. Irgendetwas hat mir verboten, dich ebenfalls zu erkennen, auch wenn meine Augen mich verraten haben. Hirad, ich sollte tot sein.«

»Aber du bist nicht tot, und es ist mir egal, wie es dazu gekommen ist. Du bist es. Bei den Göttern, du bist es wirklich.«

»Würdest du das auch noch sagen, wenn du zu Septerns Scheune zurückkehrtest?«

»Ich …« Hirad hielt verwirrt inne. »Ja, warum eigentlich nicht?«

»Weil ich immer noch dort unter der Erde liege. Wo ist Denser?« Der Unbekannte schaute an Hirad vorbei.

»Draußen«, sagte der Barbar unbestimmt. »Was willst du denn von ihm?«

»Ich muss mich um ihn kümmern.« Er entfernte sich von Hirad, der Anstalten machte, ihm zu folgen.

»Lass ihn«, sagte Ilkar. »Komm her und trink und iss etwas. Du musst doch am Verhungern sein.«

Hirad beobachtete den Unbekannten, bis dieser das Zelt verlassen hatte. »Ja, ich bin völlig erledigt«, gab er zu. »Was ist hier eigentlich los?« Er ging zum Tisch. Ilkar schenkte ihm einen Becher Wein ein und schob ihm die Teller mit Fleisch und Brot hinüber.

»Setz dich«, sagte Ilkar. »Du musst verstehen, wie schwierig es für ihn ist, dies alles zu akzeptieren.«

Hirad starrte ihn an, er verstand überhaupt nichts mehr.

»Schau her, Hirad, für uns ist er der Unbekannte, den wir von früher kennen. Er sieht so aus, er bewegt sich so, er redet so, alles passt. Die Narben auf seinem Rücken und seinem Schenkel sind da, auch der Knoten an seinem Knie, und seine kleine Zehe fehlt. Er ist es, genau wie wir ihn kennen. Seine Seele ist da, sein Bewusstsein, seine Erinnerungen, alles. Aber er weiß etwas, das keiner von uns wirklich begreifen kann. Er weiß, dass er losgehen und seine eigene Leiche ausgraben könnte. Denk doch mal darüber nach.«

Hirad überlegte einen Moment. »Was hat das denn alles zu bedeuten, und warum macht er sich solche Sorgen um Denser?«

»Ich glaube, er ist im Augenblick ziemlich verwirrt. Erienne wird sicher bestätigen, dass nicht alles, was er sagt, völlig verständlich ist.« Erienne nickte. »Er verdrängt im Augenblick, was er nicht bewältigen kann, und so tut er das nahe Liegende und will Denser beschützen. Vergiss nicht, dass es erst gestern geschehen ist, Hirad. Er selbst hat es ganz gewiss nicht vergessen. Vielleicht vergisst er es nie mehr. Tatsache ist, dass wir es einfach nicht genau wissen.«

»Also ist er es?«, fragte Hirad.

»Ja, bei den Göttern, ja.« Ilkar beugte sich vor. »Aber er hat ein paar einzigartige Probleme, die nur er ganz allein lösen kann. Du musst ihm Zeit lassen.«

»Ich wusste doch, dass es zu schön war, um wahr zu sein.«

»Hirad, beruhige dich. Er dachte, er sei tot, er ist als Protektor wieder erwacht, und dann noch einmal als er selbst. Lass ihm Zeit.« Ilkar hielt Hirads aufgebrachtem Blick stand. Er sah die Enttäuschung in den Augen des Barbaren. »Alles klar?« Hirads Kopf zuckte, und Ilkar beschloss, es als knappes Nicken zu nehmen. »Gut. Und jetzt iss etwas. Wir haben viel zu besprechen, wenn du dich ausgeruht hast.«

Selyn erwachte, als sie ringsum Rufe hörte. Sie erschrak, blieb flach ausgestreckt liegen und lauschte. Die Dämmerung war vor etwa einer Stunde angebrochen. Die Zeit hatte nicht ausgereicht, um ihre Mana-Reserven völlig zu erneuern, aber sie hatte wieder etwas Kraft.

Eine Suche war im Gange, und sie begriff, dass die Wesmen die Straßen von Parve durchkämmten. Wahrscheinlich hatten sie den toten Schamanen gefunden. Selyn runzelte die Stirn und nahm die Blende von den Augen, die im unverhofften Licht ein wenig wässrig wurden.

Sie sagte sich, sie habe wohl etwas Pech gehabt, dass der Tote so bald schon gefunden worden war. Nach der organisierten Art und Weise zu schließen, in der man unten vorging, war der tote Schamane sicher schon vor der Dämmerung entdeckt worden.

Auf dem Bauch liegend kroch sie bis zur Dachkante vor und spitzte die Ohren, um herauszufinden, wie weit die Suche bereits gediehen war. Sie wusste, dass direkt unter ihr niemand war. Hinter ihr, in Richtung des Platzes, waren laute und regelmäßige Rufe zu hören. Türen knallten, Holz splitterte, Gebäude wurden erkundet. Sie gingen sehr, sehr methodisch vor, wenn man berücksichtigte, dass sie Wesmen waren. Doch sie waren eben nicht nur Wesmen, sondern auch Anhänger der Wytchlords. Sie waren äußerst gründlich.

Sie formte die Mana-Gestalt für den Tarnzauber, sprach das Befehlswort und sprang auf den Boden, um sich in die Torn-Wüste zurückzuziehen. Sie ging schnell, aber vorsichtig am letzten Gebäude vorbei. Kein Verfolger ließ sich blicken. Hinter einem großen Schutthaufen setzte ihr Herz aus, und sie blieb abrupt stehen. Der Ostrand Parves war von einem Sperrgürtel von Wesmen umgeben, die Schulter an Schulter standen. Sie drehte sich um und rannte in die Stadt zurück.

Als sie sich wieder zwischen den Gebäuden bewegte, sah sie die Sperrkette auch dort. Wesmen und Schamanen riegelten systematsich alle Straßen ab. Sie rückten vor, schauten, suchten. Im Innern und außerhalb der Gebäude, in allen Kellern und auf den Dächern. Sie saß in einem Netz mit feinen Maschen fest, das gerade zugezogen wurde.

Sie trabte nach links zur Hauptstraße und behielt die

rechte Seite im Auge, wo die Wesmen vorrückten. Sie waren nur noch zwei Querstraßen entfernt und kamen stetig näher. Auch die Hauptstraße war von Wesmen abgesperrt, in der Mitte ging ein Schamane. Die Verfolger wussten, dass sie hier war, sie wussten, dass Selyn sich unsichtbar gemacht hatte, und sie konnten ihre Mana-Emanationen spüren.

Furcht beschlich sie, und die Tentakel des Zweifels zerrten an ihrem Selbstverstrauen. Am Abend zuvor war Styliann noch so stolz auf sie gewesen und hatte über ihre triumphale Rückkehr nach Xetesk gesprochen. Von der Rolle, die sie nach dem sicheren Sieg für ihn spielen sollte, von dem Platz, den sie fortan für immer an seiner Seite einnehmen sollte. Ihr Herz raste. Sie drehte sich auf der Stelle um, ohne lange zu warten, und ging rasch zurück. Sie war in einem drei mal zwei Häuserblocks kleinen Bereich eingesperrt, der stetig weiter schrumpfte. Es schien, als hätten die Wesmen alle Fluchtwege versperrt.

Alle bis auf einen. Sie blickte zum Himmel. Tausend Fuß höher konnte sie in den Wolken verschwinden. Nicht ideal, aber der einzige Ausweg, der ihr noch blieb. Selyn bewegte sich jetzt schneller und suchte die Dächer nach einem guten Startpunkt ab. Auf einem Gebäude nahe am Stadtrand fand sie ihn.

Sie stieg die Mauer des flachen Gebäudes hoch und rannte zum Schornstein an der dem Zentrum zugewandten Seite. Die Wesmen waren jetzt weniger als hundert Schritt entfernt. Auf der anderen Straßenseite stieg gerade ein Dutzend Wesmen aufs Dach und schwärmte mit ausgebreiteten Armen aus. Einen Moment lang fragte sie sich, ob sie vielleicht durch die schmalen Lücken zwischen ihnen schlüpfen konnte, wenn sie ihr Dach erreichten, doch dann sah sie den Schamanen nach oben kommen. Sie musste jetzt sofort handeln.

Sie zog sich in den Schatten hinter dem Schornstein zurück, ließ den Tarnzauber fallen und bereitete die Mana-Form für die Schattenschwingen vor. Fast sofort ertönte ein Ruf, und sie öffnete die Augen. Man hatte sie vom Stadtrand aus gesehen, Männer rannten los und deuteten auf sie. Sie konzentrierte sich wieder und baute die Mana-Gestalt neu auf. Nach einigen Sekunden war sie fertig.

»Aktivieren«, sagte sie. Auf ihrem Rücken entstanden Flügel, die sich im Tageslicht, für das bloße Auge kaum sichtbar, leicht bewegten. Sie machte einen Schritt nach vorn und startete, bewegte sich rasch nach oben und hinaus in Richtung Wüste. Unter ihr wurden Befehle gebrüllt, Geschosse pfiffen durch die Luft. Keines kam ihr nahe. Sie lächelte. Das war nicht die Art und Weise, auf die sie hatte verschwinden wollen, doch es sollte ihr recht sein. Sie konnte fast schon das Kaminfeuer in Stylianns Turm riechen.

Etwas knallte ihr in den Rücken und nahm ihr den Atem. Sie taumelte, konnte kaum die Flügel halten, während sie sich abmühte, sich wieder auszurichten und die verlorene Höhe wettzumachen. Sie fühlte sich, als wäre sie mit Bleigewichten beschwert. Sie sah sich über die Schulter um. Ein dünner weißer Lichtstrahl lief vom Schamanen bis zu ihr herauf. Unter ihr johlten und brüllten die Wesmen und bleckten die Zähne.

Sie verdoppelte ihre Anstrengungen und entfernte sich ein Stückchen. Ein zweiter Schlag, der ihren Halsansatz traf, schleuderte sie seitlich gegen ein Gebäude. Sie prallte auf den Boden und blieb benommen liegen. Die Schattenschwingen waren verschwunden.

»Verdammt.« Sie schüttelte den Kopf und hörte begeisterte Rufe und trampelnde Füße. Sie wollte sich aufrappeln und stützte sich an der Wand ab; es pochte in ihrem Kopf, aber ihr Blickfeld klärte sich wieder. Sie kamen von links und rechts, es mussten hunderte sein. Sie zog das Schwert aus der auf den Rücken geschnallten Scheide und machte sich bereit. Einer lachte und zückte eine Axt. Auf sein Zeichen wichen die anderen einen Schritt zurück und ließen ihm Raum, allein zu kämpfen.

Er war ein großer Mann, schwer gebaut, mit ungepflegtem schwarzem Bart und eng stehenden Augen. Er rannte los und schwang die Axt in Brusthöhe. Selyn duckte sich einfach unter dem Schlag durch und richtete sich sofort wieder auf, um ihm das Schwert mitten durch den Bauch zu stoßen. Er grunzte und kippte zurück, die Hände auf die Wunde gepresst. Das Blut spritzte durch seine Finger.

Einen Augenblick herrschte erschrockenes Schweigen, dann stürmte die Meute los. Sie riss einen Dolch aus dem Stiefel. Sie waren rasch über ihr, ein Durcheinander aus Pelzen, Stahl und Fäusten entstand.

Der erste Wesmen starb mit dem Dolch im Herzen. Ein zweiter bekam einen Schnitt in den Schenkel, doch dann hatten sie ihre Hände gepackt. Das Schwert wurde ihr aus der Hand geschlagen als sie sich losreißen wollte. Sie wurde gegen die Mauer gedrückt, Schwerter und Dolche wurden gezogen. Einer riss ihr die Kapuze vom Kopf und vom Gesicht.

Wieder gab es eine Pause, als sie sahen, wer vor ihnen stand. Die anerkennenden Pfiffe drangen ihr bis ins Mark, doch als die Hände, die ihre Arme hielten, locker ließen, reagierte sie sofort, drehte ihre Handgelenke herum und ließ die Bolzen fliegen. Ein Mann wurde unter dem Kinn getroffen, der zweite Bolzen prallte von einem Kopf ab und flog davon. Beide Männer stürzten, doch es waren zu viele andere da.

Sie zerrten sie zu Boden, und animalische Freudenschreie wurden laut, als ihr die Kleider zerfetzt und vom

Leib gerissen wurden. Hände betatschten sie, kratzten und packten sie, das Blut quoll aus einem Dutzend Schnitten. Sie wand sich und wehrte sich und schwieg eisern, als sie auf den Boden gepresst wurde, alle Glieder gespreizt, nackt und voller Angst.

Irgendjemand rief einen Befehl. Die Meute beruhigte sich sofort und machte Platz. Ein Schamane näherte sich ihr. Er war in mittleren Jahren und trug schweres Tuch. Das ergraute Haar war auf dem Rücken zu einem Pferdeschwanz zusammengebunden. Selyns Angst ließ nach und wich einer tödlichen Ruhe. Sie sammelte sich und erwiderte seinen Blick.

»Nun denn, meine Hübsche«, sagte der Schamane, während er seinen Gürtel löste und sich zwischen ihre Beine kniete. »Vielleicht holt dich der Tod doch noch nicht ganz so schnell.«

Die Vergewaltigung war brutal. Er stieß hart in sie hinein und packte ihre Flanken und ihre Brüste. Sie zuckte zusammen, als er noch einmal zustieß, und die zuschauende Menge johlte. Sie schloss die Augen vor der Demütigung und vor Schmerzen und hob den Kopf, um ein zweites Mal seinen Blick zu erwidern.

»Sie müssen mich in der Mitte durchschneiden, um dich zu befreien«, sagte sie. Sie biss fest auf ihren Backenzahn und verkrampfte sich. »Lebewohl, mein Lieber«, flüsterte sie. Das Nervengift aus dem zerbrochenen Zahn wirkte sofort. Alle Muskeln ihres Körpers verkrampften sich auf einen Schlag. Die letzten Geräusche, die sie hörte, als der Mana-Impuls nach Osten flog, waren die Schreie des Schamanen.

Zehntes Kapitel

Styliann's zorniger Schmerzensschrei war quer über den Triverne-See zu hören. Der Mana-Impuls der sterbenden Selyn traf ihn wie ein Dolch ins Auge. Es brauchte sechs Männer, um ihn zu halten, und zwei Sprüche, um ihn zu beruhigen; selbst im Schlaf rannen noch die Tränen über sein Gesicht, und seine Wangen glühten heiß. Als er erwachte, war das Licht in seinen Augen erloschen, und er schritt eilig zum Zelt.

Die Stühle waren wieder aufgestellt, doch sie standen nun im Halbkreis vor dem Tisch, der mit Kerzen geschmückt und mit Essen und Wein gedeckt war. Styliann nahm in der Mitte neben Barras seinen Platz ein. Vuldaroq saß links neben Barras, Heryst neben Styliann. Auf der anderen Seite des Tisches war der Rabe versammelt. Auf einer Bank, die man an den Tisch gezogen hatte, saßen Denser, Ilkar und Hirad, während der Unbekannte dicht neben dem Dunklen Magier stand. Hinter ihnen saßen Will, Thraun, Jandyr und Erienne, die als passive Beobachter am Treffen teilnehmen sollten.

Es gab keine Tagesordnung. Vor einem Tag wäre ein solches Treffen noch undenkbar gewesen. Doch es war der gefährlichen Situation östlich der Blackthorne-Berge und am Understone-Pass angemessen, dass der Rabe eingewilligt hatte, in einer Diskussion mit Außenstehenden die nächsten Schritte zu besprechen.

Hirad beugte sich im Sitzen vor, stemmte die Ellenbogen auf den Tisch und stützte das Kinn in die Hände. Denser war etwas entspannter, Ilkar saß steif und aufrecht und voller Ehrfurcht vor den erfahrenen Magiern auf der anderen Seite.

Styliann, in dessen Augen Finsternis herrschte, rang unablässig die Hände und informierte sie mit monotoner Stimme über seine Entscheidung, ihnen durch den Understone-Pass zu helfen, auch wenn er nicht offenbaren wollte, mit welcher Magie der Pass zurückerobert werden sollte. Denser sah ihn scharf an und versuchte zu erkennen, welche Gefühle den Mann bewegten. Der Herr vom Berg spürte Densers Neugierde und warf einen Blick voller Pein zurück.

»Sie haben mir Selyn genommen«, sagte er. »Sie werden dafür büßen.«

»Es tut mir Leid, mein Lord.«

Styliann nickte. »Ja«, sagte er. »Und jetzt erzählt mir von Euren Plänen, wenn ihr die andere Seite des Passes erreicht habt.«

»Nein«, sagte Hirad.

»Ich bitte um Verzeihung?« Die Delegierten waren erschrocken aufgefahren.

»Etwas mehr Taktgefühl, bitte, Hirad.« Ilkars Stimme klang ein wenig gepresst. »Was er sagen wollte, ist …«

»Wir sagen Euch nichts, weil Ihr es nicht wissen müsst und weil es unserer Sicherheit dient, wenn Ihr nicht zu viel wisst. Außerdem werden wir es selbst erst wissen, wenn wir nahe genug sind und einschätzen können, womit wir es auf der anderen Seite zu tun haben. Sobald wir durch den Pass sind, werden wir zu den Wrethsires gehen, so viel wisst Ihr schon. Danach werden wir uns in Richtung Torn-Wüste bewegen.« Hirad schenkte sich einen Kelch Wein ein. »Was soll ich sonst sagen? Wir melden uns.«

Am Tisch herrschte Schweigen. Die Delegierten schwiegen, weil sie nicht glauben mochten, was sie gehört hatten, und die übrigen Rabenkrieger schwiegen vor Furcht. Nur Hirad schien völlig unbeeindruckt.

»Was ist denn los?« Er spreizte die Finger beider Hände und sah seine Freunde an. »Wo ist das Problem?«

»Das Problem, Hirad Coldheart«, fauchte Styliann, »besteht darin, dass Ihr offensichtlich nicht wisst, womit Ihr es überhaupt zu tun habt. Ihr redet so ganz nebenbei davon, den mächtigsten Spruch, der je erschaffen wurde, mitten ins Land von Balaias mächtigstem Feind zu bringen, als wäre das Ganze nichts weiter als ein Waldspaziergang. Wir können es uns nicht erlauben, dass dieses Unternehmen scheitert.« Die letzten Worte wurden durch Schläge auf die Tischplatte unterstrichen.

»Nun, es kommt mir so vor, als hättet Ihr Euer Bestes gegeben, um die Sache zu vermasseln, seit Ihr unsere Dienste in Anspruch genommen habt.« Hirad erhob sich halb von seinem Stuhl und beugte sich zu Styliann vor. »Wir wissen, wie wir es anpacken müssen, und wir werden Erfolg haben, wenn Ihr uns in Ruhe lasst. Es waren vor allem Eure Störungen, die uns in Schwierigkeiten gebracht haben.« Er setzte sich wieder und zielte mit einem Finger auf Stylianns Kopf. »Und sagt mir nie wieder, ich verstünde nicht, was los ist. Die Tatsache, dass ich immer noch neben Denser sitze, während viele meiner Freunde tot sind oder sich verstecken, sollte Euch eigentlich sagen, dass ich sehr genau weiß, wie wichtig dies ist.«

»Beruhige dich, Hirad«, sagte Ilkar. »Das bringt uns doch nicht weiter.«

»Das ist mir egal. Es ist doch ganz einfach. Ihr lasst uns die Dinge erledigen, wie wir es wollen, und wir werden Erfolg haben. Stört uns, und wir werden höchstwahrscheinlich scheitern.«

Styliann sah Hirad mit einer Mischung aus Wut und Respekt an. Seine Wangen waren leicht gerötet, und er verzichtete darauf, sich zu vergewissern, wie die anderen Delegierten den Wortwechsel aufgenommen hatten. »Ich bin nicht daran gewöhnt, dass meine Autorität auf diese Weise in Frage gestellt wird«, sagte er ruhig.

»Ich stelle nicht Eure Autorität in Frage«, erwiderte Hirad. »Ich sage Euch nur, wie Ihr möglichst gute Erfolgsaussichten bekommen könnt.«

»Ich denke, es ist an der Zeit, den nächsten Schritt zu tun«, warf Heryst ein. »Wir stimmen sicher alle darin überein, dass der Rabe am besten allein mit den Wrethsires fertig wird. Aber glaubt Ihr nicht, es wäre vielleicht klug, wenn wir – also die Delegierten von allen vier Kollegien – die beiden bisher gefundenen Katalysatoren aufbewahren, bis der dritte gefunden ist?«

»Ich kann gut verstehen, dass Ihr so denkt.«

»Warum lächelt Ihr?«

»Weil Ihr glauben müsst, ich sei ein Idiot, und weil Idioten ständig lächeln.«

»Hirad«, mischte sich Ilkar ein, »sag mir, dass du nicht getan hast, was ich befürchte.«

Denser klopfte Hirad auf den Rücken und begann zu lachen, obwohl ihm eigentlich kaum danach war. »Oh, das hast du gut gemacht, Hirad, das hast du wirklich gut gemacht.«

Die Delegierten schauten ratlos drein, Styliann starrte

Denser an, und Barras durchbohrte Ilkar mit fragenden Blicken.

»Erklärt es«, sagte Vuldaroq. Sein Gesicht lief schon wieder rot an. »Ich finde es unerträglich, wenn man mich auslacht.«

»Ich versichere Euch, dass ich über nichts anderes lache als über Hirads Fähigkeit, uns immer wieder zu überraschen. Sage uns doch bitte, wo die Katalysatoren sind, Hirad.«

Hirad zuckte mit den Achseln. »Irgendwo zwischen diesem Ort und dem Bauernhof, auf dem wir untergebracht waren. Genauer will ich es lieber nicht sagen. Und bevor Ihr heult und tobt, will ich Euch noch erklären, dass ich genug von Leuten habe, die mir die Entscheidungen abnehmen wollen. So habe ich den Raben in eine günstige Verhandlungsposition gebracht, um gegen zukünftigen Verrat gewappnet zu sein.«

»Aber Ihr wisst doch, dass es ein verräterischer Meister aus Xetesk war, der Euch verfolgt hat!« Vuldaroq knallte die Handflächen auf die Stuhllehnen. »Und jetzt liegen die wertvollsten Objekte in ganz Balaia unbewacht irgendwo herum.«

»Und sie sind unauffindbar«, sagte Hirad. »Es ist mir egal, wer uns töten wollte. Tatsache ist, dass es auf der ganzen Welt nur drei Magier gibt, denen ich vertraue, und diese drei gehören zum Raben. Jetzt sollten wir aber durch den Pass vorstoßen, ohne noch mehr Zeit zu vergeuden. Wenn Eure Spione Recht haben, dann müssten die Wesmen in spätestens vier Tagen vor Euren Grenzen stehen, und ich möchte ihnen nicht unbedingt mitten in den Blackthorne-Bergen begegnen.«

Hirad sah sich in der Runde um. Denser lächelte. Der Unbekannte starrte unbeteiligt Densers Nacken an, Ilkar dagegen sah Hirad fassungslos an, sein Mund stand offen, und die Augen waren aufgerissen. Die Delegierten aber kochten vor stummer Wut. Alle bis auf einen. Heryst. Er nickte schließlich und erhob sich.

»Meinen Glückwunsch, Hirad Coldheart. Ihr habt uns alle überlistet. Für den Augenblick wollen wir es dabei bewenden lassen. Es ist schade, dass Ihr uns misstraut, weil wir wirklich auf Eurer Seite und auf der Seite Balaias stehen«, sagte er. »Ich hoffe nur, dass Euer Geist wach genug ist, um die kommenden Gefahren zu überstehen. Das Spiel um unser Land beginnt nun, und Dawnthief ist die einzige Karte, die wir haben. Es wäre ein Verbrechen, diesen Trumpf zu verlieren.« Er führte seine Delegation aus dem Zelt.

»Hast du denn ganz und gar den Verstand verloren?« Ilkar hatte abgewartet, bis nur noch der Rabe im Zelt war.

»Wir haben doch bekommen, was wir wollten«, sagte Hirad. »Was ist denn los?«

»Was los ist?« fauchte Ilkar. »Hast du eigentlich eine Ahnung, welche Macht Styliann besitzt? Das gilt auch für alle anderen Delegierten. Aber du musstest ihnen unbedingt quer kommen, und als wäre das nicht genug, hast du Dawnthief auch noch irgendwo auf einem Acker versteckt. Was denkst du dir eigentlich dabei? Glaubst du, er wird wachsen und Früchte tragen?«

Hirad lächelte wieder. Er warf einen Blick zu Denser, der wieder in sich gekehrt war und ins Leere starrte.

»Immer mit der Ruhe, Ilkar. Hör mal …« Er unterbrach sich. »Ob sie uns belauschen?« Er deutete mit dem Daumen zur Tür.

»Damit würde ich durchaus rechnen«, sagte Ilkar. Hirad zog die Augenbrauen hoch. Ilkar seufzte, sprach ein paar Worte und machte eine ausholende Bewegung mit beiden

Armen. Die Geräusche, die von draußen ins Zelt gedrungen waren, brachen schlagartig ab. »Sprich weiter«, sagte er. »Wo genau zwischen hier und dem Bauernhof hast du die Katalysatoren versteckt?«

Hirad schüttelte nur den Kopf und grinste breit. Ilkar blinzelte verständnislos.

Hirad zog die Kette unter dem Hemd hervor, und daran hingen das Abzeichen des Kommandanten vom Understone-Pass und der dordovanische Meisterring.

»Von wegen, auf dem Acker wachsen und Früchte tragen! Wofür hältst du mich eigentlich?«

Seit Darricks Ankunft hatte es in Understone gewisse Veränderungen gegeben. Die Abwasserkanäle funktionierten wieder, und der Schlamm auf der Hauptstraße stand nur noch fingerhoch und trocknete rasch, nicht zuletzt dank des steifen Windes und des Mangels an Niederschlägen. Rings um den Ort war eine Zeltstadt mit Pferdekoppeln entstanden. Dort waren die Kavalleristen aus den vier Kollegien mit ihren Pferden und seit kurzem auch die fünftausend Fußsoldaten untergebracht. Letztere bildeten die Vorhut der Truppen, die abgeordnet waren, um am Understone-Pass den Vorstoß der Wesmen aufzuhalten.

Knapp außerhalb der Bogenschussweite waren vor der Mündung des Passes Verteidigungsstellungen eingerichtet worden. Im Pass selbst herrschte tiefste Stille. Die Magier, die der Feldherr unter Tarnzauber als Späher ausgeschickt hatte, waren nicht zurückgekehrt. Die Stille war beunruhigend. Es war, als wartete der Feind auf mehr als nur Verstärkung, bevor er mit dem Angriff beginnen wollte. Darrick war verunsichert, und wenn Darrick verunsichert war, dann lag gewöhnlich Magie in der Luft.

Der Rabe traf in Begleitung von dreißig Xetesk-Magiern

zwei Tage nach dem Aufbruch vom Triverne-See am Pass ein. Darrick erwartete sie schon, und am Abend, bevor der Versuch unternommen werden sollte, den Pass wieder einzunehmen, erfuhren die Rabenkrieger die Einzelheiten über Xetesks neuen Offensivspruch. Der Trainingskampf, den Darrick und Hirad sich später am Abend auf der Hauptstraße lieferten, bot eine willkommene Ablenkung von den Aktivitäten der Magier. Darrick hatte den Rabenkrieger auf der Stelle gemocht, und er war neidisch auf die Rolle, die er spielte, und auf die wilde Entschlossenheit, die er in Hirads Augen sah.

Am nächsten Morgen sollten die Wesmen noch etwas mehr als einen Tagesmarsch vom Pass entfernt sein. Darrick war ein wenig unglücklich, weil sie mit dem Wirken des Spruchs nicht warten konnten, bis sich eine möglichst große Zahl von Feinden im Pass befand, und dies hatte nicht allein damit zu tun, dass der Rabe möglichst schnell auf die andere Seite gelangen musste. Es hatte angeblich mit der richtigen Anordnung der Dimensionen zu tun. Er hoffte, irgendjemand werde zu gegebener Zeit so freundlich sein, es ihm zu erklären.

Der Wind wehte von Süden über die Bucht von Gyernath. Am Nachmittag war der Himmel klar, doch nach und nach brauten sich dicke, dunkle, unheildrohende Wolken zusammen. Draußen auf dem Südmeer fiel bereits der Regen, dunkelgraue Schatten breiteten sich zwischen Meer und Himmel aus. Bei Einbruch der Dämmerung würde der Regen auch das Land erreichen.

Die Barone Blackthorne und Gresse standen am Ostufer der Bucht, wo der Schiefer dem Sand wich. Es war Ebbe, und der Grund fiel zum träge schwappenden Wasser hin steil ab. Rechts erhoben sich die Blackthorne-Berge abrupt aus dem Wasser. Sechshundert Meilen weit erstreckten sie sich nach Norden bis zur Triverne-Bucht und zu Balaias Nordküste. Hinter den Männern, etwa zwei Wegstunden zu Pferd im Norden, lagen die befestigte Stadt und Blackthornes Burg.

Der Sitz von Balaias mächtigstem Baron war neben dem Understone-Pass das größte Hindernis, wenn die Wesmen nach Balaia einfielen. Die siebentausend Einwohner der Stadt waren größtenteils Bergarbeiter oder Bauern, die im Notfall das stehende Heer tatkräftig unterstützen konnten.

Mit Gresses vierhundert Mann und den Söldnern zählten die Verteidiger im Süden Balaias etwa eintausend Reguläre und zweitausend Reservisten. Jeder Mann wurde gebraucht, denn man hatte aus Understone Nachricht bekommen, dass etwa sechstausend Wesmen versuchen würden, die Bucht zu durchqueren. Die Schlacht würde hart und blutig werden.

Gresse und Blackthorne standen im Kreise ihrer Magier und Adjutanten. Erstere benutzten den Spruch des Adlerblicks, um Informationen über das zu liefern, was winzigklein auf der anderen Seite der Bucht zu sehen war. Der Sand war schwarz vor Booten und Wesmen.

»Dort sind gewiss mehr als sechstausend Mann angetreten«, sagte Gresse.

Einer der Magier wandte sich an ihn. »Das kann man unmöglich genau sagen. Sie sind über drei Meilen aufgefächert, aber diese Zahl würde in etwa der Anzahl der Boote entsprechen, die dort bereitliegen. Es kommen aber ständig neue Truppen von Südwesten hinzu.«

Gresse blinzelte und starrte über die Bucht. Am Ufer herrschte unablässiges, reges Treiben. Einzelne Menschen konnte man nicht ausmachen, doch es war zu sehen, dass viele Krieger dort versammelt waren. Blackthorne räusperte sich.

Baron Blackthorne war Mitte vierzig, ein großer und schlanker Mann mit markantem Gesicht, buschigen Augenbrauen, schwarzem Haar und schwarzem Bart. Er lächelte selten, konnte Dummköpfe nicht ausstehen, und man sah ihm die Sorgen deutlich an, denn er ging mit gesenktem Kopf, eingezogenen Schultern und sehr schnell. Wie Gresse trug er Hemd und Ledertunika über den Bundhosen, und darüber wieder einen schweren Mantel, an dem der Wind zerrte.

»Wird Ausrüstung verladen?«, fragte er. Die Müdigkeit seiner Stimme deutete an, dass dies ein Problem war, mit dem er sich eigentlich nicht sollte befassen müssen.

»Ja, mein Lord«, erwiderte sein Seniormagier.

»Dann können wir erwarten, dass sie bald in See stechen. Man muss wohl annehmen, im Schutze der Dunkelheit.«

»Ja, mein Lord.«

»Hmm.« Er leckte sich die Lippen und strich den Bart am Kiefer glatt. »Ich will, dass so viele Boote versenkt werden, wie es nur eben möglich ist, ohne unsere Ressourcen zu sehr zu strapazieren. Heißer Regen, Feuerkugeln, Große Welle, Eiswind – was auch immer Ihr an Sprüchen aufzubieten habt. Nehmt die Hälfte Eurer Magier und hundert Mann als Wachen mit. Ich brauche Hindernisse im Sand. Die ersten Boote, die landen, sollen in Brand gesteckt und umgedreht werden, um den Strand zu blockieren. Lasst Euch nicht überrennen. Zieht Euch zur Burg zurück, sobald die Wesmen in großer Zahl am Ufer landen. Sie werden keine Pferde haben, deshalb solltet Ihr ihnen leicht entkommen können. Ist das klar?« Der Magier nickte. »Dann werden Gresse und ich in die Stadt zurückkehren. Dort werden wir unsere Verteidigung konzentrieren. Baron Gresse?«

Er machte auf dem Absatz kehrt und lief die Böschung hinauf zu seinem Pferd. Sein Diener bemerkte ihn und reichte ihm die Zügel. Hinter ihm gab der Magier bereits die ersten Befehle. Gresse lächelte, als er neben dem jüngeren Mann nach oben lief und Mühe hatte, das Tempo zu halten. Ganz so leicht sollten die Wesmen Gyernath oder Understone nicht erreichen können.

»Was ist eigentlich aus dem Rest der HAK geworden?«, fragte Blackthorne, als sie, begleitet von den Leibwächtern, zur Burg ritten.

»Sie sind zu sehr damit beschäftigt, sich um mein Land zu zanken, um uns zu helfen, oder sie sind zu vertrottelt, um zu verstehen, dass die Bedrohung real ist. Das Misstrauen gegenüber den Kollegien ist sowieso eine alte Gewohnheit.«

»Und aus historischen Gründen keineswegs unangebracht.« Blackthorne drehte sich zu ihm herum. »Was habt Ihr mit Euren Leuten gemacht?«

»Auf Taranspike?« Blackthorne nickte. »Sie sind alle noch auf der Burg, haben aber Anweisung, sich einem Angriff nicht zu widersetzen. Ich habe ihnen gesagt, das sei die Sache nicht wert. Meine Söhne sorgen dafür, dass die Leute sicher sind; sie haben mein Siegel und können auf meine Kosten in Korina leben, wenn es nötig ist. Er wird ihnen nichts tun, wenn sie sich ergeben.«

»Pontois?«

»Ja.«

»Hmm.« Blackthorne runzelte die Stirn. »Das werde ich nicht vergessen, Gresse.«

»Es ist für Balaia, nicht nur für Euch«, erinnerte Gresse ihn.

»Aber Ihr seid der einzige Mann, der Mumm genug hat, hier neben mir zu stehen«, sagte Blackthorne. »Es wird mir eine besondere Freude sein, mich zu revanchieren, wenn Ihr Taranspike zurückerobert. Es war Abschaum vom Kaliber dieses Pontois, der die HAK ruiniert hat, sodass wir jetzt keine echte Verteidigung mehr gegen unsere Feinde haben. Seine Gier hat ihm den Kopf vernebelt, und er muss zur Rechenschaft gezogen werden. Ich werde mich persönlich darum kümmern.« Er hielt inne, und zu Gresses Überraschung wurde sein Gesichtsausdruck wieder weicher. »Vorausgesetzt natürlich, wir überleben den kommenden Sturm. Aber für Euch und mich, mein Freund, ist es jetzt Zeit, die Füße vor einem großen Kaminfeuer hochzulegen, den besten Wein zu nehmen, den meine Keller zu bieten haben, und auf die Hornsignale zu warten.«

Die Barone spornten ihre Pferde an und ritten zu Blackthornes Stadt zurück.

Elftes Kapitel

Unerstones Schicksalsmorgen brach trocken, aber mit dichter Bewölkung an, die über die Blackthorne-Berge herangetrieben wurde. Im ersten Morgengrauen saß Darricks Kavallerie auf und begann mit dem Vorstoß zum Pass. Vor der langsam marschierenden Streitmacht liefen dreißig Xetesk-Magier, junge wie alte, die alle die Abzeichen des Herrn vom Berge auf der roten Tunika trugen: ein Turm über einer Krone, in Gold auf schwarzem Untergrund.

Das Stimmengewirr kam zum Erliegen, als die Kavallerie sich hinter den Magiern aufstellte. Der Rabe bildete die Nachhut. Jetzt waren nur noch die Hufschläge, das nervöse Wiehern der Pferde und das Flattern von fünfhundert Mänteln im Wind zu hören.

Darrick saß aufrecht im Sattel, stolz und entschlossen. Vor zwei Monaten hätte er sich noch nicht träumen lassen, dass ihm die Ehre zuteil werden sollte, nach dreihundert Jahren der erste General zu sein, der zum Kommandanten über eine von allen vier Kollegien gestellte Streitmacht ernannt wurde.

Jetzt aber warteten dreißig Xeteskianer direkt vor ihm

auf seine Befehle, und hinter ihm standen fünfhundert Berittene bereit, in den Pass vorzustoßen, sobald er das Schwert sinken ließ. Die Kavallerie war nach Kollegien aufgeteilt, jede Abteilung wurde durch eigene Verteidigungs-Magier verstärkt, die harte und magische Schilde wirken und auf dem Weg durch den Pass für Licht sorgen konnten. Die Uniformen waren bunt gemischt – grün für Lystern, dunkelblaue Schattierungen für Dordover und Xetesk und gelb für Julatsa. Nicht geordnet genug, um dem geschulten Auge als ausgebildete Militäreinheit zu erscheinen, aber immerhin recht beeindruckend.

Hinter den Truppen hielt sich der Rabe mit seinen Pferden bereit. Hirad, Ilkar, Erienne und der Unbekannte standen in lockerer Formation rings um den bleichen, aber inzwischen etwas gesprächigeren Denser. Jandyr, Thraun und Will, dessen Kopf jetzt fast durchgehend von grauem Haar bedeckt war, redeten ein Stück abseits miteinander. Hirad erlaubte sich ein kleines Lächeln, als er die Parallele zu Richmond, Ras und Talan sah, nachdem diese zum Raben gestoßen waren. Im Laufe der Zeit würden sie enger zusammenrücken, da war er sicher. Vorausgesetzt natürlich, sie lebten überhaupt lange genug.

»Was haben sie nun eigentlich vor?«, fragte Hirad. »Ich meine, was es auch ist, es wird beeindruckend sein, oder? Immerhin sind dreißig Magier im Einsatz.«

Denser zuckte mit den Achseln. »Es wird sicher ein interessanter Anblick.«

»Ach, komm schon, Denser. Du weißt doch sicher etwas mehr als wir«, sagte Ilkar. »Sie haben seit zwanzig Jahren geforscht, du musst doch etwas gehört haben.«

»Ah, Ilkar«, sagte Denser, während er ein wenig näher zu Erienne trat, »du nimmst einfach an, dass unsere Forschungsgruppen genauso zielstrebig sind wie eure. Vergiss nicht, dass einem Magier in Xetesk die Erfindung neuer Sprüche und deren Beherrschung den Status des Meisters einbringt.«

»Wenn du uns nicht einmal Gerüchte zu erzählen hast, dann kannst du deinen Arm von meiner Hüfte nehmen.« Erienne lächelte, und Densers Arm blieb, wo er war.

»Ich will euch nur nicht die Überraschung verderben, und wenn ich mich nicht irre, dann wird es etwas werden, das ihr noch nie gesehen habt.«

»Erkläre das«, sagte der Unbekannte, der bisher kaum etwas gesagt hatte und nicht von Densers Seite gewichen war.

Denser schob die Unterlippe vor. »Tja, na gut. Aber ich kann jetzt nur so viel dazu sagen, dass es sich um Dimensionsmagie handelt. Unglaublich schwer zu kontrollieren, und wenn ich mich nicht sehr irre, wird es feucht werden.«

»Feucht«, sagte Hirad.

Es gab ein nachdenkliches Schweigen.

»Feucht«, sagte Hirad noch einmal.

Denser lächelte. »Sieh einfach zu.«

Darrick gab Anweisung, den Spruch zu wirken. Einundzwanzig Magier traten vor und bauten sich in der Form eines an drei Seiten geschlossenes Quadrats auf. Der führende Magier gab den Befehl, die Mana-Form zu bilden, und gleich darauf neigten alle die Köpfe und streckten die Arme aus, als wollten sie etwas packen, das zu schwer war, um es aufzuheben. Mit geschlossenen Augen stemmten sie sich gegen die unsichtbare Last. Einen Augenblick herrschte Stille. Denser grunzte, als sich die Mana-Form entwickelte.

»Das ist stark«, sagte er.

Die Magier rückten zum Pass vor. Von dort war nichts zu hören.

»Harte Schilde vorlegen.« Drei Julatsa-Magier bauten rings um die verletzlichen Xeteskianer die Verteidigung auf.

Als die Magier sich dem dunklen Eingang des Passes bis auf zwanzig Schritt genähert hatten, flogen die ersten Pfeile, prallten aber vom harten Schild der Julatsaner ab. Die Magier blieben stehen, ohne ihre Konzentration zu unterbrechen, und formten die Mana-Gestalt.

Denser, der seine Augen auf das Mana-Spektrum eingestellt hatte, staunte über den Umriss des Spruchs. Es war eine Struktur, die zunächst willkürlich wirkte, obgleich sie einen verrückten Rhythmus und eine eigenartige Symmetrie besaß. Die Mana-Form war riesig und beanspruchte einen Raum in der Luft, der den ganzen Pass erfassen musste, dazu den Weg vor den Magiern, die den Spruch wirkten, und die Hügel, die sich zu beiden Seiten erhoben.

»So etwas habe ich noch nie …«, keuchte er.

»Das ist unglaublich«, stimmte Ilkar zu.

»Instabil«, sagte Erienne. »Ich hoffe nur, sie können es halten.«

»Wie sieht es aus?«, fragte Will.

Es war ein pulsierendes Dunkelblau, das sich an den Rändern veränderte und verlagerte und den Umriss der höchsten Blackthorne-Berge nachzeichnete. Es schien eine gewaltige Kraft wie das Meer zu besitzen und war mit orangefarbenen Streifen durchsetzt, die unablässig das Ganze durchfluteten, sich verbanden, in Spiralen umeinander wanden und wieder aufspalteten. Für einen Magier war es der Inbegriff der Schönheit, für jeden anderen ein unverständliches Geheimnis.

Eine Abteilung Bogenschützen kam rasch nach vorn, als der erste Wesmen mit dem Schwert in der Hand am Eingang des Passes erschien. Er verschwand so schnell, wie er aufgetaucht war. Pfeile wurden eingelegt, Bogen gespannt. Die Bogenschützen warteten auf den unvermeidlichen Angriff.

Etwa zwanzig Wesmen kamen aus der Dunkelheit gerannt; die schweren Felle flatterten auf den Leibern, die Zöpfe flogen hinter den Köpfen, die Rufe hallten auf dem Weg, die Augen starrten wild aus den kantigen Gesichtern.

Die Bogenschützen feuerten, und die Rufe brachen ab. Die Überlebenden machten kehrt und flohen.

»Aktivieren«, befahl der führende Xeteskianer direkt danach.

Es begann mit einer horizontalen Linie aus rotem Licht, die etwa zehn Schritt vor dem Eingang des Passes in der Luft schwebte. Einen Herzschlag später gesellten sich drei weitere Linien dazu und bildeten mit der ersten ein etwa fünfzig Fuß weites, senkrecht in der Luft stehendes Quadrat. Die Linien zischten und knisterten, doch sie hielten. Hinter dem Quadrat zogen sich die Magier mit ausgestreckten Armen gestikulierend zurück. Dabei liefen sie schief, sodass man meinen konnte, sie müssten umfallen, doch die Verbindung zur Mana-Gestalt hielt sie aufrecht.

»Kontakt herstellen und öffnen«, befahl der führende Magier. Ein Summen entstand, und die Linien des Quadrats wechselten rasend schnell durch alle Farben des Spektrums. Zwei Magier wurden fortgeschleudert und blieben reglos im Schlamm liegen. Rauch stieg von ihren Kleidern, von der Haut und von den Haaren auf. Dann herrschte eine Stille, die so tief war, dass sie in den Ohren schmerzte. Schließlich war ein lautes Rauschen von Wasser zu hören.

Einen Herzschlag später war es auch zu sehen. Schaum stob hoch, und eine Flutwelle, genauso groß wie das Quadrat, schoss aus dem Loch hervor. Tosend sprudelte das Wasser aus dem Dimensionsraum und traf ein Stück innerhalb des Passes auf den Boden. So quoll ein ganzer Ozean aus dem bewölkten Himmel, fuhr schäumend in die Dunkelheit und zerschmetterte alles, was sich ihm in den Weg stellte.

Dahinter kämpften die Magier, um das bockende und von Verwerfungen erschütterte Quadrat an Ort und Stelle zu halten. Das Beben wurde heftiger, als die Sintflut unablässig über den Pass hereinbrach. Das Wasser prallte gegen die Felsen, riss Pflanzen aus und spülte das Erdreich fort, das Jahrhunderte hier gelegen hatte. Die Gischt flog hoch, Bäche liefen aus der Mündung des Passes in alle Richtungen. Von drinnen, zwischen den Felswänden, war ein Dröhnen zu hören. Lose Steine polterten, Bäume brachen wie dünne Zweige, und leise, ganz leise, sodass man es fast für eine Sinnestäuschung halten mochte, waren auch die Schreie von Menschen zu hören. Eine außerordentliche Macht war entfesselt worden.

Ilkar fluchte leise. »Die haben ein Meer angezapft«, sagte er leise. »Die haben ein verdammtes Meer angezapft.« Auch wenn er gebrüllt hätte, es hätte ihn niemand gehört, denn das Rauschen des Wassers peinigte die Ohren, und der bloße Anblick verdrängte bereits jeden Gedanken an irgendetwas anderes.

Die Magier hielten eine Zeitspanne durch, die wie eine Ewigkeit erschien; die Anstrengung war ihnen anzusehen, und die Wirkung war überwältigend.

Das Tor blieb zwei Minuten geöffnet, und dann, so plötzlich, wie sie eingesetzt hatte, brach die Sintflut ab.

Wieder herrschte betäubte Stille, bis sich aufgeregte Stimmen erhoben. Die erschöpften Magier hatten nicht einmal mehr genug Kraft, um einander zu gratulieren, bevor sie zusammenbrachen. Sie hatten alle ihre Mana-Vorräte erschöpft.

Applaus wurde laut, doch Darrick brachte die Leute mit einem Ruf zum Schweigen.

»Macht den Weg frei!«

Die Kavallerie wurde aktiv. Das Klirren von Zaumzeug und Trensen mischte sich ins Stampfen der Hufe, während Magier aus Julatsa und Xetesk ihren erschöpften Kollegen zu Hilfe kamen und sie aus dem Weg schafften und an einem sanften Hang ablegten. Die Leichen der beiden, für die der Spruch zu viel gewesen war, wurden weggetragen.

Darrick hob das Schwert. Der Rabe saß auf. Fünfhundert Klingen wurden blank gezogen und blitzten in der Luft.

»Schild und Licht!« Die in Gruppen eingeteilten Magier wirkten rasch und ohne Fehler ihre Sprüche, und überall waren die Meldungen zu hören, dass die Schilde standen. Gleich darauf flammten zwei Dutzend Lichtkugeln auf.

»Vorrücken!«

Darrick ließ das Schwert sinken und gab seinem Pferd die Sporen. Hufe warfen Schlamm hoch und trommelten auf dem schwer gangbaren Weg. Die Rufe der Abteilungskommandanten mischten sich mit dem Lärm. Dann rückte die Kavallerie vor und beschleunigte nach und nach ihr Tempo.

Während das Wasser noch aus den Rissen der Felsen rann, drang die Kavallerie in den Understone-Pass ein.

Gresse und Blackthorne hatten beschlossen, den Beginn des zweiten Krieges gegen die Wesmen von einem niedrigen Hügel aus zu beobachten, dreihundert Schritt von der Stelle am Strand entfernt, wo die Feinde landen wollten.

In der ersten Morgendämmerung wurden Hornsignale gegeben und Leuchtfeuer angezündet, damit sie die Wesmen sehen konnten, die sich im Schutze der Dunkelheit anzuschleichen versuchten. Blackthorne hatte dieses Manöver vorausgesehen. Seine Streitmacht hatte bereits drei Stunden vor der Morgendämmerung am Strand Aufstellung genommen.

Ernst betrachtete der Baron die große Flotte der anrückenden Boote, die aus Ruderbooten mit einigen Dutzend Plätzen und Handelsschiffen mit einigen hundert Mann an Bord bestand. Es war ein seltsamer und höchst beunruhigender Anblick, und die drückende Stille wurde nur von den Befehlen an die Rudergänger und Matrosen, vom Platschen der Riemen und vom Knarren der Spanten durchbrochen.

Bei Einbruch der Nacht war über der Bucht Regen gefallen, getrieben von einem heftigen Wind, der den Aufbruch der Wesmen zweifellos verzögert hatte. Blackthorne nahm an, dass sie hinter ihrem Zeitplan zurück waren. Seiner Ansicht nach hatten sie die Absicht gehabt, im ersten Morgengrauen zu landen, statt zu diesem Zeitpunkt noch drei Stunden vom Land entfernt zu sein.

Vor den Baronen standen vierzig Magier. Dreißig davon sollten Tod und Verderben über die Boote bringen, zehn sollten ihre Kollegen und die Hundertschaft Schwertkämpfer schützen, der es oblag, die erste Welle von Booten, die das Ufer erreichten, zu zerstören. Schließlich hatte man noch drei Dutzend Sprengfallen im Sand versteckt, die erst beim Rückzug aktiviert werden sollten. Jede davon war stark genug, um ein Dutzend Männer zu töten.

Blackthorne war mit seinen Vorbereitungen zufrieden.

»Das sollte ihnen Stoff zum Nachdenken geben.«

Die Boote kamen näher; auf den Vorderschiffen standen schweigend und beobachtend die Wesmen dicht an dicht. Gresse wusste nicht, was er erwartet hatte, aber gewiss nicht dieses Schweigen. Das lauteste Geräusch, das er überhaupt hören konnte, war das Flattern seines Mantels im Wind.

»Da draußen müssen vierhundert Boote sein.«

»Nicht mehr lange«, sagte Blackthorne. »Nicht mehr lange.«

Die Segel waren gesetzt, Ruder tauchten ins Wasser, und die Flotte der Wesmen näherte sich den Ufern der Bucht. Die Ruhe war gespenstisch, doch bald sollte über dem flachen Wasser der Bucht von Gyernath ein Sturm losbrechen.

Als die Flotte noch vierhundert Schritt vom Strand entfernt war, teilten sich die Offensivmagier in drei Gruppen. Sie waren durch einander überlappende Verteidigungszauber geschützt und konnten gefahrlos auf die Sanddünen steigen, um den Strand zu überblicken.

Zur gleichen Zeit stieg auch die Hundertschaft Schwertträger hinauf und sammelte sich an den Leuchtfeuern. Die meisten Männer trugen Fackeln. Warnrufe hallten über die Bucht und wurden von den steil ansteigenden Bergen zurückgeworfen. Die Ruder tauchten tiefer ein, die Segel wurden schärfer in den Wind gestellt, die Flotte beschleunigte.

Der Seniormagier sprach. »Ihr habt eure Ziele anvisiert. Verweilt nicht hier, wenn ihr die Konzentration verliert. Verweilt nicht hier, wenn ihr den Spruch gewirkt habt. Ich brauche euch alle in zwölf Stunden auf der Burg – einsatzbereit, wohlauf und ausgeruht. Nun wirkt die Sprüche, wie ihr es für richtig haltet.«

Der Wind trug das Stimmengewirr zu Gresse, als die Magier die Mana-Formen aufbauten und ihre Sprüche miteinander verbanden. Es dauerte wenig mehr als zwei Minuten, dann fiel das Feuer vom Himmel.

In einem zu beiden Seiten jeweils dreihundert Schritt

weiten Bereich bildeten sich feurige Tropfen in der Luft und fielen wie flüssiges Blei auf die Boote. Ein dicker, harter Regen aus Feuer, der im Wasser zischte und auf dem Holz fauchte. Segeltuch wurde versengt, Haare und Felle brannten lichterloh. Die größeren Schiffe, auf denen offenbar Schamanen fuhren, hatten magische Schilde. Dort prallten die Feuertropfen wirkungslos ab. Auf den kleineren Booten jedoch brach sofort Panik aus.

Hunderte kleiner Brände entstanden auf allen frei liegenden Planken. Segel schmorten und fingen Feuer, Hände und Schädel bekamen Brandblasen, Angst breitete sich aus, und die Disziplin war dahin. Inmitten des Durcheinanders ließ ein Kapitän sein Schiff hart wenden, um dem Heißen Regen zu entgehen, und pflügte mitten durch ein kleines Ruderboot. Links und rechts blieben die Riemen liegen, als die Ruderer sich duckten und dem feurigen Hagel auswichen. Die Boote irrten in alle Richtungen ab, und die Krieger an Bord rannten zwischen Backbord und Steuerbord, zwischen Bug und Heck hin und her. Die See kochte, überall schwammen verzweifelte Überlebende, die Riemen platschten hektisch und ziellos ins Wasser, und die unzähligen Funken, die beim Auftreffen erloschen, ließen überall Rauchfahnen aufsteigen.

Die ganze Zeit über war schmerzerfülltes Heulen zu hören, die Schreie der Sterbenden, das Knistern von Bränden, das Knacken von Planken. Durch dieses Chaos fuhr die Nachhut der Flotte, unfähig, den Kurs zu wechseln, weil die Boote viel zu dicht nebeneinander lagen. Dicht an dicht fuhren sie in den Heißen Regen hinein, überrollten verlassene, brennende Boote und ertränkten dutzendweise schwimmende Wesmen.

Der Heiße Regen brach so abrupt ab, wie er begonnen hatte, doch die Erleichterung sollte nicht von Dauer sein.

Eine dicke Rauchwolke hing über einem weiten Gebiet der Bucht. Aus den Rauchwolken tauchten viele größere Schiffe auf, die keinen Schaden davongetragen hatten. Ihre Passagiere tobten vor Wut.

Jetzt erhellten Feuerkugeln den Himmel. Drei oder vier Magier verbanden ihr Mana und erzeugten schlagkräftige Feuerkugeln, Dutzende von gelben und orangefarbenen Bällen, jeder so groß wie ein Mann, die in hohem Bogen durch den Himmel flogen und wie Steine auf die mit Magie geschützten Schiffe herabfielen. Einige prallten ab, doch andere schlugen durch. Gresse konnte beobachten, wie eine Kugel einen Schild durchbrach und auf dem Deck zerplatzte. Das dreihundert Mann fassende Schiff wurde auf einen Schlag in ein brennendes Gerippe verwandelt.

Gresse wandte sich ab. In all den Jahren, in denen er Magie und Muskelkraft eingesetzt hatte, hatte er noch nie ein solches Blutbad gesehen. Die Schreie der Sterbenden, die sich brennend ins Wasser stürzten und ertranken, würde er sein Lebtag nicht mehr vergessen. Oh, ja, er hatte schon öfter gesehen, wie Schilde brachen und die Menschen dahinter der Magie zum Opfer fielen. Doch er hatte noch nie gesehen, dass ein Feind so schlecht auf das Ausmaß und die Qualität der Magie vorbereitet war, der er ausgesetzt wurde. Dabei waren hier nur vierzig Magier im Einsatz. Auf der Burg wartete die doppelte Anzahl.

Blackthorne beobachtete die Entwicklung leidenschaftslos, aber recht zufrieden.

»Vergesst nicht, dass sie gekommen sind, um uns zu töten, unser Land zu nehmen und uns für immer aus Balaia zu vertreiben«, sagte er. »Wenn ihre Schamanen nicht stark genug sind, dann sollten wir darüber keine Träne verlieren.«

»Warum habt Ihr sie nicht einfach auf dem Wasser vernichtet?«, fragte Gresse.

»Ich hatte keine Ahnung, dass wir so erfolgreich sein würden«, räumte Blackthorne ein. Er nagte an seiner Unterlippe. »Ich konnte ihnen meine Stadt nicht kampflos überlassen. Aber was soll werden, wenn sie uns nun den ganzen Weg bis Blackthorne hetzen?«

Immer noch drangen die Wesmen weiter vor, und immer noch hielten Blackthornes Männer die Verteidigung aufrecht. Das Meer schien jetzt im Bereich einer halben Meile zu brennen, doch die unbeschädigten oder nur leicht beschädigten Schiffe segelten einfach weiter durch die schwimmenden Menschen und die Wracks. Dutzende, hunderte Boote rückten heran; die ersten landeten schon auf dem Kies und wurden von Blackthornes Kriegern mit Schwertern und Feuer empfangen.

Die Wesmen sprangen in die Brandung und auf den Strand. Brüllend rannten sie das Ufer hoch, die Äxte gehoben und mit Schwertern fuchtelnd. Blackthornes Männer machten sie einfach nieder. Das abschüssige Gelände war ihr stärkster Verbündeter, und sie hatten Reihen von Bogenschützen im Rücken, die hoch über dem Meer in den Dünen standen, während die Feinde brennend und desorientiert durchs Wasser waten mussten.

Wie der Baron es befohlen hatte, wurden die ersten Boote in Brand gesteckt und umgedreht, um den folgenden Schiffen den Weg zu versperren. Doch hunderte weiterer Boote näherten sich in einem Bereich von einer Meile der Küste. Die erschöpften Magier eilten zu ihren Pferden, und als der Ansturm der Wesmen die kleine Truppe der Verteidiger zu überrennen drohte, befahl Blackthorne den Rückzug.

Blackthornes Männer hatten das erste Gefecht des Krieges gewonnen und kaum einen Kratzer davongetragen. Die Wesmen, die sofort die Verfolgung aufnahmen, starben in einer Sintflut von magischem Feuer. Die Fallen im Sand explodierten, jagten orangefarbene, gelbe und blaue Blitze in den Himmel und ließen alles in Flammen aufgehen, was sie erfassten. In Fontänen spritzte der Sand in die Luft, rieselte wieder herunter und regnete als staubiger Schauer auf die Toten und Verletzten herab.

Die Überlebenden, die immer noch nach tausenden zählten, machten sich sofort daran, am Strand einen Brückenkopf einzurichten. Blackthorne drehte sich im Sattel um und lächelte.

»Niemand nimmt meine Burg ein«, sagte er zu sich selbst. »Niemand.«

Gresse schnappte die Worte auf, doch er hatte seine Zweifel. Zwar hatten sie einen Sieg errungen, doch als er über den Strand blickte, wo sich der Rauch auflöste und Boot auf Boot das Ufer erreichte, wurde ihm klar, dass die bisher geschätzten Zahlen zu niedrig waren. Außerdem würden die Schamanen nicht ein zweites Mal unvorbereitet angreifen.

Die Stunde der Wahrheit sollte an den Mauern der Burg von Blackthorne schlagen.

Der Understone-Pass war das Ergebnis einer gewaltigen Anstrengung. Ein natürlicher Riss im Berg, der im Zickzack durch die Blackthorne-Berge verlief, war zu einem gangbaren Weg erweitert worden. Zehnmal so viele Menschenleben wie Jahre hatte es gekostet, den Durchgang auf Befehl einer Gruppe von Baronen, den Vorgängern der Handelsallianz von Korina, zu öffnen. Das Ergebnis war eine sichere Route durch Balaias ansonsten fast unüberwindliche Gebirgskette.

Hinter dem aus dem Fels gehauenen Torbogen am Eingang des Passes senkte sich das Felsendach so weit, dass gerade eben ein Planwagen hindurchpasste. Erst mehr als dreihundert Schritt weiter im Innern wurde die Decke wieder höher. Der Pass war durchgängig mindestens zwei Wagenbreiten weit und führte durch unglaublich hohe natürliche Gewölbe und über Abgründe, deren Grund mit den Knochen von Verunglückten und Ermordeten übersät war.

Anderswo bewegte man sich wieder dicht unter dem Felsendach, und immer war das Geräusch von fließendem Wasser zu hören. Wenn man den Pass im Galopp durchquerte, brauchte man etwas mehr als vier Stunden.

Als er in den Pass eindrang, ritt Darrick voller Ehrfurcht durch das Zerstörungswerk, das die Xeteskianer mit ihrem Dimensionszauber angerichtet hatten. Lichtkugeln verscheuchten die Schatten, als die Kavallerie durch die Überreste der Befestigungen der Wesmen ritt. Im ersten Abschnitt des Passes waren wenige Anzeichen dafür zu sehen, dass es hier einmal befestigte Anlagen gegeben hatte.

Hier und dort klemmten noch Balken in den Fugen der Steinwände, einige Steinhaufen waren an den Seitenwänden des Passes aufgetürmt, und Bohlen und zerfetzte Bretter waren von der Gewalt des Wassers wie Speere in Spalten getrieben worden. Von den Wesmen war keine Spur zu sehen.

Als der Pass sich zu beiden Seiten öffnete, sah Darrick, wie gründlich der Zauber gewirkt hatte. Hier, das wusste er, war die Verteidigung der Wesmen am stärksten konzentriert gewesen. In die Wände waren Stellungen für Armbrustschützen und Katapulte geschlagen worden, es gab Galerien für Bogenschützen und Pechnasen. Quartiere für viertausend bis siebentausend Mann waren tief in den Fels gegraben worden. Mindestens eine halbe Meile weit erstreckten sich die Räume und Durchgänge zu beiden Seiten des Passes.

Doch die Stille, die nur vom Geräusch fließenden Wassers durchbrochen wurde, erzählte ihre eigene schreckliche Geschichte und bewies, wie genau die Xeteskianer gerechnet hatten.

Der Dimensionsriss war breiter gewesen als der erste Abschnitt des Passes. Der Ozean, der sich ohnehin schon mit ungeheurer Geschwindigkeit bewegte, war gezwungen worden, sich durch die schmalere Öffnung des Passes zu zwängen und hatte Druck und Geschwindigkeit aufgebaut, bevor er die Kammern erreichte, in denen sich viele völlig unvorbereitete Wesmen aufhielten.

Nichts außer einer rechtzeitigen Evakuierung hätte sie retten können. Das Wasser hatte jeden Durchgang, jeden Raum und jede Stellung überflutet und die Wesmen aus dem Understone-Pass gefegt.

Von einigen höheren Positionen und Durchgängen, die Darrick sehen konnte, lief noch das Wasser herunter. Als er weiter vorstieß, hörte er hinter sich seine Männer keuchen, sobald sie die durchnässten ehemaligen Verteidigungsanlagen der Wesmen sahen. Die zerstören Befestigungen funkelten im Licht der magischen Kugeln, Pfützen warfen tanzende Schatten auf die Wände und das Felsendach, das hier wieder höher war.

»Sie konnten nicht einmal weglaufen«, flüsterte Darrick. Er wunderte sich selbst, dass er für die Männer, die keine Chance gehabt hatten, sogar ein wenig Mitleid empfand. Nein, sie hatten überhaupt keine Chance gehabt.

»Sollen wir die Kasernen durchsuchen, Sir?«, fragte einer seiner Leutnants.

Darrick schüttelte den Kopf. »Ich glaube nicht, dass ihr

sehen wollt, was dort vielleicht noch übrig ist.« Er bewegte sich langsam weiter, sah sich um und kratzte sich am Kopf. »Wie tief ist die Flutwelle vorgedrungen?«

»Die Xeteskianer glauben, er habe möglicherweise das erste Drittel des Passes erfasst, bis die ersten tiefen Abgründe kommen«, erklärte ein Adjutant.

»Ich frage mich, wie weit man diese Art Forschung noch treiben sollte«, meinte Darrick.

Ilkar äußerte sich ähnlich, als der Rabe im Schein von Eriennes Lichtkugel das Zerstörungswerk betrachten konnte. »Wir wissen einfach nicht genug über die Auswirkungen, die es nach sich zieht, wenn man Dimensionen verbindet und Material von einer zur anderen befördert«, sagte er.

»Es kommt natürlich auch darauf an, wie oft ein Spruch benutzt wird«, erwiderte Denser. »Heute haben wir eine relativ geringe Menge von Wasser gesehen, die viel zu klein war, um in einer der Dimensionen irgendeine Rolle zu spielen.«

»Aber es ist ein Ungleichgewicht entstanden, so klein es auch sein mag. Das kann man nicht bestreiten«, sagte Ilkar.

»Stimmt, aber ein Sandkörnchen, das von einer Seite der Waage auf die andere verlagert wird, macht keinen Unterschied.«

»Eines Tages wird es aber ein Sandkörnchen geben, das die Waage ausschlagen lässt, wenn die Verlagerung immer nur in eine Richtung geschieht«, erwiderte Ilkar. »Und was dann?«

»Es ist doch eine Schande«, sagte der Unbekannte, »dass so ein Spruch nur für den Angriff in Betracht gezogen wird. Stellt euch vor, was man damit tun könnte, wenn man unter einem Süßwassersee ein Loch öffnet und das Wasser über einem Dürregebiet herauslässt.«

Die anderen schwiegen, und bald waren, wie zuvor, nur noch die Pferdehufe und das rinnende Wasser weit drunten zu hören.

Die Dämmerung war schon angebrochen, als die Kavallerie der vier Kollegien zum ersten Mal auf schwachen Widerstand stieß. Der Zug befand sich inzwischen unmittelbar vor dem Ausgang des Passes. Es war klar, dass die Kunde von dem xeteskianischen Wasserspruch die westliche Mündung des Passes erreicht hatte, und die Furcht vor einer Wiederholung hatte eine Panik ausgelöst. Überall zeugten verlassene Wachtposten von der Angst der Soldaten. Die Wesmen, die keinerlei eigene Magie besaßen, waren geflohen.

Die Kavallerie hatte keine eigenen Verluste zu beklagen, und ein großer Teil der Feinde war gnädigerweise in die unergründlichen Tiefen gespült worden. Dann aber sahen sie verstümmelte Leichen, die in Spalten gepresst worden waren, ganze Körper, einzelne Gliedmaßen, zerschmetterte Schädel und Blut, das die stehenden Pfützen verfärbte. Darrick empfand Abscheu angesichts der Kräfte, welche die Xeteskianer im Pass entfesselt hatten.

Sechs Stunden später, wurden sie von etwa zwanzig Wesmen aufgehalten, die sich hinter einer Palisade verschanzt hatten und der Kavallerie den Durchgang in das von den Wesmen beherrschte Gebiet verwehren wollten. Alle hatten Bogen oder Armbrüste, und ihre Fackeln brannten hell und stolz. Darrick ließ die Kavallerie in Schussweite anhalten, da er sicher war, dass die harten Schilde, die noch standen, halten würden.

Einer der Wesmen stieg auf die Brüstung und rief zu ihnen herunter.

»Eure Sprüche werden uns nicht aufhalten. Hinter mir stehen Kräfte, die euch aus Balaia fegen werden, und die

Herren der Wüste werden wieder stolz durch die Länder wandeln. Unsere Magie ist zu stark für euch. Kehrt heim und schaufelt eure Gräber.«

»Macht Platz oder sterbt«, sagte Darrick einfach. Immer noch war er ein wenig unglücklich über das Ausmaß des Verderbens, das er vor kurzem befohlen hatte.

»Wir sind geschützt, ihr könnt uns nichts tun.«

Darrick lächelte schmal und wandte sich an die Xetesk-Magier. »Ich habe keine Zeit zum Plaudern«, sagte er und hob drei Finger. »Höllenfeuer?« Die Magier nickten und begannen, den Spruch zu wirken. Darrick wandte sich noch einmal an die Wesmen. »Welche Götter ihr auch anbeten mögt, nun betet zu ihnen«, sagte er und wendete sein Pferd.

»Höllenfeuer«, sagten die drei Xeteskianer.

Die Wesmen und der Palisadenzaun wurden zerschmettert, und die Kavallerie ritt weniger als eine halbe Stunde später ins Freie, nachdem ein Magier unter Tarnzauber herausgefunden hatte, dass der Weg vor dem Pass verlassen war.

»Man kann wohl sagen, dass wir sie völlig überrumpelt haben«, erklärte Darrick. Der Kavalleriegeneral und der Rabe tranken im Windschatten des westlichen Zugangs einen Schluck zum Abschied.

»Es tut mir Leid, dass du eine so langweilige Reise hattest«, sagte Hirad lächelnd. »Die Palisade hätten wir freilich auch allein einnehmen können.«

Darrick lachte. »Daran zweifle ich nicht.« Er ließ noch einmal die Schnapsflasche herumgehen, und jeder füllte seinen Becher nach.

»Was wirst du nun als Nächstes tun?«, fragte Thraun.

»Wir müssen den Pass noch ein paar Tage halten, bis wir ihn an diesem Ausgang befestigen können. Der beste Weg, die Wesmen aufzuhalten, besteht sicher darin, sie daran zu hindern, den Pass noch einmal zu erobern.«

»Das wird nicht leicht«, sagte Jandyr.

»Nein«, stimmte Darrick zu. »Aber in ein paar Tagen treffen noch einmal fünftausend Fußsoldaten hier ein, und wenn wir heute Abend ausruhen können, dann werden unsere Magier wahrscheinlich in der Lage sein, den größten Teil der Arbeit zu erledigen.« Er trank. »Aber ihr? Eure Arbeit fängt jetzt erst an, und es ist eine schwierige Aufgabe.«

»Das ist wahr«, stimmte Hirad zu. »Wir könnten durchaus noch einen Schwertkämpfer gebrauchen. Vielleicht denkst du noch einmal über meine Einladung nach, dich dem Raben anzuschließen?«

»Ich bleibe wohl doch lieber bei der Kavallerie.«

Hirad blickte zum Himmel hinauf. Es war früher Nachmittag, und die Wolken, die in Richtung Understone zogen, waren verschwunden. Auf dieser Seite des Passes war der Himmel blau, und ein leichter Wind wehte. Weiter im Westen dagegen war es dunkel.

»Siehst du etwas, das uns aufhalten könnte, Ilkar?«, fragte er und blickte in die gleiche Richtung wie der Elf.

»Nichts als Hügel und Bäume und eine schöne, angenehme Landschaft.«

»Wir sollten uns bald auf den Weg machen und ein Versteck suchen, wo wir ausruhen können«, schlug der Unbekannte vor. »Es ist möglicherweise der Gesundheit abträglich, zu lange hier zu verweilen.«

»Wenn ihr bleibt, wird euch sicher nichts geschehen«, widersprach Darrick. »Aber sobald ihr weiter nach Westen vorstoßt, wird es meiner Ansicht nach gefährlich.«

»Wie auch immer …« Der Unbekannte stand auf und wartete, bis auch Denser sich erhoben hatte, bevor er zu seinem Pferd ging. »Thraun, du weißt den Weg?«

Thraun nickte und schwang sich in den Sattel. »Ich habe die Karten lange genug studiert.«

Hirad gab Darrick die Hand. »Halte den Pass offen, ja? Es könnte sein, dass wir es auf dem Rückweg eilig haben.«

»Passt ihr nur auf, dass ihr alle am Leben bleibt. Du bist mir noch ein paar Trainingskämpfe schuldig.«

»Wie steht es? Vier zu zwei, glaube ich?«

»Vier zu drei. Viel Glück.«

Der Rabe ritt davon und war bald außer Sicht.

Zwölftes Kapitel

Die Burg und Stadt namens Blackthorne, deren Fischereiflotte an Land verfrachtet und versteckt worden war, lag in einem flachen Tal im Windschatten der Berge, wo die Felsen ans Meer stießen. Die taktische Bedeutung dieses Standorts war den Erbauern der Stadt keineswegs entgangen. Von hier aus konnte man die Wege nach Norden bis Understone und nach Gyernath im Südosten kontrollieren.

Blackthorne war der Ansicht, dass die Wesmen seine Stadt vor allem erobern wollten, um von hier aus Überfälle auf Darrick und den Pass zu unternehmen, und in zweiter Linie wohl auch, um den Hafen im Südosten anzugreifen. Er hatte keinen Zweifel, dass die Kontrolle über den Pass für die Wesmen von überragender Bedeutung war, weil sie nur dort die Möglichkeit hatten, einen großen Angriff auf die Kolleg-Städte in Gang zu bringen und so den Schlüssel für die Unterwerfung ganz Balaias in die Hände zu bekommen.

Die Verteidiger, die am Strand gesiegt hatten, erreichten die Burg noch am Vormittag des bewölkten, kühlen und windigen Tages. Unterwegs hatten sie Späher zurückgelassen, um den Vorstoß der Wesmen ins Landesinnere zu überwachen. Im Westen war der Himmel düster, und da der Wind die schweren Wolken in ihre Richtung trieb, war mit Regen zu rechnen. Die Verteidigung der Burg zu organisieren, war eine recht einfache Aufgabe. Da der größte Teil der nicht kämpfenden Bevölkerung schon ins weitaus besser verteidigte Gyernath ausgewichen oder gleich nach Korina gegangen war, hatte Blackthorne sich für eine zweistufige Verteidigungsstrategie entschieden.

Die Außenmauern der Stadt waren stark und gut in Schuss, aber sicher nicht dazu gebaut, einer so großen Zahl von Angreifern, wie die Wesmen sie in die Schlacht werfen würden, lange zu widerstehen. Blackthorne hatte drei Viertel seiner Bogenschützen und weitere fünfzig Offensiv-Magier – beide Truppenteile durch Defensivmagie geschützt – auf den Mauern postiert. Sobald die ersten Wesmen die Mauern durchbrachen, sollten sie sich zurückziehen.

Die wichtigste Verteidigungsanlage war natürlich die Burg selbst. Sie war am Nordrand der Stadt errichtet worden, um Angriffe der Wesmen vom Pass her zu unterbinden. Die Außenmauern waren mehr als siebzig Fuß hoch, im Innern standen der Burgfried und sechs Türme, die als Aussichtspunkte dienten und es erlaubten, die eigenen Kämpfer zu unterstützen und ihnen durch Bogenschützen Deckung zu geben.

Das Nordtor der Burg, das gewöhnlich dem Handelsverkehr offen stand – der Marktplatz befand sich innerhalb der Burgmauern – war verschlossen und mit Stahlbändern verstärkt worden. Die Türme am Tor überragten einen nach oben offenen Durchgang, der eine tödliche Falle darstellte. Die Mauer, vor der bald die Wesmen stehen würden, war hoch und bot ähnlich gute Schusspositionen.

Vor dem Nordtor war Kavallerie stationiert, um die Vorhut der Wesmen schon vor der Burg abzufangen und zum Strand zurückzutreiben. Innerhalb der Mauern warteten die kampffähigen Bürger, auf den Wällen waren Bogenschützen, Schwertkämpfer und Magier postiert. Im Burgfried, einem einfachen runden Bau mit Flachdach und einer Brüstung, die die Außenmauer noch einmal um fünfzig Fuß überragte, warteten die Barone, die Heiler, Leibwächter, Köche und viele von Gresses Söldnern.

Die Brüstung, die »Krone« genannt wurde, weil sie ein wenig schief auf dem Burgfried zu sitzen schien, war mit schweren Armbrüsten, Pechnasen und mit Blackthornes besten Magiern bestückt. Dort war auch Proviant für drei Monate eingelagert. Wenn Darrick Understone bis dahin wieder verlor, stand Balaia ohnehin den Plünderern offen, und der Krieg wäre verloren. Sie konnten jetzt nichts weiter tun als warten.

Die Wesmen stellten ihre Geduld auf keine lange Probe.

Styliann, immer noch voller Zorn und getrieben von mörderischer Rachsucht, zügelte am Ostausgang des Understone-Passes an der Spitze eines Trupps von hundert Protektoren abrupt sein Pferd. Es war früher Nachmittag. Die Wächter am Pass betrachteten ihn furchtsam, doch sie wussten, was sie zu tun hatten. Sie stellten sich ihm in den Weg.

»Bitte nennt Euer Begehr«, sagte einer ebenso unterwürfig wie höflich.

»Wesmen töten«, sagte Styliann, ohne die Stimme zu erheben. Seine Miene allerdings duldete keinen Widerspruch.

»Ich habe Befehl, unautorisierte Reisende hier aufzuhalten, bis die Genehmigung von General Darrick eintrifft«, sagte der Wächter entschuldigend.

»Weißt du, wer ich bin?«, fragte Styliann.

»Ja, mein Lord.«

»Dann solltest du auch wissen, dass ich es war, der die Befehle gab, denen dein Kommandant Folge leistet. Ich erteile mir hiermit selbst die Erlaubnis zum Passieren. Und nun tritt beiseite.«

Der Wächter sah ihn an, Zweifel und Furcht waren ihm anzumerken.

Styliann zog eine Augenbraue hoch. »Wo ist Darrick?«, fragte er.

»Am anderen Ende des Passes, mein Lord, wo er den Aufbau der Befestigungen überwacht.«

»Dann hast du deine Aufgabe in bewundernswerter Weise erfüllt«, sagte Styliann. »Er kann mir dann persönlich die Genehmigung zum Passieren erteilen, wenn ich ihn treffe.«

Der Wächter lächelte und freute sich offenbar über den Ausweg, den Stylianns Logik ihm bot. Er trat zur Seite. »Viel Glück, mein Lord.«

Styliann starrte ihn an. »Glück ist etwas, auf das ich mich prinzipiell nicht verlasse.« Er ritt in den Pass hinein, und seine Protektoren folgten ihm – stumm, maskiert, beunruhigend.

Der Ritt dauerte nicht lange, denn ihre Pferde waren sehr ausdauernd. Styliann bemerkte kaum das Zerstörungswerk, das Xetesks neuer Spruch vollbracht hatte, und nichts lag ihm ferner, als diesen Erfolg zu bewundern. Er ritt weiter, erreichte das andere Ende des Passes, als die Dämmerung sich senkte, und zügelte sein Pferd, als er Darrick sah.

Die beiden Männer wechselten einen langen Blick. Darrick las in Stylianns Gesicht, wie sehr dieser darauf brannte, den Männern an die Kehle zu gehen, die Selyn vergewaltigt und ermordet hatten. Darrick sagte kein Wort, sondern nickte nur, trat zur Seite und winkte Styliann durch. Der Herr vom Berge und die Protektoren galoppierten ins Land der Wesmen. Rasten und Übernachten kam für sie nicht in Frage. Styliann musste gewisse Orte aufsuchen, und er musste diesen arroganten Barbaren zeigen, wer der Stärkere war.

Hirad erwachte und war froh, dass Thraun am Vorabend darauf bestanden hatte, mit Leder verkleidete Zelte zu errichten. Am Abend war es ihm wie eine nervtötende, sinnlose Übung vorgekommen, doch jetzt, als der Regen unablässig auf die Plane über seinem Kopf trommelte, musste Hirad lächeln.

Er richtete sich auf und kratzte sich am Kopf. Er konnte das Feuer riechen, und wenn er hinausschaute, sah er Will vor seinem Ofen hocken, eine Lederplane über die Schultern gelegt und einen breitrandigen Hut tief ins Gesicht gezogen. In einem offenen Topf dampfte Wasser.

Ilkar, der neben Hirad geschlafen hatte, regte sich und erwachte ebenfalls. Er schielte in das Regenwetter hinaus.

»Weck mich, wenn es trocken ist«, sagte er und drehte sich wieder um.

»Ich wäre ungern in Understone, wenn so was runterkommt«, meinte Hirad. Ilkar grunzte nur.

Das Lager erwachte langsam zum Leben. In einem lichten Wald an der Böschung über einem munteren kleinen Flüsschen standen die vier Zelte in einem lockeren Halbkreis. Wills Holzofen war in der Mitte aufgebaut. Sie waren inzwischen weit vom Understone-Pass und der Deckung durch Darricks Kavallerie entfernt. Hirad fühlte sich seltsam unsicher.

Obwohl er inmitten seiner engsten Freunde und umgeben von Menschen war, denen er blind vertraute, konnte er diese Furcht vor dem unerforschten Gebiet nicht ganz abschütteln. Bisher war er nur selten im Land westlich des Understone-Passes gewesen, und da er nur eine vage Ahnung davon hatte, was vor ihnen lag und wohin sie gingen, war er nervös.

Sie hockten in den offenen Zelteingängen und nahmen ihr Frühstück ein. Es sah nicht so aus, als sollte der Regen bald nachlassen. Die Tropfen prasselten durch Blätter und Äste und platschten und trommelten auf Erde und Leder. Jenseits des Flusses, an dem sie lagerten, wurde das Gelände rasch unwirtlicher. Im Norden gab es steile Bergflanken, kalte Gipfel und öde Hochebenen. Ihr Ziel lag jedoch in einer leichter zu erreichenden Region im Südwesten.

»Wie weit haben wir es noch bis zu den Wrethsires?«, fragte Hirad.

Thraun saß mit Will am anderen Ende des Halbkreises, neben ihnen lagerten Erienne und Denser; er hatte den Arm um ihre Schultern gelegt. Im nächsten Zelt waren der Unbekannte und Jandyr neben Hirad und Ilkar untergebracht.

»Eine Tagesreise, kaum mehr«, antwortete Thraun, während er mit vollem Mund Brot kaute. »Vorausgesetzt, uns laufen keine Wesmen über den Weg.«

»Wir entfernen uns von der Gegend, wo sie am stärksten konzentriert sind, und da so viele nach Osten unterwegs sind, sollte uns nichts passieren, solange wir den Hauptstraßen fernbleiben«, sagte der Unbekannte. »Wie auch immer, ich habe gehört, dass du sehr gut darin bist, dich versteckt zu halten.« Er lächelte.

»Ja, es geht so.«

»Es ist ein Schock, wenn du herausfindest, dass du etwas bist, das du nicht sein willst.« Die Stimme des Unbekannten klang nach einem so tiefen Kummer, dass Hirad fast seinen Kaffee verschüttet hätte.

Thraun und der große Mann wechselten einen Blick, und die anderen Mitglieder des Raben warteten auf eine Reaktion.

Thraun nickte nur. »Nur jemand wie du kann vermutlich die Schmerzen und die Ängste verstehen. Ich gäbe alles darum, wenn ich nicht das sein müsste, was ich bin.«

»Aber in der Gruft hast du doch …«, warf Erienne ein.

»Nur wenn es keinen anderen Weg gibt. Und wenn es geschieht, bin ich voller Angst um alles, was ich kenne und liebe.« Er stand auf. »Ich sattle die Pferde.« Der Unbekannte folgte ihm aus dem Lager und ließ die anderen in verwirrtem Schweigen zurück.

»Ein Segen ist es gewiss nicht«, sagte Will schließlich. Er löschte das Feuer im Feldofen und zerlegte diesen in seine Teile, um sie auf dem feuchten Boden abkühlen zu lassen. »Er hat Angst, er könnte sich eines Tages im Bewusstsein des Wolfs verlieren und käme nicht mehr zurück.«

Der Rabe brach zwanzig Minuten später auf. Immer noch prasselte der Regen herunter, und der Fluss hinter ihnen führte Hochwasser und schäumte. Thraun ritt vorn und bestimmte den Weg. Er schwieg und behielt seine Gedanken für sich.

Hirad und Ilkar ließen sich etwas zurückfallen und nahmen den Unbekannten, der direkt hinter Denser und Erienne ritt, in die Mitte.

»Warum glaubt Thraun, du könntest ihn verstehen?«, fragte Hirad.

»Taktgefühl war offenbar noch nie deine Stärke, was?«, meinte Ilkar schnippisch.

Der Unbekannte schüttelte den Kopf. »Er ändert sich nie«, sagte er. »Hör zu, Hirad, es ist kompliziert und nicht sehr angenehm. Jedenfalls nicht für mich.« Er warf einen Blick zu Denser, doch der Dunkle Magier schien nichts gehört zu haben. »Wir müssen beide mit dem Wissen leben, dass wir anders sind als die anderen Menschen. Du musst Thraun schon selbst fragen, wie er es herausgefunden hat, aber das Wichtige ist, dass wir beide etwas sind, das wir nicht sein wollen, und dass wir uns diesem Zustand nicht entziehen können. Vergiss nicht, dass ich glaubte, ich könnte es.« Der Unbekannte kaute an seiner Unterlippe.

»Meinst du nicht, du …«, begann Ilkar.

»Nein, schon gut. So bleibt es wenigstens auf euch zwei beschränkt, und Denser weiß es ohnehin schon. Es ist kein Zufall, wenn jemand zum Protektor gemacht wird. Ich bin Xeteskianer. Wir … sie sind stark und achten darauf, dass sie Stärke, Ausdauer und Geschwindigkeit vererben und verstärken. Ich wurde schon früh an den Waffen ausgebildet, und mit dreizehn entdeckte ich, wozu ich bestimmt war.« Er zuckte mit den Achseln. »Es gefiel mir nicht, dass meine Seele an den Berg von Xetesk verkauft war, und deshalb bin ich weggelaufen. Anscheinend kommt dies immer wieder vor, wenn jemand es herausfindet, und sie lassen einen dann einfach gehen. Warum auch nicht? Man kann ihnen sowieso nicht entkommen, wenn man stirbt.«

»Dann hast du es schon immer gewusst?« Hirad war voller Kummer, und er litt unter dem Gefühl, der Unbekannte habe ihm noch nie wirklich vertraut, weil er sein Geheimnis zehn Jahre lang für sich behalten hatte. »Hängt das alles auch mit deiner Weigerung zusammen, deinen richtigen Namen zu nennen?«

»Ja. Eigentlich ist es beschämend. Ich konnte meine Bestimmung nicht verleugnen, aber ich habe mich geweigert, es vor mir selbst zuzugeben. Ich habe falsche Namen ausprobiert, aber sie haben nie gepasst, also habe ich am Ende überhaupt nichts mehr über mich erzählt. Als Ilkar mich dann als den Unbekannten Krieger bezeichnet hat, schien das zu passen. Sozusagen ein Name, der kein Name war. Das hat mir gefallen.« Wieder nagte er an der Unterlippe. In seinen Augen schimmerte es feucht, aber seine Stimme war schroff. »Als ich dann beim Raben war, dachte ich natürlich, ich müsste niemals sterben. Aber das ist auch kein Ausweg.« Er biss die Zähne zusammen und starrte nach vorn.

»Entschuldige, aber das verstehe ich nicht«, meinte Ilkar.

»Ich auch nicht«, sagte Hirad. »Ich meine, wenn du so darauf aus warst, nicht zu sterben, warum hast du dich dann auf all diese Kämpfe eingelassen?«

»Als mir bewusst wurde, dass sie mich sowieso holen würden, dachte ich, dass ich wenigstens bei dem Versuch sterben könnte, dich zu retten. Euch alle. Und ich dachte, ich könnte ihnen vielleicht entwischen, wenn ich weit entfernt von Xetesk an einem Ort sterbe, an dem das Mana instabil ist. Ich dachte, dort könnten sie mich nicht finden.«

»Warte mal, können wir vielleicht einen Schritt zurückgehen? Was meinst du damit, dass sie dich sowieso geholt hätten?« Ilkar kamen Gedanken, die ihm ganz und gar nicht behagten, doch der Unbekannte schüttelte nur den Kopf und starrte Densers Rücken an.

Denser wendete sein Pferd und ritt neben Ilkar. »Er meint, dass die Dämonen früher oder später sowieso seine Seele geholt hätten, ob er nun lebendig oder schon gestorben war. Er meint, dass seine Zeit abgelaufen ist. Wem nützt schon ein vierzigjähriger Protektor?« Densers Worte waren hart, aber sein Tonfall verriet seine Abscheu. »Deshalb hat er beschlossen zu sterben. Es war die einzige Chance, sich selbst und gleichzeitig uns alle zu retten. Doch sie haben ihn gefunden. Sie haben seinen Tod gestohlen.« Er trieb sein Pferd wieder an, bis er wieder neben Erienne ritt. »Und jetzt wisst ihr alles, und ihr versteht, warum der arme Laryon und ich sie befreien wollten. Zu viele von ihnen waren eigentlich noch gar nicht richtig tot.«

Hirad wollte etwas sagen, doch er bekam kein Wort heraus. Er starrte Denser an und dann den Unbekannten und war sprachlos angesichts der Bürde, die sein Freund all die Jahre mit sich herumgeschleppt hatte. Die Lügen, die er hatte erzählen müssen, um sein wahres Schicksal nicht nur vor ihnen, sondern auch vor sich selbst zu verbergen. Er hatte nie eine Zukunft oder irgendwelche Entscheidungsmöglichkeiten gehabt, und doch hatte er ihnen niemals auch nur den leisesten Hinweis auf sein wahres Selbst gegeben. Auf das, was er sein sollte und was er für kurze Zeit tatsächlich war.

Der Unbekannte wandte sich an Hirad, als hätte er dessen Gedanken gelesen. »Ich wollte unbedingt, dass alles, was wir beim Raben hatten, die einzige Wirklichkeit wäre, und die meiste Zeit habe ich es sogar selbst geglaubt. Der Ruhestand, der Krähenhorst, alles.«

»Aber jetzt kannst du leben!«, freute sich Hirad. »Wenn es vorbei ist, dann kannst du leben!«

Doch der Unbekannte konnte seine Freude nicht teilen. »Ich hätte eigentlich nicht entlassen werden dürfen. Zu viel geht dabei verloren.« Er unterdrückte ein Schluchzen. Denser sah sich über die Schulter um, sein Gesicht verriet sein Entsetzen. Der Unbekannte nickte. »Genau wie du, Denser, genau wie du.«

»Was redet ihr da?«, fragte Ilkar nervös.

»Die Seelen der Protektoren verschmelzen im Berg. Wir sind eins. Als meine Seele zurückgeholt wurde, ging ein Teil von mir, jener Teil, den ich mit der Bruderschaft der Protektoren geteilt habe, unwiederbringlich verloren. Ich lebe, ich atme, ich lache, ich weine, aber innerlich bin ich leer. Die Götter mögen es euch allen ersparen, jemals zu erfahren, wie sich das anfühlt.«

Die anrückende Armee der Wesmen, zornig und erschöpft und wild entschlossen, Rache zu üben, marschierte am nächsten Tag gegen Blackthorne. Sie kamen, als die Regenschauer vorübergehend aussetzten, und blieben ein Stück außerhalb der Reichweite der Magier stehen.

Blackthorne sah von der Krone aus zu und überblickte seine Stadt, die Wälle und die Wesmen, die sich draußen auf den Weiden sammelten. Gresse stand händeringend neben ihm und machte sich große Sorgen, als er sah, welche Streitmacht sich draußen sammelte und Aufstellung nahm. Mehr als drei Stunden lang marschierten sie zum Schlag der Trommeln auf und formierten sich auf dem offenen Feld. Ihre Banner flatterten im steifen Wind, hinter den Kriegern klapperten Wagen, Anführer brüllten, und die Hunde jaulten und bellten.

Tausende und abertausende Wesmen versammelten sich auf dem Gelände, ein Meer von fellbekleidetem Hass und eine gewaltige Macht, die Blackthorne vom Antlitz der Erde fegen wollte. Der Baron schüttelte den Kopf, weil er kaum glauben konnte, dass so viele das Blutbad am Strand überlebt hatten. Doch sie kamen und kamen. Inzwischen waren mehr als einhundert Banner gehisst, alle auf Stäben, die weniger als eine Meile entfernt auf einem Hügel in die Erde gebohrt worden waren. Die Wesmen widerstanden der Versuchung, die Stadt einzukreisen, und sammelten sich vor dem Südtor. Die schiere Masse der Angreifer jagte der kleinen Schar der Verteidiger Angstschauer durch die Knochen.

Aus dem Zentrum des Heeres, das Blackthorne auf siebentausend oder mehr Köpfe schätzte, traten sechs Schamanen, flankiert von einem Dutzend Kriegern, gelassen vor. Kantige Gesichter betrachteten die Mauern, die Klingen waren scharf und schwer. Sofort trafen die Magier auf den Außenmauern ihre Vorbereitungen. Eiswind, Todeshagel, Schildbrecher. Die Schamanen gingen weiter, und als sie zweihundertfünfzig Schritt entfernt waren, dachte Gresse schon, sie wollten vielleicht verhandeln. Bei einhundertfünfzig Schritt gab Blackthorne den Feuerbefehl.

Sprüche knisterten über den Schild der Schamanen, Lichter flackerten auf der Oberfläche, der Todeshagel prasselte nieder und prallte wirkungslos ab, als er auf die größere magische Kraft traf, die weiß glühend dem Angriff widerstand. Ein Pfeilhagel flog hinüber, und diejenigen, die richtig gezielt waren, prallten ebenfalls ab, weil der harte Schild der Schamanen hielt. Sie gingen weiter. Fünfzig Schritt entfernt blieben sie stehen, um ihren Spruch zu wirken.

»Ihr braucht Männer innerhalb ihrer Schilde«, sagte Gresse. Blackthorne hatte es bereits erkannt, und der Flaggenmann gab die entsprechenden Befehle. Am Südtor gab es hektische Bewegung, Stahl klirrte, und Holz knarrte protestierend, als die Tore schwerfällig geöffnet wurden.

Immer noch konnten die Pfeile und die Sprüche die Abwehr der Schamanen nicht durchdringen. Zwei hielten die Schilde aufrecht, vier weitere gestikulierten und waren mit Anrufungen beschäftigt. Als das Tor einen Spalt weit geöffnet war, quetschten sich Blackthornes Männer hinaus und rannten mit voller Geschwindigkeit auf die Schamanen zu, die ihre Sprüche wirkten. Sie kamen zu spät.

Die Schamanen standen jetzt Schulter an Schulter und hoben die Arme mit gespreizten Fingern über den Kopf. Weiße Flammen knisterten zwischen ihren Fingern, die

Entladungen verbanden sich über den Köpfen zu vier zuckenden Strahlen, die wie witternde Schlangenzungen in der Luft nach Beute suchten. Die Strahlen verbanden sich zu einem grellen weißen Lichtbalken, der gegen die Stadtmauern zuckte, sich gabelte wie ein Blitz und flackernd über das Mauerwerk glitt und den Staub, den Schimmel und die Flechten wegfegte. Einen Augenblick lang gab es keine erkennbare Wirkung, dann war das Licht sogar innerhalb der Mauern zu sehen und bildete ein Netzwerk aus pulsierenden, flackernden Adern. Die Schamanen schnitten den Strahl auf ihrer Seite ab, warfen sich zu Boden und ignorierten die Schwertkämpfer, die nur noch wenige Schritte von ihnen entfernt waren. Ein zweihundert Fuß weiter Abschnitt der Mauer explodierte nach außen, die Steinbrocken sausten mit großer Geschwindigkeit durch die Luft. Blackthornes Männer hatten keine Chance, sie waren der vollen Wucht der Explosion ausgesetzt.

Die Pläne des Barons lösten sich sofort in Wohlgefallen auf, als die Wand einbrach. Bogenschützen und Magier stürzten heraus, und vor der Mauer entstand ein Chaos. Weitere Pfeile flogen, dieses Mal wurden die Körper der ungeschützten Schamanen durchbohrt, doch der Schaden war bereits angerichtet. Siebentausend Wesmen stürmten brüllend auf die Lücke zu, die Blackthornes Männer unmöglich verteidigen konnten.

»Bei den Göttern«, sagte Blackthorne. Er wandte sich mit kreidebleichem Gesicht an Gresse. »Wir müssen uns ihnen wohl im Nahkampf in den Straßen stellen. Ich …«

Ein Blitz erhellte den Himmel. Feuerkugeln flogen den anrückenden Wesmen entgegen, explodierten beim Aufschlag und schütteten Mana-Feuer über den Angreifern aus. Die Schreie der ungeschützten Opfer übertönten die Kampfrufe der Überlebenden.

Weißes Feuer loderte auf, als die Wesmen sich der zerstörten Mauer näherten. Das Torhaus am Südtor war zusammengebrochen. Sprüche flackerten am Himmel, Harter Regen ergoss sich auf die Wesmen an der Spitze der Angreifer, Eiswind zerfetzte eine Flanke, ein Quintett Schamanen wurde von den Säulen des Höllenfeuers vernichtet, doch der Angriff der Wesmen geriet nicht ins Stocken.

Auf der Burg rannten Soldaten und Söldner los, um ihre Posten in der Stadt zu besetzen. Ursprünglich sollten es strategisch geplante Rückzugsstellungen sein, doch jetzt wurde eine ungeordnete, verzweifelte Verteidigung daraus.

»Sattelt alle Pferde, die wir haben«, befahl Blackthorne einem Adjutanten. »Wenn der richtige Zeitpunkt gekommen ist, müssen wir mit Guerillaangriffen in den Vorbergen und auf den Wegen in der Ebene reagieren. Wir dürfen nicht zulassen, dass diese Meute hier über Understone herfällt.«

Die Wesmen erreichten das zerstörte Tor und die Mauern von Blackthorne und strömten durch die Gassen der Stadt. Die bejammernswert schwache Verteidigung wurde einfach weggefegt. Von den noch stehenden Mauern ließen Magier und Bogenschützen Feuer, Eis und Stahl auf die Eindringlinge regnen, doch inzwischen hatten sich die Schamanen wieder zu Gruppen zusammengefunden; häufig prallte der Feuerregen von Schilden ab, und die Pfeile wurden abgelenkt. Wenn ein Angreifer starb, trat ein Dutzend neuer Wesmen an seine Stelle. Sie stürmten durch die Stadt, hielten inne, steckten Gebäude in Brand und machten die Verteidiger, die ihnen an jeder Straßenecke Widerstand leisteten, einfach nieder.

Die Verteidiger auf den Mauern verfolgten den Vorstoß der Wesmen durch die brennende Stadt und griffen an, wo immer sie konnten, doch oft waren sie selbst die Angegriffenen, denn die Schamanen liefen langsam und mit überheblicher Gelassenheit durch die Stadt und ließen feine Netze von weißem Feuer oder große, vernichtende Flammenzungen los, die sich wie Seile über die Mauerkronen legten. Blackthornes Stadt brannte nieder.

»Diese Runde haben wir verloren«, rief Gresse laut, um das Toben der Wesmen, die Brände, die Schreie der Verletzten und das Knistern der Schamanen-Magie zu übertönen.

Der ernste Baron nickte. Er biss die Zähne zusammen, in seinen Augen funkelten die Tränen. Weniger als zehn Minuten waren vergangen, seit die Schamanen die Mauer zerstört hatten. Er gab das Notsignal. Flaggenmänner und Trompeter verkündeten den Verlust von Blackthorne; die Verteidiger und das Volk zogen sich in die Ausläufer der Blackthorne-Berge zurück.

Von dort aus konnten sie die Wesmen nach Norden bis zum Understone-Pass verfolgen und immer wieder stören. Doch solange die Schamanen über die Magie der Wytchlords verfügten, so fürchtete Blackthorne, war die Eroberung von Ost-Balaia nicht zu verhindern.

Wenn sie schon verlieren sollten, so hoffte er, dass er und Gresse wenigstens noch zuschauen konnten, wie die Wesmen Pontois und die anderen Mitglieder der HAK in der Luft zerrissen. Ein schwacher Trost, aber das war alles, was ihn in diesem Augenblick noch aufrecht hielt. Davon abgesehen war alles verloren, was er besessen hatte.

Dreizehntes Kapitel

Der Zentraltempel der Wrethsires lag auf einer grünen Lichtung, die von den Hügeln her durch Bäche bewässert wurde. Im Osten hatte sich am Fuß der Garan-Berge ein See gebildet. Die ganze Gegend bot einen friedlichen, stillen Anblick. Die Abgeschiedenheit wurde noch verstärkt durch die Felsen, die sich an zwei Seiten steil und drohend erhoben.

Der Tempel selbst war eine niedrige Kuppel mit einem Durchmesser von etwa zweihundert Fuß, umgeben von vierzig Türmen. Ein einzelner Turm erhob sich inmitten der Planken und Bretter des Holzdachs, und die aus Marmor und Stein gebauten Mauern schimmerten nach dem Regen im Sonnenlicht.

Die Wrethsires waren ein sehr uneinheitliches Volk. Über ganz Balaia waren kleine Tempel verstreut, doch im Westen gab es, verglichen mit dem Osten, nur wenige. Der Orden praktizierte die Magie des Todes, die nichts mit der Mana-Energie zu tun hatte und deshalb den unnachsichtigen Hohn jedes anständigen Magiers auf sich zog.

Sie waren fähig, gewisse Kräfte zu nutzen, so viel musste man ihnen lassen, doch was sie an Magie produzierten, war instabil und schwer zu bändigen, noch viel schwieriger als das Mana, und es gab zahlreiche glaubwürdige Berichte über Unfälle und Katastrophen, die sich in den zweihundert Jahren, seit der Orden gegründet worden war, immer wieder ereignet hatten.

Der Rabe war spät am vergangenen Abend nach einer nassen, aber sonst ereignislosen Reise durch bewaldete Hügel, tiefe Schluchten und angeschwollene Flüsse eingetroffen. Bei Trockenheit wäre es eine idyllische Landschaft gewesen.

Der Regen hörte erst gegen Morgen auf, und die Stille, die sich daraufhin ausbreitete, war eine willkommene Abwechslung nach dem unablässigen Platschen und Prasseln. Als es hell wurde, stand die Sonne strahlend am wolkenlosen Himmel, und langsam trocknete das Land. Dampf stieg von Blättern, Gräsern und Büschen auf.

Thraun hatte sie in einem dichten Wald, drei Meilen vom Tempel entfernt, anhalten lassen. Bei Tageslicht war es so gut wie unmöglich, sich dem Tempel ungesehen zu nähern, doch Denser hatte sich bereit erklärt, im Laufe des Vormittags unter Tarnzauber einen Erkundungsgang um den Tempel zu unternehmen. Im Augenblick unterhielten sie sich über die Wrethsires.

»Eigentlich ist es eine recht zurückhaltende Organisation«, meinte Erienne.

»Sie haben wohl in der Tat viel zu verbergen«, meinte Denser.

»Aber sie sind doch auf etwas gestoßen, oder?«, fragte Denser.

»Das könnte man sagen.« Denser zuckte mit den Achseln.

»Komm schon, Denser«, knurrte Thraun. »Wir müssen schließlich alle da rein.«

Denser zierte sich ein wenig, bevor er antwortete. »Sie sind in gewisser Weise religiös, und sie haben eine Art von Magie – wenn man den Begriff sehr weit fassen möchte. Diese Organisation betet irgendeine irdische Macht des Todes an und behauptet, sie könne sich diese Kräfte nutzbar machen. Deshalb sei sie gewissermaßen eine Schwesterorganisation der vier Kollegien. Sie sind Scharlatane, ihre Magie ist unzuverlässig, und ihre Behauptung, sie könnten ein fünftes Kolleg bilden, ist nachgerade widerlich. War da sonst noch etwas?« Denser holte die Pfeife aus dem Mantel und stopfte sie aus einem randvollen Tabaksbeutel, dessen Füllung er den Vertretern aus Lystern zu verdanken hatte. Mit einer Flamme auf dem Daumen zündete er sie an.

Hirad zupfte abwesend an einem welken Blatt herum und durchbohrte den Dunklen Magier mit Blicken.

»Denser, falls es dir entgangen sein sollte: Mein engster Freund musste aufgrund unzureichender Informationen sterben. Sieh dich nur an. Oder seht euch alle selbst an, ihr drei Magier. Seht die Verachtung, die ihr für diese Wrethsires empfindet.« Die Angesprochenen regten sich unruhig. »Ich weiß nicht, ob diese Verachtung berechtigt ist, und um ehrlich zu sein, es ist mir auch ziemlich egal. Aber ich und meine anderen Freunde, die jetzt gerade nicht die Nase hoch in die Luft recken, wollen ganz genau wissen, was uns dort drinnen erwarten könnte. Welche Sprüche sie haben, ob sie Waffen benutzen, wie viele es sind, du weißt schon. Wenn du es mir nicht sagen kannst, weil du es nicht weißt, na gut. Aber lass mich nicht im Ungewissen, nur weil du glaubst, es könnte unwichtig sein. Hast du das verstanden?« Er schüttelte den Kopf. »Ihr verdammten Magier auf euren verdammten Podesten.«

Denser dachte über Hirads Worte nach und zog die Augenbrauen hoch, als er sah, dass Ilkar aus unerfindlichen Gründen ein Schmunzeln unterdrückte.

»Es tut mir Leid, Hirad«, lenkte Denser schließlich ein. »Du hast Recht. Aber sie haben keine echteMagie, und du kannst das, was sie tun, nicht als Wirken von Sprüchen bezeichnen.«

»Es ist mir egal, wie du es nennst. Sag mir, was sie tun können, bevor ich wütend werde.«

»*Bevor* du wütend wirst?« Jetzt kam Ilkars Lächeln vollends zum Vorschein.

»Na schön.« Denser klatschte eine Hand auf seinen Schenkel. »Unser Wissen über die Zauberei der Wrethsires ist lückenhaft. Wir wissen, dass sie vor allem mit Gebeten und in Gruppen arbeiten. Je mehr Sires beteiligt sind, desto beeindruckender wird das Ergebnis. Ihre Macht, wie man es auch nennen will, beruht auf heftigen Elementargewalten wie Wind, Regen, Feuer und so weiter, und natürlich auf der Kraft des Todes, die sie angeblich nutzen können.

Man muss aber berücksichtigen, dass sie diese Gewalten nicht sehr gut beherrschen. Dadurch wird ihr Zauber instabil und unberechenbar für sie selbst, und in diesem Fall eben auch für uns.«

»Wie wirkt sich das denn aus?«, fragte Jandyr.

Denser zuckte mit den Achseln. »Dauer, Kraft, Ausrichtung, zufällige Nebenwirkungen, handwerkliche Fehler. Alles, was du dir vorstellen kannst. Außerdem heißt es, die Mitglieder stärkten mit ihrem Tod den ganzen Tempel, und ein großer Teil ihrer gemeinsamen Kraft beruhe auf der Macht des Todes. Dadurch haben sie ein völlig unangebrachtes Selbstvertrauen.«

»Also meinst du, dass sie diese Kräfte nicht wirklich bändigen können?«, fragte Will. Denser nickte. »Bist du sicher?«, hakte er nach.

»Ziemlich sicher.« Der Dunkle Magier lächelte Ilkar ein wenig verlegen an. Ilkar schürzte die Lippen, sagte jedoch nichts.

»Sind sie aggressiv?« Hirad blickte zwischen Ilkar und Denser hin und her.

»Nein«, gab der Magier zurück. »Nicht so aggressiv wie die Wesmen, obwohl die Wesmen sie völlig in Ruhe lassen, soweit wir wissen.« Er sah die anderen Rabenkrieger an. »Sonst noch etwas?«

»Wie viele sind es überhaupt?«, fragte Thraun.

»Ich habe keinen Schimmer.«

»Ich meine im Zentraltempel. Reden wir über dreißig oder dreihundert oder über wie viele Leute?«

»Ich habe keinen Schimmer.«

»Spitze«, sagten der Unbekannte und Hirad gleichzeitig.

»Der Tempel kann mehrere hundert Menschen aufnehmen, aber vergesst nicht, dass er zur Anbetung gebaut wurde. Die Götter allein mögen wissen, wie viele Sires sich dort aufhalten, von Kriegern ganz zu schweigen. Hoffentlich finde ich es nachher heraus.«

Doch er konnte nichts in Erfahrung bringen. In Begleitung von Thraun, der dafür sorgte, dass sie nicht entdeckt wurden, wanderte er bis zum Waldrand am Tempel und wirkte seinen Tarnzauber. Dann marschierte er bis vor den mit Säulen geschmückten Eingang. Das Portal war verschlossen, und er konnte es nicht riskieren, an den großen polierten Messingringen zu rütteln, die an den Eichentüren hingen. Er umrundete den Tempel im Uhrzeigersinn und betrachtete die schönen Einlegearbeiten und Schnitzereien auf den Wänden. Großartige Darstellungen von Bergen und Wäldern, Meer und Ebenen und Wüsten, dazwischen Abbildungen von Feuer und Wind, der über den Himmel wehte, und ein besonders garstiges Mosaik, das den Marsch der Toten darstellte.

Kein Geräusch drang von drinnen heraus. Die Fenster waren mit Läden verschlossen, die seitlichen und rückwärtigen Türen verriegelt, und die Türme, anmutige Kegel aus schwarzem Marmor, die doppelt so hoch waren wie Denser, gaben ihm keinen Hinweis auf den Aufenthaltsort der Wrethsires. Er kehrte zu Thraun zurück, und gemeinsam machten sie sich auf den Rückweg ins Lager.

»Sollten wir uns nun darüber wundern oder nicht?«, fragte Will. Seine Augen funkelten hell unter dem inzwischen völlig ergrauten Haar.

»Um ehrlich zu sein, ich sehe keinen Grund zur Verwunderung«, erwiderte Denser. »Wie ich schon sagte, es ist ein Ort der Anbetung. Nur wenige Menschen, wenn überhaupt, dürften dort leben. Außerdem ist immer noch Vormittag. Aber irgendwie ... ich weiß nicht ...«

»Wo ist das Problem?« Hirad stand auf und streckte sich. »Es kommt mir vor, als könnten wir jetzt gleich reingehen und sofort wieder verschwinden und uns eine Menge Schwierigkeiten ersparen.«

»Der Gedanke ist mir auch gekommen«, stimmte Denser zu. »Aber ich muss immer denken, dass ich diesen Tempel, wenn er meiner wäre, schützen würde. Vor allem, wenn man sieht, was gerade in der Welt geschieht.«

»Mir ist nicht klar, worauf du damit hinauswillst«, sagte Hirad. »Wenn sie so blöde sind, ihren Laden unbewacht zu lassen, dann ist das doch nur gut für uns.«

»Ich weiß nicht«, sagte Denser. »Es kommt mir so seltsam vor.«

»Dein sechster Sinn?« Erienne fuhr mit der Hand durch Densers Haare.

Er nickte. »Etwas in dieser Art. Ich glaube, wir sollten einfach vorsichtig sein.«

»Wir sind eigentlich immer vorsichtig«, meinte Ilkar.

»Schlagen wir nun sofort zu, oder bleiben wir beim ursprünglichen Plan?« Jandyr sah Hirad fragend an, doch der Unbekannte antwortete ihm.

»Bei Tageslicht riskieren wir, dass die Wrethsires zum Tempel gelaufen kommen, mitten in der Nacht aber nicht. Ich sehe keinen Grund, jetzt sofort hineinzustürmen. Wir sind hier nicht in Gefahr. Hirad?«

Hirad blickte in die unergründlichen Augen des Unbekannten und fragte sich, ob sie jemals wieder lebendig werden mochten. Doch auch wenn die Seele leer war, sein Verstand war scharf, und seine Stimme verriet die alte Autorität. Hirad hatte diese Stärke vermisst, als der Unbekannte fort war.

»Einverstanden. Warum sollten wir es überstürzen? Lasst uns ausruhen und uns noch einmal vergewissern, dass unsere Taktik in Ordnung ist. Halten wir uns an den Zeitplan. Ich glaube nicht, dass wir danach noch viel freie Zeit haben werden.« Er lächelte ironisch. »Darrick ist gut, aber er hat eine Menge Wesmen vor sich.«

Baron Blackthorne stand etwa eine halbe Meile oberhalb der brennenden Stadt am Eingang seines profitabelsten Bergwerks und schaute auf seine zerstörte Welt hinunter. Als der Abend kam, erloschen die Brände, doch die Lagerfeuer der Wesmen brannten hell, und der Lärm von Siegesfeiern war zu hören.

Er und Gresse hatten etwas weniger als zweitausend Mann zu ihrer Verfügung. Die meisten besaßen Pferde, die sie entweder von der Burg mitgenommen oder in den vielen tributpflichtigen Gehöften requiriert hatten, über die Blackthorne herrschte. Die Wesmen hatten sie nicht verfolgt. Sie zeigten ein entsetzliches Selbstvertrauen, da sie offenbar glaubten, nach Belieben und jederzeit siegen zu können. Es war ein Selbstvertrauen, das Blackthorne überhaupt nicht schmeckte.

In der Stadt hatte es viele Tote gegeben, und Blackthorne hatte beschlossen, seine ungeübten Reservisten, sofern sie noch lebten, in sichere Gebiete zu schicken, wo sie die Verteidigung wichtiger Städte verstärken konnten: Korina, Gyernath, die Kolleg-Städte und sogar Baron Cornins Ländereien weit oben im Nordosten. Auf den Höfen arbeitete niemand mehr. Die Pächter hatten auf Befehl des Barons ihre Habseligkeiten auf Wagen verladen und waren nach Osten gezogen, wo man sie hoffentlich aufnehmen würde.

Blackthorne schlug immer wieder mit der Faust gegen den Fels neben seinem Kopf. Seine Wut war ungebrochen, seine Erniedrigung vollkommen. Doch dahinter gab es auch stolzes Aufbegehren. Als er den Rückzug befohlen hatte, als die Hörner und die Flaggen die Botschaft verkündet hatten, hatte er dafür gesorgt, dass seine Männer in der Stadt ihre Anstrengungen verdoppelten, um die Wesmen aufzuhalten. Sie hatten ihre Reihen geschlossen und sich auf dem Markt postiert, um die Wesmen auf sich zu ziehen und noch eine Weile erbitterten Widerstand zu leisten. Blackthorne fragte sich, ob er ohne diesen selbstlosen Einsatz stehen würde, wo er nun stand, oder ob er tot in einer Blutlache läge.

Er starrte die Lichter an, die in der Burg blinkten. Heute Nacht würde jemand anders in seinem Bett schlafen. Ein Feind. Er kochte vor Wut. Gresse versuchte, ihn zu beschwichtigen.

»Ihr konntet nichts weiter tun«, sagte er. »Wenigstens haben wir überlebt und können den Kampf fortsetzen.«

»Wie lange noch?«, gab Blackthorne bitter zurück. »Wir haben keine Verteidigung gegen die Magie der Schamanen.«

»Aber wir haben immerhin überlebt und konnten Darrick und die Kollegien warnen. Wenn die Magier die Mauern der Kollegs gut abschirmen können, dann kann unsere Seite immer noch siegen.«

»Unterdessen sind aber unsere Männer weitgehend ungeschützt vor magischen Angriffen«, erwiderte Blackthorne. »Wir haben keine Ahnung, wie viele Schamanen es sind, und ohne die magische Rückendeckung, auf die wir bisher gezählt haben, können unsere Soldaten sich dieser Übermacht nicht erwehren. Es sind einfach zu viele Wesmen. Ihr habt die Berichte gehört. Fünfundachtzigtausend. Insgesamt hat der Osten nicht einmal halb so viele Soldaten, die diese Bezeichnung verdient haben. Und die Wesmen sind bereits nach Understone und vermutlich auch nach Gyernath unterwegs. Wir sollten sie drei Tage aufhalten, um dem Raben eine gute Chance zu geben, und wir haben zehn Minuten geschafft. Wenn es am Understone-Pass ähnlich zugeht, dann wird es kein Land mehr geben, in das der Rabe zurückkehren kann. Dann ist alles vorbei.«

Gresse legte Blackthorne eine Hand auf die Schulter. Es war eine dunkle Stunde für den Baron, und seine Einschätzung der Situation kam Gresse beunruhigend präzise vor. Seine Heimat war zerstört, und sein Volk floh quer durchs Land. Viele würden nie mehr zurückkehren, und er hatte den Kampf verloren, kaum dass er begonnen hatte. Es gab keinen Trost. Gresse versuchte es dennoch.

»Selbst wenn die Wesmen in Korina schon den Wein der HAK aus den Kellern holen, können wir sie immer noch besiegen, wenn wir den Wytchlords ihre Macht nehmen.«

Blackthorne drehte sich kopfschüttelnd zu ihm um. »Gresse, wenn die Wesmen Korina einnehmen, dann wird niemand mehr da sein, der sie besiegen kann. Bei den Göttern, wenn sie die Kolleg-Städte kassieren, dann können wir auch gleich nach Süden segeln und ihnen das Land überlassen.«

Gresse ließ den Kopf hängen. Blackthorne hatte Recht. Und wenn die Wesmen in der Bucht von Triverne so stark waren wie diejenigen, die Blackthorne angegriffen hatten und nun in dessen Burg hausten, dann konnten sie nach spätestens vier Tagen vor den Toren von Julatsa stehen.

Der Nachmittag und der Abend vergingen ereignislos. Thraun und der Unbekannte verbrachten viel Zeit damit, den Tempel und seine Zufahrt zu beobachten. Sie sahen niemanden, was Densers Unruhe noch verstärkte.

Bevor sie zum Tempel gingen, aß der Rabe im schwindenden Licht zu Abend. Eine düstere Stimmung hatte sich über die Krieger gelegt.

»Wenn unser Scheitern unausweichlich ist«, sagte Denser, »dann müssen wir dafür sorgen, dass Dawnthief zerstört wird, bevor die Wytchlords ihn bekommen.«

»Wie denn?«, fragte Will.

»Man muss nur die Katalysatoren oder wenigstens einen davon einschmelzen«, erklärte Denser. »Es ist ganz leicht.«

»Dann könnten wir also den Spruch auch jetzt schon aus der Gleichung entfernen«, meinte Will.

»Wenn wir unsre einzige Chance, die Wytchlords zu besiegen, wegwerfen wollen, ja.« Denser zuckte mit den Achseln. »Ich muss es aber noch einmal betonen: Wenn ich getötet werde, und wenn es sich abzeichnet, dass keiner von uns überleben und die Katalysatoren nach Xetesk bringen kann, dann muss mindestens einer davon zerstört werden. Denn wenn die Wytchlords Dawnthief bekommen, besteht überhaupt keine Chance mehr. Nicht einmal für die Wesmen.«

Die Rabenkrieger, die um den Feldofen saßen, wechselten ratlose Blicke. Hirad schenkte sich aus dem Eisentopf auf der heißen Platte noch etwas Kaffee ein.

»Also gut«, sagte Jandyr. »Nehmen wir an, wir tun, was wir tun müssen, und die Wytchlords sind weg. Was dann?«

»Das wird die Wesmen nicht aufhalten, so viel ist sicher, aber es wird ihnen ihre Überheblichkeit und ihren Glauben an den Sieg austreiben«, erklärte Denser. »Im Augenblick sieht es so aus, als hätten sich die Wesmen zehn Jahre auf diesen Augenblick vorbereitet. Sie sind geeint, sie sind stark, und sie sind entschlossen. Noch wichtiger ist aber, dass sie wissen, wie zersplittert die Kräfte im Osten sind. Sie werden glauben, sie könnten Balaia auch ohne Hilfe der Wytchlords einnehmen. Wenn sie den Pass erobern, bevor unsere Armeen bereit sind, dann könnte ihnen das sogar gelingen.«

»Siehst du nicht etwas zu schwarz, Denser?« Hirad lächelte. »Deine Magier können doch den Pass mit diesem Wasserspruch unbegrenzte Zeit halten.« Ilkar spitzte die Lippen, und Denser schüttelte den Kopf und lächelte Erienne an. »Wisst ihr, irgendwie kann ich es nicht ausstehen, wenn ihr Magier so neunmalklug tut.«

»Entschuldige, Hirad, du kannst es nicht wissen«, sagte Denser. »Aber für uns klingt das, wie es für dich klingen würde, wenn jemand sich Gedanken macht, warum du mit einem einzigen Arm nicht so gut kämpfen kannst.«

»Dann erkläre es mir doch«, sagte Hirad.

»Du hast den Spruch gesehen, und du hast gesehen, in welchem Zustand die Magier waren, als sie sich entfernt haben. Zwei haben es nicht mehr geschafft.« Denser nagte an seiner Unterlippe. »Du weißt nicht, was an Vorbereitungen notwendig war, und du weißt auch nichts über die langfristigen Nachwirkungen. Die Magier haben zwei Wochen für die Vorbereitungen gebraucht, sie haben immer wieder getestet und sich ausgeruht. Sie waren vom Rest des Kollegs abgesondert, damit sie sich voll auf diese Aufgabe konzentrieren konnten. Jetzt haben sie den Spruch gewirkt, und sie werden fast drei Tage lang nicht mehr fähig sein, irgendeinen anderen Spruch zu wirken. Was die Dimensionsverbindung angeht, so werden sie erst in zwei Wochen wieder dazu in der Lage sein. Vorausgesetzt, die Dimension, mit der wir uns verbinden wollen, ist überhaupt in der richtigen Position.«

»Aber die Wesmen wissen dies nicht«, sagte Hirad. Er ließ es sich nicht anmerken, doch er hätte es ohnehin beängstigend gefunden, wenn dieser Spruch öfter als alle paar Tage verfügbar gewesen wäre.

»Es wird genügend Schamanen geben, die recht präzise Vermutungen über den Spruch anstellen können, sobald sie die Informationen über seine Wirkung bekommen haben«, warf Erienne ein.

»Und überlege dir mal Folgendes«, sagte Ilkar. »Es gibt wahrscheinlich nur einen einzigen geschriebenen Spruch, der noch mächtiger ist; den Namen brauche ich dir ja wohl nicht zu nennen. Jeder Schamane, der das Salz in der Suppe wert ist, wird sofort wissen, dass wir einen Dimensionsspruch erfunden und benutzt haben. Damit wissen sie alles über die notwendigen Anstrengungen, wenn man ihn wirken will.«

Es war ein warmer Abend, doch Hirad fröstelte. Die Kräfte, mit denen sie es zu tun hatten, die Kräfte, die sie bereits gesehen hatten und die sie noch entfesseln wollten – er hatte das Gefühl, die Dinge gerieten mehr und mehr außer Kontrolle. Und wenn sie den Wrethsires das Auge des Todes gestohlen hatten, dann war Denser der mächtigste Mann in ganz Balaia.

»Es gibt da noch etwas, das mich beunruhigt.« Alle sahen

jetzt Will an. »Glaubt ihr, die Wytchlords wissen, dass wir hier sind? Auf dieser Seite des Passes?«

»Meinst du uns, den Raben?«

»Ja.«

»Nein.« Der Unbekannte war sicher. »Sie müssten inzwischen wissen, dass der Pass gefallen ist – und zwar auf äußerst spektakuläre Weise –, und sie werden sich nach Kräften bemühen, ihn zurückzuerobern. Sie oder besser ihre Agenten wissen, dass wir Dawnthief suchen, weil wir in Septerns Haus aufgetaucht sind, aber sie haben nicht genug Informationen, um unsere Position zu bestimmen und uns anzugreifen. Noch nicht.«

»Um jede Verwirrung zu vermeiden«, sagte Denser, »sollten wir berücksichtigen, dass die Wytchlords ihre körperliche Gestalt noch nicht zurückgewonnen haben. Ihre Kräfte sind noch sehr begrenzt. Sobald sie aber leibhaftig umgehen, müssen wir uns ernstlich Sorgen machen, auch wenn wir noch nicht wissen, wann das sein wird.«

»Wie viele Wytchlords gibt es überhaupt?«, fragte Will.

»Sechs«, sagte Ilkar. »Allerdings muss ich zu meiner Schande gestehen, dass ich nicht alle ihre Namen kenne, obwohl ich sie wissen müsste. Denser?«

»Ist das dein Ernst?«

»Es war mir nie besonders wichtig.«

»Bei den Göttern, für uns war es wie ein Mantra. Pamun, Arumun, Belphamun, Weyamun, Ystormun und Giriamun.«

»Sehr beeindruckend«, sagte Ilkar lächelnd.

»Ach«, meinte Denser, »bisher waren das nur irgendwelche Namen, mit denen man aufsässige Magier einschüchtern konnte. Leider sind es heute keine leeren Drohungen mehr.«

Die Unterhaltung geriet ins Stocken. Die Schurken waren benannt, und die Rabenkrieger führten sich, vielleicht zum ersten Mal überhaupt, die Größe der Aufgabe vor Augen, die vor ihnen lag. Und manch einer dachte auch daran, dass vielleicht alles vergebens war. Wenn sie Dawnthief an die Wytchlords verloren, dann war ihnen der Untergang gewiss, doch selbst wenn sie die Wytchlords vernichten konnten, war keineswegs sicher, ob sie siegen würden.

Denser zündete seine Pfeife an, und seine Gedanken wanderten wie so oft zu seinem Hausgeist. Er schob die Erinnerungen rasch beiseite und konzentrierte sich auf die Bilder vom einsamen großen Grabmal, das Parve und die Torn-Wüste dominierte. Eine breite Treppe führte zum Herzen der Pyramide hinauf. Komplizierte Mosaike und Verzierungen schmückten Wände und Boden einer großen Halle mit Kuppeldach, an deren Ende eine einzige Tür den Eingang zur Gruft bildete. Dort drinnen scharten sich die Hüter um die sechs Steinsärge und bereiteten den Weg für die Rückkehr der Alten. Sie warteten auf die Bewegungen im Innern, die ihnen zeigten, dass die Reinkarnation der Essenz vollzogen war, auf dass sich die Gebeine der Wytchlords wieder regten und auch das Fleisch neu erschaffen werde. Denser schauderte und betete, dass es noch nicht zu spät war.

Als die Nacht dunkel genug war, zog der Rabe über den Weg, der direkt zum Zentraltempel der Wrethsires führte. Thraun war sicher, dass ihnen niemand begegnen würde, und Denser, der allmählich glaubte, dass der Tempel leer war, fragte sich, warum ihm gerade dieser Gedanke so große Sorgen bereitete.

Binnen einer Stunde hatten sie den Tempel erreicht. Der wuchtige dunkle Umriss erhob sich vor den nachtschwarzen Felsen dahinter. Tiefe Stille herrschte, als sie den Weg verließen und den Waldsaum erreichten. Nur zur Linken plätscherten leise Wellen im See, was den friedlichen Eindruck noch verstärkte. Allein die Gedanken der Rabenkrieger waren unruhig.

Sie schwärmten aus und liefen in Kampfformation langsam zu den mit Eisen verstärkten Eichentüren hinüber. Der Unbekannte ging in der Mitte des Fünfsterns, Hirad und Jandyr rechts neben ihm, Thraun und Will auf der linken Seite.

Hinter ihnen kamen die drei Magier. Ilkar hatte schon das Befehlswort für einen magischen Schild auf den Lippen, Erienne hatte Licht vorbereitet, und Denser hatte sich eine gefährliche Gegenwehr zurechtgelegt.

An der Tür richtete Jandyr sich auf und drückte ein Ohr ans Holz. »Ich kann nichts hören, aber die Türen sind sehr dick. Dreihundert kreischende Gläubige sind da jedenfalls ganz sicher nicht drin.«

»Es gibt nur einen Weg, es herauszufinden«, sagte Hirad.

Er ging das halbe Dutzend ausgetretener Steinstufen hinauf, packte die Griffe, drehte sie herum und stieß die Tür auf. Der Gestank des Todes wehte heraus, als die Türflügel aufschwangen. Die Scharniere quietschten protestierend. Hirad wich ein paar Schritte zurück und wandte das Gesicht ab.

»Bei den Göttern, das ist übel. Wir müssen etwas warten, bis sich der Gestank verzogen hat.«

Hastig gezogene Schwerter wurden wieder in die Scheiden gesteckt, und Mana-Formen wurden verworfen. Von dort drinnen würde niemand angreifen.

Im Innern des Tempels war es stockdunkel. Die meisten Rabenkrieger setzten sich mit dem Rücken zum Tempel auf die Treppe, nur Ilkar trat rechts neben die Tür und betrachtete die Überreste des Gemetzels, das drinnen stattgefunden hatte. Er musste mehrmals den Kopf wegdrehen und Luft holen, während er beschrieb, was er sah.

Als Erstes fielen die Leichen und das Blut auf den schwarzen, grünen und weißen Marmorfliesen des Fußbodens auf. Mit einem zweiten, genaueren Blick versuchte der Elf, den Verlauf des Kampfes zu verstehen, der dort stattgefunden hatte.

Direkt hinter den Türflügeln lagen drei bewaffnete und mit Rüstungen bekleidete Männer, die grüne Umhänge trugen, in einem Haufen übereinander. Umringt waren sie von vier weiteren Kämpfern. Es waren keine Wesmen, sondern möglicherweise Söldner, doch ihre dunkle Lederkleidung und ihr Aussehen machte deutlich, dass sie keine Tempelwächter waren.

Weiter drinnen war etwas zu sehen, das ein verwirrendes Bild entstehen ließ. Am hinteren Ende des Tempels lagen die Leichen von mindestens einem halben Dutzend Wrethsires. Man konnte sie an den dunkelgrünen Kutten und am Blut erkennen, das sich in Lachen auf dem Kachelboden gesammelt hatte. Im ganzen Tempel verstreut lagen etwa zwanzig weitere, ohne Waffen und wehrlos niedergemacht.

Am längsten ruhte Ilkars Blick jedoch auf der Szene im Zentrum des Tempels. Dort, auf einem fünf Fuß hohen Sockel, in einem Kasten aus Glas und Metall geschützt, lag das Todesauge – ein runder schwarzer Stein mit karmesinroten und smaragdgrünen Streifen, die sich um einen hellblauen Kreis zu drehen schienen.

Rings um den Stein lag etwa ein halbes Dutzend Leichen, die so stark verstümmelt waren, dass man die genaue Anzahl nicht mehr bestimmen konnte. Die Schwertkämpfer waren buchstäblich zerhackt und zerfetzt und zerstückelt worden. Auf allen Flächen klebte Blut, es war in alle Ritzen gelaufen und auf die Kacheln des Fußbodens und des Sockels gespritzt. Doch es waren nicht die verstümmelten Leichen, die Ilkar beunruhigten. Beunruhigend war die Tatsache, dass er keine Vorstellung hatte, wer so etwas getan haben könnte.

So viele Dinge passten nicht zusammen. Die Leichen rings um den Stein waren weder Wrethsires noch Tempelwächter, das konnte er an der Kleidung erkennen, und doch hatten sie anscheinend den Bereich um den Sockel verteidigt. Aber wer auch immer sie auf diese Weise massakriert hatte, er war offenbar nicht darauf aus gewesen, den Stein an sich zu nehmen. Nicht nur das, die Angreifer hatten anscheinend keinen Mann verloren, und sie waren wieder verschwunden, ohne die geringste Spur zu hinterlassen. Es passte einfach nicht.

Er atmete tief ein, hielt die Luft an und ging ein paar Schritte hinein.

»Vorsicht, Ilkar«, sagte Hirad.

Ilkar drehte sich um und schnaufte. »Hirad, sie sind alle tot.«

»Wie lange schon?«

Ilkar kniete nieder und steckte einen Finger in eine Blutlache. Das Blut war trocken und klebte nicht mehr.

»Schwer zu sagen. Die Sonne auf dem Dach muss hier drinnen eine Hitze wie im Backofen erzeugt haben, es ist immer noch ziemlich heiß. Die Leichen stinken, als wären sie schon vier Tage tot, aber es könnte auch weniger als ein Tag sein.«

»Dann lasst uns anfangen. Kann man da drinnen inzwischen atmen?« Hirad stieg die Treppe zu seinem Freund hinauf.

»So gerade eben.«

»Gut«, sagte Hirad. »Lasst uns reingehen, den Raum erkunden und dann die Leichen vor dem Sockel wegräumen. Vorläufig berührt aber niemand den Kasten.«

Erienne richtete über dem Todesauge eine stehende Lichtkugel ein, während Thraun mit einer Kerze zu den Kohlepfannen ging, die etwa kopfhoch ringsum in den Wänden angebracht waren. Will und Jandyr schleppten die Leichen vom Sockel weg und stapelten sie an den Wänden. Der Unbekannte hielt am Hauptportal Wache und beobachtete den Waldsaum, ob von dort eine Gefahr drohte. Es war nichts zu sehen, doch er blieb unruhig. Ilkar überprüfte die mit Vorhängen abgeteilten Räume hinten im Tempel.

Hirad gesellte sich zu Denser, der eine Reihe Statuen betrachtete, die ringsum in Nischen standen.

»Das ist interessant, findest du nicht auch?«, sagte Denser.

Hirad drehte sich langsam im Kreis und betrachtete die Figuren. Es waren acht, die ohne Sockel direkt auf dem Boden standen. Sie waren grün gekleidet, alle hatten prächtige Wappenröcke über dem geschmückten Kettenpanzer. Bemalte Masken bedeckten die Gesichter, und jede Figur hatte eine doppelschneidige Axt in der Armbeuge. Sie waren mehr als acht Fuß groß.

»Völlig unpassend, was?«, meinte Hirad.

»Absolut nicht.« Erienne gesellte sich zu ihnen. »Es ist bekannt, dass die Wrethsires früher kriegerischer waren als heute. Die Masken stellen die Verflechtung der Energie von Leben und Tod dar, und daraus beziehen sie angeblich ihre Magie.«

Denser warf ihr einen skeptischen Blick zu. »Na, du bist aber eine Expertin, was?«

»Nein, aber es zahlt sich immer aus, ein wenig Wissen über unsere Zeitgenossen zu sammeln«, gab Erienne etwas schnippisch zurück.

Ilkar kehrte in den Hauptraum des Tempels zurück.

»Hast du eine Ahnung, was hier passiert ist?«, fragte Hirad.

Ilkar schüttelte den Kopf. »Da hinten sind noch mehr Leichen von Wächtern, aber es wurde nichts angerührt. Ich verstehe einfach nicht, warum die Toten dort am Sockel wie Söldner aussehen. Die Wrethsires heuern ganz sicher keine Söldner an.«

»Meinst du, dass sie vielleicht gar nicht den Stein verteidigt haben?«, fragte Denser.

»Na ja, er ist ja immer noch da, oder?«

»Spielt das denn eine Rolle?«, fragte Will. »Wir schnappen uns das Ding und verschwinden.« Er beugte sich über den Kasten.

»Nicht anfassen!«, fauchte Denser. »Entschuldige, Will. Wir haben noch nicht überprüft, ob es dort Fallen oder magischen Schutz gibt.«

»Hast du nicht gesagt, sie könnten mit Mana nicht umgehen?«, fragte Will.

»Das stimmt zwar, aber wenn man will, kann man auch einen Magier anheuern.« Denser warf Erienne und Ilkar einen Blick zu. »Wollen wir?«

Die Magier stimmten sich auf das Mana-Spektrum ein und untersuchten den Sockel und den Kasten. Die Überprüfung dauerte nicht lange.

»Da gibt es keine Mana-Fallen«, meinte Erienne.

»Und was ist mit der eigenen Magie der Wrethsires?«, fragte der Unbekannte, der einen Schritt weit in den Tempel getreten war.

Denser war beinahe empört. »Die sind nicht fähig, statische Magie zu erzeugen.«

»Bist du sicher?«, fragte Hirad.

»Über dem Stein ist nichts«, sagte Denser nachdrücklich.

»Jedenfalls nichts, das wir entdecken könnten«, ergänzte Ilkar.

»Also gut«, sagte Hirad. »Sind wir dann sicher?«

Der Unbekannte nickte und konzentrierte sich wieder auf den Weg vor dem Tempel. Will beugte sich über den Kasten und betrachtete die Fugen und Flächen und hauchte ihn leicht an. Die anderen Mitglieder des Raben umringten ihn und sahen zu. Thraun lächelte, als er sah, dass Wills Hände völlig ruhig blieben.

»Das Gehäuse ist versiegelt, hat aber keine Fallen, soweit ich es sagen kann. Der Zugang ist oben. Oder soll ich einfach das Glas zerschlagen?«

»Nein«, sagte Denser. »Wir dürfen den Stein auf keinen Fall beschädigen. Nimm dir Zeit und hebe den Deckel an. Wenn auch nur eine einzige Glasscherbe die Oberfläche des Steins zerkratzt, dann wird Dawnthief geschwächt.«

Will nickte und holte sein Werkzeug hervor. Er suchte aus dem Bund mit zierlichen kleinen Geräten einen flachen Metallkeil heraus, den er sachte ins Siegel auf dem Deckel des Kastens schob.

Ein Raunen ging durch den Tempel. Ein Wind wehte aus dem Nichts, erfasste die Türen und warf sie zu, sodass es laut durch die Kuppel hallte. Die Türflügel streiften den Unbekannten, der taumelte, aber auf den Beinen blieb. Die Kohlenpfannen erloschen, bis nur noch Eriennes Licht die Umgebung erhellte. Schatten huschten die Wände hinauf, legten sich über die Masken der Statuen und unterstrichen noch ihre Größe. Sie ragten hoch und drohend im Tempel auf. Hinter dem beschränkten Lichtkreis der Lichtkugel schien sich die Dunkelheit zu verdichten, und das Licht wirkte schwächlich dagegen. Wie ein Kind, das gegen eine schwere Tür drückt, ohne sie wirklich öffnen zu können.

Das Flüstern klang jetzt aufgeregter, viele Stimmen erhoben sich und sprachen unverständliche, aber eindeutig böse klingende Worte. Der Rabe sammelte sich, die Schwerter wurden gezogen. Das Flüstern schwoll zu einem Geräusch an, das an einen starken Wind erinnerte, obwohl sich kein Luftzug rührte. Warm und schwer war die Luft, und der Gestank der Toten wurde stechender.

»Hat jemand eine Idee?«, fragte Hirad. Der Unbekannte zog an den Griffen der Haupttür, doch die war fest verschlossen. »Versuch's bei den anderen Türen und den Fensterläden. Thraun, du gehst anders herum.« Hirad musste die Stimme erheben, um die hunderte von fremden Stimmen zu übertönen, die aus dem Nichts zu ihm sprachen und ihn zu übertönen drohten.

Er sicherte zu beiden Seiten. Die Magier achteten nicht auf die Umgebung, sondern bereiteten Sprüche vor, doch ihr Stirnrunzeln verriet, dass sie Schwierigkeiten hatten. Jandyr sah sich mit aufgerissenen Augen hektisch um. Will arbeitete wie wild am Kasten des Steins. Hirad konnte hören, wie Thraun und der Unbekannte an Läden und Türen hämmerten. Das dumpfe Klopfen bildete den Unterton zu den drängenden, flüsternden Stimmen.

Erienne hatte die Hände an den Kopf gehoben, sie konnte sich nicht mehr konzentrieren. Auch Ilkar hatte seine Mana-Gestalt verloren. Sein Kontakt zur Quelle des Mana war abgerissen. Er blickte zum Raben, der in einem lockeren Kreis Will und den Sockel umringte. Ihm wurde kalt.

Schlagartig hörte das Raunen auf. Das Licht von Eriennes Kugel flackerte und erstarb. Jetzt standen sie in völliger Dunkelheit. Es klimperte, als Will sein Einbrecherwerkzeug fallen ließ. Panik.

Erienne stolperte gegen Denser, beide gingen zu Boden. Aus der Schwärze ließ der Unbekannte einen Fluch hören, als er mit dem Kopf gegen eine Wand prallte. Will schob sich mit gezogenen Schwertern an Hirad vorbei in den freien Raum. Er atmete schwer, trat auf eine Leiche und ging mit einem Schrei zu Boden. Hirad, dessen Herz zum Zerspringen in der Brust hämmerte, versuchte, irgendwo einen Lichtfunken zu entdecken. Nichts.

»Ilkar, Jandyr, Thraun, sagt uns, was ihr seht. Erienne, mach Licht. Denser, was ist hier los?«

Überall im Tempel war jetzt das Geräusch von Metall zu hören, das über Stein kratzte.

»Hat jemand eine Meinung?«, fragte Hirad noch einmal. Er hörte, wie Denser rechts neben ihm Erienne auf die Beine half. »Wir brauchen Licht. Was war das für ein Geräusch?« Er schwankte, der Gleichgewichtssinn litt in dieser Dunkelheit. Sein Stiefel riss die trockene Oberfläche einer Blutlache auf. Es wurde wärmer, und der Gestank der Toten wurde beißender, brannte in den Augen. »Kann nicht mal jemand eine Kerze anzünden, verdammt?«

»Ja, ja.« Wills Stimme klang ziemlich gereizt. Er schob die Schwerter wieder in die Scheiden und tastete nach dem Anzünder. Wieder war das Kratzen zu hören, dieses Mal begleitet von schwerem Poltern, das durch den Tempel hallte.

»Oh, nein!« Ilkars verängstigter Schrei durchbrach die gespannte Stille.

»Was? Was ist los?«, rief Hirad. Etwas klirrte, dann noch einmal. Wieder kratzte es, dann hörte man die Schritte von Eisenschuhen.

»Die Statuen bewegen sich. Hierher zu uns«, sagte Ilkar. »Wir müssen uns zum Kampf aufstellen. Schnell. Unbekannter, Thraun, ins Zentrum.«

»Was, zum Teufel, ist hier los?«, knurrte der große Mann.

Ilkar konnte mit seinen Elfenaugen erkennen, dass er annähernd in die richtige Richtung tappte. »Gehe geradeaus weiter. Thraun, hilf ihm.« Er sah, wie Thraun den großen Mann rasch an den herumliegenden Leichen der Wrethsire-Wächter vorbeibugsierte.

Hirad starrte nach rechts und konnte nichts sehen, doch er spürte, dass Erienne nicht weit war. »Erienne, was ist mit dem Licht?«

»Ich kriege die Mana-Gestalt nicht hin.« Ihre Stimme bebte.

»Nur ruhig.« Densers Stimme war fest. »Es ist alles in Ordnung.«

»Nein, hier ist gar nichts in Ordnung«, widersprach Ilkar. »Irgendetwas stört den Mana-Fluss. Ich kann keine Gestalt zusammenbringen. Und wir haben weniger als eine Minute Zeit, bis sie uns erreichen. Will, komm in den Kreis zurück, wir brauchen den Stein.«

»Ja«, sagte Will. »Jandyr, führe mich.« Er war jetzt ein wenig ruhiger.

Gleich darauf war der Rabe wieder vollzählig. Der Unbekannte stand neben Hirad, Ilkar neben dem Unbekannten. Rechts vom Barbaren hatten Jandyr, Denser, Erienne und Thraun ihre Posten bezogen. In der Mitte tastete Will auf dem Boden herum und suchte und fand schließlich seine Einbrecherwerkzeuge. Er nahm die Arbeit am Deckel des Kastens wieder auf.

Das Klirren von Metall auf Marmor, das Kratzen von Stein auf Kacheln kam mit jedem Herzschlag näher, und Hirad konnte sie spüren. Sie ragten hoch auf, riesig und unsichtbar, erschreckend gerade weil sie schwiegen. Er hielt die Klinge bereit.

»Ilkar …«

»Bei den Göttern, es ist der Tempel selbst.« Ilkars Ausruf ließ Hirad zusammenzucken.

»Was ist los?«, fragte Denser.

»Wir waren blind, bevor das Licht ausging. Denser, denk nach. Rundes Gebäude, Kuppeldach, dicht verschlossen, nadelspitze Türme …« Ilkar brach ab, als er sah, wie es in Densers Gesicht arbeitete.

»Wir sind in einem Kaltraum«, sagte der Dunkle Magier schuldbewusst, weil er das Offensichtliche übersehen hatte.

»Hirad, wir müssen eine Tür oder eine Luke öffnen. Vertrau mir. Sie sind in zwanzig Sekunden da.« Ilkar schluckte schwer.

Ein Knacken bewies, dass acht Äxte in acht behandschuhten Händen zum Schlag erhoben wurden. Hirad schüttelte sich. Er musste sich beherrschen, um nicht die Nerven zu verlieren. Rings um ihn stand der Rabe bereit. Wenigstens würden sie sterben, während sie versuchten, einander zu beschützen. Er traf seine Entscheidung.

»Ilkar und Erienne, seht zu, was ihr tun könnt. Alle anderen, lasst uns den Kreis enger ziehen, damit die beiden und Will mehr Zeit bekommen. Vorsicht mit dem Boden, das Blut ist nicht so trocken, wie es aussieht. Thraun, Jandyr, ihr weist uns ein. Bei den Göttern, der Geruch ist widerlich.«

Links neben Hirad tippte der Unbekannte mit der Schwertspitze auf den Boden. Es war Zeit.

»Sie sind fast da«, sagte Thraun. »Hirad, du hast zwei, die Äxte gehoben, Abwehr oben. Denser, einer bei dir. Unbekannter, zwei bei dir. Sie werden gleichzeitig zuschlagen, links nach rechts, diagonal.«

»Unbekannter, bereit?« Hirads Stimme schnitt durch den Nebel, der sich in seinem eigenen Kopf gebildet hatte. Er keuchte und würgte, Schweiß sammelte sich auf seiner Stirn und in den Achselhöhlen.

»Für so etwas kann man nicht bereit sein. Haltet die

Klingen schräg nach unten, um die Schläge abgleiten zu lassen, sonst hauen sie euch um.«

Abrupt hörte das Kratzen und Klirren auf. Getuschel war zu hören. Mäntel raschelten, als sei ein leichter Luftzug durch den Stoff gestrichen. Die Stille jagte Hirad einen Schauer über den Rücken.

»Jetzt«, sagte Jandyr.

Die Schläge kamen. Im letzten Augenblick spürte Hirad die Positionen der Statuen und den Schatten ihrer Klingen. Mit zwei Händen am Griff wehrte er einen Schlag ab, und der zweite ließ ihn schwanken. Funken sprangen ringsum von den Klingen und beleuchteten die maskierten Gesichter der Statuen einen Sekundenbruchteil lang, bevor sie wieder in der Dunkelheit verschwanden. Dann blieb nur noch das Nachbild. Es wäre besser gewesen, sie überhaupt nicht gesehen zu haben. Aber immerhin hatten alle Rabenkrieger die erste Runde überlebt.

»Sie reagieren langsam«, berichtete Thraun. »Die Waffen sind noch unten, aber sie nehmen sie hoch, wahrscheinlich kommt jetzt ein nach oben geführter Hieb. Wir sollten jetzt nicht angreifen. Lasst uns erst sehen, was sie haben.«

»Eine sehr einfache Beschwörung«, ergänzte Denser. »Wenn der nächste Schlag wie der vorherige kommt, dann haben sie nicht mehr zu bieten.«

Im Innern des Kreises arbeitete Will fieberhaft und blind und mit dem Kopf so dicht am Gehäuse, dass er trotz des schrecklichen Gestanks der Toten den Geruch von Metall und Glas wahrnehmen konnte. Ringsum kämpfte der Rabe, um ihn zu schützen. Er konzentrierte sich und unterdrückte die Angst. Seine tastenden Finger verrieten ihm, dass das Glas verstärkt war. Eigentlich hätte er einen Hammer gebraucht, um das Glas zu zerstören, doch er hatte begriffen, warum Denser dieses Risiko nicht eingehen wollte. Der Kasten war fest versiegelt, und er musste jetzt den Mechanismus finden, der den Deckel öffnete. Die Vorrichtung musste irgendwo sein, doch er wusste nicht, wie viel Zeit der Rabe ihm noch verschaffen konnte.

Ilkar hatte Eriennes Hand gefasst und lief geduckt durch den enger werdenden Kreis der Angreifer. Noch während er sich duckte und auswich, wurde ihm klar, dass kein Schlag kommen würde. Die Statuen hatten ihr Ziel gefunden. Da er wusste, dass die Türen zu schwer waren, lief Ilkar zum nächsten Fensterladen. Erienne, die nichts sehen konnte, trat einem Wrethsire-Wächter aufs Gesicht. Der Kopf verdrehte sich unnatürlich, als ihr volles Gewicht darauf lag. Sie stolperte und hielt sich schaudernd an Ilkar fest.

»Bei den Göttern, ist das schrecklich.«

»Schon gut, Erienne, wir sind alle ziemlich nervös.« Ilkars Antwort beruhigte sie ein wenig.

»Was, zum Teufel, können wir jetzt tun?« Erienne hatte die Hände auf den Holzladen gelegt und tastete an den Kanten herum. Sie suchte, hatte aber nicht viel Hoffnung, etwas Brauchbares zu finden.

»Denk nach. Der Unbekannte hat es mit Gewalt versucht. Wir müssen den Verschluss finden.«

»Und wenn es ein magischer Verschluss ist?«

»Wir müssen glauben, dass wir die Sprüche der Wrethsires aufheben können.« Er zuckte mit den Achseln, auch wenn sie ihn nicht sehen konnte. »Wir müssen es einfach glauben.«

»Der zweite Schlag kommt. Halbhoch, rechts nach links. Zurückweichen und blocken«, sagte Jandyr. »Jetzt.«

Es pfiff, als acht Äxte ihre Ziele verfehlten. Hirad ging

diese Art zu kämpfen schrecklich auf die Nerven. Er konnte den Kampf nicht kontrollieren, unter seinen Füßen brach die Kruste der Blutlachen auf, und er konnte nicht mehr sicher stehen. Doch wie Thraun erklärte, war die Angriffstechnik der Statuen sehr beschränkt.

»Gut, jetzt bauen sie sich wieder wie beim ersten Schlag auf. Keiner hat die Position geändert. Ihr wisst, was ihr zu tun habt. Jetzt.«

Die Schläge waren heftiger als beim ersten Mal. Hirad taumelte einen Schritt zurück und stieß mit den Beinen gegen Will, der hinter ihm arbeitete. Auch dieser Angriff ging ins Leere.

»Denser?«

»Bin noch da, so gerade eben.«

»Zweiter Schlag«, warnte Thraun. »Jetzt.«

Hirad konnte sich gerade rechtzeitig aufstellen. Neben ihm grunzte der Unbekannte unter der Wucht der Schläge.

»Das ist zu schnell.« Wenn die Geschwindigkeit und die Wucht der Schläge weiter in diesem Maß zunahmen, dann musste der Kampf ein rasches Ende finden. Hirad war allerdings nicht bereit zu sterben, ohne seinem Gegner in die Augen geschaut zu haben.

Will fand den Verschluss. Ein winziges Loch dicht unter dem Rand des Deckels. Es war eine ausgezeichnete Arbeit, doch er hatte keine Zeit, sie zu bewundern. Er suchte in der Gürteltasche nach dem dünnen Draht, schob ihn rasch und mit geübten Bewegungen ins Loch und dankte den Göttern, dass er nach dem Tod von Densers Hausgeist seine Sinne wieder beisammen hatte. Irgendwo in diesem winzigen Loch war der Verschlussmechanismus. Rings um ihn nahm der Kampf an Heftigkeit zu und raubte ihm die Konzentration, die er so dringend brauchte. Hirad war schon zweimal zurückgetaumelt, und seine Abwehrschläge hatten auf der Rüstung seines stummen, unbeeindruckten Gegners Funken geschlagen.

Denser wehrte sich heftig. Die Schläge der Statuen kamen jetzt immer schneller, und er war nicht an die ständige Belastung gewöhnt, der die Muskeln und Sehnen in seinem Arm durch die Hiebe ausgesetzt waren. Der üble Gestank von verwesendem Fleisch erzeugte eine Übelkeit, die seine ohnehin schon schwachen Glieder noch weiter schwächte. Bald musste seine Verteidigung zusammenbrechen. Er glaubte schon die Schmerzen zu spüren.

Ilkar und Erienne tasteten an dem Laden herum. Nichts. Was die Blende auch hielt, es war nicht mechanisch, und ohne Unterstützung durch irgendeinen Mana-Fluss konnten sie die Beschwörung der Wrethsires nicht aufheben. Es war, als versuchte man, ein Feuer mit einer Feder zu löschen. Solange sie die Blende nicht zerstören konnten, gab es keinen Ausweg, und wenn der Unbekannte kein Loch hineinschlagen konnte, dann hatten sie erst recht keine Hoffnung. Ilkar zog sein Schwert und hämmerte mit dem Griff blindlings auf das massive Holz ein.

Thraun fand den Kampf recht übersichtlich. Er konnte jederzeit den Griff wechseln und genau wie Hirad den einen oder den anderen Arm ausruhen. Jandyr dagegen war fast am Ende. Die leichte Klinge des Bogenschützen hatte den wuchtigen Axthieben nichts entgegenzusetzen, und seine Abwehr wurde Stück um Stück niedergerungen. Bald würden sie ihn zerstückeln.

Will hätte beinahe einen begeisterten Schrei ausgestoßen, als er es fühlte – eine kleine Nut im langen Schlüsselloch. Er musste nur noch den Draht nach unten biegen.

»Ich hab's«, sagte er.

»Will, mach jetzt nichts.« Der Unbekannte wehrte die nächsten beiden Schläge ab und dachte angestrengt nach.

»Ich bin sicher, dass sie sofort auf dich losgehen, wenn du den Stein herausnimmst. Wir müssen darauf vorbereitet sein. Jandyr?«

»Ja«, keuchte der Elf.

Die Hitze war lähmend und erstickend, im Tempel gab es keine frische Luft, der Gestank der Toten stach beim Atmen in der Nase. Sie konnten sich nicht mehr lange halten.

»Auf mein Kommando öffnet Will den Deckel und schnappt sich den Stein. Wehre den nächsten Schlag ab, dann nimmst du Will und läufst mit ihm durch die Reihe der Angreifer bis zum Ende des Tempels. Hast du verstanden? Will?«

»Ja.«

Der nächste Schlag kam, fester und schneller als die letzten. Wieder gab es angestrengtes Grunzen.

»Die übrigen hier wehren ab und weichen aus; sie werden nicht auf uns losgehen. Thraun, du musst uns allen deine Augen leihen, auch wenn ich sicher bin, dass wir genau wissen werden, wo die Feinde stehen. Also auf mein Kommando.«

»Der Schlag kommt«, sagte Thraun.

»Jetzt, Will!«

Der Dieb schob den Draht weiter hinein, der Deckel klappte auf, und er schnappte sich den Stein.

»Ich habe ihn.«

Der Unbekannte fing die Schläge mit der eigenen Klinge ab, duckte sich und lief durch die Lücke zwischen zwei Angreifern. Er spürte, wie Hirad seinem Beispiel folgte, während Jandyr sich umdrehte und Will am Kragen packte, auf die Beine zog und vor sich her schob.

»Lauf los, Will!« Der Ruf des Elfen hallte laut durch den stockdunklen Tempel.

Äxte wurden gehoben, kamen herunter und schlugen

Funken auf dem gefliesten Boden. Der Lichtblitz war hell genug, dass die anderen erkennen konnten, wie Will und Jandyr zum rückwärtigen Ende des Tempels flohen, wobei sie sich einen Weg durch die Leichen suchen mussten. Wieder war ein Scharren zu hören, und Metall klirrte auf Stein. Die Statuen hatten sich in Bewegung gesetzt.

»Jandyr, du leihst Will deine Augen«, sagte der Unbekannte. »Ihr müsstet ihnen eigentlich ausweichen können. Lasst euch nicht in die Enge treiben.«

»Verlass dich drauf.« Jandyrs Stimme verriet seine Erschöpfung.

»Lasst uns doch diese verdammten Fensterläden öffnen. Thraun, führe mich.«

»Direkt vor dir. Streck die Arme aus. Da hast du einen.«

»Ilkar, was hast du herausgefunden?«, fragte der Unbekannte.

Die gespenstischen Geräusche der wandelnden Statuen hallten zwischen den Wänden. Hin und wieder war ein feuchtes Knirschen zu hören, als sie mit ihren Steinfüßen die Körper ihrer früheren Herren zerquetschten. Auch Jandyrs Stimme war zu hören, leise und beruhigend, aber unendlich müde.

»Es gibt keinen mechanischen Schalter«, sagte Ilkar, als der Unbekannte den Rand des Fensterladens abtastete. »Ich bin sicher, dass alles hier Teil ein und desselben Spruchs ist.«

»Dann müssen wir die Läden zerschlagen. Thraun, lass uns versuchen, diesen Sockel zu heben. Steckt eure Waffen ein und stellt euch an der Wand auf, damit wir uns nicht gegenseitig verletzen.«

Will fühlte sich, als würde er immer neuen Gefahren ausgesetzt. Zuerst der Hausgeist, dann seine nutzlosen Hände, danach die plötzliche Dunkelheit und jetzt dies.

Acht riesige Statuen, die auf ihn und nur auf ihn losgingen, weil er das Auge des Todes hatte. Über die Mächte, welche die Statuen in Bewegung setzten und die so wirkungsvoll die Kampfkraft des Raben zu lähmen verstanden, wollte er lieber gar nicht erst nachdenken.

Jetzt sorgte er sich vor allem, weil er ihre Schritte auf dem Boden hörte, ohne sie kommen zu sehen. Zwar spürte er Jandyrs Hand auf der Schulter, die ihn führte, doch er war sicher, dass er in diesem albtraumhaften Bau sterben musste, der entsetzlich nach Tod stank.

»Will, du zitterst ja.«

»Wundert dich das?«

»Hör mir zu, dann wird es dir besser gehen. Sie kommen näher, deshalb müssen wir uns gleich bewegen und eine neue Richtung einschlagen. Ich werde nach links gehen. Fasse meinen Arm und gehe weiter. Es ist nicht nötig zu rennen, weil sie nicht den ganzen Tempel abdecken können. Hast du verstanden?«

»Ja.« Das Scharren klang schrecklich laut in Wills Ohren, und das Klappern der Metallstiefel kam ihm vor wie seine Totenglocke. Vor dem inneren Auge sah er Bilder von Äxten, die im Dunklen unverhofft zuschlugen.

»Lass uns gehen.«

Sie drückten sich an die Wand. Jandyr keuchte bei jedem Schritt, und Will versuchte, sich darauf zu konzentrieren, einfach nur einen Fuß vor den anderen zu setzen. Der Elf lief schnell, und zweimal hätte Will ihn fast verloren, als er über die Leichen stolperte, die sie vorhin erst an den Rand des Tempels geschleppt hatten. Doch die Furcht, allein gelassen und in Stücke gehackt zu werden, sorgte dafür, dass seine Finger fest um Jandyrs Oberarm gespannt blieben. Dann kam ein plötzlicher Richtungswechsel, und Will stolperte.

»Was ist los?«

»Entschuldige, Will. Wir müssen jetzt zur anderen Seite des Tempels hinüber.« Jandyrs Stimme klang gepresst. »Da habe ich mehr Raum für das nächste Manöver.«

Thraun fegte den Kasten vom Sockel und versuchte, die Säule aus bearbeitetem Marmor umzukippen. Zuerst dachte er, sie sei fest im Boden verankert, doch dann knackte es, uralter Staub wallte auf, und sie kippte.

»Unbekannter?«

»Den Göttern sei Dank.«

Die beiden großen Krieger hielten die Säule fest, legten die Arme darum und hoben sie auf. Sie grunzten vor Anstrengung und schnauften schwer.

»Führe uns, Thraun«, sagte der Unbekannte. »Schnell.«

Will glitt in einer der Blutlachen aus und fiel der Länge nach hin. Er schrie, als sich seine Hand von Jandyrs Arm löste, rollte sich herum und kam gleich darauf wieder in die Hocke. Hektisch sah er sich in der undurchdringlichen Dunkelheit um und zuckte zusammen, als seine tastende Hand auf kaltes, zerfetztes Fleisch traf.

»Jandyr!«, heulte er. »Sie dürfen mich nicht kriegen!« Neben ihm bewegte sich etwas, und er spürte eine Hand auf dem Arm. Er zuckte zusammen und entspannte sich sofort wieder.

»Ich bin doch bei dir, Will. Ich bin bei dir.« Jandyrs Stimme war ein Pol der Gelassenheit. »Wir sind in Sicherheit. Sie können uns nicht kriegen. Komm schon, wir müssen in Bewegung bleiben.«

Will richtete sich auf. »Wohin denn?«

»Folge mir einfach.«

Der Unbekannte bekam den Rückschlag vom ersten Stoß gegen den Fensterladen ab. Seine breiten Schultern bebten unter dem Aufprall, doch das Holz hatte nachgegeben. Es mochte magisch versiegelt sein, aber es war und blieb einfach nur Holz.

»Beim nächsten Mal«, versprach Thraun. »Bereit?«

»Los.«

Das Holz zitterte. Sie hörten etwas brechen, doch sie waren noch nicht durch.

»Beinahe«, meinte Thraun. »Noch einmal.«

»Los.«

Der Marmorsockel brach mit lautem Krachen durch die Blende. Thraun ließ das Ende los, und der Unbekannte schob den Sockel weiter und drückte den provisorischen Rammbock ganz nach draußen. Durch das gezackte Loch strömte frische Luft herein, und das schwache Licht kam ihnen so hell vor wie ein Leuchtfeuer. Noch wichtiger war, dass auch ein Strom von Mana einsetzte, sobald die Hülle des Kaltraums geborsten war.

»Das dürfte reichen«, sagte Denser.

Gleich darauf wurde der Tempel von einem sanften Lichtschein erhellt. Erienne hatte ihre Lichtkugel sofort wieder gedämpft, weil sie die Gefährten nicht blenden wollte. Jandyr und Will waren noch auf der Flucht. Als die Lichtkugel entstand, rannten sie sofort zur Haupttür hinüber. Jandyr humpelte stark.

»Kümmert euch um die Tür«, sagte Hirad.

»Ich hab sie.« Ilkars Kraftkegel war auf die Fuge zwischen den Türflügeln gerichtet. Der Spruch drückte die Türen aus den Fugen; sie barsten und kippten nach draußen, in die wundervolle warme Nachtluft.

»Lasst uns verschwinden, los jetzt!« Hirad führte die anderen aus dem Tempel und atmete, unbeeindruckt vom Gestank der Toten, die frische Luft ein. »Wenn sie uns folgen, dann können wir schneller laufen als sie. Kommt schon!«

Der Rabe rannte aus dem Tempel, Jandyr und Will zuletzt, und erreichte den Weg vor der Treppe. Die Statuen blieben an der Tür stehen. Sie konnten sich nicht über den Bereich hinaus bewegen, der durch den Zauber vorgegeben war. Am Waldrand hielt der Rabe inne.

Erst eine, dann eine weitere maskierte Gestalt trat aus den Schatten. Nach wenigen Augenblicken versperrten ihnen neunzig Protektoren den Weg. Angeführt wurden sie von einem einzigen Reiter.

Der Rabe nahm seine Kampfformation ein. Der Unbekannte war in der Mitte und starrte die Reihen hinter dem Reiter an. Er hatte die ganze Zeit gewusst, dass sie da waren.

Will blieb bei Jandyr. Der Elf war auf den Bauch gefallen, und das Blut lief aus einem langen Schnitt, der von der Schulter bis zur Hüfte reichte.

»Er braucht Hilfe.«

»Wir auch«, sagte Erienne.

Will schaute auf, als Denser das Wort ergriff.

»Styliann. Ihr kommt ein wenig spät, um uns zu retten.«

»Bemerkenswert«, sagte Styliann. »Es war wichtig, dass Ihr überlebt. Balaia hat nicht mehr viel Zeit.«

Vierzehntes Kapitel

Die Horden rückten näher, und Darrick musste die wichtigsten Befehle geben, die er je in seiner Karriere erteilt hatte. Er hatte dafür gesorgt, dass der Rabe wohlbehalten in den Westen gelangte, und einen Tag später war Styliann voller Rachegelüste mit einhundert Protektoren vorbeigaloppiert. Er hatte nicht mit dem Herrn vom Berge gesprochen, doch er hatte dessen Augen gesehen. Er bedauerte die Wesmen, die dieser Hundertschaft des Todes begegneten.

Die Lage war völlig klar. Seine Aufgabe war es, den Osten zu verteidigen, doch die entscheidende Schlacht wurde vom Raben und wie es schien auch von Styliann im Westen geschlagen. Darrick sah sich um. Er hatte die besten Männer um sich geschart, die es gab. Jeder von ihnen konnte die Verteidigungstruppen ebenso gut befehligen wie er selbst.

Im Süden hatte es einen schweren Rückschlag gegeben, weil Gresse und Blackthorne die Stadt verloren hatten, doch ihre Guerillataktik sollte den Vorstoß der Wesmen auf dieser Flanke stark genug verlangsamen. Im Norden konnten die Kollegien hoffentlich die Triverne-Bucht halten.

Dort war die größte Konzentration von Magie, und dort konnte man die Schamanen am besten bekämpfen.

Darrick konnte einfach nicht am Eingang des Understone-Passes herumsitzen und abwarten, was sich in der Torn-Wüste ergeben mochte. Er wollte seine fünfhundert Reiter und seine fünfzig Magier nehmen und frei sein, aktiv einzugreifen.

Er wollte kämpfen, und bei den Göttern, er war fest entschlossen, seinen Kampf zu bekommen.

Ilkar wich zurück und näherte sich unwillkürlich wieder dem Tempel. Er zitterte. Styliann's Stimme drang wie durch einen Nebel zu ihm.

»Es tut mir wirklich sehr Leid.«

Ilkar zuckte mit den Achseln und drehte sich wieder um. »Wann ist das alles passiert? Was ist am Triverne-See geschehen?« Er konnte nicht verstehen, warum die Lage so schlecht war.

»Gestern. Ich habe heute Abend eine Kommunion gehalten. Sie haben uns ausgelöscht. Wir hatten gedacht, wir könnten ihren Vormarsch einige Tage verzögern, doch ihre Magie war zu stark«, erklärte Styliann. »Sie haben etwas, das es vor dreihundert Jahren noch nicht gab. Weißes Feuer, das Mauern frisst, und etwas Dunkles, das das Fleisch verzehrt.«

Der Rabe lauschte schweigend. Der Unbekannte stand bei den Protektoren und starrte ins Leere. Die Magier-Truppen und die Krieger an der Triverne-Bucht waren massakriert worden, überwältigt von der Magie der Schamanen. Die Wesmen waren weniger als drei Tage von Julatsa entfernt, und man musste befürchten, dass die Kollegien nicht fähig waren, sie in Schach zu halten. Blackthorne und Gresse hatten die Schlacht verloren und konnten die

Wesmen nicht mehr daran hindern, die Verteidigung am Understone-Pass von der Flanke her anzugreifen. Darrick war gen Westen geritten und verschwunden. Die Götter allein wussten, was er vorhatte. Auf einmal hatte sich der planvolle Vorstoß nach Parve in ein Wettrennen verwandelt, und es schien so, als hätten sie nicht mehr genug Zeit.

»Und was ist aus Euren Plänen geworden, mein Lord?«, fragte Denser. Er war wie vor den Kopf geschlagen, dass der Herr vom Berg hier im Westen war.

»Ihr wisst, warum ich hier bin«, erklärte Styliann. »Sie haben mir Selyn genommen, und ich nehme ihnen das Leben. Ihr werdet mit mir kommen, und Dawnthief ebenso. Der Rabe kann zum Understone-Pass zurückkehren. Dort werden seine Fähigkeiten bei der Verteidigung gebraucht.«

Schlagartig änderte sich die Atmosphäre. Hirad hielt sich bereit, ließ das Schwert aber für den Augenblick noch in der Scheide. Der Unbekannte trat neben ihn, Thraun folgte seinem Beispiel. Ilkar und Erienne nahmen Denser in die Mitte, der vor dem berittenen Styliann stand. Will blieb beim gestürzten Jandyr. In die Reihen der Protektoren kam Bewegung.

»Ich bin nicht sicher, ob ich es verstehe«, sagte Denser, obwohl er es im Grunde längst wusste.

Styliann zog die Augenbrauen hoch. »Denser, das Gleichgewicht muss wiederhergestellt werden, und wir müssen die Vorherrschaft haben. Dawnthief darf nur Xetesk allein gehören. Und jetzt bringt mir die Katalysatoren, sonst nehme ich sie den Leichen Eurer Freunde weg.« Er gab ein Signal, und die Protektoren zogen die Waffen blank. Das Geräusch klang schrecklich laut in der stillen Nacht.

»Das kannst du nicht zulassen«, zischte Ilkar.

»Er hat keine andere Wahl«, sagte Styliann. »Er hat immer gewusst, dass es darauf hinauslaufen würde.«

Denser starrte Styliann an und schüttelte den Kopf. »Und Ihr …« Er deutete hinter sich zum Tempel.

Styliann runzelte die Stirn. »Ja. Ihr habt vollbracht, was nicht einmal meine Protektoren geschafft haben«, sagte er. »Ich bin beeindruckt. Doch jetzt ist die Arbeit des Raben getan.«

»Wie konntet Ihr vor uns hier eintreffen?«, fragte Hirad.

»Ich war immer dicht hinter Euch, Hirad. Ihr habt auf dem Weg hierher gerastet, ich nicht.« Er zuckte mit den Achseln. »Schade, dass ich keinen Erfolg hatte. Es wäre alles viel einfacher gewesen.«

»Ja«, sagte der Unbekannte. »Aber jetzt sind die Trümpfe in unseren Händen, nicht wahr?«

Ilkar zog sich ein Stückchen zurück und stellte sich hinter dem Raben auf. Die Anrufung war kurz. »Schild steht«, murmelte er. Der Rabe zog die Schwerter.

Styliann lachte. »Glaubt ja nicht, Ihr könntet Euch mir in den Weg stellen«, sagte er verächtlich. »Denser, trefft die richtige Entscheidung, denn sonst sehe ich mich gezwungen, auch Euch das Leben zu nehmen.«

»Das könntet Ihr doch nicht tun.« Denser wich zurück, Erienne blieb bei ihm. Er spürte, dass Ilkars Schild auch ihn deckte.

»Gibt es einen bestimmten Grund dafür?«

Die Protektoren stellten sich auf. Der Unbekannte spannte die Muskeln.

»Weil ich der Einzige bin, der eine realistische Chance hat, Dawnthief zu wirken und die Wytchlords zu vernichten.« Doch Densers Worte klangen nicht sehr überzeugt.

»Wenn Ihr wirklich so dumm seid zu glauben, Ihr wärt der einzige Dawnthief-Magier in Xetesk, dann tut Ihr mir Leid«, sagte Styliann. »Ich biete Euch Ruhm. Gemeinsam werden wir die Wytchlords vernichten, und dann werdet Ihr neben mir auf dem Berg stehen und über Balaia herrschen.

Es gibt zwei Türme, die neue Herren brauchen. Kommt schon.« Er winkte Denser zu sich, und der Dunkle Magier machte unwillkürlich einen kleinen Schritt, bis Erienne, die sich bei ihm untergehakt hatte, ihn zurückhielt.

Denser sah sich zum Raben um, dann fiel sein Blick auf Erienne, die sein Kind trug, dem nichts zustoßen durfte. Er schaute zu Hirad, der ihm zweimal den Tod angedroht und ihm erheblich öfter das Leben gerettet hatte – und der es zweifellos wieder tun würde, wenn sich die Gelegenheit ergab. Ilkar, der den Weg kannte und deshalb mit ihm zusammenarbeitete. Der Unbekannte, der in Freiheit, aber immer noch von den Erinnerungen seiner Seele gequält war. Und Will, Thraun und Jandyr, die jetzt zum Raben gehörten.

Vor ihm aber stand Styliann. Der Herr vom Berge aus Xetesk. Ein Mann, der ihm den Tod bringen oder ihm ebenso leicht großen Ruhm schenken konnte.

Denser trat dicht an Hirad heran und flüsterte. »Vertraust du mir?«, fragte er.

Hirad sah ihn nachdenklich an, und Denser konnte sehen, wie es im Barbaren arbeitete. »Du bist beim Raben«, antwortete er achselzuckend. »Du hast dein Leben aufs Spiel gesetzt, um den Unbekannten zu befreien. So verhält sich einer, der zu uns gehört.«

»Gib mir die Kette.« Hirad wollte ablehnen, doch Denser kam ihm zuvor. »Er kann sie uns sowieso wegnehmen, wir können ihn nicht aufhalten.«

»Wir können doch nicht einfach aufgeben.« Hirad packte seinen Schwertgriff fester.

Densers Stimme war kaum noch zu hören. »Niemand wird aufgeben. Vertrau mir.«

Hirad richtete die Aufmerksamkeit wieder auf Styliann, der offenbar mit großer Faszination den Raben beobachtete. Hinter ihm standen neunzig Protektoren bereit, den

Raben auszulöschen. Er schnalzte mit der Zunge und zog sich die Kette mit dem Abzeichen des Kommandanten vom Understone-Pass und dem dordovanischen Meisterring über den Kopf. Er konnte hören, wie Ilkar scharf einatmete, doch der Schild schwankte nicht.

»Gib Denser den Stein, Will«, sagte Hirad. »Wir haben nichts zu gewinnen, wenn wir sterben.«

Will überließ Jandyr einen Augenblick sich selbst und gab Denser das Auge des Todes. Der Xeteskianer lächelte, doch bevor er zu Styliann ging, blieb er, mit dem Rücken zu seinem Herrn, noch einmal bei Ilkar stehen.

»Was auch geschieht, halte den Schild oben.« Dann baute er sich vor Styliann auf und hob die Katalysatoren.

»Wenn ich mir vorstelle, dass ich das Schicksal Balaias in Händen halte«, sagte er.

»Gefährlich ist es«, erklärte Styliann. Er streckte den Arm aus. »Wir wollen keine Zeit mehr verschwenden, denn die Zeit ist ein kostbares Gut.«

»In der Tat, das ist sie«, stimmte Denser zu. Ein Lächeln spielte um seine Lippen. »Und nun werde ich über Balaias Schicksal entscheiden.«

Die Mana-Form war gebildet, und das Befehlswort war gesprochen, ehe Styliann reagieren konnte. Denser breitete die Schattenschwingen aus, schoss hinauf und entfernte sich, um jenseits des Tempels, hoch in den Felsen, zu verharren. Alle Köpfe fuhren zu ihm herum, wie er sich da oben als Silhouette vor dem sternenübersäten Nachthimmel abhob. Alle hielten den Atem an, und Hirads Herz pochte heftig. Kalter Schweiß bildete sich auf seiner Haut. Ein gutes Stück außerhalb der Reichweite von Stylianns Magie rief Denser zu ihnen herab, während seine Schattenschwingen träge schlugen.

»Ich kann nicht zulassen, dass Ihr zu den alten Verhältnissen zurückkehrt, Styliann. Ihr seid die Vergangenheit. Dawnthief wird beim Raben bleiben. So lautet der Vertrag, und wir werden ihn erfüllen oder beim Versuch sterben.«

»Ihr seid ein Xetesk-Magier und mein Untertan«, sagte Styliann mit kalter, schrecklicher Stimme. »Ihr werdet mir gehorchen.«

»Nein«, sagte Denser. »Ich gehöre zum Raben.«

Hirads Lächeln war breiter, als der Understone-Pass lang war. Er richtete sich auf.

»Oh, mein guter Styliann«, sagte er, »da habt Ihr wohl schon wieder den Kürzeren gezogen. Warum gebt Ihr es nicht zu und tretet zur Seite?«

Doch Styliann hörte nicht auf ihn. Mit lodernden Augen formte er das Mana mit einer Geschwindigkeit und Kraft, die nur einem Meister zu Gebote stand. Drei Feuerkugeln schlugen kurz nacheinander gegen Ilkars Schild. Blaues und rotes Licht blitzte an der unsichtbaren Barriere auf. Ilkar keuchte unter dem heftigen Angriff, doch auch wenn er zitterte, der Schild blieb stabil. Styliann starrte. Kein Rabenkrieger hatte auch nur mit einer Wimper gezuckt.

»Ilkar hat noch nie einen Schild durch einen magischen Angriff verloren«, erklärte Hirad. »Und ich kann Euch versichern, dass er nicht heute damit anfangen wird. Es ist aus, Styliann.«

»Das glaube ich nicht«, knirschte der Herr vom Berge. Er wandte sich an seine Protektoren. »Tötet sie. Tötet sie sofort.« Doch die Protektoren rührten sich nicht. »Tötet sie!«, kreischte er, und sein Gesicht lief im Mondschein rot an. Wut loderte in seinen Augen. Hirad bereitete sich innerlich darauf vor zu sterben.

»Ruhig Hirad«, sagte der Unbekannte, und endlich einmal erreichte sein Lächeln auch die Augen. »Ihr könnt Euch die Puste sparen, Styliann.«

»Wie bitte?«, gab Styliann ungläubig zurück.

»Es ist etwas, das Ihr Euch einfach nicht vorstellen könnt, von verstehen ganz zu schweigen. Die Protektoren werden uns nicht angreifen, solange ich hier bin und solange wir Euer Leben nicht bedrohen. Umgekehrt werde ich nicht zulassen, dass der Rabe sie angreift. Aber ich muss Euch warnen. Falls ich durch Eure Hand sterben sollte, werden sich die Protektoren gegen Euch wenden.«

Hinter Styliann entstand eine Unruhe. Er drehte sich um. Die Protektoren starrten ihn an, ihre Masken reflektierten das Sternenlicht.

»Ihr könnt Euch natürlich entscheiden, mir nicht zu glauben, mein Lord.« Der Unbekannte trat einen Schritt vor und verließ den Bereich des magischen Schutzschildes. »Aber Ihr habt bereits Dawnthief verloren. Wollt Ihr nun auch noch Euer Leben verlieren?«

Stylianns Gesicht wurde noch dunkler, als es ohnehin schon war. Er drehte sich wieder im Sattel um und betrachtete die Haltung der Protektoren, war jedoch nicht fähig, das Ausmaß ihrer Verweigerung einzuschätzen. Schließlich wandte er sich wieder an den Unbekannten.

»Aber Ihr wurdet freigelassen. Ihr seid keiner von ihnen mehr.«

»Das dachte ich auch. Doch die Bande, die beim Verschmelzen der Seelen entstanden sind, können nicht aufgelöst werden. Meine Seele mag mir wieder gehören, doch sie wird immer mit den Protektoren verbunden bleiben. Ich akzeptiere es, und sie verstehen es. Es wäre gut, wenn Ihr es ebenso hinnehmen könntet.«

Ein dritter Blick nach hinten, und der Herr vom Berge nickte. Er hatte sein Pferd schon halb gewendet, als der Unbekannte ihn noch einmal aufhielt.

»Ihr könnt uns allerdings helfen, Balaia zu retten, und

dabei gleichzeitig Rache üben«, schlug er vor. »Wenn Ihr auf unser Zeichen hin Parve von Süden oder Südosten her angreift, dann könnte uns dies den Weg zur Pyramide ebnen. Wenigstens hättet ihr dann noch ein Kolleg, zu dem Ihr zurückkehren könnt.«

Styliann Gesicht verriet nicht, was er dachte. »Sagt Denser, dass er in Xetesk höchst unwillkommen ist, solange ich der Herr vom Berge bin. Was den Raben angeht, so sollt Ihr nach eurer Rückkehr durch den Understone-Pass entlohnt werden. Aber kommt mir nie wieder in die Quere.«

»Ich werde Euch über die Protektoren ein Zeichen geben«, sagte der Unbekannte. »Wenn Ihr in der Nähe seid, werden sie mich hören.«

Styliann gab keine Antwort, sondern ließ sein Pferd im leichten Galopp durch die Reihen der Protektoren laufen. Sie blieben noch einige Augenblicke reglos stehen und verbanden ihre Seelen mit dem Unbekannten, dann folgten sie ihrem Gebieter und verließen die Lichtung vor dem Tempel.

Mehrere Minuten lang behielt der Rabe seine Kampfformation bei, während Denser über den Gefährten kreiste, das Auge aufs Mana-Spektrum eingestellt, um zu überprüfen, ob Styliann nicht doch noch einen magischen Angriff wagen wollte. Als er landete und die Schattenschwingen ablegte, entspannten sie sich.

»Schild ist unten«, meldete Ilkar.

Hirad legte Denser eine Hand auf die Schulter und nickte dankbar, als der Dunkle Magier seinen Blick erwiderte.

»Ich glaube, jetzt kann ich endlich sagen, dass ich es allmählich begreife«, meinte Denser.

»Wird Styliann uns helfen?«, fragte Hirad.

Der Unbekannte zog die Augenbrauen hoch. »Das ist

schwer zu sagen«, antwortete er. »Wenn er sich besinnt und etwas nachdenkt, wird er es vielleicht tun.«

»Thraun, kannst du den Weg kontrollieren und die Pferde einsammeln?«, sagte Hirad. Thraun nickte und entfernte sich im Laufschritt.

Etwas verspätet richtete sich die Aufmerksamkeit wieder auf Jandyr. Der Elf lebte noch, und Erienne hatte sich inzwischen zu Will gesellt und kümmerte sich um ihn. Er hatte sich nicht mehr gerührt, seit er gestürzt war. Seine Lederrüstung war von der fallenden Axt einer Statue aufgeschlitzt worden, und die Verletzung darunter war tief und schwer. Seine Kleidung und das Erdreich rings um ihn waren mit Blut getränkt. Erienne hatte die Blutung jedoch anscheinend inzwischen gestillt.

»Wie schlimm ist es?«, fragte Will.

»Er hat Glück gehabt«, sagte Erienne. »Die Klinge hat keine Rippen zerschmettert, Herz und Lungen sind unversehrt. Ich mache mir allerdings große Sorgen wegen seiner Schulter und des unteren Rückens.«

»Können wir ihn bewegen?«, fragte der Unbekannte.

»Frühestens morgen, wenn ich eine Chance bekommen soll, wenigstens einen Teil der Verletzungen zu heilen. Ich will es mal so sagen: Er wird seinen Bogen eine ganze Weile nicht benutzen können. In der Schulter sind viele Sehnen und Muskeln getroffen worden.«

»So viel Zeit haben wir nicht«, erklärte Ilkar. »Du hast gehört, was Styliann gesagt hat. Die Wesmen werden in drei Tagen in Julatsa sein.«

»Dann muss Julatsa die Angreifer eben aufhalten«, sagte Erienne. »Wenn wir jetzt reiten, dann wird er sterben. Ilkar, ich sage doch nur, dass wir bis zur Morgendämmerung warten sollen. Fünf Stunden.«

»Bis zur Dämmerung«, sagte Ilkar. »Dann bekommen

wir eine Chance zu überprüfen, ob Styliann uns die Wahrheit gesagt hat.«

Hirad überlegte. Er betrachtete den Waldrand, drehte sich einmal im Kreis, blickte über den See, die Berge und den Tempel. Die bemalten Masken der Statuen waren immer noch in den Türen zu erkennen. Er schauderte.

»Wenn ihr es aushalten könnt, von diesem Haufen da beobachtet zu werden, können wir auch bis zum Sonnenaufgang hier bleiben. Will, baue bitte den Ofen auf. Denser, ich brauche dich und Thraun, um den Weg nach Parve zu bestimmen. Da die Wesmen unterwegs sind, müssen wir uns von den Straßen, die nach Understone führen, fernhalten. Ilkar und Unbekannter, ich muss mit euch reden.«

Ins improvisierte Lager kam Bewegung. Denser und Will folgten Thraun und verließen die Lichtung, Erienne bereitete einen Heilzauber vor, und die drei überlebenden alten Rabenkrieger versammelten sich auf den Stufen des Tempels. Hirad warf einen Blick zu den Statuen, bevor er zu sprechen begann.

»Es gibt einige Dinge, die ich nicht verstehe«, sagte er.

»Dann hat sich ja nicht viel geändert«, meinte Ilkar.

Hirad knuffte seine Schulter. »Witzig, Ilkar. Aber nicht besonders.« Er lachte. »Erklärt mir, was ein Kaltraum ist und warum ich noch nie davon gehört habe.«

»Nun ja, das ist etwas, das die Kollegien aus verständlichen Gründen nicht gern in der Öffentlichkeit verbreiten.« Ilkar richtete den Blick zum Himmel. »Wie soll ich es erklären? Also gut, pass auf. Das Mana fließt überall und durch alles. Es kann Haut, Knochen, Mauern, Holz, das Meer und sogar Dimensionen durchdringen, wie wir herausgefunden haben. Niemand kennt seinen Rhythmus oder die genaue Struktur seiner Strömungen. Wir wissen nur, wie wir es umlenken und für die Sprüche in eine Gestalt bringen können. Es ist also möglich, den Fluss umzuleiten, und es gibt bestimmte Gebäude, die dies tun können.« Er deutete mit dem Daumen hinter sich. »Das Mana wählt den Weg des geringsten Widerstandes. Dieser Tempel wurde mit großer Sorgfalt gebaut, und damit meine ich genau durchdachte Details in Bezug auf Architektur und Material. Als der Bau versiegelt wurde, strömte das Mana ringsherum und nicht mehr hindurch.« Er zuckte mit den Achseln. »Das ist eigentlich schon alles.«

»Es war eine raffiniert gebaute Falle für einen unvorsichtigen Dieb«, stimmte der Unbekannte zu.

»Oder für einen Magier«, murmelte Ilkar. »Wir hatten Glück, dass es uns da drin nicht erwischt hat.«

»Dann waren die Leichen, die wir da drin gefunden haben, die Leichen von Protektoren?«, fragte Hirad.

»Ja«, sagte der Unbekannte. »Ich habe es sofort erkannt, doch es schien mir zunächst unmöglich. Sie waren Protektoren, die zweifellos zu Stylianns Truppe gehört haben.«

»Aber sie hatten keine Masken«, sagte Ilkar.

»Wenn die Bedrohung beseitigt ist, ziehen sich die Statuen vermutlich wieder zurück, und die Versiegelung der Türen wird aufgehoben. Die Protektoren nehmen immer die Masken ihrer gefallenen Brüder mit. Styliann wollte den Todesstein in seinen Besitz bringen, war aber vorsichtig genug, draußen zu warten, als er seine Protektoren hineingeschickt hat. Wenn er das Objekt bekommen hätte, dann hätte er echte Macht über uns alle ausüben können.«

»Also hat er abgewartet, ob wir Erfolg haben«, sagte Hirad.

»Er muss dies gehofft haben«, stimmte der Unbekannte zu. »Ich bin sicher, dass er die ganze Zeit mit der Möglichkeit gerechnet hat, dass wir den Stein in die Hände bekommen, woraufhin er uns auf einen Schlag alle Katalysatoren abnehmen wollte.«

Hirad schüttelte den Kopf. »Ich räume gern ein, dass ich damit gerechnet habe, bald zu sterben, als ich sah, wie sie alle auf uns gewartet haben. Aber was ist da eigentlich passiert?«

»Er war es.« Ilkar deutete auf Denser, der mit Will, Thraun und den Pferden auf die Lichtung zurückkehrte.

»Könntest du das etwas genauer erklären?«, fragte Hirad.

»Aber gern. Wir waren gerade eben Zeugen, wie das xeteskianische Denken einen riesigen Schritt nach vorn gemacht hat. Denser hat die Aussicht, in seinem Kolleg Macht und Ruhm zu erwerben, mit Rücksicht auf das Wohl Balaias ausgeschlagen. Ich kann es immer noch nicht ganz glauben.«

»Aber das erklärt nicht das Verhalten der Protektoren«, sagte Hirad. Er sah sich im Lager um. Will bereitete den Ofen vor und tat so, als höre er nichts, obwohl er mit Sicherheit aufmerksam lauschte. Erienne redete mit Jandyr und streichelte sein Haar. Der Elfen-Bogenschütze lag immer noch auf dem Bauch, war inzwischen aber bei Bewusstsein. Denser und Thraun waren, über eine Karte gebeugt, in eine angeregte Unterhaltung vertieft. Thraun machte lebhafte, ausholende Gesten, während Denser gemütlich seine Pfeife rauchte und lächelte.

Es wurde Hirad warm ums Herz. Der Rabe war wieder vollzählig und funktionierte bestens. So hatte er sich nicht mehr gefühlt, seit Ras gestorben war.

»Das musst du den Unbekannten fragen«, sagte Ilkar.

»Ich kann es eigentlich selbst kaum erklären«, begann der Unbekannte. »Ich wusste einfach, dass Stylianns Macht über sie schwächer war als das Band zwischen ihnen und mir. Sie werden niemals einen der ihren angreifen, solange das Leben ihres Gebieters nicht in Gefahr ist, und wir haben Stylianns Leben nicht bedroht.«

»Hätten sie ihn getötet, wenn er dich getötet hätte?«, fragte Ilkar.

»Nein. Er ist ihr Gebieter und daher für sie unantastbar. Aber wen kümmert es? Styliann hat es geglaubt.«

Hirad lachte wieder. »Gute Arbeit, Unbekannter. Komm schon, lass uns einen Blick auf den See werfen und etwas Wasser für Will besorgen.«

Der Angriff traf die Marschkolonne der Wesmen in der Flanke, als sie durch ebene Wiesen zog, die zwischen dichten Waldstücken lagen. Darauf folgten ein Hagelschauer von Pfeilen, Harter Regen und Todeshagel, was die Schamanen zwang, ihre wertvolle Kraft zu vergeuden, indem sie harte und magische Schilde aufbauten.

Tausend Reiter stürmten gegen die ungeschützte Flanke des Feindes an, Hufe wühlten Schlamm, Erde und Blut auf, Klingen blitzten in der Mittagsonne. Es war ein Lärm wie von starkem Regen auf einem Schieferdach, der ständig lauter wurde. Blackthornes Männer zügelten nach dem ersten Vorstoß die Pferde, lösten sich vom Feind und formierten sich neu. Noch einmal wurden Hornsignale gegeben, und nun stürzten sich Gresses Kräfte auf die andere Flanke und brachten die Reihen des Feindes erneut in Unordnung.

Gresse fühlte sich wieder wie ein junger Mann, als er sein Pferd zwischen die auf einmal gar nicht mehr so überlegen blickenden braunen Gesichter der Wesmen trieb. Er hieb nach links und rechts, als er sich einen Weg bahnte, spaltete das Gesicht eines Mannes und schlitzte die Schulter eines zweiten auf. Blut spritzte hoch, legte sich in Schlieren über sein Gesicht und besprenkelte seine Beine, den Sattel und seine Brust. Lärm, ein gewaltiger Lärm erfüllte seine Ohren.

Rings um ihn griffen seine Männer den Feind an. Zwischen den Schreien der Sterbenden waren die Rufe der Wesmen zu hören, die versuchten, ihre Verteidigung zu formieren. Er drängte sein Pferd weiter, stieß einen Mann mit dem Schild zur Seite und wehrte einen Lanzenstich mit dem Handschutz seines Schwerts ab. Die Wesmen wichen vor dem Angriff zurück, ihre Schlachtordnung drohte zu zerbrechen, ihr Selbstvertrauen war angesichts der tobenden Pferde und des blitzenden Stahls der Reiter angeschlagen. Gresse begann den Sieg zu wittern.

Wieder wurden Hornsignale gegeben, und er ließ sein Pferd einen Halbkreis laufen, um sich aus dem Gemetzel zu befreien. Über die Toten und Sterbenden trampelten die Hufe hinweg. Als er nach links und rechts sah, zählte er nicht mehr als eine Handvoll reiterlose Pferde. Er stieß einen entzückten Schrei aus und galoppierte davon, um außerhalb der Bogenschussreichweite der Wesmen seine Truppen neu zu sammeln.

Wieder regneten Sprüche und Pfeile auf die Wesmen herunter, doch dieses Mal wurden mehr als beim ersten Mal abgewehrt, prallten von Schilden ab oder flammten auf, sobald sie mit dem magischen Schutz in Berührung kamen.

Ein drittes Mal wurden Hornsignale gegeben. Dieser Angriff sollte den Schamanen selbst gelten, die bisher von Kriegern verteidigt worden waren. Blackthorne führte den Angriff an, die Magier waren an seiner Seite und schirmten so viele Männer wie möglich ab.

Die Wesmen hatten inzwischen ihre Schlachtformation eingenommen; sie standen dicht an dicht und hatten sich in kleinen Verbänden auf Verteidigung eingestellt. Blackthornes Speerträger richteten die Waffen aus und trieben sie in die Feinde hinein. Viel Boden konnten sie damit nicht gewinnen, doch sie brachen die äußeren Verteidigungslinien auf. Darauf folgten die Schwertkämpfer. Gresse konnte sehen, wie Blackthorne seine Klinge hob und senkte und das Blut in alle Richtungen spritzte.

Ein Summen erfüllte plötzlich die Luft und übertönte den Kampflärm; es dröhnte in den Ohren und brachte die Zähne zum Klirren. Die Pferde scheuten und bäumten sich mit bebenden Nüstern auf. Aus den Fingern der Wesmen-Schamanen drangen jetzt schwarze Fäden, dünn wie Peitschenschnüre, flogen durch die Luft und gruben sich in die Leiber von Pferden und Reitern.

Schmerz. Ein Tod in Schrecken und unvorstellbarem Schmerz. Wo der Zauber einen ungeschützten Körper fand oder die magische Verteidigung durchbrach, starben Mensch und Tier dutzendweise. Gresse konnte beobachten, wie ein schwarzer Faden einen Reiter an der Hüfte traf und seinen Körper und das Leder, den Bauch und die Brust zertrennte, als sei ein Messer durch dünnes Tuch geglitten. Die Eingeweide quollen durch den Riss heraus, die Rippen brachen, und der Todesschrei verstummte, als die Dunkelheit seinen Hals erreichte.

Überall wurden Körper durchbohrt, Fleisch wurde verbrannt oder zerfressen. Mit erstaunlicher Geschwindigkeit wendete sich das Blatt auf dem Schlachtfeld. Blackthorne ließ das Schwert über dem Kopf kreisen, und die Hörner bliesen zum vollständigen Rückzug. Gresse brüllte Befehle, und auch seine Männer gehorchten und zogen sich vom Ort der Zerstörung zurück, wo sich das Blut des Ostens mit dem des Westens mischte. Die Jubelschreie der Wesmen klangen ihnen noch lange in den Ohren.

Wo der Sieg zum Greifen nahe gewesen war, herrschte Dunkelheit.

Fünfzehntes Kapitel

Eine trockene und warme Nacht war auf einen wolkenlosen Abend gefolgt. Der Regen des vergangenen Tags war nur noch eine ferne Erinnerung.

Denser hatte eine kurze Kommunion mit dem führenden Magier in Understone gehalten und wusste, dass Styliann nicht übertrieben hatte. Im Süden waren die Wesmen noch drei Tagesmärsche von Understone entfernt, und sie rückten mit erschreckender Geschwindigkeit vor. Blackthorne konnte nicht mehr viel ausrichten, wenn er nicht alle seine Männer verlieren wollte. Noch schlimmer war, dass etwa dreißigtausend Wesmen und Schamanen nur noch einen Tagesmarsch vom westlichen Eingang des Passes entfernt waren.

»Und du sagst, die Wytchlords hätten noch nicht einmal ihre volle Kraft wiedererlangt?«

Denser nickte. »Wenn sie leibhaftig umgehen und voll konzentriert sind, ist die Macht der Schamanen nicht mehr zu brechen.«

»Sofern sie das nicht bereits jetzt schon ist«, meinte Ilkar.

»Wie weit ist es noch bis zur Torn-Wüste?«, wollte Hirad wissen.

»Zweieinhalb Tagesritte bis zur Grenze, dann vielleicht noch eine Stunde bis zur Pyramide«, sagte Thraun.

»Das ist sehr knapp gerechnet«, meinte Ilkar.

»Und es unterstellt, dass wir unterwegs nicht aufgehalten werden«, ergänzte Thraun.

Es gab ein nachdenkliches Schweigen. Hirad malte sich aus, wie sie Hals über Kopf in die Klauen eines schnellen Todes stürzten, denn hier konnten hinter jeder Ecke Wesmen in großer Zahl lauern.

»Jetzt könnten wir deine Katze gebrauchen, was?«, fragte Will bedrückt.

»Ich könnte sie die ganze Zeit gebrauchen.« Densers Lächeln war schmal und kalt.

»Wie lange können Darricks Männer noch den Understone-Pass halten?«, fragte Hirad.

Der Unbekannte zuckte mit den Achseln. »Wer kann das schon sagen? Wir haben die Magie der Schamanen nicht gesehen. Zu unseren Gunsten spricht nur, dass der Eingang schmal ist. Sie können nicht in breiter Front angreifen, und damit bekommen unsere Magier die Chance, eine wirkungsvolle Abschirmung aufzubauen.«

»Hmm.« Hirad lehnte sich an die Treppenstufen des Tempels und leerte seinen Becher. »Kann Jandyr überhaupt reiten?« Der Elf schlief noch.

Erienne nickte. »Ihr könnt ihn jederzeit wecken. Allerdings könnt ihr nicht erwarten, dass er kämpft oder seinen Bogen einsetzt.«

»Wie lange wird es wohl noch dauern, bis er es wieder kann?«

»Im Idealfall kaum mehr als einen Tag. Aber wir werden scharf reiten, und das wird seine Wunden erneut belasten.

Wenn ich nicht genug Zeit bekomme, bekommt ihr keinen Bogenschützen.«

»Wundervoll«, meinte Hirad. »Na gut, wir sollten wohl nicht mehr länger hier herumhängen und aufs Ende der Welt warten. Lasst uns aufbrechen und mitmischen.« Er klopfte Ilkar auf die Schulter und stand auf.

Eine halbe Stunde später waren sie zur Torn-Wüste unterwegs.

Darrick war alles sehr einfach erschienen. Auf Nebenwegen in die Wüste reiten und dort unerbittlich die Flanken der Wächter und Hüter des Grabes angreifen. Alles töten, was sich ihm in den Weg stellt, und dafür sorgen, dass der Rabe siegreich zurück zum Pass gelangt.

Doch zwei Stunden nach der Abenddämmerung des dritten Tages im Land der Wesmen war ein Drittel seiner Männer gefallen, weitere fünfzig waren verletzt, und seine magische Unterstützung war zum großen Teil aufgerieben. Als er anhielt, um den Schaden einzuschätzen, zitterte er am ganzen Körper vor Wut und Enttäuschung. Er konnte immer noch nicht verstehen, wie die Wesmen seine Marschroute hatten erfahren können.

Siebzig Bogenschützen, vom Weg aus nicht zu sehen, hatten Wellen von Tod und Verderben losgelassen, in denen Pferde und Männer untergingen. Nach der ersten Welle lösten sich die Reihen der Kavallerie auf, und die Reiter sprengten links und rechts den sanften Hang hinauf, in das Gebüsch, hinter dem die Bogenschützen auf der Lauer gelegen waren. Weitere verloren ihr Leben durch die aus nächster Nähe abgefeuerten Pfeile, bis die Kavallerie die Bogenschützen der Wesmen niedergemacht hatte. Darrick konnte von Glück reden, dass er nicht auch noch auf Schamanen getroffen war.

Er betrachtete seine Truppe, er sah den Schrecken und das Entsetzen in den Gesichtern der Männer. Er beorderte die am schwersten verletzten Kämpfer zum Pass zurück, bevor er den Anführer der Magier konsultierte. Der Xeteskianer befehligte inzwischen nur noch siebzehn Magier.

»Könnt Ihr harte und magische Schilde im Galopp aufrechterhalten?«

»Was habt Ihr vor?«

Darrick schüttelte den Kopf. »Wir müssen weiter vorstoßen. Wenn wir die Wege verlassen, dann können wir auch gleich ganz zurückkehren, weil wir zu spät kommen. Ich will das Blatt wenden, den Rest des Tages scharf reiten und sie damit überraschen, dass wir so schnell so tief in ihr Gebiet eindringen. Wenn wir auf einen weiteren Hinterhalt treffen, dann will ich im Galopp durchstoßen.«

»Das ist äußerst riskant«, sagte der Xeteskianer.

»Ich weiß, aber wir müssen die Initiative ergreifen. Sie hätten eigentlich nicht so gut vorbereitet sein dürfen. Sie hätten unseren Weg nicht kennen dürfen. Keinesfalls.«

Der Magier zog die Augenbrauen hoch. »Womöglich ist die Auferstehung der Wytchlords viel näher, als wir dachten.«

»Werdet Ihr es mit dem Schild versuchen?«, fragte Darrick.

Der Xeteskianer nickte. »Wenn Ihr es wünscht, selbstverständlich.«

»Ich wünsche es. Also gut, ich muss noch mit den Männern reden und sie auf das vorbereiten, was kommt. Es wird eine höllische Jagd werden.« Darrick lächelte. »Zwei Tage, um Balaia zu retten. Seid Ihr bereit?«

Lord Tessaya stand mit seinen Schamanen auf einem Hügel vor dem Understone-Pass, den er vor kurzem verloren hatte. Er war sicher, dass er ihn bald wieder einnehmen würde. Dreißigtausend seiner Landsleute, nicht wenige davon hatten vor weniger als einem Jahr noch zu seinen Feinden gezählt, lagerten nur wenige Stunden vom Pass entfernt. Ein Dutzend Schamanen rückte, geschützt von Tessayas übrig gebliebenen Truppen, bereits zum Pass vor. Weitere fünftausend Wesmen standen bereit, wieder in die Berge einzudringen. Es sollte ein süßer Triumph werden.

»Sie sollen Mann für Mann abgeschlachtet werden für das, was sie mir angetan haben. Bringt mir Darrick lebendig. Ich will mit eigenen Augen sehen, wie er einen langsamen, qualvollen Tod stirbt.« Die Schamanen nickten. Einer gab bereits die ersten Anweisungen. »Wie lange wird es dauern, bis wir unsere Positionen einnehmen können?«

»Wir werden Eure Befehle erwarten, wenn die Sonne den Zenith erreicht, mein Lord.«

Tessaya sah nach oben. Noch zwei Stunden. Zwei Stunden, und dann konnte er hoffentlich die Entsetzensschreie seiner Männer vergessen, die er gehört hatte, als das Meer aus dem Himmel gestürzt und durch den Pass gerast war. Das Rauschen des Wassers, das gegen die Mauern schlug und seine Leute wegschwemmte, ihre Schreie, ihre Rufe und ihr Flehen, das verstummte, als sie in die Abgründe gespült wurden. So viele, die niemals im Feuer der Ehre ihre letzte Ruhestätte finden durften. So viele, die keine Chance bekommen hatten, kämpfend zu sterben, wie sie es erhofft hatten.

Doch der ungeheuerliche feige Angriff sollte gerächt werden, sobald seine Leute nach Osten vorstießen und sich nahmen, was sie haben wollten. Zum ersten Mal seit Tagen konnte Tessaya lächeln.

»Ich werde aufs Pferd steigen und meine Leute dorthin führen, wo sie hingehören«, verkündete er. »Bald werden wir das Blut der Kolleg-Magier trinken.«

Der Rabe ritt schnell durch das widrige Gelände, während die Sonne am teilweise bewölkten Himmel aufstieg. Die Krieger hatten keine Verfolger gesehen oder gehört, nachdem sie vom Tempel aufgebrochen waren. Der Unbekannte konnte die Protektoren nicht mehr spüren und wusste nicht zu sagen, ob sie sich nach Osten oder nach Westen gewandt hatten. Die Rabenkrieger kamen recht gut voran, doch der Weg war schwierig, die Pferde ermüdeten schnell, und immer bestand die Gefahr, einen Unfall zu erleiden.

Doch ihre größte Sorge galt Jandyr. Der Elfen-Bogenschütze kämpfte um sein Leben. Nach der ersten Nacht, die er unter dem Bann von Eriennes Warmer Heilung schlafend verbracht hatte, bestand er darauf, reiten zu können. Doch das verspannte, kreidebleiche und von einem Schweißfilm bedeckte Gesicht verriet den Gefährten, welch große Schmerzen er litt.

Eine Stunde lang schien er sich ganz gut zu halten, doch gegen Mittag wurde er langsamer und hielt sich die meiste Zeit zwischen Denser und Erienne oder Ilkar und Erienne. Die Magier, die zugleich kundige Heiler waren, beobachteten besorgt, wie die Wunden in Schulter und Rücken wieder aufrissen. Das Blut benetzte seine Lederrüstung und das Hemd und tröpfelte am linken Arm herunter, der an seiner Seite fixiert war.

Bei der ersten Rast, nachdem Thraun und Will die Pferde überprüft, gefüttert und getränkt hatten, sammelte sich der Rabe um den keuchenden Jandyr, der sich an einen mit Moos bedeckten Felsblock gelehnt hatte. Sie hatten am Ausgang eines Tals angehalten. Unter ihnen lag Hügelland, vom Wind gepeitscht und öde, das sich nach Norden und Westen in Richtung Parve erstreckte. Hinter ihnen lag der Wald, durch den sie geritten waren und der ihnen gute Deckung geboten hatte. Wie eine grobe grüne Decke war er über die steilen Steigungen und die sanften Hänge gebreitet.

Etwa tausend Fuß unter ihnen schnitt der Hauptweg zwischen Parve und Understone durchs Baravale-Tal, das sich auf einer Breite von hundert Meilen seinen Weg durch die beiden großen Gebirgsketten des Westens bahnte. Hin und wieder trug der stetig wehende Wind sogar die Geräusche der marschierenden Wesmen zu ihnen herauf, während die Rabenkrieger, vor Blicken gut geschützt, beisammen saßen und über ihre Lage nachdachten.

»Könnt ihr etwas tun, um seine Schmerzen zu lindern?«, fragte Hirad. Denser, der Eriennes Hände gewärmt hatte, sah sie fragend an.

»Warte mal«, sagte sie. Sie zog die Hände zurück und half Jandyr, sich auf die Seite zu drehen, damit sie seine Wunden untersuchen konnte. Sie schob das grob genähte Leder beiseite und zog mit Ilkars Hilfe die Teile der blutigen Jacke auseinander. Sie fluchte, als sie sah, wie sehr ihr Werk der vergangenen Nacht zerstört worden war. »Die Wunde wird immer wieder aufgerissen, wenn wir reiten, dagegen kann ich nicht viel tun. Ich kann ihm die Schmerzen nehmen, aber dann wird er es nicht mehr bemerken, wenn sich sein Zustand verschlechtert. Das könnte gefährlich sein.«

»Jandyr?«, fragte Hirad.

Der Elf atmete schwer, sein Atem ging etwas flatternd. »Ich kann so nicht mehr reiten«, sagte er. »Die Schmerzen werden zu stark, und ich halte euch auf. Es gibt aber eine Möglichkeit. Entweder, ihr lasst mich hier zurück und kommt wieder her, wenn es vorbei ist, oder Erienne wirkt den Spruch.«

»Du kannst nicht allein hier bleiben«, widersprach Erienne. »Ohne Behandlung könntest du nicht überleben.«

»Damit ist die Entscheidung gefallen«, sagte Hirad.

»Er braucht ab und zu Hilfe. Er wird sich nicht immer aufrecht halten können«, sagte Erienne.

»Welchen Spruch willst du denn wirken?«, fragte Denser.

»Betäubung.«

»Ist das nicht ein wenig stark?«, fragte Ilkar.

Erienne zögerte.

»Was ist?« Jandyr runzelte die Stirn. »Es ist schlimmer, als du dachtest, nicht wahr?«

Sie nickte. »Die Blutung ist stärker, als sie sein sollte. Das Fleisch wächst nicht zusammen. Ich weiß, dass du die Wunden beim Ritt belastet hast, aber es sollte trotzdem etwas besser sein als das, was wir sehen. Ich muss die Betäubung wirken, damit du überhaupt weiter reiten kannst. Heute Abend kann ich vielleicht noch etwas mehr tun.«

»Werde ich heute Abend überhaupt noch leben?«, fragte der Elf.

»Das weiß ich nicht«, sagte sie. »Ich bin wohl nicht sehr gut darin, Leute am Leben zu erhalten.« Auf einmal schossen ihr die Tränen in die Augen und liefen die Wangen herunter. Denser legte ihr einen Arm um die Schultern und wandte sich an Hirad.

»Ich denke, wir sollten aufbrechen«, sagte er.

Wenn man sich dem Dorf näherte, spürte man, dass Magie in der Luft lag. Styliann ritt langsamer und zog sich hinter die Truppe der Protektoren zurück. Sie ritten dicht beisammen, damit ihre natürlichen magischen Schilde einander überlappten und eine Abwehr schufen, die von den Schamanen kaum zu überwinden war.

Nachdem sie den Tempel verlassen hatten, war Styliann nach Süden geritten. Er war voller Wut, da er ein weiteres

Mal vom Raben düpiert worden war. Zwar konnte er verstehen, was der Unbekannte ihm erklärt hatte, doch er hatte sich bereits entschieden, dass er selbst nicht mit der gleichen Geschwindigkeit wie der Rabe nach Parve vorstoßen wollte. Falls er im rechten Augenblick eintraf, um die Gegner vom Raben abzulenken, sollte es ihm aber recht sein.

Als erstes Ziel hatte er ein Dorf im Kerngebiet des Feindes ausgewählt, in dem die Marschierenden auf dem Weg zum Understone-Pass und möglicherweise auch zur Bucht von Gyernath Rast gemacht hatten. Das Dorf war weniger als zwei Tagesmärsche von der Torn-Wüste entfernt. Er wollte hier eine nachdrückliche Botschaft an die Wytchlords hinterlassen, wer die wirkliche Macht im Land besaß.

»Vorrücken«, befahl er. »Es gibt keine Unschuldigen. Verschont niemanden.« Kein weiteres Wort außer diesem Befehl wurde gesprochen. Die Protektoren spornten die Pferde zum Galopp an und formierten sich wie ein Pfeil, an dessen Ende Styliann ritt, der bereits die Mana-Gestalt für seinen bevorzugten destruktiven Spruch aufbaute. Er lächelte, als er sich vorstellte, was er gleich loslassen wollte.

Nur die Hufschläge der Pferde verrieten, dass die Protektoren kamen. Sie stürmten in das unvorbereitete Dorf der Wesmen, das wie alle Siedlungen dieses Volks kreisförmig um das Stammestotem und ein Feuer gebaut war. Es bestand aus etwa dreißig Gebäuden, Pferchen für das Vieh und seitlich offenen, überdachten Gebäuden, in denen die Ernte gelagert wurde.

Die neunzig Köpfe starke Streitmacht teilte sich in zwei Verbände, stellte sich außerhalb des Kreises auf und drang mit gezogenen Schwertern auf die Dorfbewohner ein, die schreiend in alle Richtungen flohen. Männer, Frauen, Kinder, keiner fand Gnade vor den Schwertklingen. Hinter ihnen ritt Styliann ins Zentrum des Kreises. Sein Spruch war bereit.

»Höllenfeuer«, sagte er.

Ein Dutzend Feuersäulen krachten durch die Dächer der Gebäude, verbrannten die Opfer, die sich dorthin geflüchtet hatten, und vernichteten die Häuser. Rauch stieg in die Luft, brennende Gestalten rannten kreischend aus den Häusern.

Fast wie ein Ballett stiegen die Protektoren nach dem ersten Angriff nahezu gleichzeitig von den Pferden und liefen mit erhobenen Äxten durchs Dorf, in dem ein heilloses Durcheinander herrschte. Ein Dutzend Gebäude war von Stylianns Höllenfeuer getroffen worden und brannte lichterloh. Dicke, schwarze Rauchwolken stiegen in die Luft. Wer die Flammen und den ersten Angriff der Protektoren überlebt hatte, rannte fort. Einige zu den schützenden Bäumen, andere zu den Waffen. Einer marschierte dem ungeschützten Styliann entgegen.

Der Herr vom Berge glitt vom Pferd. Nach dem Höllenfeuer hatte er sofort einen magischen Schild geformt und aktiviert und sein Schwert gezogen. Der Schamane wirkte einen Spruch, und zehn schwarze Fäden liefen Styliann entgegen, spielten auf seinem Schild und ließen seinen Körper beben. Der Schild hätte unter dem Druck eigentlich brechen müssen. Styliann sah den erwartungsvollen Blick des Schamanen.

»Meine Güte«, sagte Styliann. Er machte einige Schritte und schlug den Schamanen mit dem Schwertknauf nieder. Rings um ihn steckten die Protektoren stumm und schnell und mit grausamer Zielstrebigkeit die übrigen Gebäude an und machten jeden nieder, den sie fanden, ob jung oder alt. Dabei bekamen sie selbst kaum mehr als einen Kratzer ab. Der Schamane torkelte und fiel auf die Knie. Styliann Tritt traf sein Gesicht und warf ihn auf den Rücken, wo er liegen blieb. Blut bedeckte jetzt seine Nase und die Wangen. Der Herr vom Berge bückte sich über ihn, und der entsetzte Mann konnte nichts weiter tun, als ihn anstarren.

»Dein Schicksal soll eine Botschaft an deine Herren sein. Dein Dorf soll ein Schrein für alle sein, die mir folgen. Die Häuser werden verkohlt zurückbleiben, die Menschen als Aas. Unbestattet sollen sie in der Sonne liegen.«

»Wer seid Ihr?«

Styliann lächelte. »Wage es nicht, die Macht von Xetesk herauszufordern.« Er schlug die Hand weg, die sich der Schamane auf die Nase gelegt hatte, und presste ihm die eigene Hand auf den Mund. Er hielt ihn fest, während er den Flammenhand-Spruch direkt auf die Kehle des Mannes richtete. Der Schamane wand sich vor Schmerzen und starb, das Feuer quoll ihm aus Augen und Nase, das Haar verkohlte knisternd. Styliann stand wieder auf, klopfte sich den Staub ab und stieg aufs Pferd.

»Angriff einstellen«, befahl er. Zufrieden schaute er sich um und fragte sich, ob auch Parve so gut brennen würde.

»Aufschließen!«, rief Darrick. »Schilde aufbauen.«

Die Kavallerie der vier Kollegien war auf dem Hauptweg zwischen Understone und Parve nach Westen vorgestoßen, um sich schließlich nach Norden zu wenden und aus einer Richtung in Parve einzutreffen, die nach Darricks Einschätzung im rechten Winkel zur Marschroute des Raben lag. Sie donnerten den Weg hinunter und griffen die Wesmen von vorne an, die am Wegesrand angehalten hatten, nur unzureichend bewaffnet und nicht auf die Attacke gefasst.

»Schilde stehen!«, rief ein Magier, als die Speerträger an der Spitze der Truppe die ersten Wesmen niedermachten. Die Kavallerie galoppierte durch, die Schwerter hieben nach links und rechts, und die Schilde flackerten, als die Magie der Schamanen einschlug, doch die Gegner konnten die einander überlappenden Sprüche der Kollegien nicht durchdringen. Sie hielten nicht an, sie machten nicht kehrt, und sie schauten nicht zurück. Doch hinter ihnen lagen siebzig Wesmen, die den Understone-Pass nicht mehr erreichen sollten.

Kurz danach verließen sie den Weg und wandten sich nach Norden. Sie waren noch zwei Tagesritte von der Torn-Wüste entfernt, als Darrick seine Kavallerie anhalten ließ und eine wohl verdiente Rast einlegte.

»War das wirklich nötig?«, fragte einer der Magier.

»Nein«, sagte Darrick. »Aber lasst Euch gesagt sein, dass es mir ein ganz besonderes Vergnügen war.«

Ringsum kehrte das Lächeln in die Gesichter seiner Krieger zurück.

Barras stand im Wachturm und konnte sich nicht von dem Ausblick losreißen, als das Licht des vorletzten Friedenstags in Julatsa verblasste. Hinter dem alten Elfenmagier bereitete sich die Kollegstadt auf einen Krieg vor, den sie nach dem Gemetzel an der Triverne-Bucht vor nur drei Tagen kaum noch zu gewinnen hoffen konnte. So viele Männer, so viele Magier waren gefallen. Verstärkung war versprochen worden, aber nie eingetroffen. Xetesk hatte gar gemeldet, dass Styliann mit einhundert Protektoren unterwegs sei, doch Barras wusste, wohin Styliann in Wirklichkeit gegangen war.

So stand er am Fenster und sah die dunkle Masse der Wesmen anrücken. Früh am nächsten Morgen würden sie in Reichweite der Sprüche sein. Barras schauderte beim Gedanken an das schwarze und weiße Feuer, das die Schamanen benutzen würden, um das Herz von Julatsa zu durchbohren.

Die Wachabteilungen der Stadt und des Kollegs waren bereit, die Kolleg-Magier waren eingewiesen und hatten ihre Positionen bezogen, doch Barras wusste, dass Julatsa einen Tag später in der Hand der Wesmen sein würde, wenn nicht noch ein Wunder geschah. Sie hatten einfach keine passende Antwort auf die Magie der Schamanen. Gewiss, sie konnten sich recht gut abschirmen, doch dies erforderte viel Mana und viele Magier, und es blieb nicht mehr viel übrig, um offensive Sprüche zu wirken. Da die Schwertkämpfer aus Julatsa ihren Gegnern im Verhältnis von vier zu eins unterlegen waren und da die Stadt keine Mauern besaß, war der Ausgang der Schlacht unvermeidlich, zumal die Schamanen anscheinend niemals müde wurden.

Barras' Augen waren voller Tränen, als er sich an die Geschichten seines Urgroßvaters erinnerte, der als junger Magier Zeuge der ersten von den Wytchlords unterstützten Invasion der Wesmen geworden war. Städte und Dörfer in Brand, die Ernte abgefackelt, überall Leichen, vaterlose Kinder. Flüchtlinge drängten sich in Notunterkünften, sofern sie dies überhaupt noch konnten, marodierende Banden von Wesmen ermordeten jeden, den sie aufgriffen, und die Schamanen, die damals bei weitem nicht so mächtig waren wie dieses Mal, hielten ihre Rituale und Opfer ab, während sie das Land im Osten in Besitz nahmen.

Nun sollte dies alles noch einmal geschehen, und es gab nichts, was man tun konnte, um es zu verhindern. Dieses Mal gab es keine magischen Kräfte, mit denen man die Wytchlords aufhalten konnte, keine Armee, die fähig war, die Wesmen zu vernichten. Die einzige Hoffnung war der

Rabe, doch Barras zweifelte sehr, dass die Rabenkrieger Erfolg haben würden. Sein letztes Gebet, bevor er müde vom Turm nach unten stieg, war, dass sie wenigstens Dawnthief zerstören mochten, wenn sie den Spruch schon nicht wirken konnten.

Ein Schauder lief durch seinen Körper, dann wurde er ruhig. Wenn der Spruch den Wytchlords in die Hände fiel, wäre das Leiden der Menschen im Osten wenigstens kurz.

Für den Augenblick waren sie in Sicherheit, und nun verbarg auch der Mantel der Nacht ihr Versteck in den Bergen. Blackthorne, Gresse und die Überreste der Truppen von Gyernath saßen beisammen und dachten mutlos über ihr Schicksal nach. Viele Söldner waren bereits gegangen, weil sie lieber für ihre eigenen Familien kämpfen wollten, oder sie waren einfach weggelaufen. Jetzt waren nur noch etwas mehr als vierhundert Schwertkämpfer und Magier da, um den erbarmungslosen Vorstoß der Wesmen auf Understone aufzuhalten.

Gresse, dessen linker Arm bandagiert war und gerade noch dazu taugte, die Gabel zum Mund zu führen, biss von seinem Brot ab und ergriff das Wort, nachdem er den Happen mit Wasser heruntergespült hatte.

»Sie werden in weniger als drei Tagen in Understone sein, wenn wir sie nicht noch einmal aufhalten. Wir müssen es versuchen.«

»Das ist Selbstmord.« Blackthornes Gesicht war von Schmutz verschmiert, tief gefurcht und voller Sorgenfalten, da seine Truppen so stark dezimiert worden waren. Fünfmal hatten sie die Wesmen angegriffen, und fünfmal waren sie von der schamanischen Magie und den sich immer heftiger wehrenden Wesmen in die Flucht geschlagen worden. Sie hatten nur noch zwei Pferde für jeweils drei Männer, und wenn er die Verwundeten und Erschöpften abzog, dann blieben höchstens dreihundertfünfzig Mann, die kämpfen konnten.

»Wir dürfen nicht zulassen, dass sie Understone einnehmen«, sagte Gresse. »Nicht ohne … wie war noch Euer Wort dafür? Nicht ohne ihnen etwas Stoff zum Nachdenken zu geben. Wenn sie die Stadt einnehmen, dann kontrollieren sie alle Einfallstore zum Osten, und die Kollegien sind von beiden Flanken angreifbar.«

»Was schlagt Ihr vor?«, fragte Blackthorne müde.

»Im ersten Morgengrauen sollten wir sie frontal angreifen. Die Schamanen marschieren weit genug hinten, und so haben wir ein wenig Zeit, bevor wir unsere eigenen Schilde aufbauen müssen. Das sollte sie ein Weilchen aufhalten.«

»Sie werden uns abschlachten.«

Gresse nickte. »Ich weiß. Aber eine Schlacht, die eine Stunde dauert, wird sie den größten Teil des Tages lahm legen, weil sie sich neu formieren, ihre Toten begraben und sicherstellen müssen, dass wir uns tatsächlich zurückgezogen haben.«

Blackthorne sah seinen Freund lange an. Die Augen des älteren Mannes blitzten, und seine Energie schien unerschöpflich. Er hatte noch eine bessere Idee, doch das Ergebnis würde nicht weniger endgültig sein.

»Wir greifen sie in den Varhawk-Klippen an«, sagte Blackthorne. »Dort können wir Bogenschützen und Magier postieren, um im Zentrum der Marschkolonne für Unruhe zu sorgen, während wir von vorn einen doppelt abgeschirmten Angriff unternehmen.«

»Wie weit ist es?«

»Wir müssen jetzt gleich aufbrechen, sonst bekommen die Magier nicht genug Ruhe. Und wir müssen leise sein, sonst hören uns die Wesmen.« Blackthornes Lebensgeister erwachten wieder. Sie würden sterben, doch sie wollten in einem Strom aus Blut und Mana-Feuer untergehen.

»Wir können eine Stunde nach Morgendämmerung marschbereit sein.« Gresse streckte die rechte Hand aus, in die Blackthorne kräftig einschlug.

»Die Götter werden uns ins Paradies schicken«, sagte der alte Baron.

»Und die Wesmen und Pontois in die Hölle.«

Spät am Abend erreichte der Rabe die Ausläufer der Torn-Wüste. Dunkle Wolken hingen am Himmel, und ein kalter Wind zerrte an den Ästen, an den Pflanzen, an den Mänteln und am Haar. Wie Selyn vor ihnen lagerten auch sie links vom Wachtposten am Waldrand an der nach Westen führenden Straße und blickten zum sieben Meilen entfernten Parve. Die Leuchtfeuer auf der Pyramide hoben sich hell vor dem Nachthimmel ab. Doch im Gegensatz zu der xeteskianischen Magier-Spionin, die wichtige Informationen über die Macht der Wytchlords geliefert hatte, sah der Rabe kein Meer von Wesmen-Zelten vor sich.

Thraun hatte sie ohne Schwierigkeiten durch die Wälder bis zur Torn-Wüste geführt, und nun kampierten sie eine Viertelmeile vom Hauptweg entfernt. Ein Befehl Densers hatte die Pferde unter Führung seines eigenen Reittiers ruhig gestellt. Hier und dort waren Lagerfeuer in der Dunkelheit zu sehen, doch es waren nicht sehr viele. Die große Mehrheit der Wesmen-Truppen stand jetzt vor dem Understone-Pass oder näherte sich ihm.

Doch die Atmosphäre in der Nähe der Stadt der Wytchlords schmeckte nach grauenhaftem Triumph. Es stieg aus dem Boden auf und tränkte die Luft, es schlug auf alle Sinne und drohte das Herz zu erdrosseln. Hirad stand da und starrte die Leuchtfeuer an, hörte den Lärm aus Parve, den der Wind herübertrug, spürte die Kälte auf den Wangen und konnte das Gefühl nicht abschütteln, dass sie zu spät gekommen waren. Doch solche Gedanken durfte er sich nicht erlauben. Nicht, solange die Menschen kämpften und starben, um das Land zu retten, das er liebte. Nicht, während die Wesmen marschierten, um seine Städte zu zerstören, und nicht, solange der Rabe noch aufrecht stand.

Anderthalb anstrengende Tagesritte hatten sie in Sichtweite ihres Ziels gebracht. Der Ritt hatte bei ihnen allen Spuren hinterlassen, und Jandyrs Zustand machte Erienne große Sorgen.

»Nun, da wären wir«, sagte Denser. »Von hier aus sind es noch sieben Meilen bis zur Pyramide. Ein rascher Galopp, und wir sind da.«

Hirad, der an einen Baum gelehnt neben ihm stand, musste unwillkürlich lächeln. »Wenn es doch so einfach wäre«, sagte er. »Ein Verteidigungsring der Wesmen, Angriffe von Schamanen, ein Platz voller Jünger, ein Grabmal voller Wächter.«

»Nun ja, man darf ja noch träumen«, sagte Denser. »Aber im Ernst, wie schätzt du die Verteidigung ein?«

»Genau wie ich sie beschrieben habe«, erwiderte Hirad.

»Also zu viel für den Raben allein«, bestätigte der Unbekannte. »Selbst wenn Jandyr bei Kräften wäre, unsere Chancen, die Pyramide zu erreichen und den Spruch zu wirken, wären immer noch lächerlich gering.«

Denser wandte sich an Erienne. »Wie geht es ihm denn?« Die dordovanische Magierin schaute auf und streckte eine Hand aus. Denser half ihr auf, und die beiden umarmten einander. Der Rabe sammelte sich um Jandyr, der nach Eriennes letzter, verzweifelter Warmer Heilung bewusstlos ruhte. Thraun stand an seinem Kopf, Will hockte neben seinem Freund und kühlte ihm mit einem feuchten Tuch die Stirn. Selbst im schwachen Licht des schwindenden Tages war zu erkennen, wie bleich der Elf war und wie krank er aussah. Große dunkle Ringe umgaben seine Augen, und die Lippen hatten ihre Farbe fast völlig verloren.

»Nicht gut«, sagte Erienne. »Überhaupt nicht gut. Ich habe die Wunde gesäubert und neu verbunden. Thraun und ich haben den Verband diesmal fest angelegt und den linken Arm einbezogen, sodass er sich kaum noch bewegen kann. Der Spruch hat die Muskeln in seiner Schulter geglättet und beschleunigt die Regeneration der Haut, doch das Reiten hat ihm wirklich zugesetzt. Ich fürchte, die Betäubung hat verhindert, dass er die sich ausbreitende Infektion der Wunde bemerkt hat. Er hat jetzt leichtes Fieber. Ich kann seine Haut ein wenig regenerieren, aber zu mehr fehlen mir die Kräfte.«

»Wird er überleben?«, fragte Hirad.

»Solange er nicht sieben Meilen bis zur nächsten Stadt galoppieren und in die Pyramide rennen muss, um sich den lebenden Toten zu stellen, ja.« Erienne zog die Mundwinkel hoch.

Hirad dachte kurz nach. »Wie müde bist du, Denser?«

»Sehr müde«, erwiderte der Magier. »So müde wie wir alle.«

Hirad sah sich zu Ilkar und dem Unbekannten um. Beide nickten.

»Damit wäre das geklärt«, entschied der Barbar. »Die Rettung Balaias muss bis morgen warten.«

»Und was dann?«, fragte Will. »Wie können wir das allein schaffen? Du hast doch gehört, was der Unbekannte gesagt hat: Wir können sie nicht alle bekämpfen.«

»Wir werden tun, was der Rabe schon immer getan hat.«

Hirad trat zu Ilkar und dem Unbekannten. »Wir werden vorsichtig vorgehen, klug kämpfen und im richtigen Augenblick weglaufen.«

»Was, zum Teufel, soll das bedeuten?«

Dieses Mal antwortete der Unbekannte. »Wenn ich mich nicht sehr irre, Will, dann bedeutet es, dass wir etwa zwei Stunden vor der Dämmerung mit unseren Pferden in die Torn-Wüste marschieren werden. Wenn wir Glück haben, schaffen wir es unbemerkt bis zur Stadt, und das Blatt wendet sich. Wenn nicht, dann kämpfen wir, wo es sein muss, und laufen weg, wo das Kämpfen sinnlos ist.«

»Aber was ist mit Darrick und Styliann?« Will runzelte die Stirn.

»Wir können nicht auf sie warten«, erklärte Hirad. »Wir wissen nicht einmal, ob sie uns überhaupt zu Hilfe kommen. Und du hast ja gehört, was Styliann gesagt hat. Understone und Julatsa werden fallen, wenn wir die Wytchlords nicht aufhalten. Wir müssen es versuchen, denn sonst ist die Schlacht verloren.« Er ging zum schmächtigen Mann, hockte sich neben ihn und sah ihn mit den brennenden Augen an, die den Raben so oft angetrieben hatten.

»So läuft es. Es liegt jetzt alles bei uns, und wir werden es schaffen. Ich kann es spüren.« Er stand auf und breitete die Arme aus. »Wir sind so weit gekommen, und wir haben alles verloren, was wir geliebt haben. Wir können das nicht einfach so hinnehmen. Ich kann es nicht. Es wird Zeit für die Abrechnung.«

Sechzehntes Kapitel

Der Tag, an dem sich Balaias Schicksal entscheiden sollte, brach mit Feuer am Himmel an. Mit weißem Feuer.

Es brannte auf den hastig vor dem Understone-Pass errichteten Barrikaden aus Stein und Holz, die bis zur halben Höhe des Eingangs aufragten. Sie waren gebaut worden, um Angriffe mit Katapult, Schwert und Speer abzuwehren, und die Wehrgänge dahinter waren voller Bogenschützen. Doch gegen das weiße Feuer gab es keine Verteidigung. Es fraß sogar den Stein, während die Verteidiger, die ihre Pfeile verschossen hatten, sich eilig in Sicherheit brachten.

Zwanzig Schamanen, mit harten und magischen Schilden geschützt, standen schweigsam da und rissen die Mauern nieder. Doch dieses Mal waren die Verteidiger bereit, und als die Wände brachen, rannten zweitausend Fußsoldaten aus der Lücke, gefolgt von Magiern, die sie mit Sprüchen schützten.

Tessaya, der noch damit beschäftigt war, die Geschicklichkeit seiner Schamanen zu bewundern, konnte nur dastehen und zuschauen, wie diese und ihre Leibwächter in Stücke gehackt wurden, ehe die Wesmen-Krieger auch nur in die Nähe kamen. Er gab den Angriffsbefehl, Kampflärm erfüllte die Luft, und das Blut floss in Strömen.

Nachdem sie ihren Auftrag erfüllt hatten, zogen sich dic Verteidiger geordnet zurück und bildeten einen engen Halbkreis um den Eingang des Passes. Von drinnen, außerhalb der Reichweite der Schamanen, die hinter den Reihen der Krieger standen, flogen Bolzen und Steine von kleinen Katapulten, oben summten die Sehnen schwerer Armbrüste und richteten in den hinteren Reihen der Wesmen große Verwüstungen an. Feuerkugeln und Heißer Regen fuhren auf die Invasoren nieder und ließen die Schilde flackern, Flammen züngelten über den Boden und über wehrlose Körper, wo sie durchbrachen. Der Gestank von verkohltem Fleisch stach in der Nase, der Rauch brannte in den Augen.

Die Linien der Verteidiger hielten. Die Generäle im Pass ließen die Schwertkämpfer, die sich nach draußen wagten, von zahlreichen defensiven Magiern schützen, und sie kämpften erbittert, zumal sie wussten, dass der Feind ihnen nicht in die Flanke fallen konnte. Sie blockierten den Eingang des Passes, und nichts und niemand kam an ihnen vorbei. Vor ihnen warteten mehr als dreißigtausend Wesmen auf ihre Chance, in den Kampf einzugreifen. Für die Verteidiger ging es nicht um den Sieg. Es ging einzig und allein darum, Zeit zu gewinnen.

Tessaya schaute von seinem Feldherrnhügel aus zu, bewunderte den Kampfgeist der Verteidiger und sah, wie seine Leute durch Schwert, Spruch und Geschoss in Zahlen starben, die er nicht für möglich gehalten hätte. Doch im Gegensatz zu dem Wasser-Zauber erzürnte ihn dieser Anblick nicht. Dies hier war ein echter Kampf, und seine Männer kämpften und lebten oder starben tapfer. Er wandte sich an seine Generäle und Schamanen.

»Gibt es irgendwelche Vorschläge?«

»Sie können uns aufhalten, bis ihre Mana-Reserven nachlassen«, sagte ein Schamane, ein alter Mann, der immer gern bereit war, mit Rat und Tat auszuhelfen. »Ihre einander überlappenden Schilde sind zwar wirkungsvoll, aber anstrengend. Wenn wir Geduld haben, werden wir durchbrechen.«

»Aber schaut Euch unsere Verluste an«, sagte ein anderer Schamane. »Sie töten uns im Verhältnis fünf zu eins, weil wir nicht in den Pass blicken und Sprüche wirken können.«

»Wir können es uns aber nicht erlauben, sie zur Ruhe kommen zu lassen«, sagte Tessaya. »Wir können siegen, wenn wir sie Mann um Mann niedermachen, aber das ist nicht akzeptabel.« Er blickte zum Eingang des Passes und suchte nach dem Torbogen, der sich etwa dreißig Fuß hoch erhob. Die Felsen waren vor langer Zeit bearbeitet worden, als man noch glaubte, dass die beiden Völker friedlich nebeneinander leben konnten. Er lächelte, als ihm die Lösung einfiel. »Ich glaube, es wird Zeit, dass wir den Bogen erweitern und das Dach ein wenig anheben, meint Ihr nicht auch?«

»Fünf Schamanen sollten ausreichen«, sagte der alte Mann, der begriffen hatte, worauf Tessaya hinauswollte.

»Sorgt dafür, dass es getan wird«, befahl Tessaya.

Der Befehl wurde rasch nach vorn übermittelt, und die fünf Schamanen versammelten sich im Zentrum des Schlachtfeldes in einer Zone relativer Ruhe. Schilde wurden über ihnen aufgebaut, und während der Kampflärm in ihren Ohren dröhnte und Steine und Bolzen über ihre Köpfe hinwegflogen, wirkten sie den Spruch, der den Verlauf des Kampfs am Understone-Pass verändern sollte.

Das weiße Feuer schoss hinaus und erfasste den Scheitelpunkt des Bogens. Es zischte und knisterte, fraß sich auf beiden Seiten am Fels nach unten und drang ein Stück in den Pass ein. Der Fels glühte und strahlte, und der Zauber der Wytchlords drang in jeden Riss, jede Fuge und jede Schwachstelle ein. Das weiße Feuer strömte die Seitenwände herab, brach Stücke heraus, wirbelte Staub auf und fuhr zwanzig Schritt tief hinein und drinnen unter der Decke entlang. Dann brachen die Schamanen den Zauber ab, Hornsignale wurden gegeben, und die Wesmen lösten sich aus dem Kampfgetümmel und zogen sich zurück, wobei sie hasserfüllt brüllten und ihre Toten zurückließen.

Es begann mit einem Grollen, das tief aus dem Berg zu kommen schien. Der Bogen bebte, die Wände zitterten, das Dach wellte sich, und dann brach alles zusammen. Große Felsbrocken stürzten von links und rechts und oben herunter, und die Verteidiger gerieten in Panik. Einige rannten nach drinnen, andere kletterten zu beiden Seiten des Eingangs an den Hängen empor, doch die meisten standen nur da, als der Boden unter den aufschlagenden Felsen bebte, die auf einer Strecke von fünfzehn Schritt alles unter sich begruben. Männer, Verteidigungsanlagen, Katapulte, alles fiel dem Felsrutsch zum Opfer.

Vor dem Pass witterten die Wesmen den Sieg und stießen Triumphschreie aus, als sie die geschwächten Verteidiger sahen. Staub stand in der Luft, Steinbrocken flogen in die Dunkelheit und fügten auch denjenigen, die dem ersten Zusammenbruch entkommen waren, Verletzungen zu. So schnell wie er begonnen hatte, hörte der Erdrutsch wieder auf, und dann war nur noch ein Echo zu hören, das im Herzen der Blackthorne-Berge grollte.

Als der Staub sich allmählich setzte, bot sich Tessaya ein Anblick, der ihm das Herz wärmte. Die Verteidiger waren ausgeschaltet. Hunderte lagen tot oder sterbend herum, und diejenigen, die überlebt hatten, blinzelten, ihrer Anführer beraubt und verletzlich, im ungewohnten Licht. Denn hinter ihnen war der Pass verschwunden. Er war mit Felsbrocken vollständig verstopft. Dort kam niemand mehr hinein oder heraus.

Tessaya lächelte, denn er wusste, dass seine Schamanen und Krieger den Schutt so leicht beseitigen konnten, wie sie ihn erzeugt hatten.

»Blast zum Angriff«, sagte er. »Wir haben viel zu tun.« Mit einem Brüllen, um ihrem Herzen Luft zu machen, nahmen die Wesmen die Arbeit auf.

Selyn war in Parve gestorben, und Styliann wollte sich rächen und die Stadt in Schutt und Asche legen. Er hatte gerastet, um seine Kräfte zu sammeln und den Protektoren etwas Ruhe zu gönnen, damit die wenigen Wunden, die sie davongetragen hatten, verbunden werden konnten. Jetzt, in der Morgendämmerung, ritten sie bereits durch die Torn-Wüste. Seine Befehle waren einfach gewesen. Erreicht die Stadt, so schnell die Pferde euch tragen wollen, tötet alle Leute aus dem Westen, die sich dort bewegen, und verbrennt alles, was sich nicht bewegt.

Er ritt inmitten seiner Protektoren. Sie konnten ihn abschirmen, und er spürte den Kitzel der Mana-Energie, die durch seinen Körper strömte. Als die Sonne aufging, sah er die Pyramide. Im Tageslicht schienen die Feuer schwächer, doch sie brannten noch. Meilenweit konnte er die Torn-Wüste überblicken. Etwa drei Meilen rechts vor ihm stand eine Ansammlung von Zelten der Wesmen. Sie sollten das erste Ziel sein.

Zehn Protektoren ritten voraus, um das Lager einzunehmen. Präzise, als wären sie ein einziges Wesen, lenkten sie ihre Pferde aus dem Verband heraus und ritten in zwei

Trupps von jeweils fünf Kämpfern nach rechts. Die anderen galoppierten weiter.

Sobald sie die Zelte erreicht hatten, zügelten die Protektoren ihre Pferde. Wesmen eilten herbei, um sich zu verteidigen, als die Protektoren in einer Reihe durchs Lager marschierten, stumm, maskiert und tödlich. Im Zentrum blieben sie in den Überresten eines schon lange erloschenen Feuers stehen und warteten. Vor ihnen formierten sich die Wesmen, es waren etwa dreißig. Nervös und mit unsicheren Händen hoben sie Klingen und Äxte.

Zehn Schwertspitzen der Protektoren tippten auf den Boden. Einmal, zweimal, dreimal. Beim vierten Mal nahmen sie gleichzeitig die Schwerter in die rechte Hand und holten mit der linken die Axt aus dem Geschirr auf dem Rücken. Dann blitzte Stahl, und der Kampf begann.

Die Wesmen hatten dem Angriff nichts entgegenzusetzen. Wo einer vorstieß, wurde die Lücke, die er scheinbar geschlagen hatte, von der Klinge eines anderen Gegners sofort wieder geschlossen. Axt folgte auf Schwert und brachte Tod und Verstümmelung. Die Protektoren marschierten los, jeder wehrte einen Schlag ab, bevor er selbst den Gegenschlag austeilte, und die Bewegungen ergänzten einander. Die Wesmen hatten keine Chance.

Nur die Schreie der kämpfenden und sterbenden Wesmen waren zu hören. Auf Seiten der Protektoren herrschte dagegen gespenstisches Schweigen. Sie atmeten nicht einmal schneller, als sie vorstießen, einen Leib aufschlitzten, einen Hals durchhackten und den Stahl in Herzen und Köpfe stießen. Nach wenigen Minuten war es vorbei, und ohne sich noch einmal umzudrehen und den Ort ihres Sieges zu betrachten, ließen die Protektoren das Blut der Wesmen in die Erde der Torn-Wüste sickern und gesellten sich wieder zu ihren Brüdern und ihrem Gebieter.

Styliann ritt weiter. Erst als hinter dem Schutt am Stadtrand die ersten Gebäude auftauchten, wurde er langsamer. Eine halbe Meile vor dem ersten Gebäude sah er Parves Verteidiger, die sich vor ihm aufbauten. Die Wesmen zählten nach hunderten, die Schamanen nach Dutzenden, und hier und dort waren auch rot gewandete Wächter und Jünger zu sehen.

Zufrieden nickte er. Er konnte sie alle besiegen. Und jeder Schädel, den er zerquetschte und jedes Herz, das er aus einem Leib riss, sollte ein Opfer für Selyn sein – und ein Gegner, dem sich der Rabe nicht mehr stellen musste. Eine Viertelmeile vor den Verteidigern ließ er die Protektoren anhalten und absitzen. Dann marschierten sie los, um Parve anzugreifen. Die Feuerkugeln hatte er schon im Geist vorbereitet.

Im Schutz der Dunkelheit vor der Morgendämmerung rückte der Rabe langsam, aber stetig durch die Torn-Wüste vor. Jeder Schritt wurde durch die Augen des Gestaltwandlers und des Elfen geleitet. Die Pferde liefen langsam. Es bestand keine Notwendigkeit zu galoppieren, solange sie nicht angegriffen wurden. Sie würden die Stadt erreichen, wenn das erste Morgengrauen die Dunkelheit vertrieb.

»Sind sie hier?«, fragte Hirad. Er ritt neben dem Unbekannten an der Spitze des Raben. Hinter ihnen folgten Ilkar und Thraun, deren Augen die Dunkelheit durchdrangen. Mit leiser Stimme konnten sie beizeiten vor möglichen Gefahren warnen, obwohl es in Wirklichkeit kaum Gefahren gab, solange sie nicht entdeckt wurden. Die Wesmen, die hier gelagert hatten, marschierten nach Julatsa oder bekämpften die Verteidiger am Understone-Pass.

Jandyr, dessen Gesicht vor Schmerzen bleich und von

kaltem Schweiß überzogen war, ritt zwischen Denser und Erienne. Will bildete den Abschluss der Truppe. Der Elf hatte sich in den paar Stunden Ruhe recht gut erholt. Seine Wunde blutete nicht mehr, und Eriennes Warme Heilung hatte erfolgreich und präzise die am schlimmsten betroffenen Muskeln in Schulter und Rücken erfasst. Sein Fieber war gebrochen, und obwohl noch geschwächt, hatte er beschlossen, ohne schmerzstillende Sprüche zu reiten. Für den Fall, dass es einen Angriff gab, wollte er unbedingt bei klarem Verstand bleiben. Er hatte freilich kaum genug Kraft, um sein Schwert zu ziehen, ganz zu schweigen davon, es zu schwingen, und so war er nicht sicher, ob er viel ausrichten konnte.

»Ich kann sie nicht spüren«, sagte der Unbekannte. »Aber das heißt nicht, dass sie nicht da sind. Wenn sie entsprechende Anweisungen von Styliann bekommen haben, dann sind sie nicht offen für mich. Vergesst nicht, dass ich nicht mehr Teil des Seelenverbands bin. Meine Bande zu ihnen sind schwächer als früher.« Wieder forschte er nach ihnen, doch nicht mit seinem Bewusstsein, sondern mit seinem Wesenskern. Er sehnte sich nach der Zeit voller Wärme, die er mit seinen Brüdern verbracht hatte. Immer noch spürte er eine Leere in sich, auch wenn seine Rückkehr zum Raben und die bedingungslose Aufnahme ihm den Übergang erleichtert hatten. Doch vermutlich konnte er sich niemals völlig von den Protektoren lösen, und er glaubte ohnehin nicht, dass er es überhaupt wollte. So würde er, wo er auch war, immer ein Außenseiter bleiben.

Er fing nichts auf. Er hatte gehofft, in die Gegenwart und die Wärme der Brüder einzutauchen, wenn sie ihn hörten und an ihn glaubten, wie auch er an sie glaubte. Doch bis jetzt war er allein.

Der Rabe ritt weiter, und eine halbe Stunde später, als

die Dämmerung begann und das erste fahle Licht über die Torn-Wüste tastete, näherten sie sich Parve im leichten Galopp. Jetzt konnte der Unbekannte endlich seine Brüder fühlen, und das vertraute Gefühl stieg in ihm empor, als sie mit ihrem Angriff begannen. Er spürte ihren Zusammenhalt und ihre vereinten Kräfte, ihren unerschütterlichen Glauben. Er spürte ihre Freude darüber, dass er da war. Er hatte eine kleine Bitte, und sie kamen seiner Bitte nach. Als er sich an Hirad wandte, war ihm die Freude anzusehen.

»Sie sind da«, sagte er.

»Wo?« Der Barbar schaute sich unwillkürlich um.

»Südöstlich der Stadt. Sie kommen uns zu Hilfe.«

»Nun, dann müssen sie sich beeilen«, meinte Ilkar, der hinter ihnen ritt. »Seht nach vorn.«

Die Rabenkrieger zügelten die Pferde. Vor den Grenzen der Stadt hatten sich die Wesmen aufgestellt. Nicht viele, aber genug.

»Hat jemand eine gute Idee?«

Die Antwort kam von Norden. Leise zuerst, dann immer lauter waren Hufschläge zu hören. Hunderte von Hufschlägen.

Baron Blackthorne und Gresse standen auf einem flachen Felsblock. Der Baron wandte sich an seine Leute, die sich vor den Varhawk-Klippen versammelt hatten. Die Wesmen waren noch etwa eine Wegstunde hinter ihnen. Die Morgendämmerung kam, und er nickte, als er sah, was sie ihm zeigte. Verängstigte, müde und hungrige Männer und Frauen, die aber immer noch vom unerschütterlichen Wunsch beseelt waren, ihr Land zu retten.

»Ich will euch nichts vormachen. Was wir jetzt tun wollen, kann durchaus damit enden, dass wir alle sterben müssen. Ich weiß aber, dass ihr euch bewusst seid, welch wichtige Aufgabe wir hier erfüllen. Wir haben die Invasion der Wesmen bereits um zwei Tage verzögert. Ich will noch einen dritten hinzugeben, bevor ich sterbe.

Ich will euch allen danken für das, was ihr für Gresse, für mich und für Balaia getan habt. Ich würde keinen einen Feigling nennen, der jetzt gehen will, denn in diesem kommenden Kampf werde ich nicht zum Rückzug blasen, weil wir keinen Ort mehr haben, an den wir uns zurückziehen können. Ich bin stolz darauf, mit euch geritten zu sein und gekämpft zu haben, und falls wir in diesem Krieg siegen werden, soll euch bis ans Ende eurer Tage meine Großzügigkeit gewiss sein.

Aber eines muss ich euch noch sagen. Wenn wir die Wesmen an dieser Stelle nicht wenigstens noch einige Stunden aufhalten, dann werden sie Understone in die Zange nehmen. Wenn der Pass angegriffen wird und der Krieg auch Julatsa erreicht, dann könnte dies den Kern unserer Verteidigung treffen. Wenn diese Verteidigung fällt, dann fällt ganz Balaia.

Denjenigen, die Gerüchte über das gehört haben, was der Rabe beabsichtigt, sei gesagt, dass es wahr ist. Jede Minute, die wir für die Rabenkrieger gewinnen können, ist wichtig, denn jede Minute hilft ihnen, ihrem Ziel näher zu kommen und schließlich die Wytchlords in Parve zu vernichten. Ich will, dass sie ein Land vorfinden, in das sie zurückkehren können. Ich will, dass ihr alle auch weiterhin einen Platz habt, an dem ihr mit euren Kindern leben könnt und wo es keine Folter und keine Schrecken gibt. Und wenn ich schon sterben muss, dann will ich wenigstens beim Versuch sterben, dieses Ziel zu erreichen.« Er hob die Hand, um die Jubelrufe zu unterdrücken.

»Ich weiß, wie gern ihr eurer Begeisterung Luft machen würdet, aber die Feinde sind nicht weit hinter uns, und wir brauchen das Überraschungsmoment, und außerdem brauchen wir ein Wunder. Vergesst nicht die Gesichter der Leute neben euch. Einer von ihnen könnte euch noch heute Morgen das Leben retten, so wie ihr sein Leben retten könnt. Passt auf eure Nachbarn auf, wie sie auf euch aufpassen.

Ihr wisst, was ihr nun tun sollt. Ihr kennt die Signale. Ich bitte euch jetzt nur noch, erbittert zu kämpfen und fest an Balaia zu glauben. Nehmt so viele dieser Bastarde mit in den Tod, wie ihr könnt.

Auf die Positionen, macht euch bereit.«

Siebzehntes Kapitel

Die Protektoren griffen, in jeder Hand eine Waffe haltend, am Rand der Schutthaufen, welche die Grenzen von Parve markierten, die Wesmen-Krieger an. Zehn von ihnen behielt Styliann als Leibgarde bei sich, als er seiner Truppe folgte. So war er vor Angriffen von der Flanke her geschützt und gut abgeschirmt. Doch bisher hatten die Schamanen ihn ignoriert und sich ausschließlich auf die Protektoren konzentriert, die sich einen Weg durch die wild kämpfenden, aber dünnen Verteidigungslinien der Wesmen bahnten.

Der Herr von Xetesk formte sorgfältig die Mana-Gestalt, als er in Reichweite war. Die Schamanen schnitten drei Protektoren in Stücke. Acht von ihnen konzentrierten das schwarze Feuer auf die Angreifer und zerstörten die Schilde, zerfetzten die Rüstungen, das Fleisch und die Masken. Die Protektoren starben ohne einen Laut, die übrigen schlossen die Reihen und kämpften umso verbissener.

»Höllenfeuer«, knurrte Styliann.

Acht Feuersäulen fuhren aus dem Himmel herunter und explodierten über den Schamanen, die mit ihrem Spruch beschäftigt waren. Sie hatten nicht mit einer solchen Bedrohung gerechnet und waren völlig ungeschützt. Das Feuer riss sie buchstäblich in Stücke, brennende Fleischfetzen und Mäntel flogen über die Reihen der Krieger vor ihnen.

Als Nächstes schoss Styliann drei Feuerkugeln in die Mitte der Wesmen. Er wusste das Mana präzise und wirkungsvoll einzusetzen und verausgabte sich nicht. Er begann sogar Spaß an der Sache zu finden, als er sah, wie Schamanen und Wesmen verbrannten und starben. Direkt vor ihm hatten die Protektoren einen Keil gebildet. Sobald die Wesmen versuchten, ihnen in die Flanke zu fallen, stießen sie gegen das Zentrum der Verteidiger vor und zwangen sie zum Rückzug. Es war klar, was Styliann nun tun musste.

Er bewegte sich hinter dem Keil, als die Protektoren mit ihrer Kampfkraft den Gegenangriff der Wesmen im Keim ersticken. Auf den ersten Blick schienen die Protektoren nicht mehr zu sein als normale Schwert- und Axtkämpfer, doch wenn man länger als ein paar Sekunden hinschaute, erkannte man, dass sie etwas Besonderes waren. Jeder einzelne Schlag war präzise gesetzt und nutzte Schwächen in der Verteidigung des Gegners schonungslos aus. Noch wichtiger war, dass die Schläge der Protektoren einander gegenseitig ergänzten. Niemals verfingen sich zwei Äxte ineinander, niemals wurde einer vom anderen behindert. Erbarmungslos fuhr der Stahl in die Reihen der Wesmen.

Während er den Kampf beobachtete, bereitete Styliann schon den Spruch vor, mit dem er die hinteren Reihen der Gegner vernichten wollte. So viele Wesmen sah er fallen, und so wenige Protektoren wurden getötet. Rechts von ihm starb einer, als er einen Schwerthieb abwehrte und damit seinen Hals für den folgenden Schlag mit der Axt entblößte. Der Kopf wurde ihm vom Körper getrennt, der Rumpf sackte in sich zusammen, die Gefährten in der Nähe wurden mit Blut bespritzt. Vor ihm wurde ein Wesmen-Krieger ausgeschaltet, als eine Schwertklinge ihm mitten in die Brust fuhr. Der Protektor zog die Klinge wieder heraus, blockte fast beiläufig mit der Axt einen Schlag ab, der auf seinen Kopf gezielt war, und schlitzte dem nächsten Mann die Kehle auf, ehe er das Schwert zum nächsten Hieb hob.

Als er die Mana-Struktur geformt hatte, blieb Styliann stehen und konzentrierte sich. Seine Leibwache von Protektoren scharte sich um ihn und nahm ihn in die Mitte. Styliann konnte den Kampflärm kaum noch hören, als sich die Umrisse der Struktur bildeten und die langsame Drehung einsetzte. Die Farben blühten auf, strahlendes Blau und Orange blitzte an der Oberfläche, und er nahm die letzten Ergänzungen und Anpassungen vor. Er fügte Stärke und Konzentration hinzu, öffnete die Augen und wirkte den Spruch. Seine Protektoren wussten, was sie nun zu tun hatten.

Schutthaufen rings um die Wesmen begannen zu beben, lose Steine rollten auf den Boden herunter. Die Vibrationen setzten sich bis unter die Erde fort und ließen den Grund unter ihren Füßen erzittern. Viele verloren das Gleichgewicht, viele weitere wurden in Angst und Schrecken versetzt. Dann griff der Zauber tiefer hinab, und die Erde grollte. Die Protektoren, die den Spruch kannten, kämpften weiter.

Als Styliann sah, dass das Mana die richtige Tiefe erreicht hatte, vollendete er den Spruch.

»Hammer«, sagte er und presste die Fäuste fest vor die Brust.

Es gab einen dumpfen, hallenden Knall. Als sie das Geräusch hörten, gaben die Protektoren ihre Formation auf und verstreuten sich. Die Wesmen blieben allein zurück und schnappten verwirrt nach Luft.

Der Boden unter den Wesmen hob sich in einem zwanzig mal zwanzig Schritt weiten Bereich. Die Erde spaltete sich und tat sich auf. Riesige Steinplatten rasten von unten herauf und ließen die Wesmen in alle Richtungen davonfliegen. Ein Dutzend oder mehr Platten schossen nach oben und zogen Staub und Erdreich mit, das sich löste und herunterfiel, während die Platten bebend innehielten, als suchten sie ihr Ziel. Wesmen und Schamanen rannten fort, um sicheren, festen Boden zu erreichen. Schilde und schwarzes Feuer waren verloren, als der Boden in dem Bereich, den Styliann mit seinem Spruch getroffen hatte, bebte und sich aufbäumte und die in Höhlen gefangene Luft ausspuckte.

Noch bevor es aufhörte und bevor die Wesmen Zeit hatten, die Situation zu begreifen, hatten Styliann und die Protektoren die feindlichen Linien durchbrochen und machten die desorientierten Feinde nieder. Die Pyramide war nur noch eine halbe Meile entfernt, und Styliann sagte sich, dass es wohl an der Zeit sei, dem Raben etwas zur Hand zu gehen.

Darrick donnerte an der Spitze seiner Kavallerie durch die Torn-Wüste. Er hatte keine Ahnung, was er vorfinden würde. Eigentlich musste der Rabe schon dort sein – oder auch noch zwei Tage entfernt oder schon tot. Falls eine der letzten beiden Möglichkeiten zutraf, war Balaia erledigt. So war er sehr erleichtert, dass einer seiner Elfenspäher, die neben ihm ritten, ihm berichtete, dass der Rabe südöstlich von ihnen unterwegs war. Er befahl einen Schwenk und hielt direkt auf den Raben zu.

Hirad lächelte breit, als Ilkar bestätigte, dass die Kavallerie der vier Kollegien zu ihnen stieß.

»Also das«, bemerkte Thraun, »das kann man wirklich einen glücklichen Zufall nennen.«

»Wird auch Zeit, dass wir mal etwas Glück haben«, meinte Hirad. »Und ein Zufall ist es eigentlich auch nicht. Alle wussten ja, wann wir spätestens hier eintreffen mussten. Er kommt einfach ein bisschen spät, das ist alles.«

Der Rabe hatte sich nicht mehr bewegt, seit die Wesmen am Rand von Parve gesichtet worden waren. Hirad war vorübergehend in Versuchung gewesen, einfach durch die feindlichen Reihen durchzubrechen, doch die Ankunft der Kavallerie bot ihnen eine viel bessere Möglichkeit. Plötzlich erhellte ein Feuer den Himmel, und darauf folgte eine schwere Explosion. Dann kamen zwei weitere Blitze und noch eine Explosion.

»Wie ich sehe, hat Styliann sich eingemischt.«

»Er ist ein brillanter Magier«, sagte Denser.

»Jedenfalls hat er heftig zugeschlagen, das muss man ihm lassen.« Ilkar beobachtete das Nachglühen des Höllenfeuers und der Feuerkugeln, die im Licht des neuen Tages verblassten. »Da möchte ich nicht mittendrin stecken.«

Darrick kam heran, die Kavallerie zügelte ein Stück hinter ihm die Pferde. Er sprang vom Pferd, um den Raben zu begrüßen, und fasste Hirad an den Schultern, als der Barbar von seinem Pferd gestiegen war. Ein Lächeln spielte um seine Lippen.

»So geht es nun zu Ende«, sagte der General. »Dein Anblick sagt mir, dass wir siegen werden. Gott sei Dank, dass du am Leben bist.«

»Was hast du denn gedacht?« Hirad legte Darrick eine Hand um den Nacken und schüttelte lachend den Kopf des Generals. »Ich wusste, dass ihr rechtzeitig eintreffen würdet, und ich freue mich, dass deine Zuversicht ungebrochen ist, aber wir müssen immer noch durch den Verteidigungsring da drüben gelangen.«

»Wie beurteilst du die Lage, General?«, fragte der Unbekannte. »Wie du sehen kannst, kämpfen Styliann und die Protektoren weiter im Süden an der Stadtgrenze. Sie werden in einer halben Stunde bis zum Platz und der Pyramide durchgebrochen sein.«

»Woher weißt du das?«, fragte Darrick stirnrunzelnd.

»Vertrau ihm, er sieht das sicher richtig«, sagte Hirad.

»Nun gut. Ich muss eine Lücke in die feindlichen Linien schlagen, damit ihr durchkommt. Das dürfte kein großes Problem sein. Sobald ihr drin seid, nehme ich mir etwaige Verfolger vor, aber ihr seid auf dem Weg zur Pyramide weitgehend auf euch selbst gestellt. Selyn hat berichtet, dass der Platz davor voller Jünger war, also seid vorsichtig. Ich werde so schnell wie möglich zum Hauptplatz kommen, aber vorher sollte ich wohl noch einige Wesmen ausschalten. Alles klar?«

»Sag uns einfach, wo wir uns aufstellen sollen.«

»Direkt hinter meinen Leuten. Wenn wir durchbrechen, haltet ihr euch im Zentrum der Angriffsformation. Ich erwarte nicht von euch, dass ihr lange zögert, wenn ihr eine Lücke seht.«

Auf Darricks Befehl hin rückte die Kavallerie im leichten Trab – immer vier Krieger nebeneinander und der Rabe in der Nachhut – gegen Parve vor.

Darrick atmete tief durch und spürte, wie die kalte Luft seine Lungen füllte. Dies war der Kampf, nach dem er sich gesehnt hatte. Er gab das Signal, das Tempo zu erhöhen, und die dreihundert Mann starke Kavallerieeinheit wechselte in den Galopp. Eine Viertelmeile vor dem Ziel ließ er die Formation wechseln. Vorher waren sie in Viererreihen geritten, jetzt schwärmten sie aus, bis einhundert nebeneinander und jeweils drei hintereinander ritten. Die Magier blieben hinter den Schwert- und Speerkämpfern. Sie hatten Schilde aufgebaut, die einander, soweit möglich, überlappten.

»Angriff!«, rief Darrick, und die Kavallerie der vier Kollegien galoppierte los und hielt direkt auf die Reihen der Wesmen zu. Die Gegner trafen frontal aufeinander, die erste Reihe der Wesmen wurde von den Hufen der Kavallerie einfach niedergetrampelt und von Speeren und Klingen niedergemacht. Im Zentrum riss Darrick sein Pferd halb herum, bohrte sein Schwert durch die Brust eines Gegners und zog die Klinge wieder heraus, als der Mann zu Boden ging. Rings um ihn klirrte Metall, Pferde wieherten, Männer riefen Befehle, grunzten und brüllten, kreischten und weinten. Hinter den Linien wirkten die Schamanen ihr schwarzes Feuer, rissen Löcher in seine Truppe und trafen Männer und Pferde, wo die Schilde nicht hielten. Die Magie der Wytchlords musste ausgeschaltet werden, und zwar schnell.

Direkt neben ihm zerrten zwei Wesmen einen Kavalleristen aus dem Sattel. Sofort ließ Darrick sein Pferd hochsteigen, und die Vorderhufe des Tiers trafen einen Gegner an der Schläfe. Der zweite drehte sich erschrocken um und bekam das Schwert des Kavalleristen in den Rücken. Wieder schwang Darrick sein Schwert. Dieses Mal verfehlte er den Gegner, trieb ihn aber immerhin weit genug zurück, damit sein Mann wieder in den Sattel steigen konnte. Zeit für Danksagungen blieb freilich nicht.

Hinter den Kämpfern hielten die Rabenkrieger nach einem Schwachpunkt in den Reihen der Wesmen Ausschau. Hirad zappelte herum, denn er hätte sich lieber in den Kampf gestürzt und mit seiner Klinge die Freunde unterstützt. Der Unbekannte gab seinem Pferd die Sporen und ließ es nach rechts traben.

»Da hätten wir es«, sagte er. »Macht euch bereit.« Er deutete auf einen Punkt etwa zwanzig Schritt weiter rechts, wo Darrick kämpfte. Dort wichen die Wesmen unter seinem Angriff zurück, und die Schamanen waren in Deckung gerannt, nachdem ihre Sprüche an den Schilden der Magier aus dem Osten Balaias abgeprallt waren.

Die Kavallerie stürmte weiter vor, und jetzt erkannte auch Hirad die Lücke, die sich vor ihnen auftat.

»Schild steht«, meldete Ilkar.

»Der Rabe«, rief Hirad. »Hier kommt der Rabe!«

Ein einziges Hornsignal war zu hören, und schon war die Luft über den Varhawk-Klippen von Pfeilen und Heißem Regen erfüllt. Stahlspitzen und Feuer fuhren durch die ungeschützten, arglosen Wesmen und richteten entsetzliche Schäden an. Der Vormarsch kam zum Stehen, als die Wesmen nach links und rechts ausbrachen und zu klettern begannen, um die Angreifer zu stellen, während unter ihnen die Schamanen ihre Schilde und ihre Albtraum-Magie vorbereiteten.

Ein zweites Hornsignal. Blackthorne und Gresse griffen um die Nordseite der Klippen herum an und trafen auf die ersten Reihen der Wesmen, in die sie einen sieben Mann tiefen Keil trieben, ehe sie aufgehalten wurden. Da alle Magier in den Klippen links und rechts Angriffszauber wirkten, waren die Krieger der Barone nicht geschützt, und die Schamanen konnten, wenn man sie nicht aufhielt, nach Belieben jeden töten.

Von oben aus den Klippen regnete immer mehr Feuer auf die unkoordinierten Reihen der Wesmen herunter, die sich in einer nur dreißig Schritt breiten Schlucht mit steilen

Wänden gefangen sahen. Nach den ersten Pfeilsalven konzentrierten sich die Bogenschützen auf die Schamanen und schalteten so viele wie möglich aus, ehe die Schilde aktiviert wurden. Andere schossen auf die hin und her laufenden Wesmen.

Draußen vor den Klippen wurde erbittert gekämpft. Die Wesmen hatten sich neu formiert und stießen energisch vor. Blackthorne, inzwischen am Bein verwundet, wendete sein Pferd und arbeitete sich nach links aus dem Gedränge heraus, wobei er weiter alle Feinde niedermachte, die sich ihm in den Weg stellten. Gresse war von jüngeren Männern und Pferden überholt worden und für den Augenblick auf die Rolle des Zuschauers beschränkt. Er beschloss, sich ebenfalls zurückzuziehen und etwas Luft zu schnappen. In diesem Augenblick schlug das Feuer ein.

Links und rechts gingen weiße Blitze auf den Klippen nieder, während vorne die schwarzen Fäden des Todes, die von den Fingerspitzen der Schamanen ausgingen, nach Opfern suchten. Sie tasteten nach Körpern, die sie zerfetzen und zerreißen konnten. Neben Gresse platzten die Augen eines Mannes, als das schwarze Feuer ihn mitten auf der Stirn traf. Zuckend und um sich schlagend ging der Mann zu Boden. Ringsum wurden jetzt Männer und Tiere abgeschlachtet, während die Wesmen sich zurückzogen. Gresse änderte seine Absicht, gab seinem Pferd die Hacken, rief die Männer an seine Seite und ging auf die Schamanen los.

Die Klippen explodierten, und Felsbrocken, Magier und Bogenschützen stürzten herunter. Doch bekamen die Schamanen die Auswirkungen ihrer eigenen Magie zu spüren, als die Felsen in die Schlucht polterten und sie selbst zerquetschten.

In vorderster Linie verdoppelten Blackthornes Kämpfer ihre Anstrengungen und hackten sich durch die Reihen der

Wesmen. Gresse und seine Leute hatten beinahe einen Trupp Schamanen erreicht, die neue Sprüche vorbereiteten und die Gefahr nicht sahen, in der sie sich befanden. Gresse räumte einen Mann mit einem Überkopfschlag aus dem Weg. Neben ihm wurde ein Kämpfer vom Pferd gerissen und starb unter einer Serie von Schwertstreichen. Der alte Baron spornte sein Pferd an, trampelte den letzten Mann nieder und ritt auf die Schamanen zu. Als er das Schwert hob und zuschlagen wollte, öffneten sie die Augen, und an ihren Fingerspitzen knisterte das schwarze Feuer.

Der Rabe erreichte die Straßen von Parve und galoppierte zum Hauptplatz. Hinter den Rabenkriegern machte Darrick mit seiner Kavallerie die Wesmen nieder, musste dabei jedoch auch selbst schwere Verluste hinnehmen.

Hirad und der Unbekannte führten die Gruppe an, direkt hinter ihnen ritt Denser. Ganz hinten sicherte Thraun, die anderen hielten sich dazwischen. So stürmten sie durch verlassene Straßen zu den Leuchtfeuern auf der Pyramide und ritten von Norden her auf den Platz. Er war voller Jünger.

Sie ignorierten die Kämpfe ringsum. Hunderte rot gewandeter Jünger schwankten leicht hin und her und summten eine Anrufung, die den Platz im Zentrum von Parve erfüllte. Es mussten gut und gern fünfhundert sein, die ordentlich in Reihen hintereinander saßen. Die erste Reihe war etwa einhundert Schritt vom Tunneleingang entfernt.

»Los, los!«, rief Hirad, als die Rabenkrieger langsamer werden wollten. Er ritt am Rand des Platzes entlang und wandte sich nach links zur Pyramide. Der erste Jünger stieß einen Warnschrei aus, und das Summen hörte auf. Jetzt waren überall zornige Rufe zu hören. Die Rabenkrieger ritten weiter, Hirad sprang am Tunneleingang vom Pferd und stieß dem ersten Wächter am Eingang das Schwert in den Bauch. Der zweite bekam die Klinge des Unbekannten zu spüren.

Hinter ihnen stiegen die anderen Rabenkrieger ab, und die Pferde galoppierten, angeführt von Densers Pferd, davon. Eine Zeitlang standen die Jünger einfach nur da und starrten die Eindringlinge an, doch als die Rabenkrieger Anstalten machten, im dunklen Eingang des Tunnels zu verschwinden, rafften sie sich auf und rannten los. Wie eine Welle, die ans Ufer brandet, kamen die rot gekleideten Anhänger der Wytchlords brüllend angerannt. Ihre Zahl war viel zu groß, als dass der Rabe eine Chance gegen sie gehabt hätte, und in tausend Augen brannte Mordlust.

»Große Götter im Himmel«, schnaufte Hirad, »was nun?«

»Du gehst mit Denser in die Grabkammer. Wir halten sie hier draußen so lange wie möglich auf und beten, dass Darrick und Styliann rechtzeitig eintreffen, bevor sie uns in Stücke reißen.«

»Nein, Unbekannter«, wollte Hirad widersprechen. »Ich kann doch nicht …«

»Es geht um Balaia, Hirad. Um das Einzige, das noch wichtiger ist als der Rabe. Geh jetzt!« Er drehte sich zu den Jüngern um. Thraun stand an einer Seite neben ihm, Jandyr und Will an der anderen. Erienne und Ilkar machten sich hinter ihnen bereit.

»Komm nur ja zu mir zurück, Denser«, ermahnte Erienne ihn. Mit einem kurzen Händedruck verabschiedeten sie sich, dann rannte der Dawnthief-Magier mit seinem Leibwächter in den Tunnel. Als sie in den von Fackeln erhellten Gang eindrangen, hörten sie hinter sich die Befehle des Unbekannten und seine Schwertspitze, die auf den Steinboden klopfte.

Das schwarze Feuer bohrte sich direkt unter dem Brustpanzer in Gresses Pferd. Das Tier brach mit einem Schrei zusammen und gab ein entsetzliches Gurgeln von sich. Gresse stürzte hart auf den Boden, und sein Kopf schlug auf einen Stein.

Blackthorne, dessen Wunde am hellrot verfärbten Tuch leicht zu erkennen war, sah den Freund stürzen. Er rief die Männer zu sich und warf sich mit allen, die um ihn waren, wieder nach vorne in den Kampf, während das schwarze Feuer die Körper durchbohrte und Fleisch und Rüstungen zerfetzte. Jetzt herrschte allgemeine Verwirrung auf dem Schlachtfeld, und die herrenlosen Pferde waren für alle eine Gefahr. Die Reihen der Wesmen waren nach der Begegnung mit Felsblöcken und Schwertern in Auflösung begriffen, doch Blackthornes Männer besaßen keine eigene Magie, und die Schamanen konnten dafür sorgen, dass sich das Blatt wieder wendete. Der Baron drängte weiter vor und gelobte innerlich, wenigstens zu vollenden, was der ältere Mann begonnen hatte, auch wenn er Gresse nicht mehr retten konnte. Die Schamanen mussten sterben.

Hirad und Denser rannten durch den Tunnel. Der Gang wurde von Fackeln an den Wänden erhellt und war auf ganzer Länge mit Fresken geschmückt. Hinter sich hörte der Barbar den Lärm des Kampfes, in den der Rabe inzwischen verwickelt war. Er betete, er möge alle lebendig und wohlauf wieder sehen. Der Gang war etwa zweihundert Schritt lang, am Ende befand sich eine geschlossene Tür mit zwei Flügeln. Die Türflügel waren schmucklos und massiv, in Brusthöhe waren auf beiden Seiten große Messinggriffe angebracht.

Als er sich der Tür näherte, spürte Hirad eine Schwere in den Gliedern, wie er sie seit dem Kampf mit Isman in der Burg der Schwarzen Schwingen nicht mehr empfunden hatte. Das Böse drückte auf seine Muskeln, krallte sich in sein Herz und nahm ihm den Mut; es verlockte ihn, sich einfach umzudrehen und wegzurennen. Die Macht der Wytchlords sickerte aus den Wänden, ließ die Fackeln brennen und tränkte die Luft, die er atmete. Der Barbar fühlte sich, als hätte ihm ein Riese die Hand auf die Stirn gelegt und wollte ihn zurückschieben. Denser brach schließlich den Bann. Hirad hörte sein Schnaufen, als sie die Tür erreichten, und er spürte seine Aura pulsieren, als sie sich dem Ziel näherten und sich bereitmachten, das Böse zu vernichten.

Von frischer Kraft beseelt, stieß Hirad den linken Türflügel auf und rannte hinein, Denser folgte ihm dichtauf. Sie befanden sich jetzt in der Pyramide, hier war die Architektur anders als im Gang. Links und rechts neben einer breiten Treppe erhoben sich mächtige Platten aus Marmor und Stein und verloren sich über ihnen in der Dunkelheit. Die Treppe war gut zwanzig Fuß breit und wurde von Fackeln beleuchtet, die in frei stehenden dreibeinigen Eisensockeln steckten. Die Fackelhalter standen auf jeder zweiten der vierzig Stufen. Oben warteten zwei Wächter in roten Umhängen und Kettenhemden. Sie waren mit langen Krummsäbeln bewaffnet. Zeremonielle Waffen, aber nichtsdestotrotz gefährlich.

»Bleib hinter mir, Denser.«

»Ich habe nicht die geringste Absicht, irgendetwas anderes zu tun.«

Die Wächter traten dicht an das obere Ende der Treppe und blieben stehen.

»Ihr kommt zu spät. Die Meister erwachen bereits. Kniet nieder, oder ihr werdet vernichtet.«

»Spart euch die Luft für eure Gebete«, knurrte Hirad.

Er startete einen heftigen Angriff gegen den rechten Mann, setzte niedrig an und beugte sich vor, um ihm die Klinge quer über die Schenkel zu ziehen. Der Wächter hatte einen höheren Schlag erwartet und nahm sein Schwert zu spät herunter. Hirads Klinge brachte ihm eine schwere Verletzung knapp über dem Knie bei. Als das Bein einknickte, stürzte der Mann, und Hirad sprang über ihn weg und griff den zweiten Wächter an. Er lachte.

»Na, willst du es auch mal versuchen?« Er wartete nicht auf die Antwort, sondern täuschte einen Angriff an, wich zur Seite aus und packte sein Schwert mit beiden Händen, um dem Gegner einen Schlag auf die Brust zu versetzen. Der Wächter konnte den Schlag abblocken, doch er taumelte unter der Wucht zurück. Hirad war im Nu über ihm und schlug wieder und wieder zu, bis die Deckung unten war, und dann, als das Gesicht schutzlos war, traf er ihn an der Kinnspitze. Der Mann ging geräuschlos zu Boden. Als er sich umdrehte, sah er, wie Denser seinen Dolch aus dem Herzen des ersten Wächters zog.

Die Treppe führte zu einem mit Marmor verkleideten Gang, der etwa dreißig Fuß lang war. Auch hier erhellten Fackeln, die in Wandnischen befestigt waren, den Weg. Das Flackern erweckte das komplizierte Mosaik zum Leben. Rot gekleidete Menschen verneigten sich vor sechs großen Gestalten, deren Köpfe in Licht gehüllt waren. Hirad ignorierte die Bilder und rannte durch den Gang, den Blick allein auf die offene Tür vor ihm gerichtet. Sie war klein, ähnlich dem Eingang eines Hauses, doch dahinter war eine Bewegung zu erkennen. Er schmiegte sich dicht davor an die Wand und spähte hinein. Der Anblick verschlug ihm den Atem.

Sechs Sarkophage, wie die Speichen eines Rades angeordnet und jeder mehr als neun Fuß lang, beherrschten den Raum. Die Kopfenden zeigten nach innen. Davor beteten in dem von Kerzen erhellten Raum die Hüter. Zwölf waren es, zwei für jeden Sarg. Mit gesenkten Köpfen sprachen sie Anrufungen in einer Sprache, die Hirad nicht verstand. Schon von seinem Standort aus konnte Hirad die Kälte in der Kammer fühlen. So kalt war es nicht einmal mitten im Winter in den Blackthorne-Bergen. Der Atem der Hüter drang in Wölkchen aus ihrem Mund, wenn sie sprachen. Ein dumpfes Pochen hallte durch den Raum.

»Denser, wir sind da«, hauchte er.

Der Dunkle Magier kam zu ihm. »Ich brauche einige Minuten, um den Spruch zu wirken.«

»Dann fang an.«

Denser zog sich ein Dutzend Schritte zurück, breitete die Katalysatoren vor sich auf dem Marmorboden aus und begann, die Mana-Gestalt des mächtigsten Spruchs aufzubauen, der je erschaffen worden war.

Die Schamanen zerstörten die Barriere, die sie geschaffen hatten, und Tessayas Männer stürmten in den Understone-Pass. Sie sprangen über die Leichen der Verteidiger hinweg, die zwischen den herabstürzenden Felsen zermalmt worden waren.

Die Zerstörungen im Innern des Passes waren entsetzlich. Die Verteidiger waren unter tausenden Tonnen Gestein zerquetscht worden, ihre Katapulte und die schweren Armbrüste waren zerschmettert und nutzlos, die Verteidigungsanlagen in kleine Stücke gesprengt. Fünfzehn Schritt weit sah es so aus. Der Steinschlag hatte hunderte Todesopfer gefordert.

Darricks Generäle hatten sich mit den Überlebenden zurückgezogen. Die nächste Verteidigungsstellung war Understone selbst. Dort gab es starke Befestigungen, deren

Bau Darrick persönlich beaufsichtigt hatte, bevor er ins Land der Wesmen aufgebrochen war – Türme mit Armbrustschützen, Katapultstellungen, Palisadenzäune und getarnte Bogenschützenstellungen. All das konnte der Magie der Schamanen nicht widerstehen, doch dieses Mal war die Zahl der Verteidiger erheblich größer.

Die Männer des Ostens hatten den Pass nur drei Tage lang gehalten, und jetzt rannten tausende von Wesmen hindurch. Sie liefen über den trocknenden Stein und trampelten durch den Pass, ein Schwarm von Eroberern, die den Osten mit seinen Städten und Menschen überrennen wollten. Ein heulender Mob triumphierender Krieger träumte davon, die Sonne des Ostens im Gesicht zu spüren und das Schwert mit dem Blut des Ostens zu färben. Dieses Mal, da die Magie der Schamanen jeden Schritt unterstützte, konnte sich ihnen nichts und niemand in den Weg stellen. Niemand hatte die Macht, sie lange aufzuhalten.

»Schild steht«, meldete Ilkar, als der Unbekannte mit der Schwertspitze auf den Stein vor dem Tunnel tippte. Die Jünger kamen angerannt, die roten Mäntel flatterten im Wind. Einige hatten Waffen, die meisten nicht, und als sie sich dem Eingang des Tunnels näherten, zögerten sie.

»Wir müssen energisch zuschlagen«, sagte der Unbekannte. »Wenn wir ihnen nicht sofort Angst einjagen, dann überrennen sie uns. Erienne, ich brauche einen harten Schild, falls sie Bogenschützen haben.«

»Verstanden.«

»Jandyr, halte dich etwas zurück«, befahl der Unbekannte.

»Ich weiche nicht von der Stelle.«

»Jandyr.«

»Vergiss es, Unbekannter.«

Die ersten Jünger rannten in den Tunnel. Der Unbekannte nahm das Schwert hoch, und die Schlacht begann. Er machte einen halben Schritt, um etwas Bewegungsfreiheit zu haben, und zerschmetterte die Brust des ersten Mannes, der in Reichweite kam. Der Jünger wurde nach rechts geschleudert und prallte gegen die nächsten. Er war tot, bevor er zu Boden ging.

Ilkar beobachtete den Kampf. Links neben dem Unbekannten riss Thraun die Klinge hoch, um den Hieb eines Angreifers abzuwehren, und schlug mit der Rechten mit voller Kraft zu. Er traf den Mund des Mannes, knallte ihm den Schwertgriff in den Bauch und versetzte ihm einen Kopfstoß, dann durchbohrte er den Bauch des Jüngers mit seinem Schwert. Er brüllte und sah sich nach dem nächsten Opfer um.

Jandyr dagegen hatte es recht schwer. Er war geschickt, doch er konnte nur mit einer Hand kämpfen, und er war geschwächt. Er musste sehr vorsichtig sein. Im Augenblick beschränkte er sich darauf, sich zu verteidigen. Will ließ seine beiden Kurzschwerter vor sich kreisen und traf den Mann, der direkt vor ihm stand, wehrte einige Hiebe ab und konterte schnell und geschickt.

»Schild steht«, meldete Erienne.

Auf der anderen Seite des Ganges machte Thraun seine Gegner nieder. Seine Fäuste und seine Klinge bewegten sich zu schnell für die Jünger, denen die Erfahrung und Entschlossenheit der Rabenkrieger fehlte.

Nachdem der Unbekannte das Gesicht eines weiteren Angreifers zerschnitten hatte, gehorchten die anderen den Befehlen, die von hinten gerufen wurden, und machten Platz für die Wächter, die sofort in die Lücke stießen. Ihre Krummsäbel blitzten im Sonnenlicht, als sie in den Tunnel eindrangen.

»Auf sie, Rabe«, rief der Unbekannte. »Die schaffen wir.«

Rechts am Rande des Platzes gab es eine Explosion. Blaues Licht flammte auf. Die Jünger erstarrten vor Schreck und rannten nach links. Styliann war eingetroffen.

Darrick rief seine Männer zu sich, als er den Schädel eines Schamanen mit seiner Klinge gespalten hatte. Die Schamanen-Magie verschwand, als der leblose Körper zu Boden ging. An sieben Punkten waren die Linien der Wesmen bereits durchbrochen, und die überlebenden Verteidiger wurden schwächer.

»Die Reihen schließen!«, rief er. »Mehr Druck auf die rechte Seite. Wir gehen zum Platz.« Er trieb sein Pferd an und schlug einen weiteren Wesmen-Krieger nieder. Seine Männer sammelten sich hinter ihm. Nachdem die Bedrohung durch die Schamanen fast beseitigt war, konzentrierten sich einige seiner Magier wieder auf die Offensive, und auf der rechten Seite der Wesmen ging Harter Regen nieder. Es war zu viel für die Verteidiger. Überall brach nun die Front der Wesmen zusammen, und die Überlebenden rannten davon, einige in die Wüste hinaus, andere nach Parve hinein.

»Kavallerie zu mir!« Darricks Ruf wurde von den Leutnants aufgenommen, und die Kavallerie der vier Kollegien stürmte durch das, was vom Verteidigungsring der Wesmen noch übrig war, zur Pyramide. Auf dem Platz waren Explosionen zu hören.

Stylianns zweiter Erdhammer hatte große Löcher in den zentralen Platz von Parve gerissen und wie gewünscht eine Panik ausgelöst. Die Protektoren waren ausgeschwärmt und hatten sich zu einem weiten Kordon formiert. So zogen sie zur Pyramide, hoben die Schwerter und Äxte und schlugen mit ihnen zu, stampften durch die Reihen der Jünger und hackten deren erbärmliche Verteidigung in Stücke.

Der Herr vom Berge war noch nicht fertig. Seine letzte Feuerkugel traf das Zentrum der planlos durcheinander laufenden Jünger, explodierte und jagte Flammenzungen in alle Richtungen. Männer wie Frauen wurden vernichtet, andere wurden von den züngelnden Mana-Flammen nur gestreift und bekamen Brandwunden im Gesicht, oder ihre Kleidung fing Feuer.

Die Jünger flohen im Westen und Norden vom Platz, doch dann wechselten sie erneut die Richtung und rannten zur Pyramide zurück. Styliann runzelte einen Moment die Stirn, dann lächelte er, als er die Vorhut der Kavallerie der vier Kollegien auf den Platz galoppieren sah. Parve gehörte beinahe ihnen.

Die Hüter spürten, dass Denser seinen Spruch zu wirken begann, sprangen auf und zogen die Dolche aus den Gürteln.

»Untreuer«, zischte einer, als Hirad ihnen den Weg versperrte. Groß und breit hatte er sich in der Tür aufgebaut. Er winkte sie herausfordernd herbei, während Denser hinter ihm die Augen schloss und in eine andere Welt eintrat.

Vor den Katalysatoren zu knien, war etwas ganz anderes, als die Formen zur Vorbereitung versuchsweise zu erzeugen. Bisher war die Form immer nur zweidimensional und grau gewesen. Jetzt war sie blutrot; sie flimmerte in der Luft und ließ den Mana-Strom rings um Densers Kopf erbeben. Er hatte Mühe, die Kräfte zu bändigen und in die Form zu bringen, die er brauchte.

Es war, als habe der Spruch ein Eigenleben. Mit jeder Drehung kamen neue Seiten zum komplizierten Vieleck hinzu. Das durfte er nicht zulassen. Wenn er den Spruch mit mehr Facetten als nötig wirkte, dann entstand genügend Energie, um alles bis zu den Bergen zu zerstören, und er hatte den dringenden Wunsch, lebendig wieder hier herauszukommen.

Denser fügte die Befehle für die Katalysatoren hinzu, und die Mana-Gestalt pulsierte in unzähligen Farben. Endlich hatte er genügend Kontrolle, doch die Bestandteile mussten sich in einem präzisen Kräfteverhältnis zueinander befinden. Er musste ganz sicher sein, dass Energie, Richtung und Entfernung korrekt waren. So versenkte er sich wieder und überprüfte alle Linien, alle Farben und das Pulsieren noch einmal. Die ganze Zeit über kämpfte Dawnthief darum, sich zu befreien.

Hirad war unterdessen mit einem Gemetzel beschäftigt. Da er in der Tür stand, konnte immer nur einer der Gegner ihn angreifen, und dadurch war es für ihn kein großes Problem, sie der Reihe nach niederzumachen. Mit sechs Zoll langen Messern konnte man nichts gegen ein Langschwert ausrichten, und da sie immer weiter auf ihn eindrangen, musste er einen nach dem anderen töten. Nachdem sechs von ihnen am Boden lagen, war sein größtes Problem, nicht in den Blutlachen auszurutschen.

Schließlich stieg Hirad über zehn Tote hinweg, um sich auch die letzten beiden Hüter vorzunehmen. Ohne auch nur ein einziges Wort zu sprechen, machte er sie nieder und betrachtete voller Abscheu, was er getan hatte. Sie hätten ebenso gut auch unbewaffnet sein können, so schwach war ihre Verteidigung. Ihm wurde übel. Es war egal, dass sie die Hüter der Wytchlords waren. Es war die Leichtigkeit, mit der er sie ausgeschaltet und massakriert hatte, die ihm das flaue Gefühl bescherte.

Er steckte das Schwert weg und wollte den Raum verlassen, als er hinter sich das Knirschen von Stein hörte. Das Blut stockte ihm in den Adern, und es wurde noch einmal merklich kälter im Raum. Er zitterte am ganzen Körper, doch er beherrschte sich und drehte sich um. Ein Schrei stieg ihm in die Kehle, den er mühsam niederkämpfte. Einer der Sargdeckel hatte sich bewegt. Ein Stückchen nur. Doch er hatte sich bewegt. Er wich zurück. Der Deckel bewegte sich weiter. Hirad stolperte über einen Toten, fiel hin und rutschte vorwärts, bis er unter einem Steinsarg liegen blieb. Der Deckel bewegte sich schon wieder. Dann ruckten alle Deckel gleichzeitig, sie rutschten knirschend zur Seite und jagten Angstschauer durch Hirads Körper, bis der Barbar nur noch hilflos nach Luft schnappen konnte.

Er kroch zurück zur Tür und versuchte, wieder auf die Beine zu kommen, doch der Boden war zu nass. Er hockte sich hin, drehte sich um, zerrte die Leichen zur Seite und hatte nichts anderes im Sinn, als die Tür hinter sich zu schließen. Er wusste nicht warum, er musste es einfach tun. Das Kratzen hinter ihm entlockte seinen Lippen einen Schrei, und sein Herz machte einen Satz in der Brust. Der Schmerz war kurz und heftig.

»Bei den Göttern«, keuchte er. »Komm schon, Denser, komm schon.« Doch durch die Tür konnte er sehen, dass der Dunkle Magier immer noch mit den Vorbereitungen beschäftigt war. Hirad wagte es nicht, sich umzudrehen. Ein Klappern. Noch ein Klappern. Er zerrte den letzten Toten aus der Tür, sprang hinaus, packte den Griff und knallte sie zu. Im letzten Augenblick sah er noch, was sich in der Grabkammer tat. Langfingrige Knochenhände packten die Seiten der Särge, und die weißen Zeigefinger kratzten über den Stein, als sie einen Halt suchten.

Die Übelkeit ließ ihn am ganzen Körper erzittern. Das jahrhundertealte Böse trieb ihm die Luft aus den Lungen und nahm seinen Beinen die Kraft. Die Knie knickten unter ihm weg, als er den Türgriff packte und festhielt. Er wollte sich einreden, dass er sich geirrt und sich alles nur eingebildet hatte, doch er wusste genau, dass es keinen Irrtum gab. Er hatte gesehen, wie das Ende Balaias aus dem Grab stieg. Ein Schrecken, der umging und so schwarz war, dass man an seinem Verstand zweifeln und verrückt werden mochte. Eine Macht, die stark genug war, um Berge einzureißen, Löcher in den Himmel zu schlagen und Ströme von Blut aus den Leibern der ermordeten Völker des Ostens quellen zu lassen.

Hirad keuchte, und er verlor jedes Gefühl in den Fingern, während er Mühe hatte, nicht vor Entsetzen ohnmächtig zu werden. Er hielt die Tür vor Balaias größtem Schrecken geschlossen, ein erbärmlicher Wicht, der die Nacht daran hindern wollte, sich über das Land zu senken.

Die Wytchlords waren erwacht.

Die Wächter waren geschickt und grimmig, getrieben vom Zorn über die Entweihung des Grabmals ihrer Meister. Auf der Seite des Raben kämpften und wehrten sich der Unbekannte und Thraun mit ihrer ganzen Stärke und Erfahrung. An der rechten Flanke lief es dagegen nicht ganz so gut. Jandyr hatte alle Mühe mit einem klugen Schwertkämpfer, der das Problem seines Gegners sofort erkannt hatte und ihm mit Überkopfschlägen zusetzte. Die Klinge kam dem Gesicht des Elfen immer näher. Will wehrte sich tapfer, doch er konnte nicht viel Boden gewinnen. Er konnte nur einmal die Verteidigung seines Gegners durchbrechen und ihm einen hässlichen, langen Schnitt auf der Wange zufügen.

Erienne sah zu und hielt den harten Schild aufrecht, doch sie bekam den Eindruck, dass es sinnlos war. Sie konnte sehen, wie Jandyrs Arm unter einem weiteren heftigen Schlag einknickte, und bevor er sich fangen konnte, hatte ihm der Wächter schon das Herz durchbohrt. Der Elf stieß im Fallen einen lauten Schrei aus.

»Nein!« Der Unbekannte richtete sich groß auf, als er Jandyrs Todesschrei hörte, spaltete einem Wächter mit seinem Schwert den Schädel und zerschmetterte einem zweiten mit der gleichen Bewegung die Hüfte. Einen Herzschlag später kam Darrick an der Spitze einer Hundertschaft von Kavallerie und Magiern geritten. Zwischen zwei Fronten voll blitzendem Stahl gefangen, wurden die übrigen Wächter rasch niedergemacht. Darrick begrüßte den Unbekannten mit einem Nicken und blickte zu Jandyrs leblosem Körper, über den sich Will gebeugt hatte.

»Verdammt auch«, sagte der General. Er wandte sich an einen Leutnant. »Du da, bewache diesen Tunnel. Die Kavallerie soll die Stadt durchkämmen, und der Platz hier muss von Feinden gesäubert werden. Fangt sofort an.« Er wandte sich wieder an den Unbekannten. »Wo ist Hirad?«

»Er ist mit Denser in der Pyramide.« Der Unbekannte keuchte schwer.

»Folgt ihnen. Ich halte hier die Stellung. Styliann ist eingetroffen; vom Platz her dürfte keine Gefahr mehr drohen.«

Der Unbekannte nickte dankbar.

»Der Rabe! Der Rabe zu mir!«

Styliann betrachtete äußerst zufrieden den Platz. Die Fläche war mit den Leichen von Jüngern übersät, deren Blut und Mäntel einen roten Teppich bildeten. Hier und dort gab es noch Gruppen von Wesmen, die seine Protektoren und die Kavallerie angriffen, doch der Widerstand war gebrochen. Er seufzte mutlos, denn während sie Parve im

Handstreich genommen und die völlig unzulängliche Verteidigung der Lächerlichkeit preisgegeben hatten, marschierten die Heere der Wesmen nach Osten und trieben die Bewohner vor sich her.

Er ritt zum Eingang des Tunnels und stieg ab. Schlagartig wurde er müde. Er lehnte sich gegen die rechte Säule. Die letzte Schlacht fand drinnen statt, doch er hatte nicht den Wunsch, sich an ihr zu beteiligen.

Seine Mana-Reserven waren erschöpft, und sein Rachedurst war gestillt. Jetzt wollte er einfach nur darauf warten, dass Dawnthief wieder herauskam und direkt in seinen Besitz überging. Er hockte sich hin und barg das Gesicht in den Händen. Der Wind zerzauste sein Haar.

Hirads Finger klammerten sich um den Türgriff. Die Geräusche, die herausdrangen, ließen ihn wimmern und trieben ihm den Schweiß aus allen Poren. Ihm war kalt. Dann heiß. Unglaublich heiß. Dann wieder kalt. Seine Muskeln fühlten sich an, als wollten sie sich jeden Moment verkrampfen, und seine Beine zitterten so heftig, dass er sich kaum noch aufrecht halten konnte. Vor seinen Augen verschwamm es, sein Kopf war wie umnebelt. Dann spürte er von der anderen Seite den Druck auf dem Türgriff. Sachte zuerst, dann drängender.

»Denser, bitte.« Das Flüstern blieb ihm in der Kehle stecken. Er packte den Türgriff fester, doch er drehte sich unerbittlich. Fäuste hämmerten gegen die Tür und erschütterten seinen Körper, als er sich mit seinem ganzen Gewicht dagegen lehnte. Ein schwerer Schlag, und die Tür war beinahe offen. Dahinter waren jubelnde Laute zu hören, die von erstarkender Macht kündeten. Hirad schnappte verzweifelt nach Luft.

»Denser!«, kreischte er. »Los jetzt!« Hinter ihm stöhnte

und sang Denser, und seine hektischen Atemzüge vergrößerten Hirads Ängste noch. Sicher war er nicht, doch es kam ihm vor, als hätte der Xeteskianer schwer zu kämpfen. Und der Spruch war immer noch nicht gewirkt.

Der zweite Schlag ließ den Türrahmen erbeben. Hirad wurde zurückgeworfen und rutschte über den Marmor. Sein Handgelenk brannte vor Schmerz.

»Denser!« Die Silhouette eines Wytchlords erschien in der Tür, das zerfetzte Leichengewand hing lose am Körper, neues Fleisch bildete sich gerade auf den Knochen. Hirad sah leere Augenhöhlen in einem keilförmigen Kopf, als die riesige Gestalt sich unter dem Türsturz bückte. Sie atmete.

»Ketzer.« Die Stimme klang, als würde eine Leiche über Kies geschleift.

Das Fleisch wuchs und formte sich und breitete sich auf dem ganzen Körper aus. Langsam zuerst, dann mit größerer Geschwindigkeit, umhüllte es die Hände, lief die Beine hinauf und bedeckte die Rippen, unter denen die Organe zuckten und aus dem Nichts wuchsen.

Der Wytchlord blickte groß und schrecklich auf ihn herab, während sein Körper neu erstand. Leben zuckte nun im Schädel, kalt und tödlich wuchsen die Augen. Andere Gestalten drängten sich hinter ihm. Er machte einen Schritt, die Lumpen verwandelten sich in ein rein weißes Gewand, das im Lufthauch raschelte, die nackten Füße wurden breiter und bekamen Muskeln, die Zehen streckten sich.

Hirad warf einen Blick zu Denser. Der Dunkle Magier, dem der Schweiß auf der Stirn stand, rang immer noch mit dem Spruch. Er hatte die Arme ausgestreckt und zitterte heftig. Mit dunkler, heiserer Stimme stammelte er Worte, die der Barbar nie verstehen würde.

»Beeil dich, Denser«, sagte Hirad und zog sein Schwert. »Beeil dich.« Er machte sich bereit. Die Wytchlords standen in der Tür der Grabkammer. Sie ragten hoch über ihm auf, sie waren allesamt mehr als acht Fuß groß.

»Dann kommt her«, sagte er. »Und seht zu, ob ihr mich erwischt.« Er hob das Schwert und machte sich bereit zum Angriff. Auch die Wytchlords reagierten jetzt. Der Erste trat in den Vorraum, und seine Brüder bauten sich neben ihm auf. Hirad leckte sich die Lippen. Er musste sterben, aber er wollte nicht allein sterben. Hinter sich hörte er eilige Schritte und das Klirren einer Schwertspitze, die auf den Stein tippte. Gleichmäßig, hallend und wunderschön. Ein euphorisches Gefühl lief über seinen Rücken, das Blut rauschte in seinen Adern, und eine neue Entschlossenheit beseelte ihn. Mehr brauchte er nicht, um Denser die Zeit zu geben, Dawnthief zu vollenden.

»Der Rabe!«, rief er. »Der Rabe zu mir!«

Obwohl er innerlich weit von den Gefahren entfernt war, die ihn umgaben, nahm Denser am Rande doch die lauten Stimmen, die rennenden Füße und Hirads drängende Rufe wahr. Die Mana-Gestalt für Dawnthief war kompliziert und schwer zu kontrollieren, und Denser konnte nur seinem Meister danken, dass er in den langen Jahren der Lehre keine Nuance und kein Detail ausgelassen hatte.

Noch nie hatte ein Spruch darum gekämpft, ihn zu beherrschen, ihn zu benutzen und ihn auszusaugen, um sein Potenzial zu entfalten und zu voller Macht zu erblühen. Der Spruch war kein denkendes Wesen, doch die Worte, die er sprechen musste, dazu die Gesten und Gedanken, all dies konnte nur in eine einzige Richtung führen: Der Magier, der den Spruch wirkte, musste ganz und gar in seinem Werk aufgehen, er musste untergehen, und mit ihm Balaia.

Erst jetzt wurde ihm die wahre Natur von Septerns

schrecklichster Erfindung bewusst. Die Wahrheit war, dass er, nachdem die Grundform erschaffen war, einfach einer Kettenreaktion freien Lauf lassen konnte, die alles zerstören würde. Der Spruch stahl das Licht, er nahm der Welt die Morgendämmerung.

So kämpfte und mühte er sich, schnitt das Lodern der komplizierten Form zurück, brachte jede Gegendrehung zum Stehen, hielt die Form still und unterwarf sie der rigiden Kontrolle seines Mana. Es erschöpfte ihn, und immer noch war er nicht bereit, den Spruch zu wirken. Das Mana legte ein brennendes Dreieck um die Katalysatoren, hob sie vom Boden, vereinigte sich mit ihnen und band sie in den Kern des Spruchs ein. Die Energie nahm zu, es war ein verlockendes und mitreißendes Gefühl.

Doch er war noch nicht vollständig konzentriert, und die Kraft würde sich willkürlich entladen. Wenn er jetzt den Spruch losließ, dann würde der Rabe zusammen mit den Wytchlords untergehen. Ihm kam der Gedanke, dass dies womöglich ein Preis war, der gezahlt werden musste, doch er war noch nicht bereit, einfach aufzugeben. Er wollte einen Kanal für die Energie des Spruchs bilden. Theoretisch wusste er, wie er es anfangen musste, doch als mehr und mehr Geräusche auf ihn eindrangen, wurde ihm klar, dass er nicht mehr viel Zeit hatte, um seine Theorie in die Praxis umzusetzen.

Hirads Schwert fuhr dem Wytchlord Arumun in die ungeschützte Seite. Hirad kannte seinen Namen und die der anderen fünf, weil der Fanfarenstoß der Angst, den sie ihm durch die Seele gejagt hatten, mit sechs entsetzlichen Namen einhergegangen war. Denser hatte die Namen zwar ausgesprochen, doch damals hatten sie nach nichts Besonderem geklungen. Jetzt aber, im Angesicht des uralten Bösen, trafen ihn die Namen wie Schläge in den Bauch und raubten seinen Gliedern jegliche Kraft.

Arumun heulte auf und kippte zurück. Aus der klaffenden Wunde drang eine dunkle Flüssigkeit, doch Hirads Triumphschrei brach abrupt ab, denn die Wunde war schon nach wenigen Augenblicken geheilt, und Arumun wurde von denen, die hinter ihm standen, gehalten; er richtete sich kopfschüttelnd wieder auf.

»Bei den Göttern«, keuchte Hirad. Der Wytchlord machte einen Schritt und stieß die Hand so schnell vor, dass Hirad erst im letzten Moment reagieren konnte. Der Barbar taumelte unter dem Aufprall zurück.

»Wir können nicht gegen sie kämpfen«, sagte er.

»Doch, wir können«, erwiderte der Unbekannte. »Wir müssen sie nur eine Weile aufhalten.« Er schwang seine Klinge hüfthoch und traf Fleisch. Knochen splitterten, und Belphamun brach zusammen. »Sie sind noch schwach. Lass uns dafür sorgen, dass sie es auch bleiben.«

»Schild steht«, meldete Ilkar.

Hirad verharrte und blickte hinter die drei Wytchlords, die sie angegriffen hatten. Die anderen drei, Ystormun, Pamun und Weyamun, wirkten einen Spruch.

»Wir zeigen es ihnen! Der Rabe!« Hirad postierte sich einen halben Schritt rechts hinter dem Unbekannten Krieger, wehrte einen weiteren Schlag von Arumun ab und trieb dem Wytchlord die Klinge in die Brust. Die Wunde begann zu verheilen, bevor er das Schwert herausgezogen hatte. Er sah sich um.

Belphamun war schon wieder auf den Beinen. Der Unbekannte duckte sich unter einem Schwinger durch und schlug nach den Beinen. Wieder brachen Knochen, und der Wytchlord stolperte. Er ergriff die Chance, schlug dem Gegner den Handschutz ins Gesicht und schnitt ihm die

Kehle halb durch. Dieses Mal war der Sturz schwerer und der Schmerzschrei lauter.

»Schild steht. Denser ist gedeckt«, meldete Erienne.

Giriamun ging auf Will los und traf den verängstigten Mann an der Schulter. Will stieß einen kurzen Schrei aus und brach zusammen. Thraun brüllte vor Wut, hackte nach dem Arm des Wytchlords und zerschmetterte den Ellenbogen. Giriamun schlug daraufhin einfach mit dem anderen Arm zu und traf Thraun voll am Schädel. Der junge Krieger drehte sich um sich selbst und ging bewusstlos zu Boden.

»Verdammt auch«, keuchte der Unbekannte.

»Komm schon, Denser«, flüsterte Hirad.

Die Sprüche der Wytchlords kamen schlagartig und brutal. Es waren reine Lichtimpulse, dunkel und böse, die sich rings um Denser und den kämpfenden Raben in die Schilde bohrten, auf den Oberflächen loderten, zischten und knisterten. Belphamun erhob sich schon wieder, und seine Augen waren bitterböse.

»Schild unten«, keuchte Ilkar.

Der Unbekannte und Hirad wechselten einen Blick. Der Barbar war unendlich müde, seine Muskeln schrien nach Erholung, die Lungen pumpten schwer, das Herz hämmerte heftig. Er wusste nicht, wie viel er noch zu geben hatte.

»Los«, sagte er.

Der Unbekannte begann einen wahnwitzigen Angriff. Zuerst ging er in die Knie und hackte nach Belphamuns Beinen, dann sprang er auf und schlug nach dem ungeschützten Hals. Der Wytchlord konnte den Bewegungen nicht schnell genug folgen. Rechts neben ihm wechselte Hirad den Griff, schlug nach links oben und traf Arumuns Unterkiefer. Der Kopf kippte zurück, und der Wytchlord verlor das Gleichgewicht. Darauf folgte sofort ein Rückhandschlag, der den nächsten Lord im Gesicht traf. Doch dann kam aus dem Nichts ein Schlag von Weyamun.

Belphamun stürzte, aber Ystormun und Pamun drangen jetzt auf den Unbekannten ein. Er drehte sich einmal im Kreis und wehrte sich, doch als Hirad aufs Mosaik fiel, konnte er sehen, wie die Schläge auf den großen Mann niederprasselten. Der Unbekannte blieb zwar auf den Beinen, doch die Wytchlords wirkten schon wieder einen Spruch.

Hirad kroch zu seinem Schwert und wollte sich wieder aufrichten, der Schmerz stach in seiner Schulter und behinderte seine Bewegungen, sein Blickfeld war nicht mehr klar, aber er konnte den Unbekannten nicht allein gegen sie kämpfen lassen. Als er sich halb aufgerichtet hatte, schlug Weyamun ihn noch einmal nieder. Der Unbekannte stürzte direkt neben ihn, Blut rann über sein Gesicht.

»Steh auf, Unbekannter.«

»Ich bin hier.«

Die beiden Freunde stützten sich gegenseitig, Schmerzen blühten auf, wo die Fäuste der Wytchlords Muskeln und Knochen getroffen hatten. Hirads Körper protestierte, die Erschöpfung war so groß, dass er kaum noch stehen konnte, seine Beine zitterten, die Füße taten ihm weh, der Schwertarm brannte wie Feuer. Ilkar stand hinter ihnen und schoss Feuerkugeln ab, die mitten zwischen die Lords fuhren und Feuer und Licht verspritzten. Gewänder brannten, und Fleisch verkohlte, doch es wuchs trotz der Flammen wieder und wieder nach. Sie hielten nicht einmal inne, um das Feuer zu löschen.

Hirad schaute auf. Sechs Gesichter schauten aus Rauch und Feuerschein auf ihn herab. Triumphierend, jubelnd, siegessicher.

»Wir leben«, keuchte Arumun.

»Dawnthief.«

Das Wort fiel wie ein Stein.

»Runter, runter!«, brüllte Ilkar. Hirad wollte instinktiv aufstehen, doch der Unbekannte schlug ihm die Beine weg, und Hirad landete wieder auf dem Boden.

»Nein!«, schrie Arumun, und seine Brüder stimmten in den Schrei ein.

Ein Balken aus reinem Schwarz zog über Hirads Kopf vorbei. Er war breit genug, um die Wytchlords einzuhüllen, die sich vor dem Ausgang der Grabkammer drängten. Er schnitt in sie hinein, warf sie von den Beinen und presste sie gegen die Wände, riss die Glieder von den Körpern und das Fleisch von den Knochen, die unter der unglaublichen Kraft knackend zerbrachen. Unter schrillem Kreischen und Schreien wurden Belphamun, Arumun und Giriamun auf Pamun, Ystormun und Weyamun geschleudert, und dann wurden alle sechs gegen die hintere Wand der Grabkammer geworfen, wo sie kleben blieben wie Lumpenpuppen, hilflos um sich schlagend, mit den Köpfen wackelnd und mit wütenden Augen.

Ein Heulen wie von Wind in einer engen Gasse erhob sich, schmerzte in den Ohren und ließ die Zähne klirren. Über Hirad stand die Säule von Dawnthief, schwarz und konturlos wie die tiefste Nacht, und peitschte ihm das Haar ins Gesicht. Mühsam rollte er sich zur Seite und warf einen Blick zu Denser.

Der Dunkle Magier kniete mit geradem Rücken und ausgestreckten Armen, und Dawnthief entstand aus dem Raum zwischen seinen Händen. Er zitterte heftig am ganzen Körper, seine Arme bebten, das Gesicht war gespannt, der Mund geöffnet, das Haar wehte hin und her. Er hatte die Augen weit aufgerissen, doch er sah nur die Schwärze vor sich. Er war von einem sich verdunkelnden Nebel umgeben, der ihn mit jeder Sekunde weiter einhüllte. Der Dunst brodelte und wirbelte und speiste den Kanal, in dem Dawnthief floss, und verstärkte dessen Kraft. Erienne stand neben ihm und wagte nicht, ihn zu berühren. Der Schrecken, der ihr Gesicht zeichnete, war ebenso groß wie die Ehrfurcht, die aus ihren Augen sprach.

»Los!«, rief der Unbekannte. »Die Schwärze weitet sich aus.«

Hirad konnte ihn kaum hören, doch er begriff die Bedeutung der Geste und folgte dem Zupfen an seinem Ärmel. Die beiden Männer krochen außer Reichweite und drehten sich um, weil sie die Vernichtung der Wytchlords beobachten wollten. Erst jetzt sah Hirad Thraun und Will, die am Boden lagen und sich gerade zu regen begannen.

»Bleibt unten!«, brüllte Hirad und fuchtelte wie wild herum. »Runter!« Doch sie konnten ihn im Heulen Dawnthiefs und im Kreischen der Wytchlords, die sich mit gesplitterten Fäusten gegen ihre Qualen wehrten, nicht verstehen. Thraun hob den Kopf, schüttelte sich und war viel zu benommen, um den Tod zu sehen, der nur ein paar Zoll über ihm waberte.

»Oh, verdammt«, murmelte Hirad. Er rannte los und tauchte unter dem sich ausbreitenden Kanal von Dawnthief hindurch.

Densers Körper wurde von einer wundervollen Kraft verzehrt. Er spürte sie durch seine Adern rasen, seine Muskeln spannten sich, und in den Sehnen und Bändern erwachten neue Lebensgeister und trieben ihm den Atem aus den Lungen. Doch er brauchte nicht zu atmen. Dawnthief erhielt ihn am Leben.

Vor ihm litten die Wytchlords unter den Kräften seines

Spruchs, und er lachte über ihre armseligen Versuche, die Fesseln zu zerreißen. Wie Insekten unter einem riesigen Daumen zappelten sie, doch Dawnthief hielt sie sicher fest, bohrte sich durch ihre zerfetzten Körper und prügelte ihnen das Leben aus dem neuen Fleisch und den Knochen.

Denser hatte noch nicht einmal die Endphase erreicht, er hatte sich noch nicht entschieden, wohin er den Feind schicken wollte. Er hatte noch nicht entschieden, ob er Dawnthief die Welt verzehren lassen wollte. Es wäre ganz leicht. Seine Arme vermochten kaum die Kräfte zu bändigen, die in Septerns Spruch steckten, der sich immer noch seiner Kontrolle zu entziehen versuchte. Er musste nur die Arme öffnen und einen Kreis beschreiben, und die Schwärze würde sie alle umfangen.

Dawnthief drängte ihn, genau dies zu tun, doch tief in seinem Innern blieb eine unerschütterliche Entschlossenheit. Es war das Bewusstsein, dass er endlich einen Platz gefunden hatte, wo er außerhalb des Zugriffs von Xetesk leben konnte. Ein Platz, an dem er wirklich geachtet wurde, wo man ihn liebte und sich um ihn kümmerte. Wo er frei war, sein Schicksal selbst zu bestimmen. Der Rabe.

Es war Zeit, die Sache zu beenden. Die Dimensionen mussten geöffnet und die schwindenden Überreste der Wytchlords mussten im Strudel zwischen ihnen vernichtet werden. Doch er wollte es auf spektakuläre Weise tun, damit kein Zweifel mehr am Untergang der Wytchlords bestand. Er musste ihre letzte Reise durch Balaia so deutlich sichtbar machen, wie es in dieser elenden Stadt nur irgend möglich war. Er lächelte und blickte nach oben. Er wusste, was er tun musste.

Dawnthief und der Wind des lebendigen Mana heulten in Hirads Ohren. Er lag halb auf Thraun und hielt den Kopf des Gestaltwandlers am Boden. Noch benommen vom Faustschlag des Wytchlords wehrte Thraun sich instinktiv und hätte beinahe Hirad in die Schwärze hinaufgedrückt, doch dann legte Will, der die Gefahr sofort erkannte, als er zu sich kam, Thraun eine Hand aufs Gesicht und beruhigte ihn mit einem langen, tiefen Blick.

Hirad sah zu Denser hinüber, der zusammenzuckte, während Dawnthief seinen Körper auszehrte. Sein Gesicht war gespannt, und rings um ihn wallte Nebel, der sich zusehends verdichtete. Abrupt änderte sich Densers Gesichtsausdruck. Jetzt wirkte der Dunkle Magier gelassen und klar, und er lächelte sogar. Er murmelte eine weitere Anrufung und bewegte die Arme langsam zu sich und dann nach oben.

Dawnthiefs Säule verkürzte sich und zog die Wytchlords mit. Sie wehrten sich jetzt kaum noch, ihre Körper waren zu einer entsetzlichen Parodie menschlicher Gestalten verzerrt. Die Köpfe saßen abgeknickt auf den Hälsen, Arme und Beine standen in unnatürlichen Winkeln vom Körper ab, Wirbelsäulen waren gebrochen. Nur das Leuchten in den Augen verriet Hirad noch, dass in diesen Hüllen Seelen wohnten.

Ein Dunst wie jener, der Denser einhüllte, entstand am Ende der Säule und rief erneuten, hilflosen Widerstand hervor, als er die Wytchlords umfing und ihr wildes Zucken verlangsamte, bis es aussah, als schwämmen sie in Sirup. Die Hülle legte sich um sie und schloss sie ein wie eine Kugel aus flüssiger Dunkelheit. Nach wenigen Augenblicken waren sie nicht mehr zu sehen, nur hier und dort bemerkte man schwache Stöße im undurchsichtigen Netz, das sie gefangen hielt. Ihr Heulen, jetzt voller Pein und Furcht, war lauter als Dawnthiefs Rauschen.

Denser zog die Säule und ihre Fracht zu sich und kippte sie nach oben, bis er direkt unter ihr stand, mitten unter dem Scheitelpunkt der Pyramide. Das Netz bebte, und dann gab Denser mit einer abrupten, nach oben gerichteten Bewegung die Säule frei, die sich kreischend in Richtung der Pyramidenspitze entlud.

»Bei den Göttern«, keuchte Hirad, »lauft weg, lauft!« Er rannte los, der Unbekannte folgte ihm, Thraun und Will waren nicht weit hinter ihnen. Nur Ilkar und Erienne rührten sich nicht. Bevor Hirad den Mund öffnen konnte, um ihnen eine Warnung zuzurufen, durchbrach Dawnthief die Spitze des Grabmals der Wytchlords.

Große Steinplatten flogen in den Himmel und nahmen uralten Staub mit sich, während Dawnthief sich heulend zum Himmel erhob. Das Licht fiel durch das riesige Loch ins Grabmal herein, und Denser stand mit hochgereckten Armen im Mittelpunkt des Lichthofs. Er hatte die Augen weit aufgerissen und lächelte irre.

Doch während Dawnthief und seine Fracht die Dimension Balaias durchstießen und in den interdimensionalen Raum wechselten, blieb der Stein, wo er war. Er stürzte in Spiralen zum Boden herunter, riesige Brocken knallten außen auf die Pyramide. Die ohnehin schon instabilen zackigen Ränder des Lochs, das Denser geschlagen hatte, brachen in sich zusammen. Trümmer regneten im Innern auf den Raben herab.

Hirad sah das Ende kommen, und er wusste, das er nichts tun konnte. Dawnthiefs Säule war jetzt verschwunden, und Denser starrte ein letztes Mal ins Licht, drehte sich um sich selbst und brach zusammen. Hirad wandte sich ab. Er konnte nicht zusehen, wie die Felsen einschlugen.

»Harter Schild steht«, meldeten Ilkar und Erienne gleichzeitig. »Keiner rührt sich.«

Für Denser war es die Erfüllung eines Lebenstraums. Das Wirken von Dawnthief und all seinen vielfältigen Facetten war so aufregend gewesen, wie er es sich erträumt hatte. Er war eins mit dem Mana geworden, wahrhaft ein Teil dieser allumfassenden Strömung, er hatte der Versuchung widerstanden und Kräfte gebändigt, deren Macht er sich niemals hätte vorstellen können, und er hatte triumphiert. Noch mehr als das, er hatte ein Tor geöffnet und die zerstörten Körper der Wytchlords beseitigt, damit sie der Vergessenheit anheim fallen konnten, er hatte ihre Seelen durch Septerns gierigen Spruch zerstört, als er sich aus dessen Einflusssphäre zurückgezogen hatte. Jetzt hatte er nichts mehr zu geben.

Das Echo von Dawnthief hallte noch durch sein Bewusstsein und hielt seinen Körper in Bann, umschmeichelte ihn und bot ihm Frieden, verhieß ihm Ruhe. Was sonst konnte Balaias Retter noch verlangen? War es nicht das, wonach er sich wirklich sehnte? Denser schloss die Augen und versank in seinen Ruhmesphantasien.

Das Mosaik zersplitterte und zerbröselte unter dem Gewicht der Steine, die von hoch oben herunterstürzten. Steinbrocken flogen durch die Gegend und prallten von den Wänden ab. Hirad warf sich auf den Boden und zog den Kopf ein, dann rollte er sich sofort wieder herum und setzte sich auf. Die harten Schilde, die sie alle schützten, hielten den Schutt und die großen Steine ab. Er konnte sehen, wie sich ein mindestens fünf Fuß langer und zwei Fuß dicker Brocken in der Luft überschlug und direkt über dem reglos liegenden Denser auf den Schild prallte. Der Brocken rutschte über die unsichtbare Barriere und landete mit einem lauten Knall an der Seite auf dem Mosaik. Überall regnete es Steine, manche groß wie Fäuste und Männerschädel, und die vielfältigen Einschläge dröhnten in den Ohren und ließen den Fußboden erbeben. Über allem lag ein staubiges, helles Licht, das durch die zerstörte Spitze der Pyramide hereinfiel.

Das Poltern der Steine und das Knacken der Kacheln und Platten ließ schließlich nach. Hirad kam mühsam auf die Beine und runzelte die Stirn, als er Eriennes Gesicht sah. Der Dordovanerin liefen die Tränen über die Wangen. Sie zitterte am ganzen Körper und hatte offenbar große Mühe, die Kontrolle über ihren Spruch aufrechtzuerhalten, während sie Denser nur wenige Schritte vor sich liegen sah. Wie gebannt beobachtete sie den Dunklen Magier. Der Steinschlag hörte schließlich auf, und nach all dem Poltern und Krachen wurde es still.

»Es ist vorbei«, sagte Hirad.

Auf dem ganzen Schlachtfeld änderte sich die Atmosphäre. Das schwarze Feuer, das von hundert Fingern ausgegangen war, brach unvermittelt ab. Magische Schilde fielen, und die siegesgewissen Gesichter der Schamanen verrieten auf einmal Unsicherheit und Furcht.

Blackthorne sah es sofort. Diese Veränderung bedeutete, dass der Rabe gesiegt hatte, und er stieß einen Freudenschrei aus. Seine Männer kämpften mit verdoppelter Kraft, und der Baron galoppierte durch die führungslosen Reihen der Wesmen zu seinem gefallenen Freund. Er sprang vom Pferd, hieb einem Angreifer mit dem Schwert den Hals durch und kniete nieder. Gresses Kopf war mit Blut bedeckt, doch er atmete noch. Blackthorne rief einen Mann herbei, und gemeinsam trugen sie den bewusstlosen Baron vom Schlachtfeld. Die Siegesrufe der Männer aus dem Osten klangen laut in ihren Ohren.

Hinter ihnen brach der Kampfgeist der Wesmen in sich

zusammen. Ohne die Magie der Wytchlords waren die Schamanen hilflos, und ohne die Schamanen fanden die Krieger kein Ziel mehr. So blutrünstig die Gegner auch sein mochten, das Blatt hatte sich gewendet, und Blackthornes Männer gewannen im Nu die Oberhand.

Blackthorne stieß noch einmal einen Jubelschrei aus. Heute war ein wunderbarer Tag.

»Schild ist unten«, flüsterte Ilkar in der Stille.

»Schild ist unten.« Eriennes Stimme brach. Sie rannte zu Denser, kniete vor ihm nieder und hob seinen Kopf, um ihn in den Armen zu bergen und zu wiegen. Sie schmiegte das Gesicht an seine Schulter, weinte und murmelte leise Worte.

»Was ist los?« Hirad trat zu ihr.

Erienne drehte das tränenüberströmte Gesicht zu ihm. »Er ist tot«, sagte sie. »Er atmet nicht mehr.«

»Nein.« Hirad kniete sich neben sie. »Ilkar, komm schon, mach was.«

»Es gibt nicht für alles und jedes einen passenden Spruch, Hirad.« Ilkar eilte zu ihnen. »Er hat keine äußeren Verletzungen. Es gibt nichts, das man heilen könnte.«

Hirad betrachtete Densers Körper. Äußerlich war er völlig unversehrt, nur die Lippen waren blau.

»Also gut. Leg in flach hin, Erienne. Unbekannter, komm her und drehe seinen Kopf zur Seite. Säubere seine Atemwege.«

»In Ordnung.«

Hirad betrachtete Densers Gesicht. »Komm mir ja nicht auf die Idee zu sterben, Denser«, sagte er. Dann knallte er dem Magier die Faust über dem Herzen auf den Brustkorb. »Das kommt überhaupt nicht in Frage. Nun mach schon.«

Erienne streichelte sanft Densers Haar. »Bitte, Denser«, schluchzte sie. »Ich trage dein Kind in mir. Lass mich nicht allein.«

Hirad hielt inne. »Wie war das? Bei den Göttern im Himmel.« Er drückte weiter auf den Brustkorb. »Hast du das gehört, Denser? Du trägst jetzt Verantwortung, verdammt. So atme doch! Atme!« Hirad versetzte ihm zwei feste Ohrfeigen. Der Unbekannte massierte Denser den Nacken und bewegte seinen Kiefer.

»Atme!«

Denser öffnete den Mund und schnappte nach Luft, er bäumte sich auf und setzte sich abrupt auf, sodass Hirad unsanft zur Seite geschubst wurde. Dann presste er die Hände auf die Brust und würgte. Erienne begann wieder zu weinen. Denser drehte sich zu ihr herum, doch er kippte wieder um, und sie schützte seinen Kopf vor dem Aufprall. Sie strich durch sein Haar.

»Ich dachte schon, du wärst gestorben, du Bastard. Ich dachte, du wärst gestorben.« Eine Träne fiel auf seine Wange.

Denser lächelte und schüttelte den Kopf. »Ich hab's versucht«, sagte er. »Mir tut die Brust weh.«

»Tja, irgendetwas mussten wir ja unternehmen«, meinte Hirad.

»Es fühlt sich an, als hättest du meinem Herzen die Hand geschüttelt.«

»Ach, nein. Ich habe es nur überredet, wieder zu schlagen.«

»Danke.«

Hirad zuckte mit den Achseln. »Du gehörst zum Raben. Ich kann dich doch nicht sterben lassen, nachdem du gerade eben die Wytchlords vernichtet hast. Das wäre wenig ruhmvoll.«

Denser schaute durch die staubige Luft nach oben zu Balaias mehr oder weniger blauem Himmel. Ein rotierender graubrauner Fleck schwebte dort oben.

»Meine Güte«, sagte Denser. »Mir war nicht ganz klar, was passieren würde.«

Hirad blickte zum Dimensionsriss hinauf, dann wandte er sich wieder an Denser.

»Damit können wir leben«, sagte er. Er stand auf und klopfte sich den Staub von Hemd und Hosen. Der Riss fraß sich unterdessen tiefer in den Himmel hinein. »Wie geht's denn?«

»Ich bin müde und erledigt.«

»Na ja, hier haben wir jetzt ja Ruhe«, sagte Ilkar, der kaum den Blick vom Riss wenden mochte.

»Für den Augenblick wird es reichen.« Denser schloss die Augen. »Weckt mich in ein paar Tagen.«

»Könntet ihr uns vielleicht eine Weile allein lassen?«, fragte Erienne, die sachte Densers Haar streichelte.

»Aber natürlich«, sagte der Unbekannte. »Meine Herren ...« Er schob das Schwert in die Scheide, schlang es sich über den Rücken und bewegte beide Hände wie eine Schaufel.

»Was starrst du denn so, Ilkar?« Hirad stellte sich neben den Elf.

»Das da«, meinte Ilkar. Er deutete nach oben. »Ich frage mich, wohin der Riss dort führt. Ich hoffe, zu einem harmlosen Ort.« Er schnalzte mit der Zunge und seufzte. »Was haben wir hier nur getan?«

Hirad nahm ihn in den Arm und drückte ihn an sich.

»Wir haben gesiegt. Komm schon, von draußen kannst du es sicher viel besser sehen.« Er drehte Ilkar herum, bis dieser den Unbekannten, Will und Thraun ansehen konnte. »Wir haben gesiegt.«

»Wenigstens können wir jetzt den Lohn für den Auftrag kassieren«, meinte Ilkar.

»Ich dachte, du wolltest Xetesks schmutziges Geld nicht in die Hand nehmen«, sagte Denser, der gemütlich in Eriennes Armen lag.

Ilkar lachte. »Wenn es um Geld geht, sollte man nicht zu stolz werden«, erwiderte er.

»So spricht der wahre Söldner«, sagte Hirad. Erienne räusperte sich vernehmlich. »Entschuldige, Erienne.« Er deutete zum Sonnenlicht.

»Der Rabe«, sagte er leise und krümmte den Finger. »Der Rabe zu mir.«

Lesen Sie weiter in:
James Barclay: Schattenpfad